Emily Crown

Melody of our future

Roman

PIPER

Mehr über unsere Autoren und Bücher:
www.piper.de

Wenn Ihnen dieser Roman gefallen hat, schreiben Sie uns
unter Nennung des Titels »Melody of our future«
an empfehlungen@piper.de, und wir empfehlen Ihnen
gerne vergleichbare Bücher.

ISBN 978-3-492-50246-7

Litho: Lorenz & Zeller, Inning am Ammersee
Redaktion: Julia Feldbaum
Covergestaltung: Melanie Falkinger
Covermotiv: Bilder unter Lizenzierung von Shutterstock.com genutzt
Printed in Germany

Emily Crown
Melody of our future

»Eine beglückte Liebe hätte deines Herzens Sehnsucht gestillt und sich vertilgt, aber eine unterbrochene hat sie verewigt. Das Schicksal geht mit uns wie mit Pflanzen um, es macht uns durch kurze Fröste reifer.«

Jean Paul

Kapitel 1

Carrie

Mein Vater hatte mir einst davon erzählt, wie schön die Kollision zweier Sterne sei. Er meinte: »Carrie, wenn Sterne kollidieren, ist es das schönste Feuerwerk, das du dir vorstellen kannst!« Ich erinnerte mich daran, dass mich der Gedanke damals abschreckte, bedeutete Kollision für mich doch stets Zerstörung. »Aber zerstören die Sterne einander dann nicht selbst?«, hatte ich ihn gefragt.

Mein Vater jedoch hatte nur gelächelt und weiter in den Himmel gesehen. »Nicht ganz, Carrie, entweder die beiden Sterne überleben als Einzelsterne, sie verschmelzen zu einem einzigen Stern oder sie zerstören einander vollkommen ... Mit der Kollision zweier Sterne ist es eigentlich wie mit der Liebe.«

Und in dem Moment, als Evan Black mir in die Augen sah, war es, als prallten zwei Sterne aufeinander. Auch wenn ich wohl die Einzige war, die es spüren konnte, fühlte es sich an, als erschütterte eine massive Druckwelle die Erde, als würde sie Erzittern unter dem Zusammenstoß zweier Sterne – Evan und mir.

Blieb nur eine Frage im Raum stehen, in welcher Form würden wir überleben? Jeder für sich, gemeinsam, oder würden wir einander zerstören?

»Carrie?« Mel schob sich in mein Sichtfeld. »Hey, alles okay?« Sorge spiegelte sich in ihrem Blick, und sie schaute mich aufmerksam aus ihren blauen Augen an. »O nein, du weinst ja ...«, murmelte sie, bevor sie ein Taschentuch aus ihrer Hosentasche zog und mir die Tränen abtupfte. »Schon gut, alles wird gut«, flüsterte sie beruhigend.

Und wie ich ihn dort stehen sah, um Worte ringend, ergriff Panik Besitz von mir. Ich sprang von dem Hocker und griff nach meinem Mantel.

»Was kriegst du von mir?«, fragte ich Mel, die mich ansah, als wäre ich ein Kind, das einfach nicht hören wollte.

»Du wirst jetzt nicht gehen, Carrie!«

Ich ignorierte sie, genauso wie ich den Lärm und die Menschen um mich herum ignorierte.

»Mel, bitte … diskutier nicht weiter mit mir und mach die Rechnung fertig!« Ich hörte selbst, wie meine Stimme laut wurde, aber es war mir egal. Mir lief die Zeit davon. »Mel …«, flehte ich, doch sie bewegte sich keinen Zentimeter, betrachtete mich mittlerweile, als wäre ich ein verfaultes Stück Fleisch, das zu lange in der Sonne gelegen hatte.

»Wenn du jetzt gehst, wird er dir das nie verzeihen. Und ich dir ebenso wenig. Keiner von uns.«

Einen Moment sah ich sie an, focht einen stummen Kampf mit den leisen Zweifeln aus, die sich in meinem inneren Gehör verschaffen wollten – dann drehte ich mich um und eilte zur Tür. Mein Herz schlug so schnell, dass ich befürchtete, mir würde jeden Moment der Brustkorb auseinanderbrechen. Ich musste hier raus, brauchte frische Luft. Die Menge um mich herum wurde unruhig, Stimmen laut – doch ich blendete all das aus. *Einen Schritt nach dem nächsten. Einen Schritt nach dem nächsten.*

Ich hatte die Tür schon fast erreicht, als mich jemand am Arm packte, grob zurückzog und in eine feste Umarmung zwang.

»Geh nicht.« Es waren nur zwei Worte, doch von der richtigen Person gesagt, löste sich alles andere in Bedeutungslosigkeit auf.

»Killian«, hauchte ich nur, bevor ich mich gegen seine Brust sinken ließ, dem Druck seiner Umarmung nachgab, mich an ihm festkrallte, als würde ich sonst untergehen.

Tränen brannten in meinen Augen. War ich für all das wirklich bereit? Nein, aber fragte das Leben je danach, ob man bereit war? *Schön wär's,* dachte ich sarkastisch.

Als ich mich langsam von ihm zu lösen begann, ließ er mich

frei, wischte mir die Tränen weg und drückte mir einen sanften Kuss auf die Wange.

»Danke«, flüsterte er noch, bevor er sich umsah.

Um uns herum war es leise geworden, die Fans flüsterten sich aufgeregt etwas zu, Frauen drehten sich zu mir um, erstaunte Laute hallten durch den kleinen Pub.

Killian zog mich leicht zu sich, dann drehte er sich um.

»Wir sollten hinter die Bühne gehen, sonst bricht hier gleich die Hölle aus.«

Während das Publikum noch zu überlegen schien, ob es tatsächlich Killian war, der mitten zwischen ihnen stand, schleifte dieser mich bereits auf eine Holztür zu. Als wir sie erreichten, hörte ich jemanden, der seinen Namen schrie, doch Killian drehte sich nicht einmal um. Stattdessen stieß er die Tür mit derart viel Schwung auf, dass sie gegen die Wand knallte, bevor er mir mit einem Kopfnicken symbolisierte, dass ich hineingehen sollte.

Ich drehte mich noch einmal um, fing die Blicke gaffender Frauen auf, nahm den Geruch von Schweiß und Bier wahr, speicherte die letzten Sekunden meines alten Lebens genau ab, dann machte ich einen schnellen Schritt und lief meiner Zukunft entgegen.

»Wenn das nicht Carrie Abernathy ist«, hörte ich Lawrences Stimme. In ihr schwang ein merkwürdiger Unterton mit. Es war eine Mischung aus Hohn, Spott, aber auch Freude. Kurz zögerte ich, wägte ab, was ich tun sollte, tat schließlich, was mir am absurdesten erschien: Ich lächelte.

Einen Moment sah Lawrence mich an, dann schüttelte er den Kopf, machte einige große Schritte, zog mich in seine Arme und hob mich hoch.

»Fuck.« Er sagte es, als prostete er jemandem zu und nicht, als benutze er ein Schimpfwort. »Du bist uns echt eine Erklärung schuldig«, murmelte er, ehe er seine Umarmung etwas lockerte, mich schließlich freigab.

Tränen brannten in meinen Augen, als ich ihm zunickte.

»Aber zuerst sollte sie zu *ihm* gehen«, bemerkte Killian, dessen Blick nervös in Richtung einer weiteren Tür zuckte.

»Da hat er recht«, mischte sich nun auch Matt ein, der mich ebenfalls in eine herzliche Umarmung zog.

Ein seltenes Gefühl breitete sich in mir aus – sanft, und kraftvoll zugleich. Warm und wohlig. Fühlte es sich so an, nach Hause zu kommen?

»Gut siehst du aus«, stellte Matt fest, als er sich von mir löste. Gern hätte ich ihm ebenfalls gesagt, dass er gut aussah, aber mein Gehirn arbeitete nicht mehr richtig, meine Augen stellten nicht mehr scharf, und mein Mund konnte keine Worte mehr formen. Alles in mir wollte durch diese Tür gehen und fürchtete sich zugleich davor.

»Nun lasst sie in Frieden. Er dreht wahrscheinlich …«, Kilian fuhr sich mehrfach hintereinander durchs Haar, »… gerade durch.«

»Ich würde sagen, wir warten bei Mel und verteilen ein paar Autogramme. Das könnte jetzt etwas dauern.«

Kilian nickte nur, dann ließen sie mich stehen und verschwanden hinaus in das überfüllte Pub, wo sogleich Gekreische laut wurde.

Einen Moment schaute ich auf die hölzerne Tür, bis ich mich beinahe in Zeitlupe herumdrehte und den spärlich beleuchteten Gang entlanglief. Es gab nur noch eine Tür. Und es war klar, wohin sie führte.

Während ich langsam losging, schlug mein Herz mit jedem Schritt schneller, schien sich regelrecht zu überschlagen.

Als ich vor der Tür zum Stehen kam, legte ich meine Hand auf die Klinke, schloss einen Moment die Augen. Das kühle Metall tat meinem viel zu erhitzen Körper gut, ließ mich für den Bruchteil einer Sekunde entspannen. Diesen nutzte ich, um noch einmal tief Luft zu holen, ehe ich die Klinke herunterdrückte und eintrat.

Sowie mein Fuß die Türschwelle überschritten hatte, rückte alles in den Hintergrund. Meine Umgebung, die Geräusche um mich herum, die Gerüche, mein ganzes Sein verschwamm zu einer unbedeutenden Masse. Ich war Komparse in meinem eigenen Leben. Alles, was ich wahrnahm, war Evan.

Er saß auf einem dunkelbraunen Ledersessel, hielt in der einen Hand eine Zigarette und in der anderen ein niedriges Glas, in dem er eine bräunliche Flüssigkeit kreisen ließ – Whiskey, vermutete ich.

Ich schloss die Tür hinter mir und sperrte die restliche Welt aus. Sorgte dafür, dass es nur uns beide gab. Mich und ihn. Erschuf meinen ganz eigenen Mikrokosmos. Erst als ich mich von der Türklinke löste, bemerkte ich das unerbittliche Zittern meiner Hände.

Er sah mich an. Seine Augen waren schwarz.

Ich rang um Atem, zwang mich, den Kloß in meinem Hals hinunterzuschlucken. Das Verlangen zu fliehen, war nahezu übermächtig. Ich fühlte mich wie ein Ast, der in der Strömung eines reißenden Stroms hing und versuchte, nicht dem tonnenschweren Zug des Wassers nachzugeben, das unbarmherzig versuchte, ihn mit sich zu zerren.

»Evan?«, fragte ich so leise, dass ich befürchtete, er hatte mich nicht verstanden. Unsicher schwankte ich, machte einen kleinen Schritt auf ihn zu.

Er schaute auf, und als sich unsere Blicke schließlich begegneten, hielt ich sofort inne. Ich wagte es nicht einmal, einen weiteren Schritt auf ihn zuzugehen. Das war nicht der Evan, den ich einst gekannt hatte. Der Ausdruck, der sich da in seinen Augen widerspiegelte, war so unendlich traurig und wütend, voller Schmerz und ungestillter Sehnsucht – es war, als wütete eine alles verzehrende Kraft in dem sonst so ruhigen, friedlich dahinplätschernden Fluss.

Und dennoch hielt ich seinem Blick stand, wich nicht zurück. Er trank den letzten Schluck des Whiskeys, wobei er mich nicht aus den Augen ließ, ehe er sich aus dem Sessel hochdrückte. Eine Weile standen wir so da, starrten einander nur an, dann machte er einen Schritt auf mich zu.

Ich hielt die Luft an, nur noch ein paar Zentimeter … Bevor ich realisieren konnte, was geschah, fand ich mich plötzlich in seiner Umarmung wieder. Ich konnte seinen Geruch nach Holz und

Jasmin wahrnehmen, die Wärme seiner Schultern unter meinen Fingerkuppen spüren.

Und plötzlich brach ich in Tränen aus und verlor sämtlichen Halt. Als wäre ich eine Gummipuppe, knickten meine Beine ein. Evan hielt mich fest, doch auch seine Kräfte schienen zu versagen, denn er sank mit mir zu Boden, hielt mich fest, als wäre ich das Letzte auf dieser Welt, was er besaß.

Seine Arme erdrückten mich fast, aber es machte nichts, vielmehr genoss ich es, ihn so nah bei mir zu spüren.

»Evan ...« Mir brach die Stimme im Chaos meiner Gedanken. Langsam hob er den Kopf von meiner Schulter und entfernte sich so weit, dass wir genug Abstand hatten, um einander anzusehen.

Als unsere Blicke sich trafen, sog ich die Luft ein. Wie oft hatte ich schon in diese Augen gesehen? Unzählige Male ... Und trotzdem war es, als sähe ich sie zum ersten Mal. Das dunkle Blau, die grünen Sprenkel – als sähe man direkt in den Ozean. Doch wo sich früher nur ungetrübte Lebensfreude gezeigt hatte, spiegelten sich jetzt so viele Emotionen wider, dass es mir eine Gänsehaut über den Rücken jagte.

Und so sahen wir einander nur schweigend an, analysierten, was sich verändert hatte, und zu meinem Bedauern schien das mehr zu sein, als ich erwartet hatte.

Da war mehr Schmerz, Trauer, Wut und Verzweiflung, als man in den Augen eines einzelnen Menschen finden sollte. Aber etwas hatte sich während der drei Jahre nicht verändert, durchbrach die Fassade aus Schmerz – das Funkeln.

Eine Weile standen wir so da, dann trat er wieder einen Schritt auf mich zu. Seine Unterlippe zitterte, als er meine Hand nahm, sie mit seiner verschränkte. Dann beugte er sich langsam vor, legte seine Stirn auf meine. Er schloss die Augen stieß Luft aus.

»Ich habe dich so vermisst«, hörte ich ihn sagen, und sein warmer Atem traf auf meine Lippen.

Eine Gänsehaut jagte mir über den Körper und sämtliche Nackenhaare stellten sich mir auf. »Es tut mir so leid«, hauchte ich wohlwissend, dass keine Worte dieser Welt genug waren.

»Wieso bist du dann gegangen?«, flüsterte er. Seine Stimme war leise, zitterte vor Schmerz.

»Ich … ich kann nicht.« Einen Moment blieb es ganz still, dann entfernte sich Evan von mir, hielt mich auf einer Armeslänge Abstand. Als ich seinem Blick begegnete, war es, als hätte sich ein Schalter umgelegt. Nichts an dem Ausdruck in seinem Gesicht kam mir irgendwie bekannt vor. Eine Gänsehaut rann über meine ganzen Körper.

»Evan …« Ich wollte ihn berühren, doch er zuckte zurück. Eine einzelne Träne kullerte über meine Wange.

»Du wirst es mir nicht sagen?« Evans Stimme bebte noch immer, aber diesmal vor Wut. Er hob mich zurück auf die Beine, als müsse er mich in Position bringen, dann lief er auf und ab, fuhr sich durch die Haare. Immer und immer wieder, schüttelte den Kopf.

»Hast du eine Ahnung, was ich wegen dir durchmachen musste? Und jetzt kommst du hier an … als wäre nichts gewesen?« Er sprach so laut, dass jedes Wort mehrfach in meinem Kopf widerhallte.

»Evan, ich … Es tut mir leid.«

»Nein, Carrie, das reicht mir nicht … *Es tut dir leid?* Was von all dem genau?« Er machte eine ausladende Handbewegung. »Dass ich mein gesamtes Leben mit dir verbringen wollte und du abgehauen bist? Dass du dich nicht einmal wirklich verabschiedet hast? Dass du mir nie den wahren Grund für dein Verschwinden genannt hast? Dass du dich in all der Zeit nie gemeldet hast?«

Er kam mir bedrohlich nahe. Automatisch wich ich zurück. Evans Blick war voller Zorn und Wut. Ich schluckte, ermahnte mich, dass ich keine Angst vor ihm zu haben brauchte. Es war schließlich Evan. Mein Evan.

»Was davon, genau, tut dir leid? Warum, verdammt noch mal, hast du dich nie gemeldet?«, schrie er mich an.

Als hätte ich ins Feuer gefasst, zuckte ich zusammen. Ich hatte ihn noch nie so außer sich erlebt.

»Ich …«, stotterte ich, doch er gab mir gar nicht die Gelegenheit zu sprechen.

»Du hast mich einfach hier zurückgelassen, als wäre ich der letzte Abschaum, der dir jemals untergekommen ist. Als wäre ich ein Niemand – und nicht der Mann, dem du dein Herz geöffnet hast. Carrie, verdammt noch mal, ich habe dir ein Versprechen gegeben. Ich wollte mein Scheißleben mit dir verbringen.«

Seine Worte waren wie tausend Messerstiche – mitten ins Herz. Er wollte eine Antwort.

»Komm schon, Abernathy, sag es mir!« Er spuckte die Worte regelrecht aus.

Verzweifelt schaute ich zu Boden, wich seinem Blick aus, konnte diesen Ausdruck darin nicht ertragen.

Doch ich sagte nichts, hatte nicht die Kraft, es ihm zu erklären, wusste nicht, wo oder wie ich anfangen sollte.

»Dachte ich mir.« Er entfernte sich einige Schritte. Noch immer konnte ich seinen Blick auf mir spüren. Er griff nach dem Glas und füllte es mit Whiskey.

Ich ging zu ihm, legte meine Hände an seine Arme, schaute ihn direkt an.

Er sah zu mir herunter.

»Ich habe mich nicht gemeldet, weil ich dich liebe, Evan. Damals und noch heute. Aber damals … als ich nach Hause kam, war alles anders. Ich musste dort bleiben, wegen meiner Familie, und so sehr ich es mir auch gewünscht hätte – ab dem Moment, wo ich den Boden Schottlands betrat und in die Augen meiner Mutter blickte, wusste ich, dass ich vorerst nicht würde zurückkommen können. Mal von der ganzen Bürokratie wie Visum und Co. abgesehen. Das wäre alles noch hinzugekommen. Und da gab es für mich nur eine Option. Eine, von der ich damals dachte, sie wäre sowohl für dich, als auch für mich erträglich. Denkst du, für mich war das leicht? Es hat mir mein Herz gebrochen, Ev…« Ich schaffte es nicht, seinen Namen auszusprechen, da hatte er sich bereits abgewandt und warf das Glas an die Wand. Ein lauter Knall ertönte und tausend Glassplitter flogen durch die Luft.

Erschrocken schrie ich auf, wobei ich schützend die Hände vors Gesicht hielt. Als ich sie langsam sinken ließ, stand Evan vor der Wand und stütze sich mit beiden Händen daran ab.

»Verdammt noch mal«, fluchte er, »als wäre das nur deine Entscheidung gewesen!«

Ich presste die Zähne aufeinander.

Dann herrschte Schweigen. So unfassbar lautes Schweigen.

»Es tut mir leid, aber es war das Beste so«, hauchte ich noch einmal. Meine Stimme war ganz ruhig. Ich würde ihn nicht so anschreien, wie er es mit mir getan hatte.

Er erwiderte nichts, starrte nur auf den Whiskey zu seinen Füßen.

Plötzlich klopfte es an der Tür.

»Ich bin es nur«, erklärte eine tiefe Stimme. Lawrence polterte herein.

»Was willst du?«, fragte Evan.

Lawrence biss in ein Fischbrötchen, während er sich einen Moment im Raum umsah. Als er das Chaos bemerkte, blieb ihm der Fisch beinahe im Halse stecken. Sämtliche Gelassenheit verschwand aus seinen Zügen und wich einem Ausdruck starren Entsetzens.

»Mein Gott, Evan ...« Er ließ das Brötchen sinken und schaute zwischen uns hin und her. Dann kam er zu mir. »Alles okay?«

Ich erwiderte seinen Blick, las eine stumme Entschuldigung aus seinen Augen ab.

»Was willst du hier, Lawrence? Sie fragen, ob es ihr gut geht? Hat sie dich die letzten Jahre gefragt, wie es *dir* geht?«

Evans Worte waren wie eine Ohrfeige.

Lawrence blickte mich weiterhin an, starr und verkrampft, als wisse er nicht, auf welche Seite er sich stellen sollte. Sein Kiefer mahlte, als er sich langsam in Evans Richtung drehte und einige Schritte auf ihn zuging.

»Ich wollte nur fragen, ob das Konzert noch weitergeht oder nicht. Ich meine ja nur, falls nicht, solltest du deinen Arsch nämlich mal auf die Bühne bewegen und es absagen.« Er unterstrich seine Worte, indem er Evan das Fischbrötchen gegen den Kopf warf.

Evan wischte sich unbeeindruckt etwas Öl von der Augenbraue, ehe er mich eine Sekunde lang ansah.

»Tut euch …«, doch meine Worte gingen in der Diskussion zwischen Lawrence und Evan unter.

»Willst du mich eigentlich komplett verarschen? Carrie Abernathy taucht nach über drei Jahren auf, und du fragst mich, ob das Konzert noch weitergeht?« Er lachte auf. »Leck mich, ehrlich.«

Lawrence schnalzte mit der Zunge, und bevor er etwas erwidern konnte, war Evan bereits zur Tür hinaus.

»Sieht ganz so aus, als wäre das mit euch richtig gut gelaufen«, merkte Lawrence im Hinausgehen an.

Ich warf ihm einen wütenden Blick zu, aber er bemerkte es nicht einmal. »Vielleicht habe ich mich geirrt. Vielleicht ist einfach noch nicht der richtige Zeitpunkt. Vielleicht hätte ich noch warten sollen.«

»Was? Ist das wirklich dein Ernst?«, meinte Lawrence.

Irritiert blickte ich auf. Hatte ich das etwa laut gesagt? Lawrence sah kurz zur Tür, dann kam er zu mir und legte mir fest die Hände auf die Schultern.

»Carrie, sieh mich mal an!«

Ich gehorchte.

»Der richtige Zeitpunkt, wie du es so schön nennst, war schon vor langer, langer Zeit. Den hast du mehr als nur verpasst. Also entweder reißt du dich jetzt zusammen und kämpfst um ihn, oder du gehst durch diese Tür da und kommst nie mehr wieder.« Lawrences Stimme war nicht laut, aber eindringlich.

»Er braucht dich im Moment mehr als sonst irgendwann in seinem Leben. Es wäre falsch zu behaupten, dass von dem alten Evan noch viel übrig geblieben ist. Er hat sich in den letzten drei Jahren wohl am allermeisten von uns verloren. Frauen, Drogen …«

Bevor ich etwas hätte erwidern können, erklang Evans Stimme. »Hey, Leute, es tut mir leid. Aufgrund eines privaten Notfalls sind wir gezwungen, das Konzert an dieser Stelle abzubrechen. Wir werden es zu gegebener Zeit nachholen.« Buh-Rufe hallten durch die Halle. »Ihr könnt euch am Eingang in eine Liste eintragen, alle Namen, die draufstehen, erhalten beim nächsten Konzert kostenlosen Eintritt.«

Lawrence warf noch einen schnellen Blick in Richtung Tür, beugte sich vor. Ich konnte seinen warmen Atem an meinem Ohr spüren.

»In der linken Ecke hinter mir ist ein Notausgang. Er ist immer offen und führt direkt in den Hinterhof. Du entscheidest.« Er drückte mir einen schnellen Kuss auf die Wange, dann war er verschwunden.

Automatisch fiel mein Blick in Richtung der Notfalltür. Panisch sah ich zwischen ihr und der Holztür hin und her. Ging einen Schritt nach vorn, wieder einen zurück, einen vor, blieb stehen. Das durfte einfach nicht wahr sein. Ich schloss die Augen, atmete tief ein, dann lief ich zu dem abgenutzten Sessel und ließ mich hineinplumpsen. Meine Entscheidung war getroffen.

Diesmal würde ich kämpfen.

Just in diesem Moment öffnete sich die Tür, und Evan kam herein. Er sah müde aus. So unendlich müde. Als er mich sah, nahm sein Gesicht einen merkwürdigen Ausdruck an, beinahe so, als hätte er erwartet, dass ich verschwunden wäre.

Kommentarlos durchquerte er den kleinen Raum, lief zu dem roten Kühlschrank in der Ecke und holte den Whiskey hervor. Nachdem er zwei Gläser aus einem danebenstehenden Regal gezogen hatte, setzte er sich auf das Zweiersofa mir gegenüber, füllte die Gläser bis zur Hälfte mit flüssigem Gold und schob es mir über den Tisch zu.

Er sagte kein einziges Wort.

Ich nutzte die kurze Stille, um mich einmal in Ruhe umzusehen. Die Wände waren aus rotem Backstein, der Boden aus verkratztem dunklem Parkett, und Bilder berühmter Bands und Schauspieler hingen in verschnörkelten Rahmen an der Wand. Manche mit, manche ohne Unterschriften. In regelmäßigen

Abständen waren dunkelgrün verglaste Lampenschirme an der Wand befestigt worden, die schwaches Licht spendeten.

Die Sitzecke war das Zentrum des Raums, daneben gab es nur die kleine Bar und mehrere Kleiderständer. Mein Blick fiel zurück auf Evan. Er hatte den Kopf in den Nacken gelegt und starrte an die Decke. Erwartete er, dort die Antworten auf all seine Fragen zu finden?

»Du hättest das Konzert nicht wegen mir abbrechen müssen«, sagte ich, als ich die Stille schließlich nicht mehr ertragen konnte.

»Ich weiß, aber ich wollte es so.« Seine Worte waren wie das schönste Kompliment und der schlimmste Faustschlag zugleich.

Stumm saß ich da, suchte nach einer passenden Antwort. Leider wollte mir nichts einfallen. Nichts hätte seinen Worten den Ernst oder die Schwere nehmen können. Nichts hätte dafür sorgen können, dass sich die Anspannung zwischen uns verflüchtigte.

Nach einer Weile der Stille räusperte sich Evan schließlich, sah mich an.

»Ich werde dir das nie verzeihen können, Carrie.«

»Das habe ich auch nicht erwartet«, zwang ich mich zu einer Antwort, auch wenn es eine Lüge war. Anschließend leerte ich das Whiskey-Glas in einem Zug und straffte die Schultern. Ich würde meine Würde und meinen Stolz nicht an diesem Abend verlieren. Es hatte mich genug Kraft gekostet, mich zurück ins Leben zu kämpfen. Noch einmal würde ich nicht zulassen, dass ich mich verlor.

Auch wenn ich ihn nicht verlassen wollte, wusste ich, dass all das hier nichts brachte. Es hatte keinen Sinn, mit ihm zu diskutieren. Nicht, solange ich nicht bereit war, ihm die Wahrheit zu sagen. Und bei Gott, das war ich noch nicht.

»Ich sollte …« Die Tür sprang auf.

»Wer hat Bock auf Burger?«, fragte Lawrence, wobei er verdächtig mit den Augenbrauen zuckte.

Irritiert blickte ich zu Evan, der genervt die Augen verdrehte.

»Verdammt, verschwinde, Law.«

»Nein. Ihr hattet genug Zeit, das zu klären, und falls ihr das noch immer nicht getan habt, wird es wohl heute auch nicht mehr passieren. Ich werde nicht dabei zusehen, wie ihr euch fünf Stunden lang anschweigt und euch mit stummen Vorwürfen bombardiert. Also schwingt eure Ärsche aus dem Sessel, wir gehen jetzt gemeinsam mit den anderen essen.«

Just in diesem Moment erschien Mel im Türrahmen. Sie hatte ihre Arbeitskleidung gegen eine gemütliche Jeans, ein schlichtes T-Shirt und eine Lederjacke eingetauscht.

»Kommt schon, ihr beiden.«

»Ich will nicht, dass sie mitkommt«, erklärte Evan ruhig. »Sie hat hier nichts mehr zu suchen.«

Auch wenn Mel und Lawrence nichts sagten, sprachen ihre Gesichtsausdrücke Bände. Sie waren fassungslos. Und ich hätte es auch sein sollen, doch für heute hatte ich beschlossen, auf Durchzug zu schalten. Ich konnte mich morgen immer noch mit den klaffenden Wunden beschäftigen, die Evan mir mit seinen Worten zugefügt hatte. Für heute galt es einfach nur zu überleben.

»Ich wollte sowieso ins Bett«, erklärte ich, viel zu müde, mich mit Evan anzulegen.

»Vergiss es.« Mel trat einen Schritt vor. »Tut mir leid, Evan, aber du bist nicht der Einzige, der darüber entscheidet, ob Carrie mit uns kommt oder nicht.«

»Nein, aber wir.« Matthew kam in den kleinen Raum und nickte Lawrence vielsagend zu, bevor er nach einer dunklen Lederjacke griff.

Mel wollte sich in Kampfposition begeben, aber ich legte ihr nur eine Hand auf die Schulter.

»Ehrlich, Mel, lass es gut sein.« Stattdessen ballte sie jedoch die Hände zu Fäusten. »Was denkt ihr euch eigentlich, ihr Idioten? Haben wir auch nur den blassesten Schimmer, was Carrie widerfahren ist? Nein, das haben wir nicht. Seit wann also behandeln wir jemanden so, von dem wir rein gar nichts wissen außer dem Namen?«

Nun, das war etwas übertrieben, aber ich verbesserte sie nicht.

»Mel!« Lawrence wollte sie beruhigen, aber sie nahm gerade erst Fahrt auf, richtete einen Finger auf Matthew und Evan.

»Ich war hier mit ihr. Die ganze Zeit. Und ich hab sie immer und immer wieder brechen sehen. Und ihr beiden Vollidioten glaubt allen Ernstes, dass sie damals keinen triftigen Grund hatte zu gehen?«

»Kennst du denn den Grund, Mel?« Evan kam ihr gefährlich nahe. »Oder schlussfolgerst du einfach nur irgendetwas, weil sie heute ein wenig rumgeheult hat?«

Ich zuckte bei seinen Worten zusammen. Sie waren wie Faustschläge in meinen Magen.

»Wie lange hab ich gelitten? Wie lange hast du gelitten? Und dann, eines schönen Tages, hast du uns von der Zeitung aus entgegengestrahlt, gemeinsam mit einem Kunstwerk von dir ... so, als wäre rein gar nichts gewesen, als hättest du mir ... uns nicht die Herzen gebrochen.« Evan spuckte mir die Worte entgegen, bevor er ganz nahe kam. »Du bist hier nicht mehr erwünscht, und jetzt verp...«

»Evan, es reicht. Du hast getrunken.«

Langsam fuhr er herum, schaute zu Killian, der im Türrahmen stand und ihn ruhig musterte.

»Killian, was willst du jetzt eigentlich? Sie in Schutz nehmen?«

»Nein. Ich will nur nicht, dass du irgendwas sagst oder tust, das du morgen vielleicht bereust. Also lass es gut sein, okay?«

»Ach, weißt du was, großer Bruder?«

Killian verschränkte die Arme vor der Brust, sah ihn abwartend an, so, als wisse er, dass jetzt nur irgendein weiterer bösartiger Kommentar von Evan kommen würde.

»Leck mich am Arsch!« Genervt warf er die Hände in die Luft. »Und du auch.« Er richtete den Finger auf mich. »Leckt mich alle beide am Arsch! Ich habe genug.« Mit diesen Worten ließ er uns stehen und verschwand, wohin auch immer.

Killian rieb sich die Stirn. »Entschuldigt«, sagte er noch, bevor er ihm nachlief.

»Was soll das werden?«, murmelte ich und wollte ihnen nach

draußen folgen. Sie sollten nicht wegen mir streiten, schließlich hatte Evan recht. Wie hatte ich jemals annehmen können, dass er oder einer der anderen mir verzeihen würde? Wie hatte ich ernsthaft auf eine Versöhnung hoffen können, auf seine Liebe? Wie naiv war ich bloß gewesen, dass ich gedacht hatte, ich könnte herkommen und mir sein Herz zurückkämpfen?

Es war, als zerriss mich die Erkenntnis von innen. »Ich muss hier raus«, erklärte ich.

Ohne auf die anderen zu warten, stürmte ich nach draußen. Evan war fort. Irgendwo in der Nacht Seattles verschwunden. Killian stand allein im Hinterhof, hatte sich gerade eine Zigarette angesteckt. Als er mich sah, nahm er einen tiefen Zug.

»Ihr solltet gehen«, sagte er zu den anderen, ließ den Blick jedoch nicht von mir.

Langsam ging ich zu ihm. Kommentarlos hielt er mir die Schachtel entgegen. Auch wenn ich meine eigene hatte, griff ich hinein.

»Danke«, murmelte ich. Noch immer kämpfte ich mit den Tränen. Mel kam zu uns, steckte sich ebenfalls eine an.

»Ist das jetzt gut gelaufen?«, fragte sie nach einer Weile der Stille.

»Ich schätze, es lief noch beschissener, als ich es erwartet hatte«, sagte ich leise.

Killian betrachtete mich einen Moment, nahm einen langen Zug. »Du hast ihn um den Verstand gebracht, Carrie. Man könnte sagen, dass du ihm das Herz rausgerissen und in Stücke gehackt hast. Und jetzt tauchst du nach drei Jahren hier auf und wirfst es ihm vor die Füße wie einem Hund den Knochen. Wundert es dich wirklich, dass er nicht vor Freude auf die Knie fällt?«

»Killian …«, zischte Mel, aber er machte nur eine wegwerfende Handbewegung, bevor er mich einige Meter von ihr wegzog.

»Carrie, du warst für mich immer wie eine Schwester, und ich schwöre dir, als ich dich heute gesehen habe, ist ein Teil in mir lebendig geworden, den ich schon lange tot geglaubt hatte, aber mein Bruder …« Er schüttelte den Kopf. »Du hast ihn kaputt gemacht. Er hat dich so sehr geliebt … Ich weiß, dass du wahrscheinlich Schlimmes durchgemacht hast. Aber er … er auch. Also sei ihm nicht böse. Er braucht Zeit. Muss all das erst mal sacken lassen.«

»*Du* wolltest doch, dass ich mit ihm spreche«, unterbrach ich ihn harsch. Ich hatte genug davon, dass alle der Meinung waren, mich für das verurteilen zu dürfen, was ich getan hatte. Als wüsste ich nicht selbst, dass ich einen Fehler begangen hatte.

»Ja, damit ihr darüber sprecht und er mit dir abschließen kann. Damit er seinen Frieden findet. Den Frieden, den ich nie finden durfte.«

»Tut mir leid, Killian …«

Er packte mich am Arm. »Carrie, du wirst ihn wieder brechen. Und du weißt es.«

»Und was genau macht dich da so sicher?«

»Ich weiß es einfach«, sagte er.

»Einen Scheiß weißt du«, zischte ich. Ohne mich noch einmal umzudrehen, lief ich zu Mel.

»Ich fahre ins Hotel«, erklärte ich.

»Soll ich dich bringen?«

»Nein, ich gehe allein«, quetschte ich zwischen zusammengepressten Zähnen hervor, ehe ich einen schwachen Zug nahm. Nicht einmal rauchen konnte ich noch. Meine Welt drehte sich immer schneller, raubte mir das Gleichgewicht.

Einen Moment zögerte sie, dann sah sie zu Killian, der gerade im Begriff war, wieder reinzugehen.

»Ich weiß nicht, wer dich mehr geliebt hat, Evan oder Killian.«

Kapitel 2

Carrie

Ihre Worte hallten noch eine ganze Weile in meinem Kopf umher, ließen sich nicht einordnen. Hatte ich sie richtig verstanden?

Und plötzlich wurde ich furchtbar müde – müde der Überlegungen, der viel zu lauten Gedanken, der vielen unbeantworteten Fragen.

Als ich zur Seite blickte, sah ich Evan, Lawrence und Matthew. Sie stiegen in einen Wagen auf der gegenüberliegenden Straßenseite.

Einige Sekunden starrte ich auf die Stelle, wo sie zuvor noch gestanden hatten, dorthin, wo nun nur noch ein Zigarettenstummel an sie erinnerte.

Er hat mich allein gelassen, dachte ich noch, bevor mir sämtliche Kraft aus den Gliedern wich und ich zu Boden ging. Auf einmal konnte ich den Alkohol wieder überdeutlich in den Gliedern, im Kopf und allem voran in meinem Herzen spüren.

Und dann begann ich zu weinen.

Jemand legte mir eine Jacke um die Schultern. Ich sah nicht einmal auf.

»Hey, Carrie, wir bringen dich jetzt zum Hotel, okay?« Es war Killian. Nun sah ich doch auf, schaute in das dunkle Blau seiner Augen. Reue sprang mir entgegen. Reue und Schmerz. Mel stand hinter ihm, betrachtete mich mitleidig. Kurz verharrte mein Blick auf ihr, dann sah ich wieder zu Killian. Er war vor mir in die Hocke gegangen, blickte mich besorgt an.

»Was habe ich bloß getan, Killian?«, flüsterte ich.

Sein Gesicht nahm einen gequälten Ausdruck an, er erwiderte jedoch nichts. Verzweifelt schlug ich die Hände vor dem Kopf zusammen. Wie hatte ich jemals annehmen können, dass Evan und ich noch eine Chance haben würden?

Was war mir bloß durch den Kopf gegangen? Hatte ich wirklich angenommen, er würde mich mit offenen Armen empfangen? So, als wäre ich nie fort gewesen? Ja, das hatte ich.

Rein rational betrachtet, war das natürlich völliger Blödsinn. Wer würde das schon tun? Aber wenn es um die Liebe ging, gab es keine Logik und Rationalität. Liebe setzte alles außer Kraft, funktionierte auf einer völlig anderen Ebene. Liebe entstand über das Unerklärlichste, was der Mensch zu bieten hatte – Gefühle. Und die … die folgten leider nur dem, was unser Herz uns sagte. Dummerweise war es eben nicht immer auf unserer Seite. Manchmal kam es mir beinahe so vor, als wäre unser Herz unser größter Feind. Warum sonst sollte es Gefühle auslösen, die uns Dinge tun ließen, die völlig absurd waren?

Was hatte mich und meine Mutter dazu bewogen, bei meinem Vater zu bleiben? Wie hatten wir all die Dinge, die er uns angetan hatte, als *Phase* abstempeln können? Wie hatte unser Herz ihn nach allem noch lieben können? Wie hatten wir noch um ihn trauern können? Wie?

Mit Evan war es anders und doch irgendwie gleich. Er hatte mir deutlich zu verstehen gegeben, dass er mich nicht mehr in seinem Leben haben wollte. Und doch war ich noch hier, hoffte, dass er zu mir zurückkehren würde. Und irgendwie hatte ein Teil von mir geglaubt, dass es ihm genauso ging.

Ich hatte mir unser Wiedersehen romantischer und emotionaler vorgestellt, so, wie es mir Romane vorgegaukelt hatten. In meiner kleinen Blase hatte ich gehofft, dass er mir um den Hals fallen und weinen würde. Im Anschluss hätten wir dann leidenschaftlichen Sex gehabt – das war es, was ich mir ausgemalt hatte. Dass er mich derart bösartig behandeln, mich sogar beleidigen würde – nein, damit hatte ich nicht gerechnet. Oder hatte ich es nur verdrängt? Mich deswegen in meiner Blase verkrochen, weil ich insgeheim geahnt hatte, wie er reagieren würde?

War das vielleicht auch der Grund, weswegen ich mich ihm nicht hatte stellen wollen? Und möglicherweise war genau das auch der Grund, weswegen unser Geist stets etwas anderes wollte als unser Herz –, denn wenn wir immer nur der Logik folgen würden, würden wir die besten Dinge im Leben verpassen. So oder so, Evan hatte heute die Seifenblase zerstochen, in der ich die letzten Wochen, Monate und vielleicht sogar Jahre gelebt hatte. Er hatte mich zurück in die Wirklichkeit katapultiert, und, verdammt, ich hatte beinahe vergessen, wie sehr die Wahrheit schmerzte.

»Carrie, hey …« Killian hatte mein Gesicht in seine Hände genommen, zwang mich, ihn anzusehen, legte seine Stirn auf meine. »Wir sind bei dir, hörst du? Es wird alles wieder gut …« Er fuhr mit dem Daumen über meine Wangen, wischte die Tränen weg. »Es wird alles wieder gut. Es tut mir leid … Was ich gesagt habe, es war nicht so gemeint …«

Ich glaubte ihm nicht, schüttelte vehement den Kopf. »Nichts wird gut. Ich hab alles verloren. Meinen Vater, die Liebe meines Lebens, euch. Alles, was ich je hatte, liegt in Schutt und Asche«, schluchzte ich. Ich hatte heute mehr geweint als die letzten Monate zusammen. Seitdem mein Vater seinen Hass gegen uns immer mehr gezeigt hatte, hatte ich gelernt, mit Schmerz, Wut und Trauer umzugehen. Normalerweise warf mich so schnell nichts mehr aus der Bahn, doch heute war alles anders. Heute war ich die Carrie von damals. Die, die eigentlich gestorben war, als sie ins Flugzeug gestiegen war und Seattle verlassen hatte. Killian nahm mich auf seine Arme. »Alles wird wieder gut, Carrie. Ich bringe dich jetzt erst mal ins Bett, und dann schläfst du dich ordentlich aus.«

Ich ließ ihn reden, hatte nichts mehr zu sagen. Meine Welt drehte sich ungewohnt schnell, und mit steigendem Tempo stieg auch die Übelkeit in mir immer weiter an. »Mir ist schlecht!«

»Gott, Mel, wie viel hast du ihr zu trinken gegeben?«, hörte ich Killian fragen. Er roch gut – herb, wie ein kühler Winterabend.

»Zu viel«, gab sie zu. »Soll ich mitkommen?«

»Nein, ich krieg das schon hin. Such du die anderen und sprich mit Lawrence.«

Ich stellte mir vor, wie sie nickte, dann wurden ihre Schritte langsam leiser, verschwanden schließlich.

»Hi«, murmelte Killian, als er sich ins Taxi schob. Noch immer hatte ich die Augen geschlossen, war zwischen der Wirklichkeit und meinem alkoholumnebelten Geist gefangen.

»Wir müssen ins … ähm … Moment.«

Killian hob meinen Kopf auf seinen Schoß, strich mir sanft über die Wange. Seine Finger waren weich. Viel weicher, als ich erwartet hatte, wenn man bedachte, dass er Gitarrist war.

»Carrie, wohnst du wieder im Hilton?«

»Mhm.« Mehr brachte ich nicht zustande.

»Okay … zum Hilton, bitte.« Es wurde still.

Nach einer Weile ruckelte mich jemand sanft am Arm.

»Carrie, wir sind da!« Träge schlug ich mit den Wimpern, ehe ich mich verwirrt umsah. Ein paar graue Augen sahen mich amüsiert an. Im Hintergrund prasselten große Regentropfen auf eine Scheibe, und es erklang ein dumpfes Geräusch, als die Scheibenwischer gingen.

»Da hat heute jemand ordentlich ins Glas geschaut, hm?«, fragte eine Stimme. Ich brauchte mehrere Sekunden, ehe ich realisierte, dass ich noch immer im Taxi war. Der Taxifahrer wirkte verschwommen.

»Ja«, murmelte ich nur, dann griff ich nach Killians Hand und ließ mich von ihm in die kühle Nachtluft Seattles ziehen.

»Geht's? Kannst du stehen?« Skeptisch beäugte er mich, bevor er meinen linken Arm nahm und sich ihn um die Schulter legte. »Geht schon«, murmelte ich, ehe ich auf wackligen Füßen in Richtung Eingang lief.

Die Security beäugte uns skeptisch, doch als sie Killian erkannten, richteten sie ihren Blick wieder in die Ferne.

»Vorsichtig, Stufe.«

Als die goldenen Türen des Hiltons zur Seite aufglitten, winkte ich den beiden Rezeptionistinnen zu, bevor ich zum Fahrstuhl ging und mich dagegen lehnte.

»Mir ist so heiß«, sagte ich in Killians Richtung.

»Geht es Ihnen nicht gut, Miss?« Eine der beiden Empfangsdamen war zu uns gekommen und musterte mich kurz, ehe ihre Augen an Killian hängen blieben. Sie war hübsch – blond, groß, schlank. Der Inbegriff dessen, was sämtliche Klatschzeitschriften uns als perfekt verkaufen wollten.

»Sie sind doch …?«

Er machte eine wegwerfende Handbewegung. Just in diesem Moment öffnete sich die Fahrstuhltür, und er zog mich hinein.

»Danke, aber wir kommen zurecht«, sagte er schnell. Ich schlang ihm die Arme um den Hals, sank zu Boden.

»Sind Sie sicher?«

Ich bemerkte, wie Killians Kiefer sich anspannte. Kurz sah er mich an, dann setzte er sein charmantestes Lächeln auf und drehte sich zu ihr.

»Ja, danke!« Er wandte sich ab und packte mich bestimmt an der Hüfte. Einen Wimpernschlag später war ich wieder auf den Beinen.

»Welche Etage?«

»Ganz oben.«

Er drückte auf den Knopf, dann raste der Fahrstuhl bereits los – leider war er dabei so schnell, dass es mir den ohnehin schon unruhigen Magen umstülpte.

»Ich glaube, ich …« Schnell hielt ich mir die Hand vor den Mund, schluckte mehrfach.

Als die Türen sich zur Seite aufschoben, packte Killian mich sanft am Ellenbogen, bevor er mich durch den Flur dirigierte.

»Gib mir die Zimmerkarte!«

»In meiner Handyhülle«, erklärte ich. Eilig reichte ich ihm den quadratischen Kasten, und er fischte sie heraus. Es klackte, dann sprang die Tür auf. Sofort rannte ich ins Badezimmer. Ich schaffte es gerade rechtzeitig, bevor ich mich erbrach.

»O Mann«, murmelte Killian nur, ehe er sich neben mich kniete und mir die Haare aus dem Gesicht hielt. »Schon gut!«

Nachdem ich den gesamten Mageninhalt der letzten drei Stunden in die teure Toilettenschüssel gekotzt hatte, wischte ich mir kurz mit dem Handrücken über den Mund, bevor ich zitternd zum Sitzen kam. Hals und Nase brannten, und Tränen kullerten meine Wange herunter. Es schüttelte mich.

»Warte, ich hol dir etwas Wasser.«

Killian ließ mir keine Gelegenheit zu widersprechen – da kam er auch schon zurück und hielt mir eine Flasche Wasser entgegen. Ich trank sie in einem Zug leer.

»Geht's wieder?« Unbeholfen zuckte ich mit den Schultern. Killian hielt mir eine Hand hin und ich griff danach, doch erst nach dem dritten Anlauf schaffte ich es auf die Beine. Plötzlich hatte ich unglaubliche Kopfschmerzen.

»Komm, wenn wir dich jetzt unter eine kalte Dusche setzen, geht's dir morgen besser.« Wie auch schon bei der Flasche Wasser wartete er nicht ab, stattdessen zog er mich langsam aus. Eigentlich wollte ich protestieren, wollte nicht, dass er die Narbe sah, aber mein von Alkohol benetztes Gehirn und meine taube Zunge wollten nicht mehr funktionieren.

»Komm, setz dich.« Er hielt meine Hand, während ich mich in die Wanne sinken ließ. Kurz zögerte er, drehte schließlich das Wasser auf. Ich beobachtete ihn, musterte seine deutlich gealterten Züge, das länger gewordene schwarze Haar, den müden Ausdruck in seinen Augen.

»Was?«, fragte er, wobei er die Hand unter den lauwarmen Strahl des Duschkopfs hielt.

»Nichts. Du hast dich verändert«, murmelte ich.

Er lachte. »Haben wir das nicht alle?«

Das Wasser wurde langsam kälter.

»Achtung!«, warnte er mich noch, bevor er den aggressiven Strahl des Duschkopfs auf mich richtete. Augenblicklich begann ich zu kreischen.

»O mein Gott, willst du mich umbringen?«

»Ganz im Gegenteil. Ich will dir helfen!« Unbeirrt duschte er mich von oben bis unten ab, ehe er das Wasser abstellte und mir auf die Beine half – schlotternd und bis auf die Unterwäsche entblößt stand ich vor ihm. Drei Jahre, nachdem wir uns das letzte Mal gesehen hatte – beinahe so, als wäre nichts geschehen.

Plötzlich musste ich an Mels Worte denken: *Ich weiß nicht, wer dich mehr geliebt hat, Evan oder Killian.*

»So.« Killian fuhr herum und legte mir zwei große Handtücher um die Schulter. »Los, trockne dich ab, und dann nichts wie ins Bett mit dir.« Er wandte sich ab, wollte den Raum schon verlassen, doch ich packte ihn am Ärmel, hielt ihn zurück.

»Killian?«

»Ja?«

Langsam löste ich die Finger, ließ den Arm sinken. »Es tut mir so … so leid.« Ein unergründlicher Ausdruck legte sich über sein Gesicht, und schon war er bei mir, nahm mich in die Arme. Ohne zu zögern, gab ich mich dem hin, sank gegen ihn.

»Ihr habt ja keine Ahnung, wie sehr ihr mir gefehlt habt. Keine Ahnung.«

»Doch«, flüsterte er, wobei er mich noch fester an sich drückte.

»Glaub mir, du hast uns genauso gefehlt. Auch wenn Evan es nicht zugibt. Du hast uns schrecklich gefehlt.«

»Wieso bist du so zu mir?«

»Was meinst du?« Langsam löste er sich von mir, strich mir eine nasse Strähne aus dem Gesicht.

»Warum bist du nicht wütend?«

»Willst du dieses Gespräch wirklich führen, während du halb nackt in der Wanne stehst?«

Ich zog das Handtuch enger vor der Brust zusammen. »Nein, natürlich nicht«, murmelte ich, bevor ich das Bein anhob und auf die Fußmatte trat.

»Aber schlafen willst du auch nicht, habe ich recht?«

Anstatt einer Antwort nickte ich nur und lief an ihm vorbei in Richtung meines Bettes, wo ich nach dem Telefonhörer griff und die Nummer der Rezeption wählte. Ich musste dringend diesen ekelhaften Geschmack loswerden.

Ich bestellte zwei Burger mit Süßkartoffelpommes und Softdrinks.

»Gib mir zwei Minuten, ich zieh mir nur schnell etwas an.« Eilig wühlte ich in meinem Koffer nach einer Hose und einem dicken Pullover, verschwand damit im Bad und kam wenige Wimpernschläge später wieder raus.

Killian beäugte mich kurz, dann blieb sein Blick an der Schiebetür zum Balkon hängen.

»Rauchen?«, fragte ich.

»Rauchst du jetzt richtig?«

Ich wusste nicht, was mich mehr überraschte, dass er diese Frage wirklich stellte oder dass es ihn zu überraschen schien.

»Ja«, antwortete ich knapp, bevor ich die Tür aufschob und in die eiskalte Nacht hinaustrat.

Ich ließ mich in einen der Stühle sinken, zog die Beine an.

Killian tat es mir gleich, zückte seine Schachten Pall Malls.

Wie konnte es sein, dass es mit ihm beinahe unverändert war? So, als wäre nie etwas gewesen? Als hätten wir einander nicht drei Jahre lang vermisst? Wie konnte es sein, dass er jetzt den Platz in meiner Blase einnahm, der Evan vorherbestimmt gewesen war?

»Gut, dass du wieder da bist«, erklärte Killian ruhig, wobei er einen tiefen Zug der Zigarette nahm. Ich beobachtete, wie sich der Rauch, den er ausblies, langsam in den Himmel erhob, mit dem Nebel der Nacht verschwamm.

»Wieso?« Es war nur ein Wort, und dennoch hing es plötzlich bedeutungsvoll über uns.

»Es ist viel geschehen, als du weg warst. Evan hat sich verändert und im Moment … Im Moment erkenne nicht einmal ich ihn noch wieder. Und er ist mein Bruder.«

Ich nahm einen weiteren Zug. »Wird er mir jemals verzeihen können?« Langsam drehte ich mich zu Killian, beobachtete sein Seitenprofil, wie er in Richtung des Lake Union sah und noch einen Zug der Zigarette nahm. Dann drehte er sich zu mir, sah mir tief in die Augen und nahm meine Hand.

»Ich weiß es nicht, Carrie. Alles, was ich weiß, ist, dass er dich noch immer wahnsinnig liebt.« Kurz blickten wir einander an, der sanfte Schein des Mondes ließ sein Gesicht beinahe friedlich wirken. Plötzlich klopfte es.

»Das muss das Essen sein.« Ich legte die Zigarette auf dem Aschenbecher ab und eilte hinein.

Ich riss die Tür regelrecht auf. »Guten Abend.«

Der Mann nickte mir freundlich zu, dann schob er einen goldenen Wagen herein und legte das Essen auf den dafür vorgesehenen Wohnzimmertisch.

»Ich wünsche Ihnen einen guten Appetit. Möchten Sie eine Kerze?«

Mir entfuhr ein verbittertes Lachen. »Nein danke, keine Kerze.«

Als er weg war, rief ich Killian hinein.

»Meine Güte, das sieht ja besser aus als in so manchem Restaurant.«

Für den Preis kann man das auch erwarten, dachte ich, bevor ich mich auf den Boden setzte und erst einmal einen großen Schluck Cola hinunterkippte.

Eine Weile saßen wir schweigend da, aßen vor uns hin, dann lehnte sich Killian schließlich zurück, sah mich aufmerksam an.

»Du weißt, dass du nicht ewig schweigen kannst, oder? Ich meine, hier und jetzt mag es in Ordnung sein, aber der Tag wird kommen, an dem du die Karten auf den Tisch legen und dich erklären musst, wenn du willst, dass er dir jemals verzeiht. Das ist der einzige Weg.« Natürlich wusste ich das und doch – er hatte ganz richtig erkannt, dass ich im Moment alles andere als bereit dazu war.

»Ich hatte nicht damit gerechnet, euch sobald wiederzusehen. Ich meine, ich bin heute Morgen erst angekommen«, erklärte ich, während ich den Burger sinken ließ. »Ich hatte ja nicht einmal Zeit gehabt, mir vorher das Zimmer anzuschauen.«

»Es war Zufall, dass du da warst?«, fragte Killian irritiert.

Unbeeindruckt zuckte ich mit der Schulter. »Ja, war es. Na ja … oder vielleicht eher Schicksal.«

Langsam beugte er sich wieder vor, nahm einen weiteren Bissen seines Burgers.

»Wie war es für dich?«

»Ihn zu sehen und zu wissen, dass er all seine Wut und seine Trauer über mich in diese Songs gesteckt hat?«, fragte ich noch einmal nach, als wäre nicht selbsterklärend, was er meinte.

Doch Killian scherte meine provokante Art nicht im Geringsten. Stattdessen nicke er. »All seine Liebe. Ja.«

Anhand meines Zustandes und den gegebenen Umständen fand ich, dass eigentlich keine Antwort nötig war.

»Wie soll es schon gewesen sein?«, murmelte ich.

»Carrie, ich will nicht wissen, dass es scheiße war. Natürlich war es das. Ich will wissen, wie du dich dabei wirklich gefühlt hast, was die Erinnerungen in dir ausgelöst haben.«

Nun ließ ich den Burger endgültig sinken.

»Schmerz. Freude. Trauer. Wut. Es war eine Komposition der Emotionen. In der einen Sekunde ging es mir gut – dann, wenn mich die positiven Erinnerungen einholten. In der nächsten Sekunde nahm mich der Schmerz gefangen und stahl mir die Luft wie eine Welle, die dich unter Wasser drückt. Alles, was sich damals glücklich angefühlt hatte, tat nur noch weh. Der Schmerz frisst mich selbst jetzt noch auf. Ich habe all das so lange Zeit verdrängt, habe versucht, davor davonzulaufen, als würde mich das vor dem Leid bewahren, und dann komme ich hierher, und innerhalb weniger Augenblicke ist es so, als wäre ich nie weg gewesen. All das Vergangene ist plötzlich wieder so nah, so, als wäre es erst gestern gewesen. Es ist, als hättet ihr die Zeit ausgetrickst.« Langsam fuhr ich mir mit dem Handrücken über den Mund. »Aber wenn ich euch ansehe … wenn ich ihn ansehe … Er ist mir so nah wie lange nicht mehr, und trotzdem habe ich das Gefühl, er könnte nicht weiter von mir entfernt sein.«

Killian sah mich einen Moment an, dann ließ auch er den Burger sinken. »Keiner sagte, dass es leicht werden würde.«

»Nein«, murmelt ich. *Aber es sagte auch niemand, wie schwer es werden würde.* »Du schuldest mir noch eine Antwort«, erinnerte ich ihn nach einer Weile.

Killian holte tief Luft, tupfte sich den Mund ab, sah mich an. Die dunklen Haare fielen ihm in die Stirn, und seine Augen strahlten dadurch noch intensiver als ohnehin schon.

»Im Gegensatz zu ihm weiß ich, wie es ist, wenn jemand geht und nicht mehr zurückkommt«, erklärte er. »Ich hätte damals alles dafür gegeben, dass Taylor zurückkehrt. Selbst nach Jahren noch.«

»Es ist immer noch Taylor?«, fragte ich leise.

Killian lachte, bevor er mich anlächelte, den Kopf schüttelte. »Nein. Schon lang nicht mehr. Trotzdem … Du hast recht. Sie war es eine lange, lange Zeit. Warum erst jetzt Carrie? Und warum ohne ein Sterbenswörtchen?«

»Weißt du, Killian, als du mir damals von Taylor erzählt hast, konnte ich nicht verstehen, wie sie einfach so hatte verschwinden können. Wie sie euch einfach hinter sich lassen und ihr Leben weiterleben konnte. Aber als ich dann selbst in der Situation war, wo ich eine Entscheidung treffen musste, erschien mir ihre Handlung auf einmal bestechend logisch.«

Killians Kiefer spannte sich an. »Sag bitte nicht, dass du es gemacht hast, weil ich dir von Taylor erzählt hatte.«

Ich machte eine wegwerfende Handbewegung. »Nein, wahrscheinlich hätte ich es auch so getan, aber plötzlich konnte ich sie verstehen. Was, denkst du, wäre geschehen, wenn ich euch davon erzählt hätte? Wenn ich gesagt hätte: ›Hey Leute, meine Ma hat grad angerufen und mir gesagt, dass etwas Furchtbares geschehen ist und ich sofort nach Hause kommen soll …‹ Was, denkst du, wäre passiert?«

»Wir hätten nach einer Lösung gesucht.« Killians Stimme wurde mit jedem Satz, den ich sagte, tiefer … kühler.

»Ja, richtig. Eine Lösung für ein Problem, für die ihr keine gefunden hättet. Meine Mutter und ich haben drei Jahre gebraucht, um diese Lösung, von der du sprichst, zu finden. Drei verfluchte

Jahre. Und am Ende kam die Erlösung nicht durch uns, sondern durch Gott.«

»Na und, wir hätten gemeinsam …«

»Nein, Killian, nein, das hätten wir nicht.« Ich war aufgesprungen, lief auf und ab. »Ihr hättet es euch nicht leisten können, mit mir zu kommen. Evan hätte es sich nicht leisten können. Erinnerst du dich an die Zeit vor drei Jahren? Wie kurz ihr vor dem internationalen Durchbruch standet? Wenn Evan mir gefolgt wäre, hättet ihr es nicht geschafft. Ich wäre der Grund gewesen, warum euch der Absprung nicht gelungen wäre. Und diese Vorwürfe …«, ich schüttelte den Kopf, »wollte ich mir nicht aufladen. Mag sein, dass Evan das ›gern‹ getan hätte, dass es ihm und vielleicht auch euch egal gewesen wäre. Aber das wäre eine Momentaufnahme gewesen. Eines schönen Tages wäre das auf mich zurückgefallen. Und warum? Weil ich meine Probleme nicht allein in den Griff bekommen konnte?« Erneut schüttelte ich den Kopf. »Es war keine Option, euch einzuweihen. Diese Entscheidung musste ich einfach für euch treffen. Ich musste es tun, bevor ihr es tun konntet, denn ihr … *Er* hätte sich falsch entschieden. Ihr hättet mich niemals gehen lassen und falls doch, wärt ihr mir gefolgt.«

»Aber, Carrie …« Killian war ebenfalls aufgestanden, thronte nun direkt vor mir. »Du kannst nicht unsere Entscheidungen für uns treffen«, sagte er, wobei er mir tief in die Augen sah.

»Das habe ich schon längst getan«, murmelte ich. Plötzlich war er mir gefährlich nach, packte mich bei den Schultern.

»Und genau da ist das Problem. Carrie, Menschen haben das Recht, ihre eigenen Entscheidungen zu treffen. Und du … du hast Evan seiner beraubt. Du hast mich meiner beraubt. Mel …«

»Killian, wohin soll diese Diskussion führen? Du sagst doch ganz richtig, dass jeder das Recht hat, seine eigenen Entscheidungen zu treffen … Ich habe meine Entscheidung getroffen und euch zurückgelassen. Ihr hattet einander. Ich hatte nur mich selbst.«

Killian schüttelte den Kopf, als könne er nicht begreifen, was ich da von mir gab. »Aber, Carrie … Du hattest die Wahl. Dass du allein warst, war ebenso deine Entscheidung wie die, allein zu bleiben.«

Auf einmal machte mich diese Diskussion furchtbar müde. Kurz sah ich ihn noch an, dann warf ich die Hände in die Luft, ergab mich.

»Dann ist es halt so, Killian. Vielleicht hast du recht. Möglicherweise habe ich mir mein Leben versaut, weil ich euch nicht miteinbezogen habe. Vielleicht. Vielleicht auch nicht. Wer vermag das schon zu sagen? So oder so bin ich der Meinung, dass ihr mir nicht hättet helfen können. Und du weißt ja, was man sagt. Das Pflaster mit einem Ruck abzureißen, tut nicht annähernd so weh, wie es langsam Millimeter für Millimeter abzulösen. Und das ist es, was mit uns geschehen wäre. Ihr wärt mir gefolgt, und irgendwann hättet ihr bemerkt, dass ihr mir nicht helfen könnt. Ich hätte mich in meinen Kokon zurückgezogen – so, wie ich es immer tue, wenn ich nicht weiterweiß –, und dann hätten wir uns aus den Augen verloren. Bis ihr irgendwann fort gewesen wärt. Und vielleicht war es besser so, denn nun haben wir zumindest eine zweite Chance.«

Ich schob die Terrassentür auf, trat hinaus in die kühle Nachtluft. Es fröstelte mich, doch ich genoss den Schauer auf meiner vor Erregung erhitzten Haut.

Während ich über die bunten Lichter der Stadt hinwegblickte, schnappte ich mir die Schachtel Zigaretten, die auf dem Tisch lag, und zündete mir eine an. Gerade als der erste Zug meine Lungenflügel aufblähte, hörte ich, wie Killian hinaustrat.

Schweigend stellte er sich neben mich, steckte sich ebenfalls eine an, dann beugte er sich über das Geländer.

»Was?«, murmelte ich.

»Ich will nur, dass du vorbereitet bist. Sollte Evan dir die Chance geben, dich zu erklären, wird das kein einfaches Gespräch werden.«

Ich lachte. Als wäre mir das nicht klar. »Warum bist du nicht sauer?«, fragte ich, bevor ich einen weiteren Zug nahm. Eine Weile herrschte Stille, als müsse Killian über die Frage nachdenken.

»Zu allererst … Ich bin sauer.« Er lachte. »Und zwar verdammt sauer. Das bin ich jetzt, und das war ich damals. Aber mich und Evan unterscheiden ein paar grundlegende Dinge.« Er zog an seiner Zigarette, bevor er etwas Rauch in die Abendluft blies.

»Wie gesagt. Evan hat keine Ahnung, wie es sich anfühlt, wenn der Mensch, den man über allen Maßen liebt, nicht zurückkehrt. Er weiß, wie enorm der Schmerz und die Wut sein können. Wie zerstörerisch. Und trotzdem glaube ich, dass er noch nicht an dem Punkt war, wo er nicht mehr mit deiner Rückkehr gerechnet hat. Evan mag dich mit Schweigen und Wut strafen, doch insgeheim war es immer seine größte Hoffnung, dass du eines Tages zurückkehrst. Wenn du mich fragst, wurden die Songs nur dafür geschrieben … Ich meine, wenn wir ehrlich sind, sind sie perfekt, um dich zu ködern. Sie waren sein Lockruf.«

Ich lachte. Das hätte natürlich vorausgesetzt, dass ich ihre Musik überhaupt noch gehört hatte, was nicht der Fall gewesen war. Aber so war das Schicksal eben. Manchmal ging es nur darum, zur richtigen Zeit am richtigen Ort zu sein.

»Bei mir war das anders. Die Jahre zogen ins Land, und Taylor war nie mehr gesehen. Und irgendwann kommt man an den Punkt, wo man einsehen muss, dass die Person fort ist. Für immer. Und dieses Gefühl …« Er unterbrach seinen Monolog mit einem weiteren Zug an der Zigarette. »… dieses Gefühl ist noch einmal völlig anders. Dieses Gefühl ist, was uns wirklich zerstört, was wirklich, wirklich wehtut.«

Mehrere Minuten herrschte Schweigen, dann sagte ich schließlich: »Du hast mir nie erzählt, wie sie ausgesehen hat.« Gedankenverloren drückte ich meine Zigarette aus. Er lächelte. »Du musst ja auch nicht alles wissen.«

»Also bist du nur deswegen nicht sauer, weil ich im Gegensatz zu ihr zurückgekommen bin?«

Killian lehnte sich wieder über das Geländer, sah in die Ferne.

»Ich sage es noch einmal … Ich bin sauer. Aber ja, ich bestrafe dich nicht so, wie er es tut. Denn im Gegensatz zu ihm kann ich mir vorstellen, wie viel Mut es bedarf, um nach drei Jahren zu den

Menschen zurückzukehren, die du einst hinter dir lassen musstest. Und davon abgesehen … Wir haben keine Ahnung, warum du genau gegangen bist, aber ich vertraue dir genug, um zu behaupten, dass es ein triftiger Grund gewesen sein muss. Evan ist einfach nur blind … vor Trauer und Wut. Der Nebel muss sich einfach etwas lichten, damit er wieder klar sehen kann. Verstehst du, was ich meine?«

Ich nickte. »Irgendwann werde ich es dir erzählen«, versprach ich.

Nun zog er den Blick von den Hochhäusern ab, sah mich an. »Ich weiß, Carrie.«

Ein Blick auf die Uhr verriet mir, dass es bereits halb zwei in der Nacht war. Killian hatte sich wieder auf den Weg gemacht und alles, was von unserem Gespräch übrig geblieben war, waren die überwiegend leeren Teller und ein leichter Hauch seines Aftershaves, der noch immer die Luft um mich herum schwängerte.

Da ich in all dem Trubel glatt vergessen hatte, meine Mutter anzurufen, griff ich eilig nach meinem Handy, sank auf die Couch und wählte ihre Nummer. Sie hob nach dem zweiten Klingeln ab.

»Carrie, mein Schatz. Alles in Ordnung? Wie war dein Tag? Ist es bei euch nicht schon total spät? Ich hätte mir ja Sorgen gemacht, aber ich habe Bilder von deiner Ankunft im Internet gesehen.« Eines der wenigen guten Dinge des Word Wide Web – Kontrollanrufe waren unnötig, da man ja ohnehin jeden Schritt im Netz nachverfolgen konnte.

»Ja, alles okay, Ma, na ja … mehr oder weniger.« Ich lachte verhalten.

»Oh, oh. Was ist passiert?«

Und plötzlich wollte ich weinen. Schon wieder. Warum wurde ich jedes Mal, wenn ich in dieser Stadt war, zu einer Heulsuse?

»Ich habe sie getroffen«, flüsterte ich dann beinahe ehrfürchtig in den Hörer.

»Was?« Die Stimme meiner Mutter war zwei Oktaven in die Höhe geschossen, und ich konnte mir bildlich vorstellen, wie sie aus ihrem Lesesessel gesprungen war und aufgeregt auf und ab lief.

»Wie ›du hast sie getroffen‹?«

»Ich habe sie getroffen … In einem Pub.«

»Aber woher wusstest du denn, wo sie waren?«

Meine Mutter und ich hatten vor meiner Abreise ganz genau geplant, wie ich die Sache mit Evan und den Jungs angehen musste, damit es funktionierte.

So viel dazu, dachte ich verbittert. »Ich wusste es nicht. Es war Zufall.« Und dann erzählte ich ihr die ganze Geschichte. Begann bei Louis und seinem Versuch, Small Talk zu führen, und endete damit, wie ich mit Killian auf dem Balkon stand.

»Du solltest aufpassen, was Killian betrifft«, war das Erste, was sie sagte.

Ich umklammerte den Hörer etwas fester. »Was meinst du damit?« Sie räusperte sich, schien nach den richtigen Worten zu suchen.

»Evan ist jetzt wütend, verletzt und total überfordert. Er weiß nicht, wie er sich verhalten soll, und das ist völlig okay. Er wird jetzt alles versuchen, um dich angreifen zu können. Wird versuchen, dich schlechtzureden … Und je mehr Angriffsfläche du ihm bietest, desto mehr wird es nachher schmerzen … Er wird sich beweisen wollen, dass er dich nicht mehr liebt, aber wir wissen es ja besser. Also lass es über dich ergehen, zumindest bis zu einem gewissen Punkt. Evan ist ab dem Moment, wo er dich gesehen hat, vermutlich zu einem Zwölfjährigen geworden. Und Killian. Killian ist so eine Angriffsfläche, von der ich grade eben sprach. Wenn sogar Mel bemerkt hat, dass er offensichtlich mehr für dich empfindet, als er sollte, wird es auch Evan nicht entgehen. Falls er es nicht schon längst mitbekommen hat. Immerhin ist es sein Bruder, also …«

»Ich soll mich nicht mit ihm sehen lassen?«, dachte ich ihren Gedanken laut zu Ende.

»Ja, denn wenn er euch sieht, wird er denken, du bist zurückgekommen, weil dir einfach danach war, und nicht, weil du eine zweite Chance für euch erreichen wolltest. Vielleicht wird er sogar behaupten, du wärst wegen Killian hier. Er wird sich alles Mögliche einreden, was ihn davor bewahrt, sich mit seinen Gefühlen für dich auseinandersetzen zu müssen …«

Ich nickte. »Ja, da hast du wohl recht. Und was mache ich, wenn Evan sich weiterhin so verhält? Du hättest ihn erleben müssen, er war total …« Ich suchte nach dem passenden Wort. »Bösartig.«

Meine Mutter lachte schwach. »Baby, versetz dich mal in seine Lage. Da lässt du ihn mit nichts weiter als einem Stück Papier in Seattle zurück und kommst nach drei Jahren einfach so wieder. Wie würdest du dich da fühlen? Er wird dich zappeln lassen, wird sich erst einmal selbst sortieren müssen. Gib ihm etwas Zeit, aber wenn er nach einer Weile immer noch nicht zulässt, dass du dich ihm näherst … wenn er dich dann immer noch so abweisend behandelt …«

Sie musste die Worte nicht aussprechen, es war auch so klar, was sie meinte … *dann musst du ihn gehen lassen.*

Kapitel 3

Evan

Ich liebe sie.

Ich hasse sie.

Ich liebe sie.

Ich hasse sie.

»Ich kann einfach nicht glauben, dass sie wieder da ist. Einfach so. Von jetzt auf gleich. Als wäre sie nie fort gewesen«, murmelte Lawrence, während er seinen neuesten Schlitten – eine silberne Mercedes G-Klasse – durch den Abendverkehr Seattles steuerte.

Ich blinzelte, kehrte zurück ins Hier und Jetzt. Die Straßen waren wie immer belebt, doch heute nahm ich die Welt nur durch einen trüben Schleier wahr.

»Ich auch nicht«, erwiderte ich.

Niemand antwortete.

Ich liebe sie.

Ich hasse sie.

»Wieso hast du mich nicht von der Bühne geholt?«, richtete ich mich an Mel. Nachdem wir bereits die halbe Strecke zurückgelegt hatten, hatte sie angerufen und gemeint, wir müssten sie abholen.

»Wieso hätte ich das tun sollen?«, fragte sie, wobei ihre eisblauen Augen mich nachdenklich betrachteten.

Zu gern hätte ich ihr eine saftige Antwort entgegengeschleudert. Irgendwas Schlagfertiges, das sie sofort hätte verstummen lassen. Doch mir fiel nichts ein. Nichts hätte meine Gedanken und Gefühle treffend beschreiben können.

Ja, Evan, warum hätte sie dir Bescheid geben sollen? Die Stimme in meinem Inneren war laut, übertönte plötzlich sämtliche Gedanken, die sich in den Weiten meines Gedächtnisses verloren hatten. *Ja, warum?*

Es war keine klar definierbare Antwort möglich, denn Carrie Abernathy hatte mein Herz in zwei Teile gerissen, und so gab es auf jede Frage stets auch zwei Antworten.

Wieso hätte sie das tun sollen?

Weil ich sie liebe.

Weil ich sie hasse.

Wieso hätte sie das tun sollen?

Weil ich seit Jahren auf diesen Moment gewartet hatte, den Moment ihrer Rückkehr.

Weil ich sie nie mehr wiedersehen wollte.

Wieso hätte sie das tun sollen?

Weil ich will, dass sie sieht, wie sehr ich sie noch immer liebe.

Weil ich nicht will, welches Leid, welche Trauer und wie viel Schmerz mir die Erinnerung an sie noch immer zuführen.

Wieso hätte sie das tun sollen?

Weil sie es ist, für die dieses Album geschrieben wurde, weil ich ihr Gesicht in meinen Händen halten will, während ich ihr jedes einzelne Lied vorsinge.

Weil sie der Grund ist, dass mein Herz seit drei Jahren jeden Tag etwas weniger enthusiastischer schlägt. Weil sie es ist, die den unbeschwerten Evan mit sich nahm. Weil sie es ist, die mich gebrochen hat. Weil es ihre Schuld ist.

So viele potenzielle Antworten, doch keine davon verließ meine Lippen.

Wieso hatte ich ihre Anwesenheit nicht gespürt? Hätte ich nicht fühlen müssen, dass sie wieder da war? Dass sie vor mir saß? Nach all den Jahren, die sie mich hatte leiden lassen, in denen ich mir den Kopf über sie zerbrochen und jeden Tag auf ihre Rückkehr gewartet hatte, hätte ich da nicht spüren müssen, dass sie zurück war?

»Wozu, Evan? Damit du sie noch eher vor den Kopf hättest stoßen können?«

Ich erwiderte nichts. Wie sollte ich Mel erklären, was in mir vorging? Konnte ich es mir schließlich selbst nicht erklären. »Nein. Ich hätte einfach nur gern selbst darüber bestimmt, wie viel ich ihr von mir offenbare«, erklärte ich möglichst ruhig.

»Evan, nimm es mir nicht übel, aber diese Entscheidung hast du bereits getroffen. Nämlich in dem Moment, als du diese Songs über euch geschrieben hast. War es nicht sogar deine Absicht, dass sie dich sieht oder zumindest hört? Dass sie sieht, wie viel sie dir noch immer bedeutet? Damit sie zu dir zurückkehrt?«

Ich starrte sie bloß an. »Nein, ehrlich gesagt habe ich gedacht, nachdem sie nichts weiter als Schmerz zurückgelassen hat, könnte ich den Scherbenhaufen, den sie zu verantworten hat, wenigstens in Geld umwandeln.« *Eine Lüge.* Aber so spielend leicht, wie sie mir über die Lippen gekommen war, glaubte ich sie fast selbst.

Mel sah aus wie ein Hund, den man getreten hatte. Die ganze Sache nahm sie ebenso mit wie mich.

»Tu ruhig so, als wäre dieses Album nicht dein letzter Versuch gewesen, sie hierherzuschaffen. Als wäre es nicht der letzte Ausweg gewesen, damit Sie dich und deinen Schmerz endlich hört«, fauchte sie, ehe sie den Blick abwandte und aus dem Fenster sah. Ich hätte es gut sein lassen sollen, und ich wusste es, aber ich konnte nicht, denn ich ekelte mich vor mir selbst. Vor den Gedanken und Gefühlen in meinem Innersten. Jeder logisch denkende Mensch hätte ihre Rückkehr ignoriert. Dann war sie eben wieder da, ja und? Aber ich … ich konnte es nicht ignorieren, stattdessen begann mein Herz, aufgeregt zu schlagen. Das war nicht richtig. Nein! Nicht nach allem, was geschehen war. Nicht nach allem, was sie angerichtet hatte.

Es. War. Nicht. Richtig. Und ich wollte, dass Mel das verstand, auch wenn ein Teil von mir es selbst noch nicht einmal richtig kapiert hatte.

»Warum hätte das in meinem Interesse sein sollen? Nach allem, was sie mir angetan hat?«

Mel lachte, machte sich allerdings nicht die Mühe, mich anzusehen. »Keine Ahnung, weil du sie noch immer liebst zum Beispiel?«

Ich wollte ihr widersprechen. Ihr sagen, wie falsch sie damit lag. Am liebsten hätte ich ihr ins Gesicht geschrien, dass ich viel für Carrie Abernathy empfand, aber das Liebe ganz sicher nicht dazugehörte. Doch so sehr ich es auch wollte, es kam mir nicht über die Lippen. Und je länger die Worte unausgesprochen auf meiner Zunge lagen, desto lauter wurde die Frage, wen von uns beiden ich eigentlich davon zu überzeugen versuchte. Mel oder mich.

»Mel, ich denke, es reicht jetzt«, ging Lawrence dazwischen.

»Nein. Nein, ich denke, das tut es nicht. Ihr beide kriegt ja den Mund nicht auf, aber ich schon. Seit Jahren schon können wir Tag für Tag beobachten, wie du mehr an ihrem Verlust zugrunde gehst. Du tust vielleicht, als wäre sie der letzte Abschaum, aber wir wissen es doch alle besser. Wir alle wissen, wie du wirklich für sie empfindest. Und ich verstehe dich, Evan. Ich verstehe, dass du überfordert bist und wütend. Ich bin auch verletzt und wütend. Wir alle haben und leiden noch immer mit dir. Aber indem du dir selbst einredest, dass sie dir nichts bedeutet, wird es nicht automatisch besser. Es spielt keine Rolle, wie oft dein Verstand versucht, dir etwas einzureden, wenn dein Herz nicht einmal zuhört. Also erspar uns allen dieses falsche Getue. Wir sind deine Freunde. Wir wissen, was wirklich in dir vorgeht. Und dass dich ihre Rückkehr nicht kaltlässt, macht dich nur menschlich.«

»Ihr wollt wissen, was *wirklich* in mir vorgeht? Nicht mal ich selbst weiß, was in mir vorgeht. Wie also willst du es wissen? Und wieso zur Hölle glaubst du, *du* könntest mir Gefühle einreden?«, knurrte ich. Ihre Worte hatten mich wie Pfeilspitzen getroffen. Wie konnte es sein, dass Carrie erst seit wenigen Stunden wieder da war und schon wieder nichts als Chaos anrichtete? Was hatte diese Person nur an sich, dass sie alles und jeden um sich herum zerstören musste?

Mel musterte mich einen Augenblick. Der Ausdruck in ihren Augen hatte sich verändert, wurde von so etwas wie Mitleid und Reue durchkreuzt. Ich konnte es kaum ertragen.

»Vielleicht wäre es besser, wenn du mich zu mir nach Hause

fährst, Lawrence«, erklärte Mel ruhig, doch ich konnte sehen, wie es in ihr brodelte.

Kurz schaute ich zu Lawrence, der erst in den Rückspiegel, dann zu mir sah. Er fühlte sich sichtlich unwohl in seiner Haut.

»Mel, komm schon«, bat er.

»Nein. Ich kann das heute nicht ertragen«, erklärte sie. Kurz wurde es still, bis Mel noch etwas einzufallen schien. Wieder drehte sie sich zu mir. Sowohl das Mitleid als auch die Reue waren aus ihrem Blick gewichen. Nun war da nur noch nackte Wut.

»Denkst du eigentlich, du bist der Einzige, der unter ihrer Abwesenheit gelitten hat? Der Schmerz erfahren hat? Ich weiß, du hast viel durchgemacht, Evan. Aber glaub mir, sie hat auch mir das Herz gebrochen, als sie damals verschwand. Nicht nur dir.«

Ich wollte etwas Einfühlsames sagen. Sie in meine Arme schließen. Aber ich konnte nicht. Mein Verstand legte Worte zurecht, doch meine Zunge war vergiftet. »Willst du wirklich meine Beziehung zu ihr mit deiner vergleichen?«

»Ja, Evan, das will ich. Ich habe sie auch geliebt, auf meine Art. Und soll ich dir was sagen? Sie ist immer noch dieselbe. Da schlummert noch derselbe wundervolle Mensch in ihr, den wir vor drei Jahren kennengelernt haben.«

Das wusste ich. Als ich sie vorhin angeschaut hatte, hatte ich es gesehen. Hinter all dem Schmerz, der Angst und der Trauer in ihrem Blick hatte ich sie gesehen – die Carrie von damals.

»Es ist mir egal, ob sie noch da ist, Mel. Denn ich … Ich bin nicht mehr der, der ich damals war.« Wenigstens das entsprach der Wahrheit.

Mels Schultern sackten nach vorn, und sie stieß angestrengt etwas Luft aus. Sie gab auf und damit war die Unterhaltung beendet. Zum Glück.

Ich schätzte Mels Eifer wirklich sehr, aber es gab Fehler im Leben, die würde ich nicht noch einmal begehen – Carrie Abernathy in mein Leben und mein Herz zu lassen war einer davon.

Die restliche Fahrt verlief schweigend, zumindest im Auto. In meinem Kopf wüteten die Gedanken dafür nur umso lauter.

Immerhin verlangten sie keine Antworten. Vor mir selbst musste ich mich nicht verstecken oder rechtfertigen. Stattdessen konnte ich mich einfach dem Gefühlschaos hingeben und im Zwiespalt meines Herzens ertrinken.

Nachdem Lawrence Mel abgesetzt hatte, fuhr er weiter in Richtung unserer Wohnung. Als ich die Paparazzi sah, die bereits davor warteten, wurde mir schlecht. Genervt verdrehte ich die Augen, ehe ich mir die Kapuze meines Sweaters über den Kopf zog.

Als der Wagen anhielt, stürmten sie bereits auf uns zu. Eilig stieg ich aus dem Wagen und eilte in Richtung unseres Wohnblocks.

»Evan, wie geht es dir heute?«

Ich ignorierte die nervige Fragerei.

»Fans haben berichtet, dass dein Konzert heute ganz besonders emotional war, hatte das einen Grund?«

Könnte man wohl so sagen, dachte ich wütend.

»Wie lange wird eure Tour-Pause noch anhalten?«

»Gibt es ein Mädchen in deinem Leben?«

»Evan, geht es dir nicht gut? Du siehst ziemlich fertig aus.«

Kurz war ich geneigt, dem Typen den Stinkefinger zu zeigen, doch ich sparte mir dir Show, zog mir stattdessen nur die Kapuze tiefer ins Gesicht und lief noch schneller. Dann erreichten wir endlich den Eingang.

»Man munkelt, dass das Mädchen da war, wegen der du all die Songs geschrieben hast.«

Bevor ich mich hatte zurückhalten können, hatte ich mich bereits umgedreht. Die Überraschung über diese Frage musste mir ins Gesicht geschrieben gewesen sein – und nun hatte sie die halbe Presse von ganz Seattle als Aufnahme auf der Kamera.

Und wenn mich die Paparazzi eines gelehrt hatten, dann dass es nicht immer nötig war, auf ihre Fragen zu antworten. Ihnen reichte schon das Zucken eines Mundwinkels, das Weiten der Augen, das Heben einer Braue – denn ein Blick sagte bekanntlich mehr als tausend Worte.

Als wir endlich den Fahrstuhl erreicht hatten, hatte ich große

Lust, gegen den Spiegel zu schlagen, doch ich riss mich zusammen, schloss die Augen und atmete die Wut aus, die sich in mir gesammelt hatte.

»Die haben keinen blassen Schimmer. Du weißt, dass die dich nur aus der Reserve locken wollen. So wie sonst auch.« Natürlich wusste ich das, aber diesmal war es etwas anderes – denn diesmal hatten sie ins Schwarze getroffen.

Die Fahrt nach oben kam mir wie eine Ewigkeit vor. Schon lange hatte ich mich nicht mehr so unfassbar müde gefühlt.

Plötzlich wirkte alles so surreal. Wie ein Traum – nur war ich mir nicht sicher, ob es ein Traum oder eher ein Albtraum war. War es Fluch oder Segen, dass Carrie wieder hier war?

Fluch. Segen. Fluch. Segen …

Genervt von meinem eigenen Zwiespalt zog ich mein Handy heraus. Dutzende von Twittermeldungen überschwemmten mein Display:

Carrie Abernathy in Seattle angekommen.

Der Star der Kunstszene eröffnet neueste Ausstellung in der Dumónt Galerie.

Carrie Abernathy erobert nun auch die USA.

Carrie war eine der wenigen Künstlerinnen, die es ins Rampenlicht geschafft hatte. Ihre Bilder waren innerhalb der Kunstszene eingeschlagen wie eine Bombe. Als vor zwei Jahren ihr Bild »Vincent« rausgekommen war, hatte die Presse sie überschwemmt. Sie hatte europaweit Ausstellungen gegeben, und »Vincent« hatte es sogar ins Nationalmuseum Schottlands geschafft. Und nachdem sie gemeinsam mit einem ebenfalls prominenten Künstler aus Deutschland Werke für eine Friedensstiftung gestaltet hatte, war sie plötzlich überall zu sehen gewesen. Den Medien nach zu urteilen hatte sie eine Szeneparty nach der nächsten besucht, hatte sich vernetzt und war zu einem immer größeren Star in der Kunstszene geworden. Es hatte langsam begonnen, doch mit ihrem Erfolg im Kunstbusiness war sie zu einem Trendsetter geworden. Sie war nicht nur Künstlerin, sondern wurde auch als Kunst gesehen. Und so war sie Muse für etwaige Designer geworden und besuchte regelmäßig Fashion Shows. Man kannte sie, selbst, wenn man sich nicht für Kunst interessierte.

Nachdem wir die erste offizielle Meldung und damit das erste Lebenszeichen von Carrie damals erst Monate nach ihrer Abreise entdeckt hatten, war ich ihrem Hashtag gefolgt, sodass mir sämtliche Tweets, die sie betrafen, angezeigt worden waren. Die Anzahl war überschaubar gewesen. Ganz im Gegensatz zu der Welle an Benachrichtigungen, die nun eintrudelten.

»Das darf doch einfach nicht wahr sein?«, fluchte ich, bevor ich das Handy zurück in meine Hosentasche steckte.

Lawrence warf mir einen merkwürdigen Blick zu, sagte jedoch nichts. *Besser so.*

Als wir endlich oben ankamen, sprang ich regelrecht hinaus und eilte zu unserer Wohnung. Dort angekommen, schloss ich langsam die Tür auf und trat ein.

Lawrence legte mir eine Hand auf die Schulter, schob sich an mir vorbei – Matthew tat es ihm gleich. Ich ließ es geschehen, beobachtete, wie sie sich auszogen ... Doch ich bewegte mich keinen Zentimeter. Plötzlich war es, als geriete die Welt um mich herum aus ihren Fugen. Meine Welt. Mein Leben.

Wie konnte es sein, dass sich unser Leben innerhalb weniger Sekunden, weniger Wimpernschläge und Momente um 360 Grad gedreht hatte? Wieso war das Schicksal derart bösartig?

Noch vor wenigen Stunden war das ein Tag wie jeder andere gewesen. Ich war aufgestanden, hatte in den Tag hineingelebt, mir Lawrence dumme Witze angehört, geprobt, viel zu viele Gedanken an Carrie und unsere gemeinsame Vergangenheit verschwendet und schließlich den Auftritt vorbereitet. Und dann plötzlich ... Im Bruchteil einer Millisekunde hatte sich alles geändert. So, wie es sich auch damals schon innerhalb weniger Wimpernschläge geändert hatte.

Sie war wieder da.

Noch immer konnte ich nicht beschreiben, was diese Tatsache in mir auslöste. Es war merkwürdig. So oft hatte ich mir diesen Tag ausgemalt – den Tag ihrer Rückkehr. Unzählige Stunden hatte ich nachts wach gelegen und mir vorgestellt, wie es wäre, wenn sie wieder zu mir zurückkehren würde. Und nun, Jahre später, war es endlich so weit.

Doch es war anders als in meinem Kopf. Meine Gefühle waren unsortierter, roher, schmerzten mehr.

Nur selten hatte ich mich so nackt gefühlt wie in den letzten Stunden. Meine Gedanken waren so offensichtlich und doch wurde ich nicht schlau daraus, konnte sie in keine sinnvolle Reihenfolge bringen.

Zum ersten Mal seit dem Tag ihrer Abreise fühlte ich mich wieder verloren. So richtig verloren. Wie ein Blatt auf weiter See. Allein, dem Untergang geweiht.

Denn auch, wenn da diese Stimme in mir war … Dieser Evan, der mir zurief, wie sehr er sie liebte und in seine Arme ziehen wollte … Das war nicht der Evan, der lauter war. Nein. Vielmehr rückte er mit jeder Minute in den Hintergrund, und langsam klärte der Sturm meiner Gedanken auf und wich etwas viel Stärkerem. Einer toxischen Mischung, die mein Untergang sein könnte: Wut, Hass und Verbitterung.

Wut, weil sie erst jetzt zurückgekehrt war, drei Jahre später. Hass, weil sie geweint hatte, als hätte nicht sie die Entscheidung getroffen zu gehen, sondern ich. Als wäre ich der gewesen, der sie verlassen hatte, und nicht umgedreht.

Und Verbitterung, weil ich wegen ihr etwas getan hatte, was ich mir niemals verzeihen würde.

Carrie Abernathy mochte einst mein Stern gewesen sein, doch mittlerweile war sie nur noch ein dunkler Fleck am sonst so hell beleuchteten Firmament.

Sie war ein Schwarzes Loch, im Begriff, alles um sich herum aufzusaugen – auch mich. Aber mir war ebenso klar: Wenn ich noch einmal in ihre Nähe kam, würde ich mich nie mehr aus ihrem Sog befreien können. Ließ ich noch einmal zu, dass sie in mein Leben kam, dann wäre es für immer.

Carrie Abernathy griff mich an einer Stelle an, die ich bereits für tot gehalten hatte – meinem Herzen. Und die Tatsache, dass dem so war, machte mich nur noch wütender. Wie konnte ich nach allem, was gewesen war, zulassen, dass mein Herz einen Satz machte? Wie konnte es sein, dass dieses verräterische Organ so gegen die logischen Konsequenzen des Verstandes arbeitete? Was stimmte eigentlich nicht damit?

Am liebsten wäre ich in die Küche gegangen und hätte es mir herausgeschnitten, bis nichts als ein leeres Loch in meiner Brust übrig geblieben war.

»Evan, ist alles okay mit dir? Du stehst da jetzt schon seit fünf Minuten?« Lawrence sah mich einen Moment an, zupfte sich am Ohr herum. Er wusste genau, dass es besser war, mich allein zu lassen. Ich konnte es an seinem Blick sehen. Wieso also tat er es nicht?

Ich kniff die Brauen zusammen. »Alles okay.«

Ohne ihn eines weiteren Blickes zu würdigen, zog ich meine Schuhe aus und lief an ihm vorbei in Richtung meines Zimmers. Gemeinsam mit Lawrence, Matt und Killian wohnte ich hier nun schon seit drei Jahren. Seit sie mich verlassen hatte.

Ich weiß nicht, was ich ohne die Jungs gemacht hätte, ohne Mel. Sie alle waren in den letzten Jahren noch mehr zu meiner Familie geworden als ohnehin schon, hatten mir geholfen, die Zeit ohne sie zu überwinden, hatten mich festgehalten, wenn ich mal wieder kurz davor gewesen war abzustürzen. Sie waren mein Anker gewesen in den stürmischsten aller Zeiten.

Und trotzdem brauchte ich jetzt Zeit für mich. Wollte nicht reden.

»Evan, warte doch mal«, hörte ich Lawrence hinter mir.

Eilig lief ich die weiße Wendeltreppe hinauf, tat so, als hörte ich ihn nicht. Alles, was ich wollte, war ein Schluck Alkohol und eine Zigarette – über Gefühle zu reden war definitiv nicht Teil meiner Abendplanung.

»Evan!« Ich blieb stehen, fuhr herum.

»Lawrence, was, verdammt noch mal, willst du?«, fragte ich.

»Du solltest jetzt nicht allein sein«, erklärte er ruhig. Ich senkte die Lider. Er hatte recht, und ich wusste es und dennoch erwiderte ich nur: »Ich kann auf mich selbst aufpassen.«

Er runzelte die Stirn. »Das bezweifle ich, Alter.«

Stumm starrte ich ihn an. Er starrte zurück. Eine Weile ging das so, bis ich mich schließlich umdrehte und in Richtung meines Zimmers lief.

»Okay, geh doch. Aber ich sag dir noch was. Es war heute das letzte Mal, dass du so mit Mel gesprochen hast, habe ich mich klar ausgedrückt? Lass deine Launen von mir aus an deinem Therapeuten aus, aber nicht an ihr. Sie ist deine Freundin und nicht deine Feindin«, sagte er, bevor er sich abwandte und davonstürmte.

Es gab einen lauten Knall, dann zitterte die Tür leicht im Rahmen. Ich hatte das Bedürfnis, mich zu entschuldigen. Er wusste, wie wichtig mir Mel war, aber ich bewegte mich keinen Zentimeter. *Was war das nur für ein Scheißtag.*

Ungläubig sah ich ihm nach, schüttelte den Kopf. *Von mir aus.*

Ich ging in mein Zimmer.

Als ich die Tür ins Schloss drückte und das alles erlösende *Klack* ertönte, rutschte ich daran zu Boden, schloss die Augen. Ich atmete mehrmals den herben Holzgeruch ein, versuchte, sämtliche Gedanken in meinem Kopf zum Schweigen zu bringen, doch es war zwecklos. Normalerweise war auf die Techniken von Doktor Brewnik immer Verlass.

Ich versuchte es noch einmal, schloss die Augen. Atmete. Einmal. Zweimal. Dreimal. Freemont Ave North 24.

Ich liebe sie.

Ich hasse sie.

Wieso hätte ich das tun sollen?

Weil ich sie liebe.

Weil ich sie hasse.

Wieso hätte ich das tun sollen?

Weil ich seit Jahren auf diesen Moment gewartet hatte, den Moment ihrer Rückkehr.

Weil ich sie nie mehr wiedersehen wollte.

Wieso hätte ich das tun sollen?

Weil ich will, dass sie sieht, wie sehr ich sie noch immer liebe.

Weil ich nicht akzeptieren will, welches Leid, welche Trauer und wie viel Schmerz mir die Erinnerung an sie noch immer zufügen.

Wieso hätte ich das tun sollen?

Weil sie es ist, für die dieses Album geschrieben wurde, weil ich ihr Gesicht in meinen Händen halten will, während ich ihr jedes einzelne Lied vorsinge.

Weil sie der Grund ist, dass mein Herz seit drei Jahren jeden Tag etwas weniger enthusiastischer schlägt. Weil sie es ist, die den unbeschwerten Evan mit sich nahm. Weil sie es ist, die mich gebrochen hat.

Als ich das nächste Mal die Augen öffnete, fand ich mich mit einer Rasierklinge in der Hand wieder. Blut floss mir über die Hand, tropfte auf den dunklen Stoff meiner Jeans.

Ich ließ den Kopf in den Nacken sinken, warf die Rasierklinge fort, schnappte mir ein Kissen vom Bett und schrie hinein.

So lange hatte ich es ohne geschafft. So lange hatte ich dem Drang widerstehen können.

Eilig zog ich die Schublade meines Nachtschranks auf und zog ein Taschentuch heraus, presste es auf die Schnitte, die ich mir selbst zugefügt hatte.

Träge griff ich in meine Jackentasche und zückte eine Schachtel Zigaretten. Die anderen würden mich kreuzigen, wenn sie wüssten, dass ich in der Wohnung rauchte. Mit zittrigen Händen steckte ich mir die Zigarette an, dann lehnte ich den Kopf noch einmal an die Tür, wiederholte die Technik von Doktor Brewnik.

Als es noch immer nichts brachte, gab ich es schließlich auf. Dieser Tag war im Arsch – bloß gut, dass er quasi schon vorbei war.

Kurz sah ich mich in meinem Zimmer um. Das Bett wirkte mit seinen zwei Metern plötzlich viel zu breit, die weißen Wände und Möbel zu kühl, die Fensterfront eher bedrohlich, als atemberaubend.

Alles, was ich sonst liebte, war mir auf einmal zu viel. Gegenüber des Bettes hingen all meine Gitarren an der Wand, sahen mich erwartungsvoll an. Kurz spielte ich mit dem Gedanken, eine von ihnen runterzuholen, einen neuen Song zu schreiben, aber das würde ich nicht schaffen. Zweifelsfrei würde er von ihr handeln. Und dafür fehlte mir die Kraft.

Für das neue Album hatten wir drei verfickte Jahre gebraucht. Jedes Lied hatte meine Seele ausgebrannt, mich in Flammen aufgehen lassen – einen weiteren Song über sie zu schreiben war keine Option. Erst Recht nicht im Moment.

Und doch … wenn etwas half, dann war es Musik. Langsam stand ich auf, lief hinüber und nahm eine der akustischen Gitarren von der Wand. Dann lief ich durch einen schmalen Durchgang in einen abgetrennten kleinen Raum. Dort ließ ich mich auf eine weiße Couch sinken, sah in die Ferne und begann, eine beliebige Melodie zu spielen. Musik hatte mich schon immer beruhigt. Die Songs über sie zu schreiben war nicht nur meine Idee gewesen. Auch wenn ich oft mit dem Gedanken gespielt hatte, war es letztendlich mein Therapeut gewesen, der mich immer wieder ermutigt hatte, all meine Wut, Trauer und allem voran den Schmerz in Musik zu verwandeln. Es war die nahe liegendste Art der Trauerbewältigung – denn Musik zwang einen, bestimmte Dinge immer und immer wieder zu erleben, so lange, bis man damit abschließen konnte.

Und so ließ ich erneut das zu, was mich heilte, was mich zerstörte. Zwischendurch musste ich eine kleine Pause machen, wickelte mir einen Verband ums Handgelenk, dann spielte ich weiter. Irgendwann bemerkte ich, dass ich schon längst keine beliebige Melodie mehr spielte – stattdessen spielte ich die Melodie des Songs *Moonlight Sonata*. Mein liebster Song des neuen Albums. Einer der Songs, die mich besonders viel Kraft gekostet hatte. Nicht weil er so besonders oder die Situation, von der er handelte, so entscheidend war – viel mehr, weil er einfing, was das zwischen Carrie und mir so besonders gemacht hatte.

Als mich meine Gefühle zu überwältigen drohten, schloss ich kurz die Augen. Heiße Tränen brannten sich meine Wange hinunter, verfingen sich in meinen Mundwinkeln. Als ich die Augen wieder aufschlug, sah ich auf meine Finger.

Bevor ich wusste, was ich tat, war ich bereits aufgesprungen und schmetterte die Gitarre gegen die Wand. Ich schrie und schlug immer und immer wieder zu.

Wieso war sie zurückgekommen? Wieso ausgerechnet jetzt? Wieso war sie überhaupt gegangen? Wieso hatte sie all das bloß getan? Ich warf die Gitarre in eine Ecke, fuhr mir verzweifelt durch das kurze Haar. Wieso, Carrie? Die Tränen flossen nun ohne Unterlass, vermischten sich mit der stummen Wut in meinem Innersten. Ich sank zu Boden, vergrub den Kopf auf den Knien, schaukelte vor und zurück. Als der Schmerz und die Wut übermächtig wurden, tat ich, was ich immer tat. Ich griff zu meinem Handy.

Sie hatte sich mehrere Male gemeldet – wie immer. Ein Blick auf die Uhr verriet mir, dass es bereits kurz nach zwölf war. Erst jetzt bemerkte ich, dass Killian noch immer nicht zurückgekommen war. Wo trieb er sich rum?

Die Erkenntnis ließ die Wut in meinen Adern ins Unermessliche ansteige. Er war bei Carrie. Das war die einzig logische Erklärung.

Ich wusste nicht, was mich wütender machte. Dass *sie* mich selbst heute nervte oder dass Killian mich offensichtlich hinterging. Wieso half er ihr? Warum konnte er ihr verzeihen, nach allem, was sie mir angetan hatte?

Langsam schob ich mich an der Wand hoch, ehe ich zurück ins Wohnzimmer lief. Ich musste wissen, was er dazu zu sagen hatte. Kurzerhand schenkte ich mir ein Glas Single Malt Whiskey ein, ehe ich mich auf die dunkle Ledercouch sinken ließ, zur Tür sah und wartete. Ich weinte noch immer.

Drei Stunden und fünf Gläser später kam er.

Ich beobachtete ihn dabei, wie er hereinschlich, als wäre er ein Dieb. Leise zog er die Schuhe aus, hing die Jacke auf …

»Ganz schön spät, findest du nicht?« Ich lallte, doch ich ignorierte es.

Er zuckte zusammen. »O Gott, Evan, willst du mich zu Tode erschrecken? Was zur Hölle machst du hier?«

Während ich das Glas leerte, ließ ich ihn nicht aus den Augen.

»Na, ich habe auf dich gewartet.« Mit einem lauten Knall stellte ich es ab und ging zu ihm hinüber. »Was denn sonst?«

Killian sah mich aus den kühlen Augen eines großen Bruders an und doch … Da lag eine Unsicherheit in seinem Blick, die ungewöhnlich war.

Er zuckte mit den Schultern. »Findest du das normal? Es ist mitten in der Nacht.«

»Ja richtig. Ich frage mich, wo du um die Uhrzeit herkommst?« Mit hochgezogener Braue lief er an mir vorbei, doch ich hielt ihn am Arm fest. »Killian«

»Was?« Er kam mir gefährlich nahe, bis unsere Stirnen sich beinahe berührten. »Was. Willst. Du. Von. Mir?«

»Du warst bei ihr, habe ich recht? Du warst bei Carrie.«

Kurz sah er mich an, dann wich er mehrere Schritte zurück, zuckte mit den Schultern. »Ja, war ich.«

»Wieso, Killian? Wieso tust du mir das an? Du weißt, was sie mir angetan hat. Du weißt, dass sie mir mein Scheißherz gebrochen hat. Du warst derjenige der meine Hand gehalten, mich so oft vor mir selbst gerettet hat, und nun bist es ausgerechnet *du*, der sofort zu Kreuze kriecht?«

Er verschränkte die Arme vor der Brust.

»Du benimmst dich wie ein kleiner Junge, Evan. Wach auf. Hass und Wut werden dich auf Dauer nur kaputtspielen. Ich krieche nicht zu Kreuze, sondern war ein Freund für sie. Einen Freund, den sie nach dem Streit mit dir gut gebrauchen konnte.«

Er wollte weitergehen.

»Ich hätte dich auch gebraucht, Killian. Ich hätte meinen scheiß großen Bruder auch gebraucht. Aber stattdessen hintergeht er mich, ist bei der Frau, die für all das«, ich wedelte mit meinen blutigen Handgelenken herum, »verantwortlich ist.« Erneut hielt er inne, dann kam er die wenigen Stufen zu mir herunter, sah mir in die Augen.

»Was ist bloß los mit dir? Sie ist doch nicht dein Feind, Evan. Ja, sie hat einen verdammten Fehler gemacht. Ja, sie hat dir das

Herz gebrochen. Na und? Sie ist nicht der Grund für alles, was danach passierte. Niemand hat daran Schuld. Ich weiß, es ist einfacher für dich, sie dafür verantwortlich zu machen, aber Evan … Du bist der Einzige, der Einfluss auf dein Handeln und deine Entscheidungen hat. Und außerdem … Nur weil sie dir damals das Herz gebrochen hat, bedeutet das noch lange nicht, dass ihres nicht auch gebrochen ist. Ich weiß, du gibst dich gern der Vorstellung hin … weil es dann leichter wird, sie zu hassen. Aber, Evan? Sie hat mindestens genauso gelitten wie du.« Er warf einen kurzen Blick auf die blutigen Verbände. »Und für das …« Er schüttelte den Kopf. »Lasse ich mir nicht die Schuld geben. Ich flehe dich seit Wochen an, wieder zur Therapie zu gehen, aber du willst ja nicht …«

Mit diesen Worten ließ er mich stehen und ging die Treppe hinauf.

Manchmal hasste ich ihn. Hasste ihn dafür, dass er so viel stärker war als ich. Ich wusste, dass er recht hatte. Mit so vielen Dingen. Ich war nicht stark. Ich war schwach.

Und so zückte ich das Handy, schrieb *ihr* eine kurze Nachricht, zog mich an und eilte durch die kühle Luft Seattles meinem nächsten Fehler entgegen.

Selten hatte ich mich so dreckig gefühlt. Es war schwer zu sagen, woran es lag, doch die Schuldgefühle drohten, mich beinahe aufzufressen. Ich schämte mich. Ich hätte nicht herkommen sollen, und ich wusste es. Und trotzdem hatte ich es getan. Aber anstatt mit ihr zu schlafen, hatte ich ihren Körper missbraucht, die Augen geschlossen und an Carrie gedacht. Daran, wie sie gewesen war, wie leidenschaftlich sie stets meinen Namen gestöhnt hatte, wie sie die Finger in meinen Rücken vergraben und Narben hinterlassen hatte.

Heute hatte ich nicht *sie* gefickt, sondern Carrie Abernathy.

Und die Tatsache, dass *sie* das wusste und hinnahm, widerte mich an. Ich hatte also gewartet, bis sie eingeschlafen war, ehe ich mich aus dem Staub gemacht hatte.

Als ich vor der weißen Holztür zum Stehen kam, zog ich, ohne zu zögern, den Schlüssel aus der Hosentasche und öffnete die Tür. Es war still – so wie immer, wenn ich hierherkam. So verflucht still, dass mich die Gedanken fast zu Zersprengen drohten.

Ich rieb mir die Schläfe, dann schloss ich die Tür und ging in die kleine Wohnung hinein. Das hier war mein Schutzraum – der einzige Ort, wo ich mich wirklich nackt machte, meine Seele öffnete, wo ich ich selbst war.

Ich warf den Schlüssel auf die Kommode, bevor ich in die Küche lief. Die Holzdielen knarzten bei jedem Schritt, und selbst nach drei Jahren bildete ich mir ein, dass es hier nach ihr roch. In der Küche angekommen nahm ich eine Tasse und goss mir etwas Wasser ein, dann brachte ich sie zum Bett. So handhabte ich es immer.

Anschließend lief ich zurück in die Küche und öffnete eine kleine Schublade. Ich zog das kleine Beutelchen hervor, suchte mir eine der bunten Pillen aus. Drogen waren beschissen, und doch konnte ich mich einfach nicht davon fernhalten, wollte dieses Gefühl des Glücks.

Ich verspürte nämlich kein Glück mehr. Nie. Nur wenn ich etwas nachhalf.

Ich schmiss eine Pille ein, lief zurück zum Bett. *Ihr* Bett. Ich ließ mich darin nieder. Nichts hatte sich hier verändert. Das hatte ich auch beim Vermieter so angefordert, als ich die Wohnung gekauft hatte … Das war die Bedingung gewesen.

Als mich das Ecstasy durchströmte, spürte ich, wie meine Glieder sich langsam lockerten. Ich schloss die Augen und ließ zu, dass die Gedanken auf mich einstürzten wie eine Lawine.

Plötzlich war sie bei mir, ihre Hände an meinem Gesicht, ihre Lippen auf meinen, ihr Körper auf mir. Sie schmiegte sich an mich, küsste meinen Hals. Wie selbstverständlich verschlossen wir unsere Hände miteinander, genossen die Nähe, die Zärtlichkeit, die Liebe zwischen uns.

Ich zog sie fester an mich, vergrub den Kopf in ihren Haaren.

Das Bild drehte sich, wurde unscharf.

»Evan?« Wir waren wieder im Pub. Ich trank den Whiskey, erhob mich – und dann spielte mein Herz die Frequenz ab, die mein Körper sich geweigert hatte durchzuführen.

Ich schmiss das Glas vor die Wand, rannte zu ihr. Mein Herz raste unter der Ausschüttung von Adrenalin und überschlug sich beinahe.

Ich hob sie hoch, drückte sie gegen den kühlen Backstein der Wände, küsste sie, als wäre sie ein Heilmittel gegen meine Krankheit.

»Carrie«, murmelte ich zwischen zwei Atemzügen. Ich wollte sie berühren, sie mit Haut und Haaren in mich aufsaugen.

»Ich habe dich so vermisst«, schluchzte sie, ehe sie die Beine öffnete, sodass ich dazwischentreten konnte. Sie schloss die Beine um meinen Körper, klammerte sich an mich.

»Ich dich auch, Babygirl, ich dich auch.« Tränen flossen ihre Wangen hinunter, doch ich küsste sie nur weg. Sie war endlich wieder bei mir.

Meine Lippen prallten auf die ihren, wir verschmolzen zu ein und derselben Person, verschmolzen zu dem Wir, das wir schon immer gewesen waren, wurden eins. Dann stieß ich in sie, vollendete unsere Verschmelzung, fickte sie beinahe besinnungslos. Wie hatte ich sie vermisst. Ihre weichen Lippen, ihre heiße Scham, ihr lautes Stöhnen an meinem Ohr. Keine Frau vermochte es, mich so verrückt zu machen, wie sie es tat. Ich griff ihr in die weißen Haare, drang immer wieder in sie ein.

»Ich liebe dich, Carrie Abernathy.«

»Und ich liebe dich, Evan Black.«

Es war das Klingeln meines Handys, das mich aufweckte. Erschrocken fuhr ich hoch, bevor ich träge danach griff. Mein Schädel dröhnte, und die Erinnerungen an die letzte Nacht machten das Ganze nicht unbedingt besser.

»Ja?«, fragte ich.

»Evan, wo steckst du, verdammt noch mal? Wir wollten doch heute zum Brunch.«

Kurz schloss ich die Augen. Das durfte wirklich nicht wahr sein. »Geht ohne mich.«

»Wieso? Wo bist du?«

»Ich habe einfach keinen Bock, Lawrence.« Ich hörte, wie er durchs Telefon einatmete.

»Sag mir, wo du steckst, ich hole dich ab.«

Kurz zögerte ich, dann gab ich ihm die Adresse durch.

Er seufzte. Es war nicht das erste Mal, dass er mich von hier abholte.

»Ich komme.« Nachdem er aufgelegt hatte, ließ ich das Telefon sinken, und dann prasselte alles auf mich ein. Carrie, ihre Tränen, die Halluzinationen unserer gemeinsamen Nacht. Sie war noch nicht einmal 24 Stunden hier, und schon hatte sie mein Gehirn besetzt wie ein lästiger Parasit. Selbst wenn ich unter Drogen war. Es war unfassbar. Ich versuchte, vor ihr zu flüchten, und was geschah stattdessen? Ich vögelte sie. Oder bildete es mir zumindest ein.

Kopfschüttelnd schlug ich die Decke zurück, rieb mir die Augen.

Ich war schon lange nicht mehr hier gewesen. Eigentlich kam ich nur her, wenn die Sehnsucht zu groß wurde, wenn ich es nicht mehr aushielt. Während wir die Songs geschrieben hatten, war ich oft hergekommen. Hatte wie ein Scheißstalker an der Bettwäsche gerochen, hatte mich auf das Fensterbrett gesetzt, wie sie es immer getan hatte, hatte auf dem Balkon gelegen.

Lawrence hatte es krank gefunden, dass ich ihre alte Wohnung gekauft hatte – Doktor Brewnik auch. Und doch hatte ich sie behalten. Denn am Ende war das alles, was mir von ihr geblieben war. Eine kleine Wohnung mitten in Queen Anne.

Kapitel 4

Carrie

Es war die Sonne, die mich wach kitzelte. Beinahe aggressiv schien sie durch den dünnen Schlitz der Vorhänge. Ich blinzelte, als mit einem Schlag die Erkenntnisse der letzten Nacht auf mich einstürzten. Evan, Killian, Mel, Matthew, Lawrence. Die Bilder tauchten vor meinem inneren Auge auf.

Mel, die mich umarmte. Evan, der sich die Seele aus dem Leib schrie. Der mich mit einem Ausdruck aus Abscheu und Hass ansah, dass es mir selbst jetzt noch kalt den Rücken hinunterlief. Killian, der mir die Haare aus dem Gesicht hielt, während ich mich immer und immer wieder übergab.

Ich ließ mich zurück in die Kissen sinken, zog die Decke über den Kopf, schrie. Mein erster Abend in Seattle war ja wirklich ein richtiger Erfolg gewesen.

Okay, das war nicht unbedingt so gelaufen, wie ich es mir gewünscht hatte, aber wenn ich ehrlich zu mir selbst war, überraschte mich der Verlauf nicht. Auch wenn ich mir etwas anderes erhofft hatte – hatte ich mir schlichtweg selbst etwas vorgemacht. Ich hatte in meinem kleinen Kopf eine Illusion geschaffen, die vor bunten Farben, herzzerreißenden Liebesbekundungen und heißen Nächten bestimmt war. Aber wie der Begriff schon sagte, war eine Illusion eben nicht echt.

Kurz blieb ich noch liegen, schloss einen Moment die Augen, als könnte mir das helfen, dass Geschehene zu verarbeiten, dann schlug ich die Decke zurück. Träge rappelte ich mich hoch und tappte zu meinem Koffer.

Auch wenn Evan der wahre Grund war, weswegen ich mich herbegeben hatte, wollte ich mir den Tag meiner Vernissage nicht versauen lassen.

Eilig zog ich die Reißverschlüsse auf und holte eine große Strickjacke heraus. Anschließend öffnete ich die Vorhänge. Die Sonne blendete mich, und ich wich kurz zurück. Nachdem sich meine Augen an das viel zu grelle Licht gewöhnt hatten, steckte ich mir eine Zigarette zwischen die Lippen. Ich wollte die Terrassentür öffnen, da fiel mir ein kleiner Post-it auf, der über dem Griff klebte.

Falls irgendwas sein sollte.
Killian

Unter der krakeligen Schrift stand eine Telefonnummer. Noch während ich den Zettel abnahm, zog ich die Jacke enger vor der Brust zusammen, ehe ich die Tür aufschob und auf den Balkon trat. Sofort umhüllte mich der Lärm der Stadt. Autos hupten, Motorgeräusche hallten zwischen den Hochhäusern umher. Die kühle Morgenluft fuhr mir sofort durch die Glieder. Aber ich liebte es, die frühmorgendlichen Strahlen der Sonne und die kühle und Frische der vergangenen Nacht auf meiner Haut zu spüren. Es erinnerte mich immer an Frühling. Einen Moment hielt ich inne, saugte den Anblick meiner Lieblingsstadt in mich auf. Ich ließ mich auf den Stuhl sinken, zündete mir die Zigarette an und zückte mein Handy, dann speicherte ich Killians Nummer ab und schrieb ihm eine kurze Antwort.

Danke für gestern.
Carrie

Er antwortete bereits, bevor ich die Zigarette aufgeraucht hatte.

Nicht dafür.

Meine Lippen formten ein Lächeln, dann schob ich das Handy zurück in die Tasche meiner Strickjacke, drückte die Zigarette aus und machte mich auf den Weg ins Badezimmer. Wie auch das restliche Zimmer bestach es durch seine Einfachheit und einen Hauch von Luxus. Die Flächen waren aus weißem Marmor, die Armaturen jedoch aus golden glänzendem Material. Die Wanne war freistehend auf einem kleinen Podest, und ein bodentiefes Fenster erlaubte den Blick auf die Stadt.

Während ich heißes Wasser einlaufen ließ, checkte ich noch einmal meine Nachrichten und Mails. Daniel, mein Agent, hatte mir einen Ablaufplan für heute Abend zukommen lassen. Kurz überflog ich ihn, bevor ich ihm eine knappe Antwort schrieb und in die Wanne stieg.

Ich schloss die Augen, versuchte zu entspannen, doch es wollte mir einfach nicht gelingen, meine Gedanken verstummen zu lassen. So sehr ich es auch versuchte, ich wurde Evans Worte nicht mehr los, den Ausdruck in seinem Gesicht, die Wut.

Mein Handy vibrierte. Kurz überlegte ich, die Nachricht zu ignorieren, doch da ich ohnehin nicht wirklich zur Ruhe kam, griff ich neben mich und hob es vom Boden auf.

Geht's dir gut oder hast du einen Kater?

Einen Moment starrte ich auf Killians Nachricht, und als hätte mich der Blitz getroffen, schossen mir Mels Worte in den Kopf: *Ich weiß nicht, wer dich mehr geliebt hat. Evan oder Killian?*

Unter diesem Aspekt ergriff eine nervöse Unruhe von mir Besitz. Alles erschien in einem anderen Licht, und während ich meine Antwort tippte, fühlte es sich an, als würde ich Evan – den Evan, der mich zurückgewiesen hatte, den, dem ich nichts mehr bedeutete – hintergehen. Dabei wusste ich, wie unsinnig das war. Killian und ich waren schon immer nur Freunde gewesen. Ja, er hatte sich stets um mich gekümmert und war immer für mich da gewesen … und doch: Killian, war immer der von den beiden gewesen, der mich auf eine andere Weise geliebt hatte. Nicht erotisch, sondern rein freundschaftlich, geschwisterlich – daran hielt ich fest. Wahrscheinlich hatte Mel ihre Aussage auch genau so gemeint.

Fühle mich erstaunlich gut. Gott sei Dank. Für die Vernissage heute Abend sollte ich fit sein.

Über dem Send-Message-Button zögerte ich trotzdem einen Augenblick, ehe ich den Daumen aufs Display drückte. Anschließend öffnete ich die Musikapp und scrollte durch meine Lieblingslieder. Leider hatte ich auf keines so wirklich Lust, wollte etwas, das meine Emotionen einfing, ein Lied, in dem ich mich wiederfand. Und dann tat ich etwas, das ich schon seit Jahren nicht mehr getan hatte – ich gab *Broken Sons* in die Suche ein.

Mir leuchtete sofort ein Gruppenbild der Jungs entgegen. Evan streckte die Zunge raus, war ganz nah zur Kamera vorgegangen, während die anderen hinter ihm Faxen machten.

Kurz holte ich Luft, dann scrollte ich nach unten und drückte auf das Cover des neuen Albums. Es war schlicht, zeigte lediglich ein seitliches Porträt von Evan. Sein Gesicht war nachgezeichnet worden, und er sah verträumt in eine unbestimmte Ferne. Ich liebte es. Einen Moment zögerte ich, war mir nicht sicher, ob ich wirklich bereit war, mich erneut ins Meer meiner Vergangenheit zu stürzen – schließlich war ich gestern fast ertrunken. Noch einmal holte ich tief Luft, ehe ich auf *Moonlight Sonata* drückte. Bereits die ersten Töne jagten mir einen Schauer über den Rücken.

Zunächst schloss ich die Augen, wollte das Lied wirken lassen, aber ich konnte nicht. Ich konnte nicht still liegen, musste mich beschäftigen. Also griff ich nach meinem Shampoo, begann, mir die Haare zu waschen. Nachdem ich fertig war, ließ ich die Hände sinken, blieb an meinem Tattoo hängen. Unserem Tattoo. Das Einzige, das ich besaß.

Nachdem ich Seattle verlassen hatte, hatte ich sehr oft darüber nachgedacht, es wieder wegmachen zu lassen. Nicht weil es mir nicht gefiel, sondern weil die Erinnerung zu schmerzlich gewesen war. Die ersten paar Monate hatte mich bereits der Anblick zum Weinen gebracht, sodass ich ausschließlich Pullover getragen hatte. An manchen Tagen hatte ich mir sogar einen Verband umgelegt. Hauptsache, ich hatte es nicht sehen müssen.

Mein Handy vibrierte erneut. Ich hob es auf.

Fitting bei Chanel heut 09:30 Uhr. Bitte sei pünktlich.
VG Daniel

Plötzlich klopfte es. Ganz leise nur, aber es klopfte. Irritiert schreckte ich auf und legt das Handy auf den Boden: »Einen Moment, bitte«, rief ich, bevor ich untertauchte und mir das Shampoo aus den Haaren wusch. Anschließend sprang ich regelrecht aus der Wanne, schnappte mir einen Bademantel und eilte mit nassen Füßen und tropfendem Haar zur Tür.

Ich öffnete und starrte in Mels entspanntes Gesicht. Das blonde Haar umschmeichelte ihr schönes Antlitz in sanften Wellen, und sie trug einen karierten Mantel, der sie furchtbar erwachsen aussehen ließ. *Wann war das nur geschehen?*

»Mel, was machst du denn hier?«, fragte ich überrascht. Mein Handy vibrierte – Killian. Ich ignorierte es und ging stattdessen einen Schritt zur Seite, damit sie hereinkommen konnte.

»Hi, Carrie«, begrüßte sie mich und trat ein. Als sie hörte, welches Lied im Bad spielte, blieb sie kurz stehen, sah mich an.

»Du hörst es?«

Ich sah auf den Boden. »Mir war grad danach«, murmelte ich, ehe ich ins Bad eilte, das Handy aufhob und den Stop-Button drückte.

»Was führt dich her?«, fragte ich schließlich.

»Ich hole dich ab.« Irritiert zog ich die Brauen zusammen. Hatte ich ihr gestern etwas versprochen, an das ich mich möglicherweise nicht mehr erinnerte?

»*Du* holst mich ab?«

»Ja richtig. Wir gehen zum Brunch.«

Ohne meine Antwort abzuwarten, lief sie zu meinem Koffer – manche Dinge änderten sich wohl nie.

»Haben wir gestern etwas ausgemacht?«, fragte ich.

Sie kniete sich hin, sah sich kurz über die Schulter. »Nein. Das habe ich erst heute früh beschlossen.«

Auch wenn ich ihr Gesicht nicht mehr sah, konnte ich das Grinsen erahnen. Sie begann, ich meinen Sachen zu wühlen.

»Du wirst etwas Schickeres brauchen«, murmelte sie, während sie meine Sammlung an Lederjacken auf den Boden warf.

»Mel, stopp mal.« Endlich hielt sie inne, drehte sich um.

»Ja?« Sie klimperte mit den Wimpern.

»Jetzt mal ganz langsam. Was hast du vor?«, fragte ich. Sie stemmte sich hoch, kam zu mir herüber und ließ sich neben mir auf die Couch sinken.

»Ich will Zeit mit dir verbringen.«

»Wird Evan auch da sein?«, fragte ich geradeheraus.

Sie senkte die Lider. »Lawrence holt ihn gerade ab.«

»Er holt ihn ab?«

Sie biss sich auf die Lippe, zuckte mit den Schultern. *Na prima.* Offensichtlich hatte Evan nicht einmal daheim geschlafen. Es war, als bekam ich einen Schlag mitten in die Magengrube.

Kurz sah ich sie an, atmete tief ein. »Mel, ich denke nicht, dass das eine gute Idee ist. Du hast doch gesehen, wie er gestern reagiert hat. Er hasst mich. Was denkst du, was passiert, wenn du mich mit zum Brunch nimmst? Ich will euch euer Essen nicht mit meiner Anwesenheit versauen.« Obwohl mir zum Weinen zumute war, rang ich mir ein Lachen ab.

»Carrie …« Ihr Blick war streng. »Was hast du denn eigentlich gedacht, was passieren würde, wenn du hier nach drei Jahren einfach so wieder auftauchst?« Sie verschränkte die Arme vor der Brust, wobei sie mich aufmerksam betrachtete.

Ich senkte die Lider. »Was denkst du denn …?«, murmelte ich. »Ich schätze, ich habe auf eine zweite Chance gehofft«, gestand ich kleinlaut.

Sie nahm meine Hand, lehnte sich leicht vor, damit ich sie ansehen musste. »Und das ist auch völlig okay. Aber wenn du eine zweite Chance willst, dann musst du dafür kämpfen. Ich verstehe, dass du dachtest, du kommst her, und Evan wird dich mit offenen Armen begrüßen … na ja … oder zumindest nicht ganz so abweisend sein, wie es der Fall war. Ich weiß, wie das ist. Die eigenen

Vorstellungen erzeugen eine romantische Situation fernab jeder logischen Konsequenz. Aber während du weg warst, sind Dinge passiert, die du dir nicht einmal vorstellen kannst. Evan hatte eine verdammt schwere Zeit. Er musste nicht nur deinen Verlust verkraften, sondern hat auch andere schlimme Dinge durchgemacht. Dinge, von denen er dir vielleicht eines Tages erzählen wird … Es gibt Gründe, warum er sich so verhält, wie er es tut. Wenn du wirklich eine zweite Chance willst, bleibt dir nichts anderes übrig, als Geduld zu haben. Denn ich weiß, dass er dich noch immer liebt. Ich sehe es jedes Mal, wenn er die Songs performt, wenn im Fernsehen ein Bericht über dich kommt. Auch wenn er es niemals zugeben würde … Sein Blick spricht Bände. Und das weißt du. Du hast es so weit gebracht, ich meine: Du bist hier! Also wirf nicht nach dem kleinsten Rückschlag bereits die Flinte ins Korn, okay?«

Stumm sah ich sie an. Sie war nicht die Erste, die davon sprach, dass Evan etwas passiert war, dass er irgendwas durchgemacht hatte. Doch was auch immer es war, niemand traute sich, es auszusprechen. Und so langsam wurde ich das Gefühl nicht los, dass er mich dafür verantwortlich machte … was auch immer es war. Doch wenn dem so war … Konnte ich dann das zwischen uns überhaupt noch retten? Bestand auch nur der Hauch einer Chance? Denn was auch immer geschehen war, ich würde es nicht rückgängig machen können …

Aber du kannst erst mal versuchen, herauszufinden, was genau geschehen ist, flüsterte mir eine Stimme zu. Sie hatte recht. Immer einen Schritt nach dem anderen. *Step by step*, hieß es doch so schön.

»Okay«, flüsterte ich schließlich. Sie lächelte, dann klatschte sie in die Hände.

»Okay, wir brauchen also ein Outfit. Der Brunch ist im 30. Stock des Columbia Centers. Dort gehen die Promis essen. Also ich, It-Girls, Stars und, und, und.« Sie lachte. »Eine super Veranstaltung, um alte Kontakte zu pflegen und neue zu knüpfen. Die Jungs gehen meist zwei, bis dreimal im Jahr hin. Heut hat Micheal sie gebeten zu kommen, weil der Chef ihrer Plattenfirma da ist.«

Stirnrunzelnd schaute ich auf meinen Koffer. »Ich habe um halb zehn einen Termin bei Chanel für mein Outfit für die Vernissage heute Abend.«

Mel sah mich einen Augenblick an, ihre Augen leuchteten.

»Ja, perfekt, dann fahren wir da zusammen hin und suchen direkt was für den Brunch! Ich kenne die Verkäuferinnen bei Chanel sehr gut.« Sie grinste, bevor sie ins Badezimmer lief. »Komm, ein wenig Schminke, und dann nichts wie los. Es ist ja schon halb neun!«

»Okay …« Je mehr sie sagte, desto mehr Adrenalin schüttete mein Körper aus. Es war dieses verrückte Kribbeln, ausgelöst durch Vorfreude, aber auch durch Angst. Angst vor Evan, seiner Reaktion, den Worten, die seinen Mund verlassen könnten. Ich hatte Angst vor dem Mann, den ich liebte, und ich hasste ihn dafür, dass er mich so fühlen ließ.

»Kommst du?«, rief Mel mir aus dem Badezimmer entgegen.

»Ich zieh mir mal noch fix Unterwäsche an, wenn's genehm ist.«

Sie lachte. »Aber zack, zack.«

»Seit wann kennen Sie Melanie de Bow?«

»Kennen Sie die Band ebenfalls?«

»Wohin gehen Sie?«

»Sind Sie aufgeregt wegen der Vernissage heute Abend?«

Ich ignorierte die Fragen, sprang stattdessen hinter Mel in den schwarzen Wagen und zog so schnell, wie ich nur konnte, die Tür zu.

»O Mann«, murmelte ich. Herr Dumónt hatte zweifelsohne keinen Witz gemacht. Die Paparazzi gestern waren noch harmlos gewesen. Mittlerweile hatte sich ihre Anzahl locker verdreifacht.

»Sie werden nicht lange brauchen, um es herauszufinden«, sagte Mel nach einer Weile.

»Meinst du? Ich war damals noch ein Niemand …«

»Ja, aber ein Niemand mit weißen Haaren. Und davon gibt es nicht so viele.«

Seufzend lehnte ich den Kopf an den Sitz und schaute nach

draußen. Die Stadt zog in langsamem Tempo an uns vorbei, und ich saugte jedes noch so kleine Detail in mich auf. Ich liebte die vielen Pubs, ebenso wie die Flugblätter, die noch immer an den Litfaßsäulen angebracht wurden, um irgendwelche Newcomer-Bands anzukündigen.

Mel hatte recht, und ich wusste es. Trotzdem hoffte ich, noch etwas zeitlichen Spielraum zu haben, bis einer von diesen widerlichen Zecken dahinterkam. Denn ab dem Moment, ab dem sie begreifen würden, dass ich das Mädchen von damals war, würden die Paparazzi, die mir jetzt auflauerten, ein lächerlicher Bruchteil zu denen sein, die dann vor meinem Apartment warten würden.

»Bitte, lass deine Hände dran, es wäre schade, wenn du sie abquetscht, denn ohne sie kannst du nicht zeichnen.«

Irritiert sah ich zu Mel, ehe ich den Blick auf meine Finger sinken ließ. Meine Hände umklammerten einander derart fest, dass meine Finger bereits lila angelaufen waren.

Ich zwang mich zu einem knappen Lachen. Irgendwie hatte ich gedacht, ich wäre auf meine Rückkehr vorbereitet gewesen. Ich hatte ernsthaft geglaubt, dass mich nichts würde aus der Fassung bringen können, dass ich gewusst hatte, was mich erwartete. Nun, ich wusste wortwörtlich einen Scheiß.

Es war, als hätte ich vergessen, wie Nervosität sich anfühlte. Als wären die letzten drei Jahre gar nicht wirklich mein Leben gewesen, als hätte ich nichts gefühlt – dabei hatte ich eine ganze Menge gefühlt, nur waren es eben nur negative Gefühle gewesen.

Der Wagen stoppte.

»Na los, komm!« Sie zog mich am Arm aus dem Wagen, senkte den Kopf, und wir eilten zu einer verglasten Tür. In goldenen Lettern prangte der Firmenname auf dem ansonsten weißen Altbau.

»Willkommen, Miss de Bow, Miss Abernathy.« Ein Mann im schwarzen Anzug nickte uns zu, dann öffnete er die Tür.

Sofort kam uns eine edel gekleidete Frau mit perfekt geföhntem Bob und knallroten Lippen entgegen.

»Oh, Melanie! Mit dir hatte ich ja gar nicht gerechnet. Und Miss Abernathy ist auch dabei. Wundervoll! Ich habe schon im

Internet gesehen, dass ihr euch kennt. Na los, kommt rein. Ich habe ein paar tolle Outfits und Looks hier. Ihr werdet es lieben. Karl ist übrigens ganz aus dem Häuschen, dass Sie sich für Chanel entschieden haben, Miss Abernathy.«

Die nächste halbe Stunde verbrachten wir damit, Outfits anzuprobieren, zu diskutieren und zu lachen.

»So, Miss Abernathy, dann zeige ich Ihnen mal eines der Outfits für heute Abend. Insgesamt haben wir drei, aber ich denke, das hier wird zu Ihnen als Person am besten passen.« Sie lächelte, bevor sie sich langsam in Bewegung setzte. »Das ist ganz neu. Wurde auch bei der Haute-Couture-Show vor zwei Wochen gezeigt. Es war *das* Piece der Show. Wenn das also nichts für Sie ist, weiß ich auch nicht!«

Sie führte uns in ein kleines Hinterzimmer. Auf einer Puppe war ein schwarzes Kleid drapiert. Es war hauteng, endete kurz über dem Knie und hatte einen wunderschönen Rückenausschnitt. Doch das war nicht das eigentlich Besondere daran. Es hatte einen Rollkragen, lederne Schulterpolster und die Ärmel und der Saum waren mit hochwertiger Spitze verziert worden. Dieses Kleid war wie für mich gemacht. Innerhalb von wenigen Wimpernschlägen hatte ich mich verliebt. Es gab sie also doch – die Liebe auf dem ersten Blick.

Nun war ich es, die strahlte. Wenn der Tag so weiterging, konnte er ja nur gut werden … oder?

»Hilf mir hier mal!«, sagte ich. Mel lachte, während sie mir die Socke vom Fuß zog und aus ihrer Tüte ein paar High Heels hervorholte.

»Geht's?«, fragte ich ebenfalls lachend. Die logistischen Voraussetzungen im Taxi waren derart bescheiden, dass Mel sich opferte, mich tatkräftig zu unterstützen.

»Ja, ja, so sollte es gehen.« Eilig schlüpfte ich in die schwarze Strumpfhose, als Alf – Mels Fahrer – tiefe Stimme von vorn ertönte.

»Wir sind in zwei Minuten da.«

»Verdammt«, fluchte ich, während ich mich abrupt aufrichtete und prompt mit dem Kopf gegen die Decke stieß.

»Immer mit der Ruhe, Carrie.«

Verzweifelt suchte ich nach der Tüte, wo das weiße Blusenkleid drin war, das ich zum Brunch anziehen wollte. »Siehst du die Tüte?«

Mel grinste, griff neben sich und hielt mir die schwarze Tüte entgegen.

»Ich sagte, du sollst dich beruhigen!« Ich warf ihr nur einen vernichtenden Blick zu, ehe ich mich zurück auf das kühle Leder des Sitzes sinken ließ und mir das Kleid anzog. Sie hatte leicht reden.

»So, Moment …« Mel rückte etwas zu mir herüber und strich das Kleid an einigen Stellen glatt, dann schlüpfte ich in die schwarzen Louboutins.

»Perfekt«, murmelte sie, als ihre Augen an meiner Hand hängen blieben.

»Du trägst den Ring immer noch?«

Ich folgte ihrem Blick, sah zu dem silbernen Ring mit dem roten Stein, senkte die Lieder. Wieso hatte sie ihn in der Bar nicht bemerkt? Scheinbar war ich nicht die Einzige gewesen, die ihre Konzentration eingebüßt hatte.

»Noch immer und auf ewig«, flüsterte ich. Der Wagen stoppte.

Ich zog den beigefarbenen Mantel vor der Brust zusammen, während ich mit gesenktem Kopf an den Paparazzi vorbeilief. Sie schrien meinen Namen, riefen mir Fragen entgegen, doch ich erwiderte nichts. Mel folgte dicht hinter mir.

Als wir das Gebäude erreichten, atmete ich erleichtert auf. Leider sollte die Erleichterung nicht lange anhalten. Kaum hatten wir die Fotografen hinter uns gelassen, drang Evan wieder in mein Gedächtnis vor. Gleich würde ich ihn wiedersehen, und so langsam wusste ich nicht, was schlimmer war – nicht zu wissen, dass ich ihn sehen würde oder zu wissen, dass ich ihn sehen würde. Meine Knie schlotterten, und ich bereute die Wahl meiner Schuhe. Nicht einmal in Sneakers hätte ich heute einen stabilen Stand gehabt. Mel zog mich sanft am Arm aus Sichtweite der Paparazzi und legte mir zwei Hände auf die Schultern.

»Du atmest jetzt tief ein und aus. Vergiss nicht, wer du bist! Ich weiß, dass du ihn liebst und Angst vor seiner Reaktion hast, aber das ist seine Maske. Gib ihm keinen Grund, sie weiter aufzubehalten. Sei einfach du selbst. Lass dich nicht von ihm fertigmachen. Stell dich ihm.« Ich nickte.

Kurz sah ich sie an. »Ich lasse mich schon lange nicht mehr von irgendwelchen Kerlen fertigmachen«, erklärte ich selbstbewusst.

»Gut, dann straff die Schultern.« Und das tat ich. So lange, bis die Rufe der Presse zu mir herüber wehten.

»Evan, was war auf deinem Konzert gestern los?«

»Evan, wie geht es dir heute?«

»Lange Nacht gehabt, du siehst scheiße aus!«

»Killian, warum strahlst du so?«

»Killian!«

Mel verpasste mir einen kurzen Hieb mit dem Ellenbogen, bevor sie mir deutete, den Rücken grade zu machen, meine Hand nahm und mich zu den Fahrstühlen zog. Noch konnte ich die Jungs nicht sehen, aber als sie um die Ecke bogen, konnte ich hören, wie Evan die Luft einzog und stehen blieb. Er hatte dunkle Ringe unter seinen Augen und sah beinahe gequält zu mir herüber.

»Hast du gewusst, dass sie da ist?«, fragte Evan in Killians Richtung. Er hatte die Stimme zwar gesenkt und sprach leise, doch mein Körper war so unter Spannung, dass ich selbst eine Stecknadel hätte fallen hören können.

Mel drückte meine Hand. Sie hatte es also auch gehört.

Killian seufzte. »Nein, Evan habe ich nicht. Und jetzt los.« Sie kamen zu uns herüber.

»Hi, Jungs«, sagte Mel, bevor sie Evan umarmte.

Langsam drehte ich mich um. Dummerweise hatte ich mir keinerlei Gedanken gemacht, wie ich ihn begrüßen sollte. Nicken? Hand geben? Umarmen? Wie hatten wir uns gestern begrüßt? Mein Kopf war auf einmal furchtbar leer.

»Hi«, murmelte ich verlegen und reichte ihm die Hand.

Ich. Reichte. Ihm. Die. Hand. Er zog eine Braue hoch, sah erst auf die Hand, dann in mein Gesicht, lachte.

»Verdammt, Carrie.« Mit ordentlich Karacho knallte er die Hand gegen den Knopf des Fahrstuhls, als würde er so schneller kommen, und würdigte mich keines weiteren Blickes, presste nur die Zähne aufeinander. Seine Worte kamen einer Ohrfeige gleich.

Es war Killian, der mich aus meiner fassungslosen Starre löste.

»Hey, Carrie.« Er umarmte mich, drückte sanft meine Schulter.

Bleib stark, formte er mit den Lippen, ehe wir uns zum Fahrstuhl umdrehten. Evan stand wie ein bockiges Kind davor und starrte auf die Türen, als hoffte er, allein sein Blick würde ausreichen, um das Metall zu schmelzen.

Es ertönte ein lautes *Ping*. Wir traten ein.

Es war die mit Abstand unangenehmste Fahrstuhlfahrt meines Lebens. Evans Augen bohrte sich regelrecht in meinen Rücken, und ich fühlte mich wie ein gejagtes Tier. Jede Bewegung kam mir zu viel vor, jedes Atmen. Eigentlich hatte ich mich so nie wieder fühlen wollen.

Ich hörte Schritte, dann stand Mel plötzlich neben mir, hakte sich unter.

»Ich zeige dir gleich alles.« Kurz sah ich sie an, fing ihr Lächeln auf, erwiderte es, wenn auch etwas gezwungen. Um ehrlich zu sein, war ich froh, dass ich überhaupt noch lächeln konnte, denn es fühlte sich so an, als ließe mein Körper mich Stück für Stück im Stich.

Die Türen öffneten sich, und wie ein gespannter Pfeil sprang ich hinaus. Keine Sekunde länger wollte ich seine Augen auf mir spüren, den Hass, den er ausstrahlte, ertragen. Evan war wie ein Gewitter, auch wenn es noch nicht blitzte und donnerte, konnte man es schon spüren.

Stimmengemurmel war in der Ferne zu vernehmen, und doch hörte ich nur, wie Killian Evan ein »Reiß dich zusammen!« zuzischte.

»Ah, da ist Lawrence«, erklärte Mel, ehe sie mich am Ärmel packte und durch den Flur in den Speiseraum zerrte.

Der Raum war hell und komplett verglast. Überall waren runde Tische aufgebaut, auf denen sich große Etageren befanden. Kronleuchter hingen von der Decke, der Boden war aus gemustertem Teppich, und Kellner in schwarzen Hosen, weißen Hemden und Fliege eilten aufgeregt umher.

»Mel!« Lawrence drückte sich an ein paar Anzugträgern vorbei, dann kam er vor uns zum Stehen, zog sie zu sich ran und gab ihr einen langen, liebevollen Kuss.

»Alles okay?«, murmelte er, während er sie intensiv ansah.

»Alles prima.« Sie lächelte, strich ihm sanft über die Wange. Ich wollte mich wirklich für sie freuen, doch die beiden machten mir den Schmerz über meinen eigenen Verlust so überdeutlich bewusst, dass ich ihren Anblick kaum ertragen konnte.

»Carrie«, begrüßte mich Lawrence, bevor er mich in eine flüchtige Umarmung zog und mir einen Kuss auf die Wange hauchte. Er tauschte einen schnellen Blick mit Mel, dann nahm er sie bei der Hand.

»Unser Tisch ist da drüben«, erklärte er.

»Warum hast du nicht Bescheid gegeben, dass du sie mitbringst?«, fragte Lawrence an Mel gerichtet, ehe er einen Kellner heranwinkte. »Bitte noch ein Gedeck!«

»Carrie …«, Matt kam um den Tisch herum, drückte mir einen schnellen Kuss auf die Wange, »schön dich zu sehen.« Just in diesem Moment kam eine Kellnerin.

»Champagner?«

Ich schaute das Mädchen kurz an, lächelte höflich, dann nahm ich ihr das Glas ab, hielt sie jedoch am Arm zurück.

Ohne mit der Wimper zu zucken, legte ich den Kopf in den Nacken und leerte das Glas auf Ex. »Können Sie gleich wieder mitnehmen.« Ihren Gesichtsausdruck wissentlich ignorierend, stellte ich das Glas zurück auf das Tablett und nahm mir ein volles runter. Als ich mich zu Mel drehte, starrte mich diese mit gerunzelter Stirn an. Anstatt mich zu rechtfertigen, zuckte ich mit den Schultern und schaute mich etwas um.

Die Leute hier waren, wie Mel bereits angekündigt hatte, alle sehr chic gekleidet. Einige von ihnen kannte ich aus Zeitschriften oder Instagram, wieder andere gar nicht. So oder so … Mit ihren Zehntausend-Dollar-Anzügen und dem teuren Schmuck sah jeder einzelne von ihnen so aus, als gehörte er hierher.

Als Killian neben mir zum Stehen kam, schaute ich ihn kurz an.

»Willst du mal kosten?« Er hielt einen beinahe schwarzen Schoko-Muffin in der Hand, und einige Krümel klebten in seinem Bart. Lächelnd schüttelte ich den Kopf.

»Nein, danke, Killian.« Ich wandte den Blick ab. Und obwohl ich wusste, wie dumm es war, konnte ich nicht anders, sah mich nach Evan um. Ich entdeckte ihn an einem Tisch mehrere Meter entfernt. Er stand bei einem kleinen Jungen und einer jungen Frau. Sie hatte dunkelbraune lange Haare, intensiv blaue Augen und rote Lippen. Dazu trug sie ein kaiserblaues hautenges Kleid. Sie sah atemberaubend schön aus. Sofort war da wieder dieses vertraute Gefühl, das sich wie Gift durch meine Adern brannte. Eifersucht.

»Das ist Avery«, erklärte Killian.

»Was ist mit ihr?«, hakte ich vorsichtig nach, obwohl ich mir sicher war, dass ich die Antwort gar nicht hören wollte.

Killian zögerte kurz. »Nichts weiter. Sie ist eine gute Freundin von Evan. Gelegentlich ist sie auch mit uns unterwegs.«

Ich fragte mich, wozu er sich überhaupt die Mühe machte, es noch zu umschreiben. Es war offensichtlich, dass sie und Evan mehr als Freundschaft verband, nicht weil sie Zärtlichkeiten austauschten … Nein, es war nur einfach nicht möglich, dass Evan nicht das Bedürfnis hatte, mit so einer atemberaubenden Frau zu schlafen.

»Wie habt ihr sie kennengelernt?«

»Wir geben jährlich eine Gala, um Spenden für Familien zu sammeln, die nicht gut versichert sind und deren Angehörige schwere Schäden von Unfällen davongetragen haben. Averys Bruder hatte auch einen schweren Unfall und so … ähm … haben wir sie kennengelernt«, erklärte er langsam.

»Verstehe.«

»Und sie gehört zur Elite Seattles?«

Er lachte. »Kann man so sagen. Sie ist die Tochter des Bürgermeisters.«

»Oh, verstehe.« Ich nahm einer der umherlaufenden Kellnerinnen ein weiteres Glas Champagner ab.

»Solltest du nicht vielleicht erst mal etwas essen?«, fragte Killian.

Kurz schaute ich ihn an, dann griff ich hinter mich und steckte mir eine Weintraube in den Mund.

Kopfschüttelnd wandte er sich ab. »Ich meinte eher so was hier …« Er hielt mir eine Scheibe trockenes Baguette entgegen.

Lachend legte ich den Kopf schief. »Du bist so ein …«

Ich roch ihn, bevor ich ihn sah. Sofort blieb mir das Lachen im Halse stecken.

»Evan«, sagte Killian, ehe er selbst in die Baguettescheibe biss.

»Es freut mich, dass ihr euch so gut amüsiert. Was gibt es denn zu lachen?«

»Wahrscheinlich lachen sie über das Gesicht, das du ziehst.«

Es war Avery, die hinter seinem Rücken hervorkam. Eine Reihe weißer Zähne strahlte mich an, und ihre blauen Augen musterten mich neugierig. Ich versteifte mich, zwang mich zu einem Lächeln.

»Ja genau, das war der Grund«, hörte ich Killian sagen, doch seine Stimme war weit weg. Stattdessen sah ich Evan tief in die Augen, versuchte, nicht unter der Intensität seines Blicks einzuknicken. Es war, als konnte ich die Emotionen sprechen hören, die in seinem Blick lagen. So viele Emotionen. Gerade als ich etwas sagen wollte, hielt mir Avery ihre perfekt manikürte Hand entgegen.

»Ich bin übrigens Avery.«

Selbst ihre Stimme klang zauberhaft. Selbstbewusst, aber nicht streng, weiblich, jedoch nicht zu hoch. Ich hasste sie.

»Schön dich kennenzulernen, Carrie.«

Ich erwiderte ihren Handschlag.

»Das weiß ich natürlich. Dein Gesicht war heute überall in der

Zeitung und in den Nachrichten. Mein Vater war ganz aus dem Häuschen, dass du in unsere Stadt kommst. Und dann auch noch mit so berühmten Freunde wie Melanie de Bow.«

»Danke.« Ich wollte wirklich lächeln, aber meine Lippen bewegten sich einfach nicht.

»Weißt du denn schon, wie lange du bleibst?«, fragte sie, ehe sie sich an mir vorbei zur Etagere vorbeugte und sich eines Cupcakes mit Sahnehäubchen bediente. Kurz starrte ich auf den Cupcake, dann kam ich zurück zu ihrer Frage, dankte ihr im Stummen.

»Sagen wir so, ich schaue mich nach einer Wohnung um.« Für den Bruchteil einer Sekunde sah ich, wie Evans Gesichtszüge entglitten, offenbar hatte er mit vielem gerechnet, nur nicht damit, dass ich länger bleiben würde.

Auch Killian starrte mich an, doch ich konnte ihn nur aus dem Augenwinkel erkennen, konzentrierte mich auf Avery. All das hier sollte möglichst beiläufig wirken, so, als wäre es keine große Sache.

Sie klatschte entzückt in die Hände. »Das ist ja wirklich großartig. Vielleicht lade ich dich bei Gelegenheit mal zum Brunch ein, mein Vater wollte dich schon …«

»Avery, was wird das hier eigentlich?«, fragte Evan, auf dessen Stirn sich eine immer tiefer werdende Falte festgesetzt hatte. Avery sah ihn überrascht an, doch da war keine Unsicherheit in ihrem Blick, kein Zweifel.

»Ich habe keinen Schimmer, was du meinst.« Und plötzlich machte es Klick. Diese Frau war ein Biest. Sie war nett zu mir, redete mit mir wie mit einer guten Freundin, doch was auch immer sie für ein Ziel verfolgte, sie meinte es nicht ernst. Denn wäre es so gewesen, hätte sie anders auf Evans Nachfrage reagiert. Sie strich ihm über den Bart. »Was ist bloß los mit dir, entspann dich mal ein wenig.« Sie knuffte ihn, dann zwinkerte sie mir zu, biss in den Cupcake und verschwand zurück an ihren Tisch. Sprachlos starrte ich hier hinterher.

Eine Berührung hatte ausgereicht, um ihr Revier zu markieren. Eine einzige Berührung. Mir wurde schlecht. War das wirklich die Art Mensch, mit der sich Evan neuerdings abgab?

»Was für eine entzückende junge Frau«, sagte ich, ehe ich die beiden stehen ließ und mich zum Büfett drehte. Ich hatte genug. Außerdem hatte Killian recht. Ich sollte dringend etwas essen, das ließ sich ja auf nüchternem Magen kaum ertragen. Ich griff nach einem Teller, als sich Evan plötzlich zwischen mich und das Büfett schob. Ich fing seinen Blick auf, und für den Hauch einer Sekunde bildete ich mir ein, den alten Evan durchblitzen zu sehen.

»Carrie, warum bist du hier?«

Beinahe hätte ich den Teller fallen lassen. Ich wandte den Blick ab, betrachtete stattdessen das Essen.

»Ich habe dir eine Frage gestellt.«

Ach was. »Warum fragst du, wenn du die Antwort bereits kennst?«

Sein Kiefer spannte sich an. »Ich weiß die Antwort nicht, also erklär es mir bitte«, entgegnete er.

Nun hob ich doch den Blick. »Ich wüsste nicht, seit wann ich dir Rechenschaft schuldig bin.«

»Seitdem du diesen Ring angenommen hast.«

Mitten in der Bewegung hielt ich inne, sah zu meiner Hand.

»Denkst du, ich hätte nicht bemerkt, dass du ihn noch trägst?« Ich atmete tief ein, legte mir einen Cupcake auf den Teller.

»Doch. Würde ich wollen, dass du es nicht siehst, würde ich ihn wohl kaum tragen«, erklärte ich. Zu meiner Überraschung klang meine Stimme dabei deutlich selbstbewusster, als ich mich fühlte.

»Warum tust du das, Carrie?« Seine Stimme bebte vor unterdrückter Wut und … Schmerz.

»Warum tu ich *was*?«

»Zurückkommen. Warum bist du hier, trägst meinen Ring … Tust, als wäre nichts geschehen, als wären nicht drei Jahre vergangen. Warum tust du mir das nur an? Hilf mir, es zu verstehen.«

»Sieh mir in die Augen und du weißt, warum«, wisperte ich nur.

Und er sah hin. Dann sagte er: »Ich will, dass du verschwindest.«

»Es tut mir leid. Aber so leicht werde ich es dir nicht machen«, erwiderte ich, die Stimme dünn wie ein Grashalm. Ich lud mir den Teller voll, wich seinem Blick aus. Ich musste irgendwas tun, um meinen Körper beschäftigen. Denn solange ich aktiv war, konnten meine Emotionen mich nicht überwältigen. Solange mein Körper in Bewegung blieb, hatte ich die Kontrolle.

Er berührte mich grob am Arm, drehte mich zu sich um. »Verdammte Scheiße, sieh mich endlich an.«

Ich erstarrte unter seiner Berührung, schaute erst auf seine Hand, dann in sein Gesicht.

»Was?«, fragte ich, die Stimme vor Wut verzerrt. Erst jetzt fiel mir auf, dass seine Iris fast schwarz war.

»Ich ertrage es nicht, dich um mich zu haben. Genauso wenig, wie zu wissen, dass du meinen Freunden wieder den Kopf verdrehst. Sie mögen vielleicht vergessen haben, was du getan hast, aber ich nicht. Ich erinnere mich noch gut daran. Also sieh zu, dass du die Vernissage hinter dich bringst, und dann geh. Du kamst die letzten drei Jahre ohne uns aus, also wirst du es auch noch den Rest deines Lebens schaffen.«

Ich lachte. Hysterisch. Gekränkt. So, wie man lachte, bevor man in Tränen ausbrach. »Und das willst *du* mir befehlen? Evan, es tut mir leid, es dir mitteilen zu müssen … Aber du bist hier nicht derjenige, der die Regeln aufstellt.« Kurz zögerte ich noch, dann senkte ich die Lider und zog den Ring ab.

»Aber wenn es dir hilft. Hier ist dein Versprechen. Ich will es nicht mehr.« Meine Stimme brach endgültig, doch das machte nichts, denn ich hatte ohnehin nichts mehr zu sagen.

Wütend schob ich ihm den Ring in die Jackentasche seines Jacketts, wandte mich ab und lief mit hoch erhobenem Haupt und auf wackeligen Beinen zurück zum Tisch. Als ich mich setzte, kribbelte mein gesamter Körper. Alles tat weh, doch am schlimmsten war der Schmerz in meinem Herzen. Es war, als konnte ich spüren, wie all die Narben der letzten Jahre wieder aufplatzten. Erst eine, dann die nächste … Bis jede einzelne von ihnen wieder offen war und mein Herz im Blut unseres Kampfes beinahe ertrank.

»Alles okay?« Mel setzte sich neben mich und musterte mich aus schmalen Augen.

»Nein, Mel, nichts ist okay.«

Sie seufzte. »Immerhin redet er überhaupt mit dir.«

Fassungslos starrte ich sie an. »Ja, aber du bist ja nicht dabei. Du hast keine Ahnung, *was* er zu mir sagt. Er redet mit mir, als wäre ich der letzte Abschaum – und jetzt komm mir nicht damit, dass ich ihn verstehen soll. Es gibt Grenzen …«

Mel sah mich derart erschrocken an, dass mir mein Ausbruch fast schon wieder leidtat. Kurz schloss ich die Augen, atmete mehrfach tief ein und aus, wandte mich ab. Ich musste mich beruhigen. Mel war nicht die Böse in dieser Geschichte. Sie war die Gute.

»Tut mir leid«, murmelte ich in Mels Richtung. Kurz herrschte Stille, dann berührte sie mich sanft am Arm.

»Carrie, was ist passiert, als du weg warst?«

Ich biss die Zähne aufeinander, krallte die Hände in meine Oberschenkel.

»Nichts, Mel. Rein gar nichts.«

Ich beteiligte mich nicht am Gespräch. So gut der Tag auch begonnen hatte, war meine Laune mittlerweile im Arsch. Evan schien es ähnlich zu gehen, denn er war im Begriff, seinen fünften Teller zu leeren, ohne auch nur ein einziges Mal aufzuschauen oder sich in irgendeiner Weise am Gespräch zu beteiligen.

»Carrie, wann geht deine Vernissage heute Abend los?«, fragte Lawrence.

Überrascht schaute ich auf, sah ihn an. »Acht Uhr abends, wieso?«

»Na ja, wir sollten kommen, oder?« Er warf Mel einen Blick zu, die zufrieden nickte.

»Nein, ich … Ich weiß nicht, ob das eine gute Idee ist, ich meine …«

»Das ist sogar eine hervorragende Idee«, unterstützte ihn nun auch Killian.

Dann erklang das Klirren einer Gabel. Alle Augen richteten sich auf Evan. Eine dunkle Ader pochte an seiner Schläfe, und seine Pupillen wirkten noch schwärzer als zuvor schon. Was war bloß los mit ihm?

»Ich freu mich, dass ihr euch alle so auf ihre Ausstellung freut, nachdem sie vor drei Jahren ohne ein Sterbenswörtchen von hier verschwunden ist. Natürlich. Das ist absolut nicht verwerflich. Das kann man schon mal ohne Weiteres verzeihen und so tun, als wäre nichts geschehen. Und ihr wollt meine Freunde sein? Wunderbar. Wer euch als Freunde hat, braucht keine Feinde.« Er schob den Stuhl zurück, sprang auf und stürmte aus dem Saal. Die Leute um uns herum hatten sich uns zugewandt, hatten aufgehört zu essen.

Sprachlos starrte ich ihm nach, senkte die Lider. »Er hat recht, ich sollte nicht …«

Killian schüttelte den Kopf. »Schon gut, er braucht nur etwas Zeit, um sich zu beruhigen.« Er stand ebenfalls auf und eilte seinem Bruder hinterher.

Einen Moment blieb ich noch sitzen, doch ich hielt es keine Sekunde länger aus. Die Tränen drückten drängend hinter meinen Lidern, und meine Kehle drohte in Flammen aufzugehen.

»Tut mir leid, Leute.« Ich drückte Mels Schulter, ehe ich nach meinem Mantel griff und ihn anzog.

»Wir sehen uns.« *Oder auch nicht.* Die anderen nickten. Im Gehen erhaschte ich noch einen Blick auf Avery. Sie beobachte mich, dann hob sie ihr Glas und prostete mir zu.

Ich hatte den Fahrstuhl noch nicht ganz erreicht, da hörte ich bereits ihre Stimmen.

»Sag mal, tickst du noch ganz richtig, hier vor allen Leuten so eine Szene zu machen?«

»Das sollte ich dich fragen. Wie kannst du ihr verzeihen? Wie? Ich kann das nicht verstehen, Killian. Du hältst zu ihr anstatt zu deinem Bruder. Wieso tust du mir das an?«

»Evan, du weißt doch selbst nicht mehr, was du eigentlich tust.

Willst du mir wirklich erzählen, dass du sie nicht umarmen willst? Du kannst nicht einfach wild um dich schlagen wie ein kleines Kind. Was wissen wir denn schon, was ihr widerfahren ist? Was, wenn jemand aus ihrer Familie gestorben ist, was, wenn …«

»Und? Ich hätte ihr doch geholfen?«

»Evan, das ist keine Diskussion, die du mit mir führen solltest, sondern mit ihr. Verdammt noch mal, reiß dich endlich zusammen, und benimm dich wie ein Mann. Keiner sagt, dass du ihr vergeben sollst, aber hör sie wenigstens an, bevor du einen Fehler machst, den du für immer bereust.«

»Dafür ist es doch schon längst zu spät.«

»Es ist nie zu spät, und das weißt du. Und wenn ich dich noch einmal erwische, wenn du zugedröhnt bist, dann raste ich aus. Du hast mir versprochen, clean zu bleiben.«

»Bin ich doch.«

Wie erstarrt lag mein Finger auf dem Fahrstuhlknopf. *Evan nahm Drogen?*

In diesem Moment war es, als stürzte alles über mir ein. War es meine Schuld? Hatte ich ihn so kaputt gemacht?

»Nein, Evan, deine Pupillen sind riesig. Du bist vieles, aber ganz sicher nicht clean. Anstatt dir deine Welt schön zu machen, indem du bunte Pillen einwirfst, solltest du vielleicht mal wieder zu Doktor Brewnik gehen. Oder dich der Vergangenheit und deinen Gefühlen stellen, vor denen du so verzweifelt zu fliehen versuchst.«

Es ertönte das nahezu vertraute *Ping.* Ohne zu zögern, sprang ich in den Fahrstuhl, hämmerte auf das Tastenfeld. Ich hatte genug gehört.

Das Letzte, was ich sah, bevor sich die Türen schlossen, waren die Gesichter der beiden Brüder, die einst meine Familie gewesen waren. Ich merkte die Tränen erst, als die Türen sich schlossen.

Kapitel 5

Carrie

»Fast perfekt, nur noch …«, nuschelte Lisa, meine Visagistin, während sie ein paar letzte Änderungen an meinen Haaren vornahm. »Das Kleid dazu, es wird einfach Hammer aussehen!«

Ich strahlte sie an.

»So, noch etwas Haarspray!« Lisa schüttelte die Flasche, dann hielt sie mir eine Hand vor die Augen und sprühte. Sie verwendete dabei gut das Fünffache der Menge, die ich normalerweise benutzte, sodass ich mich nach mehreren Sekunden hustend abwandte.

»Na, na«, schimpfte sie, bevor sie mit einem Kamm noch einmal abstehende Härchen nach unten kämmte und fixierte. Nachdem sie fertig war, erhob ich mich aus dem Stuhl und zog den Bademantel etwas enger vor dem Körper zusammen. Noch immer mochte ich es nicht, mit mehreren Leuten in einem Raum zu sein und nichts als einen Bademantel und einen Slip zu tragen. Obwohl ich etwas anhatte, fühlte ich mich ganz furchtbar nackt. Während sich Lisa gemeinsam mit meinem Agenten darüber unterhielt, wie schön das Kleid war, ging ich auf den Balkon und zündete mir eine Zigarette an.

»Carrie, Schätzchen, du solltest wirklich aufhören zu rauchen!«, ertönte Daniels Stimme vom Inneren meines Zimmers.

Ich beobachtete, wie er das Smartphone in die Jackentasche steckte und zu mir rüberkam.

»Es wird Zeit, dass du mich mal in ein paar Dinge einweihst. Fangen wir damit an, was du heute eigentlich bei diesem Brunch gemacht hast?«

Ich nahm einen tiefen Zug und sah ihn stirnrunzelnd an. »Das wüsste ich auch gern«, murmelte ich verdrießlich.

»Carrie …?« Er legte den Kopf schief, sah mich fragend an. Schon während die Visagistin sich um mein Make-up gekümmert hatte, hatte er ständig versucht, mir zu entlocken, wie ich an Mel gekommen war, doch bislang hatte ich diese Unterhaltung noch herauszögern können. Auch wenn mir klar war, dass nun die Zeit gekommen war, ihn einzuweihen. Er hatte mir noch ein paar Stunden gegeben, aber er war mein Manager, wenn er es nicht wusste, dann auch kein anderer.

»Na schön.« Erneut zog ich an der Zigarette, beinahe so, als wäre es Mut, den ich inhalierte, dann drehte ich mich zu ihm. Daniel entsprach nicht dem klassischen Bild eines Agenten oder Managers, wie man es vielleicht erwartete. Seit ich Micheal, den Manager der Jungs, kennengelernt hatte, assoziierte ich mit Managern hoch gewachsene Mittvierziger in Anzügen, die eine gerade, scharfe Kieferführung, ordentlich gegelte Haare und manikürte Nägel hatten. Daniel entsprach diesem Bild nicht im Geringsten und versuchte es auch gar nicht. Er war zwar groß, erinnerte ansonsten aber eher an einen Anfang zwanzigjährigen IT-Studenten. Dichter Bart, modische Hornbrille und wild gelockte hellbraune Haare.

»Erinnerst du dich an unser Kennlerngespräch?«

Daniel legte den Kopf schief und lächelte. »Wie könnte ich das jemals vergessen?«

Ich verdrehte die Augen, grinste aber. »Ich habe dir damals erzählt, dass ich schon einmal in Seattle war. Für ein Praktikum in der Dumónt Galerie.«

Er nickte. »Natürlich.«

Ich zog eine Braue hoch.

»Neben deinen offensichtlich fantastischen Bildern natürlich.«

»Wie auch immer … Ich lernte damals ein verrücktes junges Mädchen und eine Gruppe von jungen aufstrebenden Musikern kennen …« Träge führte ich die Zigarette an die Lippen.

»Eine dieser Freunde ist nicht zufällig die reizende Melanie de Bow?«

Ich nickte, drückte mich vom Fensterbrett ab und ließ die Zigarette in den Aschenbecher fallen.

»Doch. Sie und die *Broken Sons*.« Obwohl ich Daniels Gesichtsausdruck nicht sehen konnte, war es, als spürte ich, wie sich die Luft plötzlich auflud.

»Du kennst die *Broken Sons*? Bislang war ich davon ausgegangen, dass du nur diese Mel kennst.«

Ich zuckte mit den Schultern und tat so, als würden diese Menschen mir neben meiner Mutter nicht die Welt bedeuten.

»Ja, von damals. Als sie noch *No Name Crew* hießen.«

»Okay … Und was bedeutet *kennen*?«

Er deutete der Visagistin kurz an, nach draußen zu gehen. Sie nickte, dann war sie verschwunden. Daniel sah mich aufmerksam an, bevor er neben sich griff und einen Schluck seines mittlerweile zweifelsfrei kalten Kaffees trank.

»Es bedeutet, dass ich eine Liebesbeziehung zu Evan Black hatte«, sagte ich geradeheraus. Die Worte kamen mir beinahe leicht über die Lippen, aber mein Herz wurde beim Verwenden der Vergangenheitsform bleischwer.

Daniel verschluckte sich fast an seinem Kaffee. Er schaffte es gerade noch hinunterzuschlucken, bevor er schwer hustete.

»Bitte *was*? Dir ist doch klar, dass Evan der beliebteste Junggeselle ganz Amerikas ist. Kannst du dir vorstellen, was passiert, wenn die Presse davon Wind bekommt?«

»Dazu müssten sie erst mal suchen. Und das hat noch niemand von Ihnen getan«, erklärte ich leise.

»Was meinst du mit *suchen*?« Daniel verengte die Augen zu Schlitzen.

»Na ja, nach Bildern oder so etwas.«

»Du meinst, es gibt Fotos von euch?«

Ich zuckte mit den Schultern. »Möglich wäre es. Als ich damals hier war, waren sie zwar keine internationalen Stars, aber in Amerika waren sie schon ein Begriff.« Daniel schüttelte ungläubig den Kopf.

»Carrie, dir ist doch klar, dass das deine Karriere noch einmal auf ein ganz neues Level heben kann? Diese Band ist eine der weltweit angesagtesten Rockbands. Melanie de Bow zählt mittlerweile zu einem der heißesten It-Girls, nur, weil sie die Freundin von diesem Lawrence ist … Wenn du mit ihnen gesehen wirst, wird dein Name nicht nur in der Kunstszene ein Begriff sein. Man wird dich überall kennen.«

Genervt hob ich die Hand. »Ich lege wirklich nicht viel Wert darauf, mit ihnen fotografiert zu werden, und werde ganz sicher auch nichts inszenieren, um drei oder vier Bilder mehr zu verkaufen. Das sind meine Freunde und kein Marketinginstrumente«, erklärte ich ihm ruhig, während ich zum Bett ging und mir die Strumpfhose schnappte.

»Carrie, du unterschätzt das. Das kann wirklich ein Game Changer sein.«

Es ging nicht darum, ob ich es unterschätzte oder nicht. Mir war natürlich bewusst, was all das für meine Karriere bedeuten konnte. Ich entschied mich nur schlichtweg dagegen. Alles, was mir jetzt noch fehlte, war, dass sie dachten, ich wäre zurückgekommen, um von ihrem Erfolg und ihrer Bekanntheit zu profitieren.

»Werden sie heute Abend kommen?« Ich dachte an Lawrences und Mels Andeutung, war mir allerdings sicher, dass sie meinen Wunsch akzeptierten.

Ohne aufzusehen, nahm ich das Kleid vom Bett, schlüpfte hinein. »Nein. Ich denke nicht.«

»Ach, Mist … Uns würde ja schon ein Bild reich. Eins. Das würde dich ohnehin schon in jedes Klatschblatt und jede Zeitschrift dieser Welt bringen.«

Schwer atmete ich ein. Wieso konnten Leute wie er nie genug haben? Es war ja nicht so, als wäre ich nur in der Tageszeitung von Edinburgh zu sehen gewesen. Man kannte mich bereits weltweit, was ich nichts anderem als der Tatsache zu verdanken hatte, dass ich zum einen eine Zusammenarbeit mit einem der gefeiertsten Jungkünstler weltweit für eine Friedensstiftung ergattert hatte, und zum anderen, dass ich mich derart geheimnisvoll gab, dass es den Paparazzi ein echtes Anliegen war, mehr über die junge

Künstlerin aus Schottland herauszufinden. Nur war ich eben Künstlerin und kein Rockstar.

»Daniel. Bitte, lass mich einfach meine Kunst machen.«

Er warf die Hände in die Luft. »Na schön. Dann nicht. Aber denk noch mal drüber nach. Die Jungs könnten uns auch die Möglichkeit eröffnen, eine jüngere Zielgruppe zu erreichen. Das sollte man wirklich nicht außer Acht lassen.« Mir war klar, dass er recht hatte. Ebenso wusste ich, dass in dieser Angelegenheit definitiv noch nicht das letzte Wort gesprochen war, aber im Moment hatte ich es satt, von den Jungs, Mel oder sonst irgendwas zu reden, was mich an mein gebrochenes Herz erinnerte.

»Machst du mir bitte mein Kleid zu?« Damit war die Unterhaltung für mich beendet, und Daniel kannte mich mittlerweile lang genug, um das zu wissen und vorerst zu akzeptieren.

»Natürlich.« Er kam zu mir und zog den Reißverschluss hoch.

»Nervös?« Zu gern hätte ich mit Ja geantwortet. Aber anstatt nervös zu sein, lenkte ich mich mit Gedanken an Evan und Killian ab. Ihr Gespräch, Evans Augen, der Streit, sein Blick, als sich die Türen des Fahrstuhls geschlossen hatten. Manchmal sah ich ihn. Hinter all der Wut und dem Hass erkannte ich den Evan von damals. Doch er war nur ein Schatten und sobald jemand das Licht auf ihn richtete, war er verschwunden.

Ich war erst seit zwei Tagen hier, und trotzdem fragte ich mich bereits jetzt, wie lange es in Ordnung war, Evans Launen zu akzeptieren. Wann war der Punkt erreicht, an dem ich einen sauberen Strich ziehen musste? Wie lange durfte ich seine Wut hinnehmen, und ab wann musste ich mich umdrehen und gehen?

»Carrie?« Daniel drehte mich um, schob mir eine Strähne hinters Ohr und hob mein Kinn an, damit ich ihn ansehen musste. »Du wirkst sehr abwesend. Was ist los mit dir?«

»Einfach nicht mein Tag, schätze ich.« Unbeholfen zuckte ich mit den Schultern.

»Nicht dein Tag? Carrie, heute ist der wichtigste Tag deiner gesamten bisherigen Karriere. Wenn heute nicht dein Tag ist, welcher Tag soll dann jemals deiner sein?«

Beinahe hätte ich mit den Augen gerollt, belehrte mich jedoch sofort eines Besseren. »Daniel, es gibt Dinge in meinem Privatleben, die mich belasten, was soll ich sagen …«

Er sah mich an, wobei er sich den gestutzten Bart angestrengt rieb – scheinbar war er heute Morgen extra noch einmal zum Barbier gegangen.

»Ist es wegen *ihm*?«, fragte er, wobei er mich aufmerksam betrachtete.

Ich seufzte, sank auf die weichen Polster des dunkelroten Sofas. Er brauchte keine Antwort von mir. Meine Reaktion war Antwort genug.

»Was auch immer das zwischen euch damals war und wie auch immer ihr jetzt zueinander steht … Liebe sollte nicht wehtun, Carrie. Nicht so, dass sie einen zerbricht. Okay? Was auch immer dich belasten mag … Tu mir den Gefallen, und vergiss es, schieb es beiseite. Nur heute, nur für ein paar Stunden. Ich weiß, dass so etwas schwer ist, aber wenn du in zehn Jahren auf diesen Tag zurückblickst, wirst du dich nicht daran erinnern wollen, was für einen verdammt beschissenen Tag du hattest, sondern du wirst dich daran erinnern wollen, wie du deine erste Vernissage in den USA hattest und wie sie dein Leben verändert hat. Dieser Tag, hier, heute … Dieser Tag schreibt deine Karriere neu. Also schließ die Augen, atme dreimal tief durch und vergiss, was auch immer dir gerade die Luft zum Atmen raubt, denn in den meisten Fällen ist es die Gedanken ohnehin nicht wert. Was kommen soll, wird kommen. Also, kannst du das für mich tun? Kannst du das für *dich* tun? Ihn vergessen? Nur für heute Abend?«

Er hatte mir die Hände auf die Schultern gelegt und sah mich auffordernd an. Kurz schloss ich die Augen, atmete dreimal tief durch, dann nickte ich.

»Ich kann das tun. Für mich.«

Ein Lächeln breitete sich auf seinen Lippen aus.

»Ach, du Scheiße«, murmelte Daniel neben mir, als wir in die Thomas Street einbogen. Menschen in Abendroben, massiven Pelzumhängen oder Smokings tummelten sich auf den Fußgängerwegen und teils sogar auf der Straße. Sie verstopften den Eingang der Galerie. Der Fahrer nahm das Gas weg, rollte an den Leuten vorbei. Vor der Galerie kamen wir zum Stehen. Obwohl ich die Besucher nicht hören konnte, erspähte ich ein aufgeregtes Funkeln in ihren Augen. Alle schauten zu dem dunklen Rolls Royce, hofften, dass ich die sein würde, die nun ausstieg.

»O mein Gott«, hauchte ich fassungslos. Meine Galerieeröffnungen in Schottland, Glasgow, London und Paris waren nicht schlecht besucht gewesen, aber dennoch kein Vergleich zu der Ansammlung an Menschen, die heute hier waren.

Ein gutes Dutzend Presseleute scheuchte einige der Besucher weg, bis sich ein roter Teppich zeigte.

»Bereit?«, fragte Daniel und sah mich aufmerksam an.

Ich nickte, auch wenn es mehr ein Automatismus als eine tatsächliche Zustimmung war. Doch er fasste es als solche auf, stieg aus dem Wagen, lief um ihn herum und öffnete mir die Tür.

Das Blitzlichtgewitter setzte bereits ein, da hatte ich noch nicht mal richtig den Fuß aus dem Auto gehoben. Sterne begannen vor meinen Augen zu tanzen, Fragen prasselten auf mich ein, und aus jeder Richtung wurde mein Name gerufen. Wie in Trance lief ich auf den roten Teppich, blieb in der Mitte stehen, posierte, winkte den Menschen zu, die mir applaudierten, ohne die neuen Bilder überhaupt gesehen zu haben.

»Carrie, hier drüben, hätten Sie kurz Zeit für ein Interview?«

Ich drehte mich zu Daniel, der nickte, sich jedoch neben mir bereits in Stellung brachte. Eilig lief ich zu der Kamera hinüber. Die rothaarige Reporterin ließ sich kurz selbst filmen, wie sie einige Worte zur Einleitung sagte, dann hielt sie mir bereits das gelbe Mikrofon unter die Nase. Ich kannte sie aus *Guten Morgen Amerika*.

»Hallo, Carrie, wie geht es dir heute an solch einem großartigen und wichtigen Tag?«

»Hervorragend. Ich bin in einer der schönsten Städte Amerikas auf meiner bislang größten Vernissage, wem würde es da nicht gut gehen?« Ich lächelte gespielt glücklich in die Kamera und hoffte, dass man es nicht bemerkte.

»Das glaube ich dir sofort! Wie ist es, wieder zurück in Seattle zu sein? Es ist ja nicht dein erstes Mal hier, oder?«

»Nein. Ich war schon einmal in Seattle. Es ist schön, wieder hier zu sein. Ich habe die Stadt und die Menschen sehr vermisst.« Und das war der Todesstoß. So, wie ich die Worte ausgesprochen hatte, wusste ich, dass sie es waren, die sie auf die richtige Fährte locken würden. Irgendjemand hatte der Presse Krümel hingeworfen, und ich hatte das nun als Anlass genutzt, ihnen direkt ein ganzes Brot vor dic Füße zu schmeißen.

Die Reporterin nickte.

»Apropos Menschen. Sie wurden vermehrt mit Melanie de Bow gesehen, der Freundin des Gitarristen der Broken Sons, *Lawrence Finnjard. Kennen Sie sich schon lange?«*

Ich zögerte. Eine Sekunde. Zwei Sekunden.

»Wir sind gute Freunde«, erklärte ich ausweichend und wollte mich gerade verabschieden, als erneut ein schwarzer Wagen hielt. Stirnrunzelnd sah ich zu Daniel, fing dessen irritierten Blick auf, zuckte jedoch mit den Schultern.

Mel war die Erste, die ausstieg. Sie trug ein schlichtes schwarzes Kleid und hatte ihre Haare elegant über die Schultern gelegt. Ihr folgten Matthew, Lawrence, Killian, und zu guter Letzt stieg Evan aus. Sie waren alle da. Mein Herz rutschte mir in die Hose. Ich schluckte, durfte mir nichts anmerken lassen, also atmete ich stattdessen zügig ein und aus und begann zu lächeln.

Mel winkte, dann rannte sie auf mich zu und zog mich in eine herzliche Umarmung. Das Klacken der Kameras klang in meinen Ohren wie das Schussfeuer eines Maschinengewehrs.

»Können wir ein Bild von euch gemeinsam machen, bitte?«

Mel zog mich einen Schritt zurück, legte mir den Arm um die Taille, und wir lächelten in die tausend Linsen, die aufgeregt fotografierten.

Ich konnte nicht fassen, dass sie wirklich gekommen waren. Ich konnte nicht fassen, dass *er* da war.

»Nehmt Carrie, bitte mal zwischen euch! Ja, genau so!«

Evan legte mir eine Hand um die Hüfte strahlte in die Kamera, als hätte er nie etwas anderes getan. Mir blieb die Luft weg.

Obwohl ich schon die ein oder andere Erfahrung mit Paparazzi gemacht hatte, merkte man sofort, wer von uns mehr Übung hatte. Nachdem sie genügend Bilder gemacht hatten, begannen die Fragen der Presse immer lauter und drängender zu werden.

»Carrie, ist einer der Broken Sons *dein Freund?«*

»Evan, sieht Carrie nicht toll aus heute?«

»Killian, wie lang kennt ihr Carrie schon?«

»Können wir ein Interview mit euch kriegen?«

Entgegen Daniels Anweisung führten die anderen mich in Richtung des Reporters. Ich konnte Evan neben mir spüren, roch seinen herben Duft. *Konzentrier dich!*

»Guten Abend zusammen!«

»Hallo.«

»Seid ihr heute aus privatem Vergnügen hier, oder tut ihr einer alten Freundin einen Gefallen?«

»Wir kennen Carrie schone eine ganze Weile, und ihre Vernissage zu verpassen, war keine Option für uns«, erklärte Melanie, wobei sie in die Kamera strahlte und mich in ihre Arme zog.

Der Reporter nickte aufgeregt. *»Woher kennen Sie beide sich?«*

»Mel und ich haben früher zusammen hier in dieser Galerie gearbeitet«, antwortete ich knapp.

»Und ihr, Jungs ... Interessiert ihr euch schon länger für Kunst? Mit euch hatten wir hier wirklich nicht gerechnet.«

Es war Killian, der lachte und das Wort ergriff.

»Ich will ehrlich sein, Ralph. Nein. Wenn es allerdings um Freunde geht, machen wir hin und wieder mal eine Ausnahme.« Er zwinkerte charmant in die Kamera, ehe er sich zum Gehen wandte. Die anderen taten es ihm gleich.

»So, wir sollten jetzt reingehen, sonst verpasst der Star des Abends noch seine Show«, sagte Killian, bevor er Ralph noch einmal zunickte und wir uns auf den Weg nach drinnen machten.

Mel hielt während all der Zeit meine Hand, dirigierte mich zielsicher an der Presse vorbei.

Das Innere erstrahlte heute in einer völlig neuen Atmosphäre. Mr. Dumónt hatte das Licht gedimmt, und bunte Blumen zierten die sonst so leeren Ecken. Überall standen weiße Stehtische, und die Bilder wurden so hell angestrahlt, dass es einer Explosion glich. Menschen über Menschen tummelten sich in den sonst so großen Räumen und waren im Begriff, bereits einige erste Kunstwerke zu bestaunen.

»Da seid ihr ja«, murmelt Daniel ungeduldig.

»Hi, ich bin Daniel, Carries Manager.« Er hielt den Jungs die Hand entgegen, diese schüttelten, stellten sich ebenfalls vor. Für meinen Geschmack schüttelte er Evans Hand etwas zu lange, doch dieser schien es nicht mal zu bemerken, wirkte abwesend. *Wieso war er bloß hergekommen?*

»Die Eröffnungsansprache steht an, los geht's, Carrie. Bist du bereit?«, fragte Daniel. Ich nickte, obwohl ich eigentlich lieber davongerannt wäre.

»Na dann. Lass es uns rocken.« Er lachte, packte mich sanft am Arm und führte mich durch die Menschenmassen.

Nachdem ich meine Rede gehalten hatte, waren es Mel und die Jungs, die mich als Erstes beglückwünschten.

»Einfach der Wahnsinn«, murmelte Mel, bevor sie mich in eine herzliche Umarmung zog. »Ich bin so, so stolz auf dich, ich hoffe, du weißt das.«

Verlegen lächelte ich sie an, kämpfte gegen die Tränen der Rührung an.

»Lass dich drücken«, sagte Lawrence, bevor auch er mich umarmte. Matthew tat es ihm gleich.

»Danke, dass ihr hier seid …«

Killian grinste. »Es ist uns eine Ehre.« Er zog mich in seine Arme, umarmte mich etwas länger, als es nötig gewesen wäre. Mir stieg sein herber Duft in die Nase, und für eine Millisekunde schloss ich die Augen, ließ zu, dass er mir die Sinne vernebelte und mich beruhigte. So war es schon immer gewesen. Mit Killian an meiner Seite hatte ich mich schon immer entspannen können. Als mir bewusst wurde, was ich da im Begriff war zu tun, riss ich die Lider regelrecht auf, wollte mich von ihm lösen, doch Killian machte keine Anstalten, dem nachzukommen. Ich begegnete Evans Blick. Er stand am anderen Ende des Raums, hielt ein Glas Wein in der Hand, beobachtete uns.

»Geht's dir gut?«, fragte Killian dicht an meinem Ohr. Ich lehnte mich zurück, brachte eine Armlänge Abstand zwischen uns, nickte.

»Ja, alles in Ordnung, Killian. Mach dir keine Sorgen!«

Killian musterte mich mit hochgezogener Braue, dann sagte er nur: »Wir reden später noch mal«, bevor er sich noch einmal vorbeugte und mir einen sanften Kuss auf die Wange hauchte, ehe er sich endgültig von mir löste und sich ein Glas Champagner schnappte.

Und dann kam *er* zu mir. Ich roch ihn, bevor ich ihn sah. So, wie immer.

»Herzlichen Glückwunsch …«

Ich bildete mir ein, ein »Babygirl« gehört zu haben, doch wahrscheinlich war es genau das – Einbildung.

»Danke«, murmelte ich leise.

Wir sahen einander nicht an, blickten stattdessen auf eines meiner unzähligen Gemälde.

»Wer hätte gedacht, dass wir beide noch mal so weit kommen«, murmelte Evan, und ich war mir nicht sicher, ob er mit sich selbst oder tatsächlich mit mir sprach.

»Du bist hier«, sagte ich.

»Ja«, erwiderte er.

»Wieso?« Meine Stimme war nur noch ein Hauchen.

»Ich habe keine Ahnung. Wahrscheinlich wollte ich es mir einfach nicht nehmen lassen, eine alte Freundin zu ihrem Lebenstraum zu beglückwünschen.«

Er kam näher, dann drückte er mir einen Kuss auf die Wange, ehe er sich abwandte und davonging.

Binnen weniger Sekunden stand mein Körper in Flammen, reagierte sofort auf die Berührung, nach der ich mich schon viel zu lange gesehnt hatte. Doch während meine Haut bereits lichterloh brannte, herrschte in meinem Kopf völlige Leere.

Und bevor ich Gelegenheit hatte zu realisieren, was da gerade geschehen war, eilte auch schon Mr. Dumónt auf mich zu.

»Miss Abernathy, kommen Sie!« Er drückte mir ein Glas Wein in die Hand, dann zog er mich am Arm in Richtung einer älteren Dame. Und während er uns durch die Menschenmassen manövrierte, konnte ich nur an eines denken – Evans Lippen auf meiner Haut.

»Das hier Miss Abernathy, ist die zauberhafte Miss …«, riss mich Mr. Dumónt zurück ins Hier und Jetzt.

»Ich bin Nicole.« Die Alte streckte mir ihre Hand entgegen, und eine Reihe bunter Ringe funkelten mir entgegen. Sie hatte mehrere Tattoos, und ihr Lächeln kam mir furchtbar bekannt vor. Plötzlich machte es Klick.

»Moment, Nicole Perrez?«, fragte ich aufgeregt.

Sie strahlte.

»Das mein Name den jungen Leuten noch ein Begriff ist, wundert mich etwas«, rief sie erfreut.

War er nicht. Kaum einer aus meinem Jahrgang hatte Nicole Perrez gekannt, aber ich hatte einst eine Hausarbeit über eines ihrer Werke geschrieben und war seither großer Fan. Sie war in den frühen 80ern eine sehr bekannte Künstlerin der Abstraktion gewesen. Berühmt geworden war sie unter anderem durch ihren schrillen Look, der sich auch in ihren Bildern widerspiegelte. Auf manchen Fotos hatte man fast den Eindruck, sie verschmolz damit.

»Und ob!« Mr. Dumónt wirkte sichtlich stolz, dass er sie eingeladen hatte und sie sogar erschienen war.

»Sie wollte fragen, ob sie eine Führung nur von Ihnen persönlich bekommen könnte«, sagte Mr Dumónt.

»Also Dumónt. Ich habe auch selber einen Mund. Ich mag vielleicht alt sein, aber nicht stumm.«

Ich lachte, bevor ich einen Schluck Wein nahm. »Ich führe Sie gern etwas rum! Kommen Sie. Wollen Sie sich unterhaken?« Sie nickte aufgeregt, wobei ihre weiße Lockenmähne aufgeregt wippte, dann hängte sie sich bei mir ein.

»Bitte, sag Du zu mir!«, meinte sie.

Ich nickte.

Sie war gute zwei Köpfe kleiner als ich, wirkte durch ihre Art jedoch beinahe so, als wäre sie zwei Meter groß.

Ich beschloss, beim Glaskasten anzufangen, und so führte ich sie an den anderen Gästen vorbei ins Herzstück der Galerie.

»Aufregend das alles, nicht wahr?«

»O ja! Gott sei Dank ist es nicht meine erste Eröffnung, sonst hätte ich das wohl nur schwer überstanden.«

Sie lachte.

»Hast du denn wirklich den Eindruck, dass es mit jeder Eröffnung leichter wird? Ich hatte eher das Gefühl, dass es immer schwerer wurde. Irgendwann hatte ich schon fast Angst. Angst, den Anforderungen nicht mehr gerecht zu werden.« Natürlich hatte sie recht. Angst und Selbstzweifel verschonten keinen Künstler. Doch wenn man seine Kunst auch noch offen der Welt zeigte, nahmen die Selbstzweifel eine neue Dimension an. Bei meiner ersten Eröffnung vor zwei Jahren hatte ich bereits vier Wochen vorher kaum noch schlafen können, weil ich permanent über der Frage gebrütet hatte, was ich machen sollte, wenn den Leuten meine Bilder nicht gefallen würden. Aber diese Ausstellung hier war nicht irgendeine. Heute wurden meine absoluten Herzstücke gezeigt. Kunstwerke, die bereits mehrere Jahre alt waren. Kunstwerke, die ich mich bloß nie getraut hatte, der Welt zu zeigen, weil sie einen derart intimen Blick auf mein Inneres freigaben, dass mich der Gedanke, diesen mit anderen zu teilen, abgestoßen hatte. Ich hatte all das erst einmal für mich behalten wollen. Doch nach gut drei Jahren war ich nun endlich so weit. Und so eingebildet es auch klingen musste – ich wusste um ihre Schönheit. Und wer sie nicht erkannte, konnte mir gestohlen bleiben, denn diese Werke hatten etwas, das nicht alle Gemälde hatten – Emotionen, Launen, die Wahrheit.

»Wie kann ein derart junger Mensch wie du schon so gebrochen sein?«

Perrez Stimme war leise geworden. Erst jetzt bemerkte ich, dass wir angehalten hatten. Sie starrte auf eines der Bilder, das in meiner Zeit nach Seattle entstanden war.

Nach Evan. Nach Killian. Nach Mel. Nach meinem früheren Leben. War es nicht makaber, dass wir Menschen irgendwann anfingen, unsere eigene Zeitrechnung zu kreieren?

Seitdem ich in Seattle gewesen war, war Jesu Geburt nicht mehr mein zeitlicher Marker. Für mich gab es nur noch zwei Zeitabschnitte – die Zeit vor Evan und die Zeit nach Evan.

Das Bild, welches Perrez nun bewunderte, war *nach* Evan entstanden, als ich nach Hause gekommen war. Ich hatte bemerken müssen, dass meine Familie in tausend Teile zerbrochen war, dass es meine »Familie«, so wie ich sie einst gekannt hatte, nicht mehr gab.

»Wenn ich dieses Bild ansehe, habe ich das Gefühl, dass der Schmerz mich auffrisst«, murmelte Perrez.

So in etwa hatte es sich auch angefühlt, als ich damals nach Hause gekommen war.

Das Gemälde war in dunklen Farben gehalten, lediglich ein wenig Rot zog sich als Kontrast durch die ansonsten durchgehend dunklen Konturen.

In der Mitte saß ein nacktes Mädchen – undeutlich, verschwommen. Es war eher eine Silhouette. Um sie herum regierte das blanke Chaos. Ich persönlich hatte es immer den »Sturm der Emotionen« genannt. Das war es für mich. Um das nackte Mädchen herum wütete die Dunkelheit. Dabei stand eine Emotion für jede Farbe. Und rot … rot war die Wut.

»Hast du eine Therapie gemacht?« Ich sah auf. Perrez war ganz schön neugierig.

»Entschuldige, aber …«

»Das ist nichts, wofür du dich schämen müsstest. Es ist offensichtlich, dass du in deinem Inneren Kämpfe austrägst, die du wahrscheinlich allein nicht gewinnen kannst. Nur deswegen frage ich.«

Ich ließ ihre Frage trotz allem unkommentiert, und sie war taktvoll genug, nicht noch einmal nachzuhaken.

Langsam liefen wir zum nächsten Bild. Ihre Schuhe klackerten auf dem Boden, und mit dem Finger kreiste sie um die Kante ihres Weinglases. Sie hatte recht. Schon vor langer Zeit hatte ich aufgegeben, meine Kämpfe allein auszutragen. Es war nicht so, dass ich es nicht versucht hätte – egal, was war, egal, wie übel es mir ging. Ich habe stets versucht, alles in Kunst umzuwandeln. Und das hatte auch weitestgehend funktioniert, das Problem war nur, dass Kunst nicht immer dafür bestimmt war, wirklich mit Dingen abschließen zu können. Man zeichnete sie, stellte sie so dar, dass sie – mehr oder weniger – sichtbar für die Außenwelt wurden. Für mich war all das eher ein Aufschrei, ein verzweifelter Aufschrei nach Hilfe, nicht aber wirkliche Trauerbewältigung. Das mochte bei manch anderem vielleicht funktioniert haben, bei mir jedoch nicht. Es hatte mir nicht gereicht, meinen Schmerz darzustellen. Ich musste vor allem darüber reden und brauchte jemanden, der mir sagte, dass es okay war, wie ich mich fühlte, dass es menschlich war. Denn die Kunst, die Kunst hatte mir nur allzu häufig das Gefühl gegeben, ich wäre innerlich schon beinahe gestorben, denn wenn ich meine Emotionen, Gedanken und Gefühle transferierte, war der Schmerz teilweise so groß, dass ich glaubte, so müsse sich der Tod anfühlen.

»Danke, dass ich dich ausstellen darf, Carrie. Ich weiß, du denkst, es ist eine Ehre für dich, dass ich dich in meiner Galerie zeige, aber glaub mir … Die wahre Ehre ist, dass *du* mir deine Gemälde gibst.«

»Danke.« Zutiefst gerührt drückte ich Mr. Dumónt die Schulter, ehe ich mir den beigefarbenen Trenchcoat anzog und aus der Galerie schlüpfte. Gott sei Dank verfügte sie über einen Hinterausgang, der direkt in einen kleinen Innenhof führte. Dort würde Louis bereits auf mich warten. Als ich in den Hinterhof hinaustrat, war von ihm jedoch keine Spur. Auf dem kleinen Parkplatz standen lediglich der Mercedes von Dumónt und ein Porsche 911 von wem auch immer. Gerade als ich einen Blick auf mein Handy werfen wollte, berührte mich jemand am Arm.

Erschrocken fuhr ich herum und schaute geradewegs in das tiefe Blau von Evans Augen.

»O mein Gott, Evan! Willst du mich zu Tode erschrecken?«

»Entschuldige!« Er lachte unsicher, fuhr sich über die kurzen Stoppeln. »Alles okay?«

Einen Moment schaute ich ihn stumm an. Mein Kopf drehte sich bereits, und sein Gesicht sah etwas verschwommen aus. Entweder brauchte ich bald eine Brille, oder der Alkohol machte sich bemerkbar.

»Ob alles okay ist?« Ich schwankte leicht, taumelte einen Schritt zurück. Evan nahm sanft meine Hand, zog mich zurück in den geraden Stand, bevor er mir die Hände noch einmal auf die Arme legte, als könnte er mich so in den Boden drücken.

»Wie viel hast du getrunken?«, fragte er vorsichtig, wobei er etwas in die Hocke ging, um mich besser sehen zu können.

»Genug, um mich gut zu fühlen, aber zu wenig, um zu vergessen«, erklärte ich. »Wo ist mein Fahrer?«, fragte ich.

»Ich habe ihn nach Hause geschickt.«

»Was? Wieso?«

»Weil wir reden müssen, Carrie. Komm, ich fahr dich.« Er öffnete mir die Tür. Kurz zögerte ich dann stieg ich ein. Das Auto roch noch nach Leder.

»Du willst reden? Jetzt? Hier? Im Auto?«, fragte ich schließlich. Er drückte unbeirrt den Start-Knopf, und der Motor brummte laut. »Versteh mich nicht falsch. Wir sollten definitiv reden, aber ich weiß nicht, ob …«

»Carrie, es ist mir gleich wo. Ich will es einfach nur hinter mich bringen.« Seine Stimme war wieder harscher geworden. So, wie heute morgen.

»Evan, wieso bist du hier? Wieso bist du zur Vernissage gekommen?«

Er fuhr aus der Ausfahrt lenkte das Auto zielsicher auf die Straße.

»Was denkst du wohl?« Er sah mich kurz an.

»Ich habe keinen Schimmer, erklär es mir!« Ich sah ihn auffordernd an.

»Du willst wirklich, dass ich es ausspreche? Okay, von mir aus.« Er warf ergeben die Hände in die Luft. »Ich halte es nicht ohne dich aus. So wütend ich auch auf dich sein mag, so sehr ich dich für das hassen will, was du mir angetan hast ... Trotz all dem muss und will ich dich sehen. Ich kann einfach nicht anders. Und nach heute früh ... Ich wollte dich nicht so anfahren, weißt du?« Er rieb sich den Nacken. »Jedes böse Wort, dass ich zu dir sage, tut mir weh. Ich will dich nicht so leiden sehen. Aber weißt du Carrie, du kommst nach drei Jahren hierher und tust so, als wäre nichts geschehen. Als wäre alles okay. Aber wenn wir mal ganz ehrlich sind, dann wissen wir beide, dass verdammt viel passiert ist. Ich bin nicht mehr der Evan, den du kanntest und du nicht mehr dieselbe Carrie wie damals. Die Welt hat sich weitergedreht. Und wir uns mit ihr.« Er fokussierte sich auf die Straße.

Tränen schimmerten hinter seinen Lidern. »Und so sehr ich dir auch verzeihen will, was damals geschehen ist ... Da ist so viel Wut und Hass in mir, dass ich dich kaum ansehen kann. Und wenn ich es dann doch mal tue, ist es, als zerreiße es mich innerlich.« Er lachte, als eine Träne auf seine Wange fiel. Er wischte sie nicht weg, schien sie nicht einmal zu bemerken.

»Ich war heute hier, um dir dabei zuzusehen, wie du tust, was du liebst. Wie du deinen Traum lebst, über den wir schon so oft gesprochen haben. Und soll ich ehrlich sein?« Er sah mich nun direkt an. Seine Augen waren beinahe schwarz, und ich hatte das Gefühl, ich würde mich jeden Moment darin verlieren.

»Ich habe keine Ahnung, wie du es bei unserem Konzert ausgehalten hast. Dich so zu sehen ... Es hat mich innerlich zerrissen. Und es zerreißt mich immer noch. Zu sehen, dass du glücklich bist. Ohne mich.« Er rieb sich über den Bart, sah zurück auf die Straße.

»Evan, ich ...« Er hob eine Hand, signalisierte mir zu schweigen.

»Ich weiß einer der Gründe, weshalb du zurückgekehrt bist, bin ich. Ich sehe es in deinen Augen, wenn du mich ansiehst.« Ich sah auf, begegnete seinem Blick. Sanft legte er eine Hand an meine Wange, streichelte mich. Ich griff danach, hielt sie fest. Wollte nicht, dass er sie zurückzog. Nie mehr.

»Ja, genau so.« Eine Träne kullerte meine Wange hinunter.

»Und ich wünsche mir wirklich, dass wir einfach da weitermachen können, wo wir damals aufgehört haben. Aber das können wir nicht. Es sind immerhin drei Jahre vergangen.«

»Und was willst du jetzt tun?« Meine Stimme war nur ein Hauch, so wie der Wind, der zwischen den Blättern der Bäume und den Gassen Seattles hindurchfuhr.

»Ich will, dass du drei Dinge weißt. Erstens: Ich liebe dich. Schon damals und noch heute. Zweitens: Ich verzeih dir. Ich verzeih dir, dass du gegangen bist, auch wenn es mir mein Herz gebrochen hat. Aber ich kann und will dir nicht ewig böse sein. Und ich will dich auch nicht mehr für das verurteilen, was du vor drei Jahren getan hast. Drittens: Ich will, dass du dich, so gut es geht, von mir und meinen Freunden fernhältst. Du bist nicht mehr Teil meines Lebens und, sind wir mal realistisch, das wirst du wahrscheinlich auch nie mehr werden.« Er drückte meine Hand. Seine zitterte, meine noch mehr.

»Und das Carrie ist der Grund, weswegen ich heute hier war. Ich musste sehen, dass es dir gut geht. Das du glücklich bist. Auch ohne mich. Und jetzt, wo ich das weiß, kann ich gehen und endlich damit abschließen. Mit dir. Mit uns.«

Er fuhr in die Tiefgarage des Hilton, stoppte den Wagen.

»Ich wünschte, ich könnte dir etwas anderes sagen, aber …«

Nun flossen meine Tränen. Unaufhaltsam und heiß brannten sie sich meine Wange hinab.

»Schon okay, Evan. Danke fürs Fahren, ich … ähm …« Das Auto schien um mich herum zu schrumpfen. Es schnürte mir die Luft zum Atmen ab. Ich wartete nicht, bis er geparkt hatte, öffnete die Tür, noch während das Auto rollte.

»Carrie …!«

Ich stieg aus, winkte, dann zog ich meine Hotelkarte hervor, hielt sie an den Sensor zum Fahrstuhl, stürzte hinein. Evan hatte angehalten, war aus dem Wagen gestiegen.

»Carrie, ich, bitte ...«

»Schon okay, Evan. Bitte, bitte mach es nicht noch schwerer, als es ist, okay?« Ich stand im Fahrstuhl, er wenige Meter von mir entfernt. Es waren nur wenige Schritte. Doch er bewegte sich nicht. Ebenso wenig, wie ich es tat. Als die Türen sich langsam schlossen, rutschte ich zu Boden, begann zu weinen.

»Carr...« Seine Worte wurden im Nirgendwo verschluckt, als sich die Türen endgültig schlossen und der Fahrstuhl ins oberste Stockwerk raste.

Als ich oben ankam, kostete es mich alles an Überwindung, mich aufzurappeln. Noch immer weinte ich, doch auch das konnte den Schmerz in meinem Inneren nicht lindern. Ich stieg aus, schleppte mich zu meinem Zimmer und öffnete die Tür. Dort trat ich mir die Schuhe von den Füßen.

Langsam lief ich zu der Minibar, schnappte mir ein Glas und füllte es im Bad mit Wasser auf, als würde ich meinen Tränenvorrat auffüllen wollen. Ich schaffte es nicht mal mehr, mich abzuschminken. Stattdessen spritzte ich mir nur kurz etwas Wasser in das vor Tränen gerötete Gesicht, ehe ich zurücktrottete und mich wie ein nasser Sack ins Bett fallen ließ.

Das war's. Ich hatte ihn verloren. Diesmal endgültig. Erneut begann ich zu weinen, schluchzte laut und hemmungslos.

So laut, dass ich beinahe das Klopfen überhört hätte.

Noch einmal hämmerte es, diesmal weniger drängender, eher verzweifelt.

Als ich die Hand auf die Klinke legte, zögerte ich kurz, ehe ich sie einen Spaltbreit öffnete.

Ich erstarrte.

Evan lehnte im Türrahmen. Seine Augen waren blutunterlaufen, und sein Blick verriet mir, dass er ebenso litt wie ich selbst. »Evan, was zur ...«

Er zog sein Handy aus der Tasche, zeigte es mir.

Irritiert schaute ich auf seine Hand. »Was ist?«

»Nimm es!«, sagte er. Sein Ton ließ keine Widerrede zu.

Kurz noch sah ich ihn an, dann griff ich nach dem Handy, schaute auf den Bildschirm. Ich erkannte ein Bild von Killian und mir. Seine Stirn lag auf meiner, seine Arme ruhten beruhigend auf meinen Schultern. Es musste am Abend meiner Ankunft aufgenommen worden sein. In jenem Moment verblassten alle Gedanken in meinem Kopf, nur eine einzige Frage hämmerte darin. *Wie soll ich ihm das erklären?*

»Evan, ich …«

»Du und Killian also, ja? Seit wann geht das mit euch? Wann im Laufe dieser nicht einmal 48 Stunden ist es passiert, hm? Weißt du, ich habe es wirklich versucht. Habe wirklich versucht, meine Wut auszublenden. Ich wollte dir verzeihen und jetzt …«

»Evan, stopp! Zwischen uns läuft nichts, du weißt doch, dass Killian wie ein Bruder für mich ist«, sagte ich kleinlaut, wich automatisch einige Schritte zurück.

Evan lachte. »Ach … und Geschwister berühren sich so? Er wischte nach rechts. Das Bild sah ähnlich aus, nur berührte mich Killian da gerade an der Wange, blickte mir tief in die Augen. Verdammte Scheiße, dachte ich. »Evan, lass mich das erklären, okay?«

»Erspar mir deine jämmerlichen Ausreden. Du kommst nach drei Jahren wieder hierher, und ich …« Er lachte noch einmal. »Und ich war wirklich so blöd zu glauben, du kämst vielleicht auch wegen mir zurück … Aber stattdessen muss ich sehen, wie du dich an meinen Bruder ranschmeißt. Tja, Carrie, das hat wirklich Stil …«

Wie hatte er sich innerhalb weniger Minuten so verändern können? Es war, als hätte man ihn ausgetauscht.

Er redete und redete, und plötzlich kamen mir Killians Worte zurück ins Gedächtnis. Kurz schloss ich die Augen, holte tief Luft, bereitete mich vor.

»Evan halt den Mund«, fuhr ich ihn an. »Es reicht. Was willst du eigentlich von mir?«, fragte ich. Evan sah mich an, als hätte ich ihm eine Ohrfeige verpasst. »Seitdem ich wieder hier bin, behandelst du mich, als wäre ich dein größter Feind. Du bist abwertend, bösartig und gemein. Und jetzt tauchst du, mitten in der Nacht, in meinem Hotelzimmer auf und willst mich darüber belehren, was ich wann mit wem machen darf? Nachdem du mir deutlich zu verstehen gegeben hast, dass ich mich von dir fernhalten soll? Weißt du was? Leck mich, Evan. Ich kann machen, was ich will. Ich muss dich nicht um Erlaubnis fragen. Das Recht hast du dir selbst verspielt. Du willst mich nicht? Okay, das akzeptiere ich, aber dann sei so gut, verlass dieses Zimmer und komm nie mehr wieder. Ich bin nicht dein dummes Mädchen oder irgendeine Voodoo-Puppe. So kannst du nicht mit mir reden.«

Ich zitterte am ganzen Leib, konnte kaum stehen.

Einen Moment starrten wir uns stumm an, ehe Evan hereinkam. Das Licht des Flurs verweigerte mir einen scharfen Blick auf sein Gesicht, nahm mir die Möglichkeit, sein Gesicht und den Ausdruck darin zu analysieren.

»Carrie«, hauchte er, dann fand ich mich auf einmal in seinen Armen wieder.

»Evan, was soll das?« Ein Teil von mir wollte ihn wegdrücken, ein anderer wollte ihn enger an mich ziehen.

»Es tut mir so leid, Carrie«, flüsterte er plötzlich. »Es tut mir so furchtbar leid.« Er begann zu weinen, sank auf die Knie, und ich ging mit ihm.

»Ich liebe dich so sehr, dass es wehtut, Babygirl.«

»Evan«, flüsterte ich, kämpfte mich zurück auf die Beine, zog ihn mit mir.

»Es tut mir so leid, Carrie.« Evan sank auf mein Bett. »Aber du hast keine Ahnung, was ich wegen dir alles in Kauf genommen habe«, wisperte er. »Was mir wegen dir alles passiert ist, was ich wegen dir getan habe, du hast …«

»Dann sag es mir endlich!«, bat ich ihn.

Eine dunkle Ader pulsierte an seiner Stirn, und seine Augen sahen mich mit einem Ausdruck purer Verzweiflung an.

»Versteh doch, das kann ich nicht!«

»Aber, Evan, wie soll ich es dann verstehen?«

Er senkte die Lider.

»Genau das ist es doch, Carrie. Das kannst du nicht …«, flüsterte er der plötzlich ohrenbetäubend lauten Stille entgegen. Einen Moment sah ich ihn an, ehe ich neben ihm auf die Matratze sank. Wie ein kleines Kind legte er sich auf meinen Schoß, weinte.

»Ich liebe dich, Carrie.«

Ich erwiderte nichts.

»Und ich brauche dich«, murmelte er. »Aber ich kann dir die Wahrheit einfach nicht sagen.«

Seine Worte schmerzten. Sie schmerzten so sehr. Und doch machten sie mich auf eine makabre Weise glücklich, denn sie waren das Ehrlichste, das er seit meiner Rückkehr zu mir gesagt hatte.

Und so saßen wir in meinem Bett, weinten, weil die Distanz zwischen uns unüberwindbar schien, obwohl wir uns so nah waren. Weinten, kuschelten, waren füreinander da.

Und trotzdem blieb da ein Gedanke in meinem Kopf, der mich einfach nicht loslassen wollte.

Was, wenn unsere Liebe nicht reichte? Was, wenn der Schatten unserer Vergangenheit zu enorm war? Was, wenn unsere Liebe füreinander ihn nicht würde erhellen können?

Evan und ich waren wie zwei Piloten, jeder von uns lenkte ein Flugzeug in den Abgrund, unsere Gründe mochten unterschiedlich sein, doch eins würden wir gemeinsam haben – den Absturz. Aber was, wenn sich zwei, die eigentlich schon auf den Weg nach unten waren, zusammentaten? Würden sie noch schneller den Boden erreichen, oder könnten sie die Richtung ändern?

Evan war fort, als ich aufwachte und doch hatte er seine Spuren hinterlassen. Meine Decke roch noch nach ihm, und das zweite Kissen war eingedrückt. Ich seufzte, sank noch einmal in die Kissen. Eine Weile lag ich so herum, dachte an seine Worte, die Verzweiflung in seiner Stimme. Was war ihm bloß widerfahren?

Träge rollte ich mich auf die Seite meines Bettes und sah aufs

Handy. 72 Anrufe in Abwesenheit. 35 Nachrichten. Und tausend Pressemitteilungen. Ich scrollte ganz nach unten.

Die ersten Mitteilungen klangen gut. Kritiker lobten meine Ausstellung, berichteten über die gelungene Vernissage, aber je weiter die Zeit voranschritt, desto schlimmer wurden die Headlines.

Carrie Abernathy – zwei Brüder auf einmal.

Was hat Carrie Abernathy mit Killian und Evan Black zu schaffen?

Evan Black fährt Carrie Abernathy nach Hause.

Carrie Abernathy spielt falsches Spiel.

Kurz überlegte ich, das Handy umzudrehen und einfach weiterzuschlafen. Zu verlockend war die Vorstellung, meinem Leben noch einmal für ein paar Stunden zu entkommen, doch ich wusste, dass auch das die Situation nicht retten würde, also griff ich danach, las zuerst die SMS. Einige waren von Killian, andere von Mel, die meisten aber von Daniel.

Er hatte auch einen Link geschickt, darunter stand der Text: *Lies den hier! Sie haben euch am Arsch!*

Kurz zögerte ich, dann drückte ich auf den Link, wartete, dass sich das Browserfenster öffnete.

Carrie Abernathy – das Mädchen in all seinen Songs.

Der Artikel war in einem kleinen Käseblatt erschienen, das unmöglich mehr als ein paar Tausend Leser haben konnte, und trotz allem war der Artikel bereits hunderttausendfach aufgerufen worden.

Ich richtete mich auf und begann mit zitternden Händen zu lesen:

Nachdem Evan Black mit seiner Band, den Broken Sons, *das neue Album released hat, steht eine Frage im Raum: Wem widmete er all die herzzerreißenden Songs? Evan selbst behauptete in einem Interview, die Songs hätten nichts mit einer Freundin vergangener Zeiten zu tun. (Klicken Sie* Hier *für das Video!) Viel mehr hat er einen Protagonisten entworfen. Abgekauft haben wir es ihm nie wirklich, und nun könnte sich das Rätsel tatsächlich endgültig gelüftet haben.*

Denn ein uns bereits bekanntes Gesicht taucht wieder in Seattle auf – Carrie Abernathy.

Was viele nicht wissen: Gerade in der Anfangszeit der Broken Sons *hat die junge Künstlerin neben Melanie de Bow eine wichtige Rolle in Evans Leben gespielt. Auch wenn es nur wenige Fotos gibt – sie existieren.*

Es folgte ein Bild von Evan, den anderen und mir, als wir nach einem Konzert in den Tour-Bus gestiegen waren.

Damals widmete man der jungen Schottin nicht viel Aufmerksamkeit – war Evan schließlich schon immer ein Frauenheld, doch nach den neusten Fotos wird klar, dass sie damals vielleicht unterschätzt wurde.

Es folgte ein Foto, auf dem Evan mir die Tür zu seinem Wagen aufhielt, eins, wo er die Tür zuschlug.

Wie sonst ist es zu erklären, dass sie bereits einen Tag nach ihrer Ankunft in Seattle gemeinsam mit den Broken Sons *gesichtet wurde? Erst gestern war sie mit Melanie de Bow, der Freundin des Gitarristen Lawrence Finnjard, bei einem Brunch. Einer Quelle nach zu urteilen, waren auch die restlichen Bandmitglieder dort. Zudem wurde uns berichtet, dass sie auch bei dem Abschlusskonzert im Hamilton Pub gesichtet wurde. Das Konzert, das Evan Black vorzeitig abbrach.*

So oder so, Carrie Abernathy ist keine Fremde für die Seattler Vorzeigeband.

Fraglich ist nur, welchem der beiden Brüder sie mehr zugetan ist. Denn wurde sie am Tag ihrer Ankunft gemeinsam mit Killian, Evans Bruder, im Hinterhof des Hamilton Pubs gesichtet, stand nur kurz darauf Evan Black vor ihrer Tür.

Es folgte ein Bild, bei dem Killian mich an der Wange berührte und ein weiteres, wo er seine Stirn auf meine legte. Ich schluckte.

Einer Quelle zu Folge hatten sich die beiden wohl gestritten, bevor sie schließlich bei ihm einstieg. Haben sie sich anschließend zu dritt getroffen? Oder kann sich Miss Abernathy nicht entscheiden, welchem der beiden Brüder ihr Herz gehört?

Fakt ist, weder Killian noch Evan Black wurden jemals in so eindeutigen Positionen mit einer Frau gesehen. Haben wir es hier also mit der mysteriösen großen Liebe Evan Blacks zu tun, dank der es das neue Album Moonlight Sonata *gibt?*

Derzeit warten wir noch auf ein offizielles Statement des Managements, aber sind gespannt, wem der beiden Brüder Carries Herz wirklich gehört.

Fassungslos ließ ich das Handy sinken. Die ganze Welt würde denken, dass ich eine Schlampe war. Und da war dieser Artikel wahrscheinlich noch harmlos. Mir wurde übel.

Das durfte einfach nicht wahr sein.

Ich öffnete die Anrufliste, wählte Daniels Nummer.

»Carrie, na endlich!«, rief er aus. »Ich frage mich, wieso du nicht ans Telefon gehst?«

»Ich habe geschlafen«, erklärte ich, meine Stimme drei Oktaven höher als sonst.

Er lachte. »Stimmt, du hattest ja eine lange Nacht.«

Ich ließ seine Bemerkung unkommentiert. »Was machen wir jetzt?«, fragte ich.

»Ich schicke dir jetzt eine Adresse, dort wirst du hinkommen. Ich habe mich mit Micheal, dem Manager der *Broken Sons* zusammengesetzt, und wir haben ein paar Ideen, aber das erklären wir dir dann persönlich. Zieh dir was an, und komm her. Und verzichte aufs Frühstück, wir ersticken hier beinahe an Croissants.«

Warum klang er trotz allem noch so entspannt? »Okay …«

»Ach … und Carrie?«

»Hm?«

»Komm durch den Hintereingang, beim Vordereingang sind überall Paparazzi. Am besten, du ziehst dir irgendwas Unauffälliges sowie Cap und Sonnenbrille auf. Das Schlimmste, was jetzt noch passieren kann, ist, dass dich irgendwer sieht. Auf solche Fragen habe ich dich noch nicht vorbereitet. Solltest du also doch jemandem in die Arme laufen … Sag kein Wort. Kommentier nichts. Und am wichtigsten – lass dich nicht provozieren! Klar soweit?«

»Schon klar. Danke, Dan.«

»Bis gleich.«

Ich legte auf, dann erhielt ich auch direkt die Adresse. Schnell schlug ich die Bettdecke zurück und stürmte zu meinem Koffer. Plötzlich vibrierte mein Handy erneut.

Mom stand auf dem Display. Ich stöhnte genervt, hob aber dennoch ab. »Hi, Ma«, murmelte ich, während ich mir einen frischen Slip aus dem Koffer angelte.

»Carrie, um Himmels willen, was ist da drüben los?«

»Es ist alles okay, Mom. Nur ein Missverständnis. Das ist die Presse, bitte tu mir einen Gefallen, und glaub nicht alles, was die schreiben.« Eilig klemmte ich mir das Handy unters Ohr, bevor ich ins Bad rannte und mir die Zahnbürste in den Mund steckte.

»Carrie ... Das Problem ist nur, dass die Bilder recht eindeutig sind.«

Kurz nahm ich die Zahnbürste aus dem Mund. »Was ist denn daran eindeutig?«

»Die Geste? Killians Stirn liegt auf deiner. Verdammt, Carrie, was denkst du, wie das rüberkommt. Was, meinst du, wie es Evan geht, wenn er diese Bilder sieht?«

»Er hat sie schon gesehen«, erklärte ich und dachte an seinen Auftritt. »Deswegen stand er auch mitten in der Nacht vor meiner Tür.«

»Und?«

Ich betrachtete mein Spiegelbild. »Ich weiß nicht. Ich habe ihm dasselbe gesagt wie dir. Aber ich weiß nicht, ob er es mir glaubt.«

»Dann solltest du dringend noch einmal mit ihm reden. Und so, wie das für mich aussieht, solltest du vielleicht auch mal mit Killian sprechen.«

»Wie meinst du das?«, fuhr ich sie an.

»Wie ich das meine? Carrie, ich weiß, dass du es nie hast hören wollen, aber was, wenn Killian doch mehr für dich ...« Automatisch musste ich an die Sanftheit seiner Berührung und den Ausdruck in seinen Augen denken, dennoch sagte ich:

»Ma, das ist lächerlich.«

»Hast du nicht gemeint, dass er versucht hat, dich zu küssen? In jener Nacht? Damals?«

»Ja, ja hat er«, murmelte ich. »Aber das ist drei Jahre her, Mom.«

»Ach, und seit wann spielt Zeit eine Rolle, wenn es um Liebe geht?«

Mels Worte kamen mir wieder in den Sinn: *Ich weiß nicht, wer dich mehr geliebt hat, Evan oder Killian.*

»Ist gut, Mom, ich werde mit ihm reden.«

»Okay, sehr gut … Und jetzt erzähl mir bitte, was genau geschehen ist.«

Ich nickte, schaltete den Lautsprecher an und schminkte mich. »Also«, begann ich, dann erzählte ich ihr alles.

Kapitel 6

Evan

»Sir?«

Ich blinzelte.

»Sir?«

Es war die brummige Stimme eines Bären, die mich weckte.

»Sie können hier nicht schlafen.« Es ertönte ein leises Klingeln, und ein frischer Windzug wehte herein. Noch einmal blinzelte ich kurz, dann schaffte ich es endlich, die Lider geöffnet zu lassen.

Irritiert sah ich mich um. »Guten Morgen!«, brummte der Mann und stellte mir ungefragt eine Tasse mit schwarzem Kaffee vor die Nase, bevor er sich abwandte und zurück hinter den Tresen ging.

Einen Moment betrachtete ich das schwarze Gesöff, als einige wenige Erinnerungen der letzten Nacht auf mich einprasselten. Killian und Carrie. Wut, Schmerz, Trauer. Ihr Gesicht, als sie mir die Tür geöffnet hatte.

Träge trank ich einen Schluck des Kaffees. *Was zur Hölle habe ich bloß getan?*

Angestrengt rieb ich mir den Kopf, ehe ich einen Blick auf meine Uhr warf. Es war gerade mal neun. Wie war ich hierhergekommen? Und wann hatte ich Carrie verlassen?

Noch während ich den Kaffee austrank, winkte ich den Bären heran.

»Hi. Ähm … zum einen würde ich gern zahlen und zum anderen wollte ich fragen, wann ich hier aufgekreuzt bin …«

Er grinste, bevor er in seine Gesäßtasche griff und das Portemonnaie hervorholte.

»Vor circa einer halben Stunde.«

Hatte ich mir später noch etwas zu trinken gegönnt? Ich machte die Hände zu einer Muschel, hauchte hinein. Ich hatte eindeutig eine Fahne. Ich nickte. »Okay, danke.« Eilig zog ich 20 Dollar aus meiner Jackentasche. »Stimmt so«, murmelte ich, bevor ich aufstand und das Lokal verließ. Es war ein kühler Morgen, und jeder Atemzug war eine Wohltat für meinen dröhnenden Kopf.

Ich war also bei ihr gewesen? Auf ihrer Vernissage … Wieso nur? Wieso bloß war ich meinen Gefühlen erlegen? Kurz sah ich mich um, dann zog ich mir die Kapuze meines Pullis in die Stirn und winkte ein Taxi heran.

Als endlich eines anhielt, ließ ich mich in die weichen Ledersitze sinken, starrte aus dem Fenster, ließ den Abend Revue passieren. Die Nacht.

Wir hatten einander umarmt. Irgendwann war ich aufgewacht. Carrie hatte noch geschlafen. Also hatte ich mich neben sie gelegt und sie dabei beobachtet. Mir war klar, dass ich hätte gehen sollen, aber ich hatte es nicht geschafft. Es war so gewesen, als hätte sie meinen Körper gelähmt, als hätte der friedliche Ausdruck in ihrem unendlich schönen Gesicht mir ein Gift gespritzt, das meine Glieder lahmgelegt hatte. Und so war ich neben ihr liegen geblieben, hatte ihr beim Schlafen zugesehen, bis die Sonne aufgegangen war.

Dann war ich durch die Tiefgarage geflüchtet und davongefahren. Und scheinbar hatte ich irgendwo auf dem Weg eine Flasche Whiskey geholt und diese ziemlich schnell getrunken. Fragte sich nur, wo mein Wagen abgeblieben war. Ich seufzte.

Ich musste dringend nach Hause.

Erneut drängten sich die Gedanken an das Bild von Carrie und Killian in meinen Kopf. Träge griff ich nach meinem Smartphone, doch anstatt der üblichen Meldungen zeigte es mir nur eine rot blinkende Batterie an. *Akku leer.*

Genervt und irgendwo auch froh, dass ich das Übel nicht noch einmal sehen musste, ließ ich das Handy sinken.

Es war kurz nach Mitternacht gewesen, als die Twitter-Meldungen sich überschlagen hatten. Wenige Minuten also, nachdem sie im Fahrstuhl verschwunden war. Es waren Fotos von Carrie und Killian.

Tja. Da hatte ich meine kleine Rede ihr gegenüber so gut einstudiert. Und vor allem war es überzeugend gewesen. Und dann reichten bereits ein paar Fotos aus, um alles zum Einstürzen zu bringen.

Das Erste, was ich gefühlt hatte, war Schmerz gewesen. So unendlich viel Schmerz, dass ich für den Bruchteil einer Sekunde befürchtet hatte, ich würde darin ertrinken. Und so hatte ich das Bild angestarrt. Eine Sekunde. Zwei Sekunden. Zwanzig Sekunden, 138 Sekunden. So sehr ich es mir auch gewünscht hätte, ich hatte den Blick nicht abwenden können, hatte gehofft, es würde sich etwas ändern, hatte gehofft, dass mein Kopf sich all das nur einbildete.

Aber das Bild war dasselbe geblieben.

Ich wusste nicht, auf wen ich eigentlich sauer war, auf meinen verräterischen Bruder, der wer weiß was hinter meinem Rücken trieb, oder auf Carrie, weil sie es zuließ. Immer wieder war mir der Gedanken gekommen, dass ich ihr nicht böse sein durfte, denn ich war es schließlich gewesen, der sie von mir gewiesen hatte. Im Grunde genommen war ich es, der sie regelrecht in seine Arme getrieben hatte, und doch. Sah sie denn nicht, wie sehr ich sie liebte, wie sehr ich sie anflehte, mich zu retten?

Und so hatte ich im Auto gesessen und auf das Bild gestarrt. Sekunden, Minuten.

Ich hatte es angeglotzt, als würde es mir dann all die Fragen beantworten, die mich so sehr belasteten. Eine von ihnen war ganz besonders schwer, trieb mich um, ließ mich jedes Mal erneut zur Flasche greifen: Was hatte Killian vor? Würde er mir wirklich die Liebe meines Lebens ausspannen? Würde er mir das antun? Oder war die Geste rein freundschaftlich zu verstehen? Noch nie hatte ich an Killian gezweifelt, noch nie hatte ich infrage gestellt, dass er hinter mir stand. Noch nie bis auf letzte Nacht. Was, wenn er sich in dasselbe Mädchen verliebt hatte wie ich? Was, wenn Carrie mit ihrer Abreise vor drei Jahren nicht nur mir das Herz gebrochen hatte, sondern auch ihm?

Was, wenn wir dieselbe Frau liebten?

Und so hatte ich darüber nachgedacht, wie es Killian ergangen war, nachdem sie fort gegangen war. Aber ich wusste es nicht. Nach diesem Tag damals hatten sich die Ereignisse in meinem Leben derart überschlagen, dass ich schlichtweg keine Zeit gehabt hatte, auf irgendwen anders zu achten. Mich hatte nichts und niemand interessiert. Nichts außer mir selbst.

Das Taxi stoppte. Ich hielt dem Fahrer einige Scheine entgegen, bevor ich aus dem Wagen stieg.

Paparazzi schrien meinen Namen, bombardierten mich mit Fragen, doch ich hörte gar nicht hin, floh stattdessen nach drinnen.

Als ich endlich unser Apartment erreichte, zog ich träge den Schlüssel heraus und steckte ihn langsam ins Schloss.

Früher oder später musste ich mit Killian sprechen, aber im Moment wollte ich nichts sehnlicher als schlafen.

Die Tür sprang auf, und das Erste, was ich sah, war das blaue Sakko und die ordentlich zurückgegelten Haare unseres Managers, der gerade ein Telefongespräch beendete.

»Was macht du denn hier?«, fragte ich genervt.

Wie immer trug er noch Schuhe. Wie oft musste ich ihm noch erklären, dass er in unsere Wohnung die Schuhe ausziehen sollte? Er stand im Wohnzimmer und hatte die Arme vor der Brust verschränkt.

»Ich würde ja fragen, wo du warst, aber die Frage erübrigt sich wohl.«

Ich zog die Stirn kraus. »Was?«

Micheal zog eine Braue hoch, dann deutete er mir, ihm zu folgen. »Ich hoffe, ihr habt auch ein bisschen geschlafen, denn die Arbeit geht jetzt erst richtig los.«

Ich kickte mir die Boots von den Füßen, ehe ich ihm folgte, seine Aussage ignorierte ich allerdings geflissentlich. Zu meiner Schande war es nicht unbedingt selten, dass ich die Nacht nicht daheim verbrachte.

Im Türrahmen zur Küche blieb ich stehen. Ein mir fremder Kerl und die Jungs hatten ihre Laptops auf unserem Esstisch aufgebaut, und Zeitungen lagen überall verstreut. Hier ging es um was anderes.

»Was ist hier los?«

Ohne es zu wollen glitt mein Blick zuerst zu Killian, aber er wich mir aus, tat so, als hätte er mich nicht gesehen.

Mich überkam das Bedürfnis, ihn am Schlafittchen zu packen und zu zwingen, mich anzusehen, doch ich schluckte es hinunter.

»Was soll der ganze Zirkus hier?«, wiederholte ich meine Frage.

»Und wer ist *er* da?«, fragte ich in Richtung des Lockenkopfs, der mich durch die dicken Gläser seiner Hornbrille hindurch überrascht ansah. Er kam mir bekannt vor. Und doch konnte ich ihn nicht einordnen.

»Evan … Wann hast du zuletzt auf dein Handy geschaut?«, unterbrach mich Micheal, ohne mir den Fremden vorzustellen. Ich zog eine Braue hoch.

»Gar nicht mehr. Der Akku war leer.« Spätestens jetzt war klar, dass irgendwas passiert sein musste.

Micheal rollte mit den Augen, dann griff er zu einem der unzähligen Klatschblätter auf dem Tisch und hielt es mir vor die Nase.

»Carrie Abernathy und wie sie sich gleich zwei der begehrtesten Junggesellen Seattles schnappt. Was hat sie, was all die anderen Frauen nicht haben?«, las ich laut vor. Daneben waren zwei Bilder. Das von Killian und ihr, das, was ich Ewigkeiten angesehen hatte. Und eines von ihr und mir, wie ich ihr die Tür meines Porsches aufhalte.

Als ich aufsah, begegnete ich nun doch Killians Blick. Seine Augen waren gerötet, und die blauen Augenringe verrieten mir, dass er ebenso wenig geschlafen hatte wie ich selbst. *Und über was genau hat er sich den Kopf zerbrochen? Darüber, dass er seinen Bruder hintergeht?*

Kurz starrte ich ihn an, bevor ich mich an Micheal wandte.

»Was schlägst du vor?«

Er wollte gerade zum Sprechen ansetzen, als es an der Tür klingelte.

»Na endlich«, murmelte der Fremde, bevor er zur Wohnungstür eilte. Ohne zu Zögern ging ich zu Killian und packte ihm am Arm.

»Wir müssen uns dringend mal unterhalten.« Killian nahm die Augen vom Laptop, sah mich kühl an, lächelte schmallippig.

»Sollten wir wohl, Bruder.«

Er betonte das letzte Wort so übertrieben, dass es beinahe wie eine Beleidigung klang, dann schüttelte er mich ab und richtete den Blick zurück auf den Bildschirm.

Ich bekam keine Gelegenheit mehr, über das eben Geschehene nachzudenken, da stand Carrie bereits im Türrahmen.

»Hi, Carrie«, murmelten Lawrence und Matthew gleichzeitig.

»Ich bin übrigens, Daniel, Carries Agent. Wir haben uns gestern auf der Vernissage kurz gesehen«, sagte der Lockenkopf in meine Richtung, als hätte er nur auf den Moment gewartet, endlich zu Wort zu kommen. Er lief an mir vorbei und ging zurück zu seinem Stuhl.

Carrie hingegen stand unbeholfen im Türrahmen, wusste nicht, wohin mit sich. Kurz überlegte ich, sie von ihrem Leid zu erlösen, doch ich brachte es nicht über mich. Nicht hier. Nicht vor ihnen allen. Obwohl jeder wusste, was letzte Nacht geschehen war, konnte ich es einfach nicht zugeben.

Also war es Killian, der die Last von meinen Schultern nahm und es für mich erledigte. Als er an mir vorbeilief, rempelte er mich an, dann umarmte er sie flüchtig, bevor er ihr einen Stuhl aus dem Abstellraum holte.

»Hier, setz dich. Willst du einen Kaffee?« Sie nickte, aber nicht so, als hätte sie seine Frage wirklich registriert. Vielmehr erinnerte sie mich an eine ferngesteuerte Puppe, die Befehle ausführte. Sie sah mich unter einem dunklen Fächer Wimpern an, so, als hoffte sie, ich würde zu ihr gehen, irgendetwas Beruhigendes zu ihr sagen. So, als würde ich der werden, der ich letzte Nacht gewesen war, wenn sie mich nur lange genug anstarrte, doch das geschah nicht. Stattdessen wandte ich mich ab und lehnte mich gegen den Tisch, während ich meinen Bruder beobachtete.

Er stellte gleich zwei Tassen unter den Automaten, dann verschränkte er die Arme vor der Brust, starrte aus dem Fenster. Sein Kiefer mahlte.

»In Ordnung«, murmelte Micheal nachdenklich.

»Nun, ich denke, alle wissen, weswegen wir hier sind?« Micheal sah zu Carrie, aber diese machte keine Anstalten zu reagieren, also war es schließlich Daniel, der das Wort ergriff.

»Ja.«

»Okay, gut, also ... Nun, ich würde sagen, das ist eine ziemlich verfahrene Situation. Daniel und ich haben vorhin schon ein ausführliches Gespräch geführt und sind zu zwei möglichen Lösungsansätzen gekommen. So oder so sollte es unser oberstes Ziel sein, Schadensbegrenzung zu betreiben. Solche Schlagzeilen sind für keinen von uns gut. Weder für Evan und Killian noch für Carrie. Auch wenn das Ausmaß an negativer Publicity für Carrie schlimmer ist, da man von den Brüdern, zumindest von Evan, fast schon nichts anderes erwartet.«

»Ja, ja schon klar«, murmelte ich genervt.

»Und was wollt ihr dagegen tun? Ich meine, es abzustreiten, wird ja wohl kaum die Situation verbessern. Ich wüsste nicht, wie wir das sinnvoll aufklären sollten. Die Presse dreht doch sowieso ihre eigene Geschichte draus«, erklärte Lawrence, bevor er in ein Croissant biss.

»Ja, und um genau das zu vermeiden, haben wir beschlossen, eine offizielle Erklärung abzugeben. Wir werden in diesem Falle nicht den Weg des Schweigens gehen. Das wäre nur schädlich. Ihr wirkt wie die zwei verliebtesten Trottel in ganz Seattle und sie wie eine Schlampe.«

Sowie das Wort Micheals Lippen verlassen hatte, zuckte Carrie zusammen. Mich überkam das Bedürfnis, sie in meine Arme zu schließen, ihr zu sagen, dass alles gut werden würde. Dass wir das hinkriegen würden, aber ich rührte mich keinen Zentimeter.

Killian nahm die Tassen unter der Maschine hervor, dann stellte er eine vor ihr ab, drückte ihr kurz die Schulter. Ich biss die Zähne aufeinander.

»Und was gedenkt ihr nun zu tun?«, sprach Carrie das aus, was wir uns wohl alle fragten. Es war offensichtlich, dass Micheal und Daniel schon einen Plan hatten.

»Also … wir haben zwei Optionen …«

Plötzlich klingelte es erneut. Diesmal war es Lawrence, der als Erster auf den Beinen war.

Er stürmte aus der Küche und kam wenige Momente später mit Mel an der Hand zurück. Diese löste sich sofort von ihm und eilte zu Carrie.

»O mein Gott, Carrie, geht es dir gut?« Sie ging vor ihr auf die Knie und sah sie fragend an.«

Carrie erwiderte ihren Blick. Ich erkannte, dass ihre Augen gefährlich glänzten.

»Ach, verdammt«, murmelte Mel, bevor sie sich aufrichtete und Carrie in ihre Arme zog.

Und auf einmal begann sie zu weinen. Ich erstarrte. Sie so zu sehen, traf mich mehr, als ich erwartet hatte. Der Schmerz und der Kummer, die aus ihr sprachen … Am liebsten hätte ich Mel weggestoßen, wollte nichts sehnlicher, als der sein, der sie tröstete. Aber ich wusste, dass sie im Moment nicht mich brauchte, war ich doch schließlich der Grund für all den Schlamassel. Jetzt, in diesem Moment, war alles, was sie brauchte, eine gute Freundin.

»Carrie, ganz ruhig. Das ist kein Weltuntergang, okay?«

»Genau genommen schon«, grätschte Daniel dazwischen.

Mel warf ihm einen vernichtenden Blick zu, doch er zuckte nur mit den Schultern.

»Leute, ich weiß nicht, was ihr eigentlich denkt. Carrie hat gestern Abend ihre Vernissage gehabt. Eine solche Schlagzeile kann sie die Karriere kosten, wenn wir das nicht gedreht kriegen.«

»In erster Linie lenkt es den Fokus auf sie und ihre Person, und sobald der Hype vorbei ist, wird auch ihre Kunst davon profitieren. So scheiße die Schlagzeilen auch sind. In erster Linie ist es erst einmal Aufmerksamkeit. Jeder wird wissen wollen, was und wer hinter dem Mädchen steckt, dass …« Micheal stockte.

»Das gleich beide Brüder um den Finger gewickelt hat«, beendete ich den Satz für sie. Meine Stimme klang kühl, dabei stachen die Worte in meinem Innersten wie die Stacheln eines Rosenzweigs.

Mel erwiderte nichts, nickte jedoch.

»Dann sagt uns doch endlich, was ihr vorhabt«, entgegnete ich genervt.

»Also«, begann Micheal schließlich. »Ein relativ kleines Käseblatt war das erste, das herausgefunden hat, dass Carrie schon einmal hier war. Der Artikel trägt den Namen *Carrie Abernathy – das Mädchen in all seinen Songs*. Was also, wenn Carrie nach diesen drei Jahren herkommt, angezogen von dem neuen Album, und ihr beiden zueinander zurückfindet?«

»Was?«, fragte ich irritiert.

»Ihr wollt eine Beziehung inszenieren?«, murmelte Killian.

»Ganz richtig. Die beiden Optionen sind, dass wir entweder eine mit dir« – Micheal deutete auf Killian – »oder eine mit dir, Evan, ins Leben rufen. Aber das mit Killian … Es wäre nicht dasselbe. Zumal Killian und Carrie eine völlig andere Vorgeschichte haben. Es würde die beiden wahrscheinlich in ein schlechtes Licht rücken. Eine inszenierte Beziehung zwischen Carrie und dir hingegen«, Micheal sah mich noch immer an, »das wäre die Sensation des Jahres. Mal ganz davon abgesehen, dass die Fans euch lieben. Unter deinem letzten Post sind über hunderttausend neue Kommentare. Die Leute sind vernarrt in euch. Eine inszenierte Liebesbeziehung zwischen Evan und Carrie würde das neue Album ins Unermessliche pushen, zumal Evan in Interviews davon erzählen kann, was es mit den Songs tatsächlich auf sich hat. Auf der anderen Seite würde es Carrie und ihre Bilder enorm in den Fokus rücken. Es wäre eine Win-win-Situation.«

»Und was ist mit meinem Bad-Boy-Image? Ich denke, es schadet mir, eine Beziehung zu haben, das predigst du mir doch schon seit Jahren«, versuchte ich, Micheal einen weiteren Denkanstoß zu geben. Wenn ich eines umgehen wollte, dann dass ich eine Beziehung mit Carrie inszenieren musste, denn das bedeutete unweigerlich, dass wir Zeit miteinander verbringen mussten. Und auch wenn ich gestern Abend schwach geworden war, hieß das nicht, dass ich Nähe zu ihr erzwingen wollte.

»Evan, das hier ist ja wohl was anderes. Zum einen kannst du nicht dein Leben lang ein Bad Boy sein, zum anderen lieben die Leute euch ja schon. Sie ist quasi schon als deine Freundin akzeptiert. Und wenn du öffentlich bekannt gibst, dass sie wirklich das Mädchen ist, um das es in deinen Songs geht … Die Fans und die Presse würden ausflippen. Es würde euch beide auf ein völlig neues Level heben. Besseres Marketing geht quasi gar nicht. Und ihr müsstet nichts weiter tun, als händchenhaltend vor den Paparazzi rumzulaufen und euch hin und wieder einen Kuss auf die Wange zu drücken. Das ist ja nun wirklich nicht schwer, oder?«

Aus seinem Munde klang es so einfach, aber Nähe zu Carrie zuzulassen – und wenn auch nur gespielt –, war alles andere als einfach. Es war ein verdammtes Spiel mit dem Feuer, und ich hatte die Angewohnheit mich zu verbrennen.

»Und was ist mit mir? Wie soll Carrie erklären, warum wir …?«, warf Killian ein.

Ich war ihm dankbar, dass er den Satz nicht aussprach.

»Brüderliche Fürsorge. Wir werden Killian als Carries besten Freund verkaufen. Der, der immer für sie da ist. Quasi wie ein Bruder. Du passt auf sie auf, kümmerst dich um sie und hast dafür gesorgt, dass sie und Evan wieder zusammengefunden haben.«

»Und das soll funktionieren? Die Bilder sehen nämlich nicht nach brüderlicher Fürsorge aus«, warf Matthew ein.

»Es ist egal, wonach die Bilder aussehen. Es war eben ein dummer Moment, in dem die Aufnahme entstanden ist. Man kann jemanden schon mal liebevoll berühren, ohne ihn gleich zu lieben. Das kriegen wir verkauft, sofern alle mitspielen. Allen voran ist es Killian, der überzeugen muss. Wenn er das Ganze glaubhaft rüberbringt, wird die Presse ihm glauben. Carrie kann tatsächlich nicht mehr machen, als ihr Schicksal im wahrsten Sinne des Wortes in die Hände von Evan und Killian zu legen«, erklärte Micheal.

»O Mann«, krächzte Carrie.

»Tja, also ich kann auch nichts dafür, dass es so gekommen ist. Hättet ihr nicht auf offener Straße solche …«, Micheal warf die Hände in die Luft, »Zärtlichkeiten ausgetauscht, würden wir uns ja jetzt nicht in so einer beschissenen Lage befinden.«

»Micheal, das reicht«, ging Killian dazwischen. »Ja, es ist scheiße gelaufen. Was soll's?«

»Ach, kann da jemand die Wahrheit nicht ertragen?«, fragte ich bissig.

Killian lachte auf. »Ach? Wurdest du nicht ebenso fotografiert, werter Bruder?!« Killian war aufgesprungen und stemmte die Hände in den Tisch.

»Doch. Aber Carrie ist meine Ex, Killian. Ich habe sie geliebt, und wenn ich es für angebracht halte, sie von der Vernissage nach Hause zu fahren oder in der Nacht vor ihrer Tür aufzutauchen, dann habe ich jedes Recht, das zu tun. Welches Recht hast du, dich ihr gegenüber so zärtlich zu verhalten, Bruder?«

»Ich weiß nicht, Evan … Vielleicht, dass er sich nicht verhält wie ein Arschloch – im Gegensatz zu dir«, merkte Mel an.

Ich fuhr herum. »Ist das dein Ernst?« Plötzlich war die Anspannung im Raum nahezu greifbar, und ich spürte, wie sich alle Augen auf mich gerichtet hatten.

»Evan«, sagte Micheal genervt. »Ich denke, dass ist keine Diskussion, die ihr jetzt führen solltet. Reißt euch zusammen, das könnt ihr besprechen, wenn ihr allein seid, verdammt.« Er wartete meine Antwort gar nicht erst ab, fuhr stattdessen direkt fort.

»Also nächste Woche ist die jährliche Spendengala. Das wäre der perfekte Anlass, um euer Beziehungs-Comeback bekannt zu geben.«

»Ich kann das nicht«, unterbrach ich Micheal.

Micheal sah mich aus seinen stahlgrauen Augen heraus an und

leckte sich gereizt über die Lippe. Ich wusste, dass er kurz davor war, komplett auszurasten. Wir arbeiteten nun schon so viele Jahre miteinander, und auch wenn es nur wenige Male passiert war, ich erkannte sofort, wenn sein Geduldsfaden zu reißen drohte.

»Evan … Warum, verdammt, kannst du das nicht?«, herrschte er mich an.

»Die Gala ist ein unfassbar wichtiges Event, und Carrie hat keinerlei Bezug dazu.«

»Evan, es ist eine Spendengala.« Micheal sah mich streng an. »Ich bitte dich. Du bist ja wohl alt genug, um damit umgehen zu können.«

Das konnte ich nicht. Ich wollte Carrie auf dieser Veranstaltung nicht dabeihaben. Nicht nach allem, was geschehen war. Es wäre mir falsch vorgekommen, so falsch.

Kommentarlos stand Lawrence auf, packte mich am Arm und zog mich die Treppe nach oben.

»Lawrence, was soll das?«, stöhnte Micheal, doch mein bester Freund antwortete nicht einmal. Als wir im Flur ankamen, stoppte er und sah mich aus schmalen Augen heraus an.

»Evan, verdammt, was soll das alles? Du stehst nachts vor ihrer Tür, stellst sie in aller Öffentlichkeit bloß, und jetzt wird es dir auf einmal zu viel, eine Beziehung mit ihr zu inszenieren? Was, zur Hölle, ist da letzte Nacht geschehen? Das Mädchen ist völlig am Ende. Du musst aufhören, um dich zu schlagen wie ein kleiner Junge, dem man das Spielzeug weggenommen hat, denn sie ist lebendig. Sie hat Gefühle.«

Unfähig, etwas zu erwidern, starrte ich ihn einfach nur an.

»Evan!« zischte er.

»Was willst du von mir hören, Lawrence? Sag mir, was willst du von mir hören? Du weißt, wie wichtig mir die Gala ist. Du weißt, welche Schuld …«

»Habt ihr miteinander geschlafen?«, fragte er frei heraus.

»Ach, darum geht es hier? Ob ich mit ihr geschlafen habe? Das ist alles, was dich interessiert?«

»Nein, du Scheißvollidiot, natürlich nicht. Aber ich will verstehen, warum du es getan hast, denn offensichtlich hat sich ja nichts an deinen Gefühlen für sie geändert. Also mach endlich den Mund auf.«

»Okay. Nein, habe ich nicht. Ich war einfach nur bei ihr und … und habe sie um Verzeihung gebeten.«

»Warte mal kurz«, unterbrach mich Lawrence. »Bitte was? Du warst bei ihr und hast sie um Verzeihung gebeten? Und kaum bist du wieder hier, ziehst du so eine Show ab? Ich kann es einfach nicht fassen. Möglicherweise bekommst du es nicht mit, aber du behandelst sie wie das letzte Stück Dreck, das dir jemals unter den Schuh gekommen ist.«

Seine Worte trafen mich, dennoch zuckte ich nur mit den Schultern, versuchte, mich locker zu geben. Lawrence verstand schon lange nicht mehr, was Carrie in mir auslöste. Wieso ich tat, was ich tat.

»Verdammt Scheiße, Evan! Wieso warst du bei ihr? Was hast du mitten in der Nacht vor ihrer Tür verloren? Du willst mir doch nicht allen Ernstes erzählen, dass sie dir egal ist? Du musst dich endlich entscheiden!«

Ich schwieg.

»Wohin ist mein bester Freund verschwunden? Was ist nur los mit dir? Begreifst du überhaupt, dass das hier keines deiner Spielchen ist?«, fragte er.

Natürlich wusste ich das. Doch ich konnte nicht anders. Ich konnte weder ihm noch sonst wem sagen, was in mir vorging, denn ich wurde das Gefühl nicht los, dass es alles ändern würde, wenn ich ehrlich zu ihnen wäre. In dem Moment, in dem ich ihnen sagte, was ich für Carrie empfand, in welchen Zustand mich ihre Nähe versetzte, würde ich mich nackt machen. Nackt und verletzlich, und das konnte und wollte ich nicht zulassen.

»Es war ein Fehler, okay?«

»Ein Fehler?«, fuhr er mich an. »Das Mädchen liebt dich. Verdammt. Und wenn du auch nur einen Hauch von Liebe für sie übrig hast, dann wirst du dich jetzt zusammenreißen und ihr zuliebe dieses Scheißspiel mitmachen.«

»Lawrence ich kann sie da nicht mit hinnehmen. Nicht dahin.«

Lawrence kam mir gefährlich nahe, und seine blauen Augen zeigten nicht ein Fünkchen von Mitgefühl.

»Und ob du das kannst. Du musst endlich verstehen, dass Carrie nicht der Grund für das ist, was passiert ist. Es ist nicht ihre Schuld. Manche Dinge passieren einfach. Aber niemand kann etwas dafür. Weder du noch sie… Also tu mir einen Gefallen, und reiß dich, verdammt noch mal, zusammen. Es ist nur eine beschissene Gala. So, wie sie ständig stattfinden. Reiß dich einfach zusammen. Wenn nicht schon wegen dir, dann tu es für sie, denn um ehrlich zu sein… Ich glaube dir kein Wort davon, dass du sie nicht mehr liebst. Vielleicht redest du diese Lüge nur uns ein, vielleicht glaubst du sie dir auch selbst, aber am Ende bleibt es eben doch nur eine Lüge. Egal, wie sehr du versuchst, aus ihr eine Wahrheit zu machen.«

Sprachlos starrte ich ihn an. »Du weißt am allerbesten, was sie mir angetan hat. Du weißt, was geschehen ist. Und wir beide wissen, dass sich all das hätte vermeiden lassen, wenn…«

»Ja, wenn…« Er sah mich an. »Sicherlich nicht, wenn sie nicht geflogen wäre. Denkst du nicht eher, es wäre nicht passiert, wenn…« In diesem Moment erklangen Schritte. Sie verstummten kurz, dann kamen sie entschlossen die Treppe rauf.

Wir sahen zeitgleich zur Seite. Carrie stand auf der letzten Stufe der Treppe, sah zu mir.

»Evan, wenn du es nicht machen willst, verstehe ich das. Also tu dir keinen Zwang an, Daniel und mir wird schon was einfallen, ohne dass wir dich belasten müssen.«

Mit diesen Worten drehte sie sich um und ging wieder nach unten. Lawrence warf mir einen wütenden Blick zu, ehe er ihr hinterherlief. Kurz bevor er die erste Stufe erreichte, hielt er noch einmal inne. »Denk noch mal darüber nach, Black. Ihr habt beide Fehler gemacht. Aber sie jetzt für etwas zu bestrafen, für was sie, genau genommen, nichts kann… Das ist nicht der richtige Weg und ganz sicher macht es die Vergangenheit auch nicht ungeschehen. Und wenn du es schon nicht für sie tust, dann tu es für die Band. Für die Publicity.«

Natürlich wusste ich, dass er recht hatte. Carrie konnte nichts dafür. Nicht direkt. Aber da die Liebe zu ihr mich beinahe um den Verstand gebracht hatte, hatte ich mir nur durch Hass zu helfen gewusst. Und den Grundstein dafür hatte ich gelegt, indem ich ihr die Schuld gegeben hatte. An etwas, wofür sie nichts konnte.

Ich seufzte, starrte dir Wand mir gegenüber an. Nur diese Sache hier … Diese Sache hier ging auf meine Kappe. Auf meine und Killians. Wir beide wussten es, und deswegen war auch klar, dass wir die zwei sein würden, die es ausbügeln musste.

»Verdammt«, murmelte ich, dann eilte ich Lawrence hinterher.

Und was außer meinem Herzen hatte ich schon zu verlieren? Und selbst das hatte ich genau genommen ja schon verloren.

Als ich unten ankam, waren Carrie und Daniel gerade dabei, ihre Jacken anzuziehen.

»Wartet«, sagte ich schließlich. Alles in mir sträubte sich gegen das, was nun folgen würde, doch ich war es gewesen, der vor ihrer Tür gestanden hatte. Ich war es gewesen, der sie in diesen Schlamassel geritten hatte. Und egal, was ich nun für sie empfand oder nicht, ich durfte sie nicht für die Fehler bestrafen, die ich gemacht hatte. Einmal im Leben sollte ich das richtige tun. Nur dieses eine Mal. Für sie.

»Dann machen wir es eben. Aber nur das Nötigste. Und auch nur für eine begrenzte Zeit. Ich schaffe die Voraussetzungen, dass sich alles beruhigt, dann ist Schluss.« Die Worte fühlten sich ebenso falsch an wie die Gedanken, die in meinem Unterbewusstsein vor sich hinzubrodeln begannen. *Als würdest du sie jemals wieder gehen lassen.*

»Danke, Evan. Glaub mir, es ist nicht nur für sie. Du wirst genauso davon profitieren«, sagte Daniel.

Das wagte ich zu bezweifeln, aber was spielte es schon für eine Rolle. Noch einmal sah ich zu Carrie, fing ihren Blick auf. Ich schenkte ihr ein kurzes Lächeln, dann wandte ich mich von ihnen allen ab und ging die Treppen hoch. Plötzlich überkam mich eine wahnsinnige Müdigkeit.

Bevor ich die Tür oben erreichte, hörte ich bereits weitere Schritte.

»Wir müssen reden.« Kurz war ich geneigt, einfach in meinem Zimmer zu verschwinden und Killian stehen zu lassen. Wenn ich auf eines noch weniger Lust hatte als auf diese inszenierte Beziehung, dann war es, mit meinem Bruder ein Gespräch darüber zu führen, was er für meine Verflossene empfand.

»Killian, ich habe im Moment keinen Bock, mit dir zu sprechen. Ich will einfach nur schlafen.«

Killian sah mich an, als hätte ich ihm eine Ohrfeige gegeben.

»Willst du denn gar nicht wi...«

Nein, das wollte ich nicht. Weder wollte ich wissen, was zwischen ihnen genau vorgefallen war, noch sonst irgendwas. Am liebsten hätte ich mir das Bild einfach nur aus dem Gedächtnis gebrannt.

»Evan, bitte, lasse es mich dir erklären.«

Ich öffnete meine Tür, deutete ihm, mir zu folgen. Er tat es, schloss sie leise hinter sich.

Langsam trat ich ans Fenster, sah in die tristen Nebelschwaden, die sich bedrohlich über die Stadt gelegt hatten.

»Was willst du mir denn erklären, Killian? Wie es passieren konnte, dass du dich in das Mädchen verliebt hast, das mein Leben zerstört hat? Gibt es da für dich so viel zu erklären, außer dem völlig Offensichtlichen?«

»Evan! Ich habe mich nicht in sie verliebt.«

Ich lachte, drehte mich jedoch nicht zu ihm um. Scheinbar war ich nicht der Einzige, der sich lieber Lügen einredete, anstatt sich der Wahrheit zu stellen. »Killian ... Mein eigener Bruder wird dabei fotografiert, wie er meine Ex-Freundin zärtlich berührt. Sorry, aber dieses Bild sagt ja wohl mehr als tausend Worte. Und jetzt kommst du hier an und willst mir sagen, du würdest nichts für sie empfinden?«

»Nein.«

»Was *nein*?« Langsam wurde ich ungeduldig.

»Ich will nicht sagen, dass ich nichts für sie empfinde, denn das wäre gelogen.«

Ich erstarrte. Hatte ich mich verhört?

»Allerdings empfinde ich nur Freundschaft und nicht das, was du für sie empfindest. Wenn ich sie sehe, sehe ich eine Schwester.«

Ich drehte mich um, sah ihn kurz an. Sein Blick war aufrichtig und doch ... Langsam lief ich zu ihm, nahm seine Hand, legte sie mir an die Wange. Grinste.

»Und das ist, wie man Geschwister berührt?«

Sein Gesicht nahm einen gequälten Ausdruck an, aber ich ignorierte es.

»Killian, du bist mein Bruder. Meinst du nicht, ich erkenne es, wenn du verliebt bist? Glaubst du wirklich, dass du mich verarschen kannst?«

Er schüttelte meine Hand ab, entfernte sich, ließ sich schließlich aufs Bett sinken.

»Ich kann dich bloß einfach nicht verstehen«, überging er meine Frage. »Ich kann einfach nicht verstehen, wie du so zu ihr sein kannst, Evan.«

»Was kannst du daran nicht verstehen?«, fragte ich.

»Statt dankbar zu sein, dass sie zurück ist ...«

Ich lachte. Lauthals. »Dankbar? Dass sie nach drei Jahren zurück ist? Drei Jahre, in denen ich wegen ihr die Hölle durchgemacht habe?«

»Evan ... was spielt das für eine Rolle? Sie ist wieder da! Weißt du, was ich damals dafür gegeben hätte, dass Taylor zu mir zurückkehrt? Aber sie kam nicht. Ich sah sie nie wieder. Du hingegen ... Du hast die Möglichkeit, dass Carrie zu dir zurückkehrt, du musst sie nur lassen. Warum wehrst du dich so dagegen? Niemand sagt, dass du sie wieder lieben sollst. Aber gib ihr wenigstens die Chance wiedergutzumachen, was sie dir angetan hat.«

»Es spielt eine ziemlich große Rolle, Killian. Weil ich sie nicht ansehen kann, ohne *ihn* zu sehen. Diese beiden Ereignisse werden für mich für immer zusammenhängen. Ich habe es probiert. Wirklich. Denkst du denn, es macht mir nichts aus, wenn ich sie sehe? Denkst du denn wirklich, dass ich sie nicht mehr lieben würde? Was meinst du eigentlich, wieso ich gestern dort war? Nur weißt du, Killian, manchmal … Manchmal da reicht Liebe allein eben einfach nicht aus. Es ist einfacher, sie zu hassen, glaub's mir. Und du hast doch keine Ahnung, wie es ist, wenn die Person, die dich einst verlassen hat, von jetzt auf gleich wieder da ist. Du hast …«

»O doch, Evan. Das habe ich. Denn du bist nicht der Einzige, der Carrie damals verloren hat. Ich weiß, du redest dir gern ein, dass sie nur für dich wichtig war, aber wir haben sie alle geliebt. Sie hat uns allen etwas bedeutet. Sie war eine Freundin, eine Geliebte, eine Schwester. Sie hat uns alle verlassen. Nicht nur dich.«

Ich sah ihn an. »Und, Killian … Was war sie für dich? Schwester, Freundin oder Geliebte?«

Er antwortet nicht.

Antwort genug, wie ich fand. »Dachte ich mir«, murmelte ich, bevor ich ihn zur Seite stieß und aus meinem Zimmer flüchtete. Plötzlich kamen die Wände gefährlich nah, und ich konnte es kaum noch ertragen.

»Evan, warte …«

»Killian, lass mich in Ruhe«, rief ich hinter mich, während ich die Treppenstufen nach unten rannte. Keine Sekunde länger würde ich es hier aushalten – in diesem Raum, dieser Wohnung, mit diesen Leuten.

»Evan?«, fragte Matthew, der sich gerade noch einen Kaffee machte, aber ich schüttelte nur den Kopf.

»Evan!«, wiederholte er, doch ich reagierte nicht, musste hier raus, nur fort von hier. Wie kam es, dass mich alle Menschen, die ich liebte, verrieten? Mich im Stich ließen?

»Evan, du kannst jetzt nicht zu *ihr*!«, hörte ich Matthew sagen. Ich erstarrte noch in der Bewegung. Wusste er von *ihr?*

»Was meinst du?«

»Wir können der Presse nicht erzählen, dass du mit Carrie zusammen bist, und dann lässt du dich in der Virginia Street fotografieren …«

Nur zu gern hätte ich ihm entgegengeschrien, dass es mir völlig egal war, ob ich dort gesehen wurde oder nicht, aber er hatte recht.

»Also kann ich auch nicht zu *ihm*«, spann ich den Faden weiter. Möglicherweise hätte ich noch einmal genauer darüber nachdenken sollen, was die »Wir-retten-Carries-Ruf«-Aktion für Auswirkungen auf mich selbst hatte.

»Nein. Zumindest nicht am helllichten Tage. Das muss gut abgesprochen sein, also bitte komm wieder rein.«

»Danke, ich passe. Mir fällt schon was anderes ein, wo ich hingehen kann«, erklärte ich, ehe ich meine Schuhe anzog und das Apartment verließ.

Matthew rief mir noch etwas hinterher, aber ich hörte seine Worte schon gar nicht mehr.

Das Schöne an Queen Anne war, dass mich niemand hier erwartete. Und so konnte ich unbeobachtet in Carries alte Wohnung fliehen. Sie war schon immer mein Zufluchtsort gewesen, wenn mir die Welt da draußen einmal zu anstrengend und einengend geworden war. Ich hatte schon vor einer ganzen Weile aufgehört mitzuzählen, wie oft ich mich zu ihr geflüchtet hatte. Doch hier war es immer, als würde die Seifenblase, die sonst nur in meinen Gedanken existierte, auf einmal wahr werden. Denn wenn ich hier war, gab es nichts als Nostalgie und die süßen Erinnerungen an vergangene Zeiten. So war es immer. In ihrer Wohnung war es, als wäre die Zeit stehen geblieben, als wäre sie noch immer mein … Babygirl.

Ich zog mir die Schuhe aus, dann lief ich über die knarzende Diele, ließ mich auf ihr Bett sinken. Mittlerweile rochen die Laken nur noch nach mir. Noch allzu deutlich hatte ich die Erinnerung im Kopf, als ich das erste Mal hierhergekommen war, um nach ihr zu suchen … Ihr Duft hatte die gesamte Wohnung eingenommen, wie ein unsichtbarer Nebel, der sich in jede Ritze geschlichen hatte.

Während ich so auf der Matratze lag, in dem alten Bett ihres alten Zuhauses, hatte ich zum ersten Mal seit Stunden das Gefühl, wieder atmen zu können.

Man würde meinen, dass dieser Ort mich abfuckte, die Erinnerungen … Doch der Schmerz, den ich hier drin empfand, war nichts im Vergleich zu dem Schmerz, der mich quälte, sobald ich die Wohnung verließ. Ich rollte mich kurz über die Matratze, dann beugte ich mich nach unten, hob die Gitarre auf.

Beinahe alle Texte und einige der Melodien für unser neuestes Album waren hier entstanden. Hier zu sein überwältigte mich immer und immer wieder, aber hier hatte ich auch den perfekten Rahmen, um mich kreativ zu entfalten. Und das tat ich auch, denn sobald ich zurückkehrte in unsere Wohnung in Seattle Downtown, war da nichts als diese furchtbare Leere, die mich fast zu verschlingen drohte.

Ich setzte mich auf, legte mir die Gitarre auf den Schoß, begann zu spielen, und dann verlor ich mich erneut in Erinnerungen, stellte mich dem Kampf mit der Gegenwart.

Kapitel 7

Carrie

»Wie ist es für Sie, wieder hier zu sein?«

Meine neue Therapeutin war eine Empfehlung von Doktor Glenn gewesen. Sie kannten sich von einem gemeinsamen Auslandssemester in Australien. Sie hatte ein spitzes, aber hübsches Gesicht und machte mit ihrer weißen Seidenbluse einen kompetenten Eindruck. Auch wenn ich erst seit einer guten Viertelstunde hier war, verstand ich mich blendend mit ihr und war froh, dass Doktor Glenn mich zu ihr geschickt hatte. Sie gab einem das Gefühl, wichtig zu sein, dass man zählte. Nicht jeder Therapeut vermochte das zu tun. Im Laufe der Jahre hatte ich viele ausprobiert, und bis meine Mutter und ich Doktor Glenn gefunden hatten, hatte es wirklich lange gedauert. Umso trauriger war ich gewesen, ihn in Schottland zurücklassen zu müssen.

»Alles ist vertraut und doch irgendwie so furchtbar fremd«, murmelte ich, während ich mit dem Zopfgummi spielte, den ich sonst immer ums Handgelenk trug – und das, obwohl ich mir ohnehin keinen Zopf machen konnte. Sie beobachtete es und schrieb sich etwas auf.

»Geht das etwas genauer? Natürlich ist es vertraut und fremd zugleich. Sie waren ja auch schon mal hier. Es ist eben nur drei Jahre her.«

Ich nickte, lachte nervös. »Am Anfang hat es sich richtig gut angefühlt, wissen Sie? Als wäre ich nach Hause gekommen, als könnte ich zum ersten Mal seit Jahren wieder frei atmen.«

»Was denken Sie, woran das liegen könnte?«

Anstatt aufzusehen, schob ich meine Nagelhaut zurück, wich ihrem Blick aus.

»Ich denke, es liegt daran, dass ich aus Schottland weg bin. Weg von all den negativen Erinnerungen. Er mag vielleicht fort sein, aber es war, als verfolgte mich sein Geist. Seit ich hier bin, habe ich keine Panikattacken mehr, und auch sonst fühle ich mich gut. Es liegt wohl an der Distanz zu Schottland und daran, dass Evan da ist. Er hat mir schon immer ein Gefühl von Sicherheit gegeben. So, als könnte ich mit ihm einen Meteoritenschauer überleben.«

Sie nickte zustimmend. »Und denken Sie, dass das der einzige Grund ist?«

»Nein …« Ich schüttelte den Kopf. »Nein, nicht nur. Die letzten Jahre waren wie ein Gefängnis für mich. Wenn es nach mir gegangen wäre, hätte ich Seattle wohl nie mehr verlassen. Und so sehr ich meine Mutter auch liebe … Ihr Anruf damals hat mir Handschellen angelegt, und erst als ich aus diesem Flugzeug gestiegen bin, haben sie sich gelöst.«

Doktor Woodsen rückte in dem dunklen Ledersessel herum, bevor sie sich etwas aufschrieb. »Und nun? Wie fühlt es sich nun an?«

Ich zögerte, suchte nach den richtigen Worten. »Falsch«, war das Einzige, was mir einfiel.

»Falsch?«

Zustimmend nickte ich. »Ich habe den Eindruck, meine Mutter allein gelassen zu haben. Und nun bin ich hier, und nichts ist mehr wie vorher. Es geben sich ja wirklich alle … na ja alle, außer Evan … Mühe, wenigstens so zu tun, als würden sie sich freuen, dass ich zurück bin. Und Mel und Killian freuen sich auch, dass kann ich spüren. Aber bei dem Rest bin ich mir nicht sicher. Ich meine … ich merke, wenn ich unerwünscht bin, und in letzter Zeit wird eben jenes Gefühl beinahe übermächtig. Dieses Gefühl des Nicht-Dazugehörens«, murmelte ich, bevor ich den Blick senkte und auf meinen Finger starrte, an dem sonst immer mein Ring geleuchtet hatte.

»Sprechen wir nur von Evan oder auch von den anderen der Band?«

»Na ja, überwiegend geht es wohl um Evan ... Aber auch Lawrence und Matthew haben sich verändert.«

»Und was ist mit Mel, wie verhält sie sich? Kann sie Ihnen nicht das Gefühl vermitteln, dass Sie wirklich erwünscht sind? Macht sie den Missmut der anderen nicht wett?«

»Sie gibt sich wirklich Mühe«, erklärte ich. »Ja, wirklich.«

»Aber?« Doktor Woodsen hatte ein Händchen dafür, ihren Finger auf die richtige Stelle zu drücken.

»Na ja ... manchmal geben wir uns Mühe, und es reicht eben trotzdem nicht.«

»Woran, meinen Sie, könnte das liegen?«

»Mel will mich als Freundin haben, das weiß ich, weil es schon immer so war ... Aber, na ja, sie traut mir nicht.«

»Denken Sie wirklich, dass das der Grund ist? Dass sie Ihnen nicht traut?«

»Ja, ich denke, Sie fürchtet sich vor dem Moment, wo ich wieder verschwinde. Einfach so. Ohne ein Sterbenswort.«

»Hat sie das zu Ihnen gesagt?«

Stumm sah ich sie an, schüttelte schließlich den Kopf.

Doktor Woodsen schlug ihre Beine übereinander, musterte mich eingehend. Sie hatte sanfte, elfenhafte Züge, sturmgraue, wachsame Augen, hellblonde Haare.

»Ms. Abernathy ... Gehe ich recht in der Annahme, dass Sie noch nicht einmal wirklich mit Mel über das gesprochen haben, was geschehen ist? Und damit meine ich nicht, was ihn daheim geschehen ist, sondern vielmehr die allgemeinen Umstände? Ihr plötzliches Verschwinden, ihr plötzliches Auftauchen, die vielen Jahre der Stille zwischendurch?«

Mein Blick schien Antwort genug zu sein, denn nach einem kurzen Zögern sprach sie weiter.

»Wissen Sie ... Sie müssen das mal von ihrer Warte aus betrachten. Aus der Warte von allen. Sie kommen hier nach drei Jahren zurück – drei Jahre, in denen keiner auch nur ein Sterbenswörtchen von ihnen gehört hat. Und von jetzt auf gleich sind Sie wieder da und stellen den Anspruch, dass alles ist wie kurz vor Ihrer Abreise. Verstehen Sie mich nicht falsch, das soll kein Vorwurf sein. Ich kann Sie absolut verstehen. Sie sind weder freiwillig gegangen noch waren die vergangenen Jahre einfach für Sie, aber wissen Sie … Das wissen die anderen nicht, denn Sie haben es ihnen nie erklärt. Und aus genau diesem Grund sind alle – einschließlich Mel – auch so vorsichtig ihnen gegenüber. Wenn Ihnen wirklich etwas daran liegt, in dieser Stadt wieder Fuß zu fassen, Ihre Freundschaften zurückzugewinnen, sollten Sie einen deutlich robusteren Untergrund als Treibsand wählen, und das gelingt Ihnen nur dann, wenn Sie offen und ehrlich sind.«

»Und was, wenn ich dafür noch nicht bereit bin?« Noch immer hielt ich den Zopfgummi, sah nicht auf.

»Warum sollten Sie dafür noch nicht bereit sein? Wären Sie noch nicht bereit, wären Sie wohl kaum hier.«

»Ich habe mit keinem darüber gesprochen. Nur mit Doktor Glenn und meiner Mutter.«

Doktor Woodsen nickte. »Aber das ist ein großer und wichtiger Bestandteil einer jeden Traumatherapie. Sie müssen über das sprechen können, was Ihnen widerfahren ist. Sie müssen sich dem stellen, nur so können Sie Ihren Frieden damit machen. Was halten Sie davon, wenn Sie es *mir* erzählen?«

»Sie wissen es doch bereits.« Kurz sah ich auf.

Doktor Woodsen lächelte. »Ganz richtig, aber nicht von Ihnen, sondern aus Ihrer Patientenakte. Also … Stehen Sie ruhig auf, machen Sie es sich gemütlich oder wie auch immer es Ihnen am leichtesten fällt, mit mir darüber zu sprechen, wichtig ist nur, dass Sie mir jetzt ganz genau erzählen, was Ihnen in den letzten drei Jahren passiert ist. Was haben Sie erlebt, warum mussten Sie Seattle verlassen.«

Meine Zunge fühlte sich binnen weniger Sekunden an, als wäre sie gelähmt.

»Ich kann nicht«, krächzte ich. Doktor Woodsen stand auf,

legte das Klemmbrett ab und setzte sich neben mich aufs Sofa. Behutsam legte sie eine Hand auf meine.

»Sehen Sie mich an, Miss Abernathy. Ich bin bei Ihnen. Hören Sie? Ihnen kann absolut gar nichts passieren. Aber wenn Sie wirklich wieder Zugang zu Ihrer Vergangenheit haben wollen, dann müssen Sie auch zulassen, über sie zu sprechen. Lassen Sie die Gedanken und Gefühle zu, reden Sie darüber, denn wie der Name schon sagt, es ist vergangen. Vorbei. Ihre Vergangenheit kann Ihnen nichts mehr anhaben. Das Einzige, was sie tut, wenn Sie über sie schweigen, ist, Ihre Gegenwart zu zerstören.«

Ich nahm ihre Hand, drückte sie, ehe ich mehrfach tief Luft holte, die Augen schloss, mich sammelte. Mit dem nächsten Atemzug begann ich zu erzählen.

Die folgenden Tage vergingen nur schleppend. Noch hatten wir der Presse nicht mitgeteilt, dass Evan und ich in einer »Beziehung« waren, und so ging das lustige Rätselraten auf sämtlichen Social-Media-Kanälen wie auch in den Klatschblättern weiter. Wie Daniel befürchtet hatte, war die Vernissage dadurch in den Hintergrund gerückt. Zumindest, was die Berichte der Presse betraf. Die Besucherzahlen, so hatte Dumónt mir erstaunt mitgeteilt, waren hingegen fast dreimal so hoch wie üblich. Gern hätte ich gesagt, dass es wohl an den hervorragenden Bildern liegen musste, doch wir beide wussten, dass das nicht stimmte. Mel hatte vollkommen recht gehabt – die Leute wollten wissen, wer die Frau war, die das Herz von zumindest einem der Black-Brüder in der Hand hielt.

Und so hatte ich mich in meinem Hotelzimmer verkrochen. Heute war mein Plan gewesen, nach Wohnungen zu suchen.

Nachdem ich drei Besichtigungstermine ausgemacht hatte, rappelte ich mich auf und ging unter die Dusche.

Das heiße Wasser entspannte mich sofort. Ich hatte kaum einen Fuß aus der Dusche gesetzt, da hörte ich, wie mein Handy vibrierte. Schwer seufzend wickelte ich mir das Handtuch um, dann rannte ich über den Teppichboden, bevor ich vor meinem Bett zum Stehen kam. Eilig griff ich nach dem Hörer.

»Hi, ich bin's!«

»Hi, Mel.« Langsam ließ ich mich aufs Bett sinken.

»Ich und mein Stylist fahren gleich in die Stadt, um ein Kleid für die Gala heute Abend rauszusuchen, willst du auch mitkommen?«

Dankbar, dass sie fragte, nickte ich. Erst als keine Antwort kam, wurde mir klar, dass sie mich ja gar nicht sehen konnte. »Ja, sehr gern!« Ich warf einen Blick auf die Uhr. »Aber ich habe nicht viel Zeit. In vier Stunden habe ich einen Besichtigungstermin für eine Wohnung.«

Kurz wurde es still am anderen Ende der Leitung. »Du wirst also wirklich wieder herziehen?«

Ich holte tief Luft. »Ja«

Sie quietschte in den Hörer. »O mein Gott, ich freu mich ja so! Okay, okay, drei Stunden schaffen wir locker, los, los, los! Und zieh dir irgendwas an, das man schnell wieder ausziehen kann. Und vergiss die Sonnenbrille nicht. Ich hol dich in einer halben Stunde unten ab, in Ordnung?«

»Geht klar!«

Pünktlich eine halbe Stunde später stand Mel vor der Hoteleinfahrt. Ich hatte mich für eine Strumpfhose, einen kurzen schwarzen Tellerrock, eine Lederjacke und Boots entschieden. Unter der Jacke trug ich einen Hoodie, dessen Kapuze ich mir tief in die Stirn zog. Bereits als ich aus dem Fahrstuhl trat, sah ich die Paparazzi, die vor dem Hotel lauerten und aufgeregt jeden Gast fotografierten, der es verließ. Seufzend ließ ich die Hand sinken, wühlte in meiner Handtasche nach der großen Sonnenbrille und schob sie mir auf die Nase.

Obwohl ich quasi undercover unterwegs war, konnte ich vereinzelte Blicke anderer Hotelgäste auf mir spüren. Ich versuchte, sie zu ignorieren, holte tief Luft, dann rannte ich aus den schützenden Mauern des Hilton Hotels – heute schon zum zweiten Mal. Trotz der Sonnenbrille war das Blitzen der Kameras um mich herum so heftig, dass es mir die Sicht raubte. Schnell senkte ich den Kopf, konzentrierte mich auf den Boden unter meinen Füßen, taumelte regelrecht zu dem schwarzen Wagen, der einige Meter vom Eingang entfernt auf mich wartete.

»Carrie, welchen der beiden Black-Geschwister liebst du?«

»Carrie, bist du stolz darauf, was die Broken Sons alles geschafft haben?«

»Carrie, sehen wir dich heut Abend auf der Spendengala?«

»War der Ring an deinem Finger ein Verlobungsring?«

Ich erstarrte.

»Bingo!«, rief einer der Paparazzi. Er schob einen dicklichen Bauch vor sich her, und die Kamera in seiner Hand wirkte viel zu groß in den kurzen, dicken Wurstfingern, die sie hielten.

»Wessen Verlobungsring war es denn? Evans oder Killians?«

»Hast du kein schlechtes Gewissen, mit zwei Männern rumzumachen? Und dann auch noch mit zwei Brüdern?«

»Also, wenn ich du wäre, ich wüsste, für wen ich mich entscheiden würde.«

Plötzlich packte mich jemand am Arm. Ich wollte die Person schon abschütteln, als ich Mel erkannte, die mir beruhigend zunickte. Sie hob eine Hand, hielt sie abwehrend in die Höhe.

»Mel, was sagst du zu den Machenschaften deiner Freundin?«

»Hatte Carrie auch mal was mit Lawrence?«

»Mit wem kannst du dir Carrie besser vorstellen? Mit Evan oder Killian?«

»Wen würdest du lieber an Carries Seite sehen?«

Mel legte mir schützend die Arme um den Körper, ehe sie eilig die Tür öffnete und mich in den Wagen schob.

Das Leder quietschte, als sie sich neben mich setzte, dann gab sie dem Fahrer ein Zeichen, und wir entfernten uns von all dem Trubel. Die Kameras schossen noch immer Bilder, und ich wagte es erst wieder aufzuschauen, nachdem wir ein ganzes Stück gefahren waren.

Zögerlich nahm ich die Sonnenbrille ab, atmete erleichtert auf. Im Wagen roch es erstaunlich süß. Ich warf einen Blick zu dem Fahrer, der gerade die Trennwand hochfahren ließ, da erspähte ich das Duftbäumchen – meine Mutter hatte diese Dinger geliebt.

»O mein Gott«, wisperte Mel fassungslos. »Und ich hatte gedacht, es war damals schon schlimm …«

»Was meinst du?«

»Als das mit mir und Lawrence bekannt wurde. Aber offensichtlich ist er eben doch nur der Gitarrist und nicht der Frontsänger.« Fassungslos schüttelte sie den Kopf, ehe sie aus dem Fenster schaute.

Ich studierte ihr Profil, die sanften, weichen Züge.

»Wollen wir uns heut Abend bei dir im Hotel fertig machen lassen?«, schlug Mel vor und grinste mich an.

»Ja, sehr gern!«, erwiderte ich, beugte mich über den Sitz und drückte ihre Hand.

»Ich bin froh, wieder hier zu sein, Mel.«

Sie schaute auf, und in ihren eisblauen Augen spiegelte sich ein ehrlicher Ausdruck. »Glaub mir … ich bin auch froh, dass du wieder da bist!«

Sie beugte sich zu mir rüber, zog mich in eine Umarmung. Ich erwiderte sie, dann lehnten wir uns zurück in das weiche Leder.

Als wir den ersten Laden auf unserer Route erreichten, stieg ich, ohne zu zögern, aus dem Wagen. Zum ersten Mal seit Tagen schien wieder die Sonne in Seattle. Kurz schloss ich die Augen, atmete die beinahe warme Luft tief ein, schaute mich um. Es waren keine Paparazzi ins Sicht – Gott sei Dank. Eilig zog ich mein Päckchen Pall Mall aus der Jackentasche und steckte mir eine Zigarette an. Mel kam neben mir zum Stehen, zog eine Braue in die Höhe.

»Seit wann rauchst du denn? Also, ich meine, richtig und nicht nur auf Partys?«

Ich sah auf die Zigarette zwischen meinen Fingern, zuckte mit den Schultern. »Sowie ich den ersten Fuß auf schottischen Boden gesetzt hatte«, erklärt ich.

Mels Augen weiteten sich. »O mein Gott. Du hast dir die

Angewohnheit des Rauchens mit nach Hause genommen? Ich kann es ja wohl nicht glauben! Das kann tödlich ausgehen, das weißt du doch!«, erklärte sie theatralisch, ehe sie mir die Schachtel aus der Hand nahm und sich ebenfalls eine anzündete. Ich ließ ihren Satz unkommentiert, lachte stattdessen. Dann schlenderten wir gemütlich in Richtung eines Ladens, der den Namen *Flesher Boutique* trug. Zwei Security-Männer in perfekt sitzenden Anzügen bewachten die dunkelrote Eingangstür. Sie warfen uns einen kurzen Blick zu, bevor sie wieder stur geradeaus starrten.

Da wir noch nicht fertig geraucht hatten, blieben wir noch einen Moment vor der Boutique stehen.

»Wo hast du die Sonnenbrille her? Die ist wirklich schön«, bemerkte Mel zwischen zwei Zügen. Kurz zog ich sie mir vom Gesicht, ehe ich sie wieder aufsetzte.

»Die ist aus einer kleinen Boutique in London.«

Mel nickte andächtig. »Ich liebe London und seine Hinterhöfe«, sagte sie wohl wissend, bevor sie es mir gleichtat, ihre Zigarette austrat und zu dem Laden lief.

Gerade als einer der beiden Herren uns die Tür öffnen wollte, rief jemand Mels Namen.

»Mel, Mel, Mel, kriege ich ein Autogramm?«

Mel warf mir einen schnellen Blick zu, ehe sie sich umdrehte.

»Hiii«, sagte sie mit übertrieben hoher Stimme, bevor sie auf eine chic gekleidete junge Dame zuging.

»Natürlich.« Als die mich erkannte, schnappte sie nach Luft.

»O mein Gott … Carrie ist ja auch hier«, kreischte sie. »Das glauben mir meine Mädels nie!« Sofort zog sie die Handykamera, ehe sie ein Foto machte.

»Lass uns doch eins zusammen machen, hm?«, schlug Mel vor, ehe sie mich heranwinkte. Wir posierten mit ihr, sie bedankte sich für das Foto, dann wandten wir uns ab.

Ich war gerade im Begriff, in die Boutique zu gehen, als die mir fremde Frau sagte: »Carrie?«

»Ja?« Kurz hielt ich inne, schenkte ihr ein höfliches Lächeln.

»Wenn ich du wäre, würde ich Evan nehmen!« Sie zwinkerte mir zu, bevor sie davonstolzierte.

Mit offenem Mund sah ich ihr nach. War es nicht verrückt, wie Menschen plötzlich dachten, sie würden andere Menschen, Beziehungen und Gegebenheiten verstehen, wenn sie davon in der Zeitung lasen? Es würde mir wohl immer ein Rätsel bleiben.

»Na, komm schon«, murmelte Mel, bevor sie mir eine Hand in den Rücken legte und mich in den Laden schob.

Die Boutique war eine nette Mischung aus alt und neu. Die Decken waren hoch, die Fenster bodentief, doch sowohl die Lampen als auch der Rest im Laden strotzte vor mondäner Schönheit. Es gab offene Umkleidekabinen, beleuchtete Kleiderständer und abstrakte Lampenschirme.

»Wir haben geschlossen … Ahhh, Melanie, da bist du ja! Und, ach herrje, wen haben wir denn da? Du hast deine wunderbare Freundin mitgebracht.«

Eine kleine, schmale Frau kam auf uns zugeeilt. Sie hatte eine hellbraune Dauerwelle, trug eine altmodische, viel zu große Brille und hatte ihren kinderähnlichen Körper in einen Frauenanzug gehüllt.

»Ich kann euch gar nicht sagen, wie sehr ich mich über euren Besuch freue! Ich habe superviele Kleider kommen lassen, Melanie!«, erklärte die Dame, ehe sie vor uns zum Stehen kam. »Wenn ich gewusst hätte, dass sie an Bord ist, wäre ich zu euch ins Hotel gekommen!«, sagte sie in Mels Richtung.

»Ja, das wäre auch cool gewesen«, meinte diese entschuldigend.

Von Miss Fleshers Geschäftigkeit eingenommen riss ich mir fast schon aufgeregt die Brille vom Gesicht. »Carrie Abernathy«, verkündete ich in einer freundlichen Sing-Sang-Stimme.

»Das weiß ich natürlich!«, sagte die Inhaberin grinsend, wobei sie mich eingehend musterte. »Sie sind wirklich noch schöner als auf all den Fotos. Auf Bildern sehen Sie ja auch umwerfend aus, aber in echt … In echt toppen Sie einfach alles«, erklärte sie, bevor sie sich auf Zehenspitzen stellte und meine Kapuze nach hinten streifte. Sie nickte andächtig. »Der Bob passt wirklich wunderbar zu Ihnen. Sie sehen einfach traumhaft feminin und stark aus. So lobe ich mir das!«

Ich lächelte, sie erwidere es, dann drehte sie sich zu Mel und breitete die Arme aus.

»Mel, meine Schöne«, rief sie aus, ehe sie Mel in ihre dünnen Ärmchen zog.

»Hi, Rita«, murmelte Mel, während sie die Alte fest umarmte.

»Kaffee?«, fragte Miss Flesher, die offenbar mit Vornamen Rita hieß. Ich nickte, Mel tat es mir gleich. Rita drehte sich zu einer der beiden Damen, die in einigen Metern Entfernung in wartender Position ausgeharrt hatten, und zeigte mit den Fingern eine drei hoch. Es war die Schwarzhaarige, die sich sofort auf den Weg machte.

»Ich habe den Laden extra für meine liebe Mel geschlossen!«, erklärte Miss Flesher. »Wissen Sie, die meisten Leute kommen ohnehin nur her, um zu glotzen. Kaum einer kauft noch wirklich was. Aber meine Mel …« Sie legte meiner Freundin eine Hand auf die Schulter. »Meine Mel kauft immer.«

Mir entfuhr ein Lachen. Das wunderte mich nun wirklich nicht. Kurz sah ich zu Mel, die nur grinsend mit den Schultern zuckte.

»Hier entlang«, sagte Rita, bevor wir durch einen weißen Vorhang gingen, die eigentliche Boutique hinter uns ließen und in einen hellen, unfassbar großen Hinterraum kamen. Die Decken waren hoch, und breite Fenster ließen viel Licht eindringen. Überall standen Kleiderpuppen, Ständer und Kisten herum. Weiter links befand sich ein gigantischer Holztisch, einzelne Stoffe lagen darauf, und ich erkannte neben einem Schreibtisch auch eine Nähmaschine.

»Willkommen im Atelier. Hier sammle ich die Sachen und nähe sie ab«, erklärte Rita, bevor sie zwei Kleiderständer schnappte und sie in Richtung der Puppen zog, die bereits Kleider trugen. Mel jauchzte auf. »Das ist ja wunderschön!«, rief sie aus, während sie mich stehen ließ und über die hellen Dielen zu einer der Puppen eilte.

Rita nickte andächtig. »Gucci«, erklärte sie.

»Ich liebe florale Muster«, merkte Mel an, wobei sie den Stoff zwischen ihren Händen rieb. »Ob das was für mich wäre?« Mel stellte sich hinter die Puppe und sah mich fragend an.

Ich eilte die wenigen Stufen hinunter, die in das Atelier führten, dann kam ich vor der Puppe zum Stehen.

»Ich weiß nicht«, gestand ich schließlich.

»Was gefällt dir denn nicht?«, fragte Mel irritiert.

Rita lachte. »Ich befürchte, ich weiß, was jetzt kommen wird«, sagte sie.

»Es ist nicht dem Anlass entsprechend«, gestand ich schließlich. »Es ist wunderschön, keine Frage. Aber das ist ein Kleid, das ich auf einer Hochzeit oder bei einem Brunch erwarten würde. Nichts, was sich für eine Spendengala eignet, befürchte ich.«

»Aber …«, wollte Mel protestieren, doch Rita nickte bereits zustimmend.

»Diskutieren ist zwecklos, Mel, sie hat recht. Das Kleid hängt aus einem anderen Grund an der Puppe. Außerdem entspricht es absolut nicht dem Motto der Gala.«

Mel zog einen Schmollmund. Als Rita ihre Schnute bemerkte, lachte sie. »Von mir aus probiere es trotzdem an. Nur weil ihr heute auf eine Spendengala geht, heißt das ja nicht, dass ihr morgen nicht schon ein Kleid für eine Verlobungsfeier braucht, oder?« Rita sah mich mit zuckenden Brauen an. Meine Augen weiteten sich. Deutete sie da etwa eine Verlobung an zwischen … Ja, zwischen wem?

Mel lachte. »Wie immer hast du recht, Rita.« Ohne zu zögern, schnappte sie die Puppe und lief hinter das weiße Paravent, das sich zwischen den Kleiderständern verbarg.

Während Mel sich umzog, richtete ich mich an Rita. »Es gibt ein Motto?«, fragte ich. Wie immer hatte ich frühzeitig damit begonnen, mich auf die Abendveranstaltung vorzubereiten, wie ich nun merkte.

»O ja. Evan Black überlegt sich jedes Jahr sehr ausgefallene Mottos.«

Ich erstarrte und fing ihren Blick auf. Ein neugieriger Ausdruck lag in ihren Augen. »Evan Black ist Veranstalter der Gala?«

Sie zog eine Braue hoch. »Ja, gemeinsam mit der Kinderklinik in Seattle.« Ein Lächeln zog ihre Mundwinkel in die Höhe.

»Und es gibt jedes Jahr ein Motto?«

»Es ist also deine erste Spendengala bei ihm?« Sie leckte sich mit der Lippe über die Zunge.

»Frag sie nicht so aus, Rita!«, ermahnte Mel sie, die noch immer damit beschäftigt war, sich umzuziehen.

Rita lachte, bevor sie mich angrinste. »Ja. Letztes Jahr musste jeder etwas mit Federn tragen.«

»Das war toll! Ich habe mich gefühlt wie ein Kolibri«, rief Mel hinter dem Paravent hervor.

»Und dieses Jahr?«, fragte ich.

»Dieses Jahr ist das Motto ›Fallen Kingdoms‹.«

»Und da wolltest du ein Blümchenkleid anziehen?«, fragte ich an Mel gewandt.

»Na, warum denn nicht? Das gefallene Königreich der Blumenprinzessin.«

Ich lachte. Nun, das ließ Raum zur Interpretation.

»So ein Unsinn!«, rief Rita aus. »Ich habe extra die halbe Ellie-Saab-Kollektion kommen lassen.«

Mel kreischte. »Und das sagst du erst jetzt?« Sie steckte ihren Kopf hinter dem Paravent hervor und warf Rita einen vorwurfsvollen Blick zu.

Diese zuckte jedoch nur mit den Schultern, bevor sie ein schweres schwarzes Kleid von einem Ständer abnahm.

»Du warst ja schockverliebt, ohne mir auch nur Gelegenheit zu geben, euch die eigentlichen Kleider zu zeigen.« Rita hängte das Kleid an einen Ständer, dann ging sie einige Schritte zurück.

»O Mann«, murmelte ich sprachlos, und auch Mel, die ihres noch nicht einmal geschlossen hatte, kam hinter dem Paravent hervor.

»Das ist einfach atemberaubend«, flüsterte sie.

Das schwarze Kleid, welches Rita geholt hatte, verfügte über einen tiefen V-Ausschnitt und war bis zur Hüfte aus eng anliegendem Samtstoff. Der Rock fiel bis auf den Boden und war aus unterschiedlichster feiner Spitze. Hin und wieder waren Swarovski-Kristalle eingenäht worden, sodass das Kleid, besonders am Hüftbereich, wahnsinnig funkelte. Es war atemberaubend.

»Ja. Es ist das wohl eines der schönsten Kleider der diesjährigen Winterkollektion, und es wird toll an dir aussehen, Carrie«, murmelte Rita andächtig.

»Wer werden eure Partner sein? Und was tragen sie?«

Mel sah mich kurz an, dann nickte sie mir zu und formte mit den Lippen ein »Vertrau mir!«, ehe sie sich zu Rita umdrehte.

»Also, Carrie wird gemeinsam mit Evan kommen«, erklärte sie.

»Wusste ich es doch!«, rief Rita aus, wobei sie entzückt in die Hände klatschte.

»Und du natürlich mit Lawrence.« Mel nickte.

»In Ordnung, also ... Dann ist dieses Kleid natürlich perfekt für dich ...«, sagte Rita in meine Richtung, während sie noch einmal vorsichtig über den Stoff strich.

»Warum? Ich würde auch gern etwas Schwarzes tragen«, schmollte Mel, aber Rita winkte ihre Bemerkung nur ab.

»Evan trägt jedes Jahr dasselbe ...«, weihte sie mich ein. »Einen schwarzen Smoking, eine Fliege und darüber die neueste Lederjacke von Balmain.« Mel nickte nachdenklich. »Also musst du entweder was Nudefarbenes oder was Schwarzes tragen«, schlussfolgerte Mel.

Rita sah meine Freundin kurz an, als eine der jungen Damen mit dem Kaffee um die Ecke kam.

»Stell ihn einfach auf den Hocker da, Liebes«, erklärte Rita, bevor sie Mel und mir eine Tasse reichte.

»Nein, nein. Mel schau sie doch mal an. Diese wunderschön weißen Haare und diese Porzellanhaut ... Kein Nude. Darin würde sie ja aussehen wie ein Gespenst.«

Ich lachte, wusste jedoch, dass sie recht hatte. »War in der Kollektion nicht auch smaragdgrün?«

Rita nickte. »Richtig, aber nicht für Carrie.«

Mels Mundwinkel fielen nach unten. Rita grinste kopfschüttelnd, ehe sie wieder hinter den Kleiderstangen verschwand.

»Von mir aus, probiere du es doch an …«, murmelte ich in Mels Richtung, aber Rita hob nur warnend eine Braue in die Luft, dann suchte sie kommentarlos weiter.

»Das würde Rita niemals zulassen, wenn sie sich auf etwas eingeschossen hat, dann hat sie sich eingeschossen«, flüsterte Mel grinsend.

Sollte mich nicht stören, dachte ich. Das Kleid war atemberaubend und passte perfekt zu dem, was ich als Künstlerin ausstrahlen wollte.

»So, schau mal, Mel …«

Rita kam mit einem smaragdgrünen Traum auf uns zu.

Sie hängte es neben mein Kleid, dann standen wir vor den zwei Modellen, sahen hin und her. Keiner sagte etwas.

Die smaragdgrüne Variante war ebenfalls wunderschön. Im Gegensatz zu dem schwarzen war es nicht kurzärmlig, sondern hatte lange Trompetenärmel. Der Stoff ab dem Ansatz der Brüste war jedoch transparent und nahm seine Farbe durch die goldenen und smaragdgrünen aufgenähten Glitzerornamente an. Den Kragen hatte man ebenfalls mit Glitzer hervorgehoben. Der Bereich unter dem Dekolleté, war dafür komplett blickdicht. Die Taille wurde durch einen schmalen Gürtel abgegrenzt, dann folgte dichter smaragdfarbener Stoff, der nur gelegentlich von den Ornamenten unterbrochen wurde. Auch hier handelte es sich um eine A-Linie.

»Es ist wunderschön, Mel.«

»Tja, sieht so aus, als müssten wir gar nicht weiter schauen … Ich war mir schon fast sicher, dass meine Rita das Richtige für uns findet.« Mel strahlte, ehe sie Rita andeutete, die beiden Kleider abzunehmen, sodass wir sie anprobieren konnten.

»Sie helfen euch beim Anziehen, nicht dass versehentlich noch etwas reißt«, erklärte Rita. Ich nickte, bevor ich einen Schluck des Kaffees trank, den uns die Schwarzhaarige gebracht hatte.

»Ach …« Mein Blick fiel auf Mel, die noch immer das weiße Dior-Kleid trug.

»Soll ich dir mal den Reißverschluss zumachen? Oder ist das Kleid jetzt eh Geschichte?« Mel schien erst jetzt zu bemerken, dass sie ja noch etwas anderes am Körper trug.

Sie lachte verschmitzt. »Man kann ja nie genug Kleider haben, habe ich recht?« Ich sparte mir eine Antwort, stellte stattdessen den Kaffee ab und ging zu ihr hinüber. Vorsichtig zog ich den Reißverschluss nach oben.

Mel schüttelte ihre Haare auf, ehe sie näher an den großen Standspiegel direkt neben dem Paravent trat.

»Rita, hast du mal ein paar Probe-Heels?«, fragte Mel.

»Einen Moment, Schätzchen«, trällerte sie. Wenige Sekunden später wühlte sie bereits in einer Kiste.

»Hier, meine Liebe.« Mel schlüpfte in ein paar schlichte schwarze Louboutins, ehe sie anerkennend nickte.

»Das ist einfach perfekt für einen Brunch oder eine Verlobungsfeier.«

Erst in diesem Moment wurde mir bewusst, wie viel sich tatsächlich geändert hatte. Es waren nicht nur wir und unsere Charaktere, es waren auch unsere Vorstellungen vom Leben, unsere Prioritäten. Mel hatte schon immer viel Wert auf ihr Äußeres gelegt, aber nie und nimmer hätte sie sich ein Kleid in dieser Preisordnung nur für einen Brunch gekauft. Aber nun schien es beinahe normal für sie zu sein. Mel war zu dem It-Girl geworden, das sie immer hatte sein wollen …

Das hinterließ einen faden Beigeschmack auf meiner Zunge. Es mochte daran liegen, dass es nahezu absurd war, so viel Geld in ein Kleid zu stecken, doch viel eher vermutete ich, dass es mir sauer aufstieß, wie sie mit Lawrences Geld umging. Ich wusste, dass sie nebenbei nicht einmal mehr arbeitete, und so sehr ich sie auch liebte … Es war mir ein Rätsel, wie sie ihr Leben in die Hände von Lawrence hatte legen können. Denn wenn er einmal nicht mehr war, wer würde sie dann finanzieren? Wahrlich kein Gedanke, den ich vertiefen wollte, aber ich konnte nicht verstehen, wie sich die einst so selbstbewusste Mel hatte abhängig machen können von einem Mann wie Lawrence.

Nicht dass ich Lawrence nicht traute … Doch mit meiner Mom und meinem Dad war es genauso gewesen. Er hatte versprochen, sich um sie zu kümmern, und sie hatte sich keinen Job gesucht, war daheim geblieben und hatte mich unterrichtet. Mehrere Jahre hatte es gedauert, ihr einen annehmbaren Job zu suchen.

Okay, Stopp! Mel und Lawrence sind nicht Mom und Dad!

»Was grübelst du denn?«, fragte sie, während sie zurück zu dem Paravent ging und sich aus den Lagen aus Stoff schälte.

»Nichts, nichts«, murmelte ich, noch immer in Gedanken verloren.

»So, dann darfst du!« Rita deutete auf den zweiten Paravent auf der gegenüberliegenden Seite.

»Also wir wären dann so weit?«, verkündete Rita am anderen Ende des Raumes, während Mels Absätze bereits klackten, als sie über das Parkett lief.

»Wir auch!«, verkündete die junge Frau, die mir beim Anziehen half. »Dann wollen wir mal!«

Sie half mir hinter dem Paravent hervor. Als ich Mel sah, blieb mir der Mund offen stehen. Ihrer klappte ebenfalls herunter.

»Unfassbar«, sagten wir beinahe im Chor.

»Also Ladys … ihr seht einfach umwerfend aus. Als hätte Ellie euch die Kleider auf den Leib geschneidert. Wirklich Wahnsinn!«, murmelte Rita, während sie noch einmal um uns herumlief. Sie schüttelte begeistert den Kopf. »Ich kann es gar nicht fassen«, erklärte sie, ehe sie ihr Handy zückte.

»Darf ich?«

Mel zog mich in ihre Arme. »Aber natürlich.« Dann strahlten wir in die Kamera, und Rita machte mehrere Fotos.

»Wunderschön!«

Wir lachten, posierten noch einmal übertrieben, ehe Rita noch Bilder von jedem allein machte.

»So, da das nun geklärt wäre, würde ich sagen, wir gehen weiter zum Juwelier!«

»Geht klar, Boss.« Ich salutierte scherzhaft, bevor ich hinter dem Paravent verschwand und mich umzog.

Nachdem unsere Kreditkarten das Gerät zum Glühen gebracht hatten, schrieb sich Rita die Zeit auf, zu der die Kleider ins Hotel geliefert werden würden, und wir machten uns daran, passenden Schmuck zu besorgen.

Noch während wir mit halbem Fuße im Geschäft standen, raunte Mel mir zu: »Evan wird die Augen nicht von dir lassen können.«

Ich konnte nicht genau sagen, wie viele Leute in meinem Appartement im Hotel herumwuselten. Irgendwo zwischen »Das ist Dina, meine Visagistin; das ist Karl mein Friseur; Mona macht uns die Füße« und »Detlef, der uns die Nägel macht« hatte ich den Überblick verloren. Angestrengt sah ich mich um. Rita und Sarah besprachen gerade mit einem Juwelier die Schmuckauswahl – da Mel und ich uns nicht hatten entscheiden können, hatten wir uns auf fünf Teile beschränkt und die Entscheidungsmacht in Ritas vertrauensvolle Hände gelegt. Mel hatte mich sogar noch zu den Wohnungsbesichtigungen begleitet und ich hatte mich tatsächlich in ein Backsteinloft verliebt. Aber darum würde ich mich erst kümmern können, wenn die Gala vorüber war. Bereits während der Besichtigungen war ich von Minute zu Minute unruhiger geworden.

»Wann werden wir abgeholt?«, fragte ich in Mels Richtung. Sie hatte gerade die Augen geschlossen, und eine süße Blondine zog ihr einen Lidstrich.

»Ich schätze, in einer Stunde.«

Ich nickte. Bei der Horde an Leuten sollten wir nicht mal eine Viertelstunde brauchen, um fertig zu werden.

Während Lisa gerade mit Dina das passende Rouge aussuchte, erspähte ich Daniel am Eingang.

»Carrie«, rief er vergnügt und kam lachend vor mir zu stehen.

»Hier ist ja was los!«, murmelte er irgendwo zwischen Faszination und Irrsinn.

»Ja, Mel stand mit einer Horde von Leuten vor meiner Tür …«

Mel zuckte grinsend mit den Schultern. »Bei so einer Gala muss eben alles perfekt sein«, erklärte sie.

»Nicht wackeln«, wies die Stylistin sie an, und ich verkniff mir ein Grinsen.

»Also, bist du bereit?«, fragte Daniel in meine Richtung. Sein Gesicht spiegelte die Sorge und die stumme Frage, ob wir das Richtige taten. Daniel war schon immer anders als andere Agenten gewesen. Er sah zwar das Geld, aber eben auch den Menschen, der dahinterstand. Er sorgte sich nicht nur um meinen Kontostand, sondern auch darum, ob ich seelische Qualen litt. Er war keiner der Agenten, die zuließen, dass die Branche mich kaputt spielte.

So oder so mussten wir mein zersplittertes Herz jedoch vorerst ignorieren. Erfahrungsgemäß würde es früher oder später schon wieder heilen. Wenn ich meinen Ruf allerdings verlor, würde ich ihn nur schwer wiederherstellen können. Und diese inszenierte Beziehung war die einzige Möglichkeit, ihn zu retten. Das hatte auch ich nach langem Hin und Her und stundenlangen Gesprächen mit meiner Mutter festgestellt. Und trotzdem war da dieser kleine, beinahe unsichtbare Funken eines Zweifels, den nur eine Person mir hätte nehmen können – mein Vater.

Aber er war nun schon sehr lange nicht mehr Teil in meinem Leben. Und trotz allem gab es Momente, in denen ich ihn so sehr vermisste, dass es mich fast auffraß. Und meistens waren es die glücklichen Momente – die, in denen man sich ein gemeinsames Bild wünschte, einen Rat oder einfach nur einen Fürsprecher, ein »Du schaffst das«.

Karl zog mir ein letztes Mal das Glätteisen durch die Haare, dann gab er irgendeine Creme darauf, ehe er mich mit Haarspray bestäubte.

Eine gute halbe Stunde später standen Mel und ich fertig gestylt in meiner Suite und betrachteten das Chaos um uns herum.

»Tja«, sagte Mel, bevor sie mit den Schultern zuckte. »Ich würde sagen, darum kümmern wir uns morgen.«

Ich nickte bestätigend, auch wenn ich mir noch nicht ganz sicher war, wie ich heute Abend in mein Bett finden sollte.

»Nun schaut euch doch endlich mal an«, hörte ich Rita, die bereits ungeduldig am Spiegel stand.

Mel lachte, dann trat sie zuerst zu dem deckenhohen Spiegel.

»O mein Gott«, murmelte sie, wobei sie sich über die sanften Locken strich.

»Ich glaube, ich habe auf noch keiner Gala so schön ausgesehen wie auf dieser!«

Rita lachte. »Du weißt, ich finde dich immer schön, aber ich glaube auch … heute bist du ganz besonders schön!«

Mel war dezenter geschminkt worden als ich. Passend zu ihrem Kleid hatte sie einen smaragdgrünen Lidstrich, der mit Gold verfeinert worden war. Ansonsten war ihr Make-up natürlich, die Lippen mit einem Gloss hervorgehoben. Die Haare trug sie offen und lockig, ihre Schuhe waren ebenfalls golden. Sie erinnerte mich an eine Elfe.

»So, du bist dran!«, rief sie aus, als sie sich langsam vom Spiegel entfernte und mich ansah.

Ich trat an ihr vorbei. Mir klappte die Kinnlade herunter. Meine Augen waren dunkel geschminkt. Die Stylistin hatte meine Lider komplett schwarz gezeichnet und nach außen mit einem natürlichen Rosa verblendet. Die Wimpern waren stark getuscht, die Augenbrauen mit dunklem Gel hervorgehoben und meine Lippen strahlten in ebenfalls dunklem Rot.

Meine weißen Haare waren, geglättet, voluminös geföhnt und eine Seite akkurat hinters Ohr gestrichen worden. So, wie ich sie meistens trug.

Zudem hatte man mir schwere goldene Ketten umgelegt, die tief in den V-Ausschnitt hingen. Daran baumelten verschiedene griechische Münzen.

»Wow!«, murmelte ich noch immer fassungslos. Ich erkannte mich kaum wieder. Zum ersten Mal fühlte ich mich wirklich bereit für das, was mir bevorstand, fühlte mich stark und selbstbewusst.

In diesem Moment klopfte es bereits an der Tür.

Mel, die noch immer keine Worte gefunden hatte, horchte auf.

»Ich geh schon«, rief sie aufgeregt aus, bevor sie mich sanft an der Schulter berührte und zur Tür eilte.

Kurz blieb ich noch stehen, dann schlüpfte ich in die goldenen Schuhe, die für das Outfit vorgesehen waren.

»Das wirst du noch brauchen …« Einer der Stylisten – ich glaube Mike – trat hinter mich und legte mir einen kurzen Fellmantel um.

»Ich hoffe, das ist Kunstpelz«, merkte ich an.

Er lachte. »Natürlich.«

Erleichtert atmete ich auf, dann griff ich nach meiner Clutch und folgte Mel zur Tür.

Matthew, Lawrence und Killian standen in der Tür und bewunderten sie.

»Lasst mich ein Foto von euch machen«, sagte Killian und hob eine Polaroid-Kamera in die Höhe. Er trug einen schlichten schwarzen Smoking, ein dunkelgraues Hemd und hatte die dunkeln Haare feinsäuberlich zurückgegelt. Er und Matthew sahen fast wie Geschwister aus.

Lawrence hingegen hob sich von den beiden ab, denn im Gegensatz zu Killian und Matthew trug er einen smaragdfarbenen Smoking, der perfekt zu Mels Kleid passte. Irritiert schaute ich mich nach Evan um, konnte ihn jedoch nirgends entdecken. Ein Stich zuckte durch meinen Körper.

»Du hast eine Kamera dabei?«, fragte Lawrence irritiert.

»Eine Polaroidkamera!«, erklärte Killian mit erhobenem Finger, ehe er Lawrence und Mel zeigte, wo sie sich hinstellen sollten.

»So …« Er hob die Kamera an, hielt inne, dann ließ er die Kamera sinken.

»Hast du schon?«, fragte Mel aufgeregt, doch Killian ignorierte sie, sah direkt an ihr und Lawrence vorbei in meine Richtung. Sofort wurde mein Kopf heiß, aber ich war mir sicher, dass man die Röte durch die Schichten an Make-up nicht erkennen konnte.

Mel drehte sich um. »Ja, kein Wunder, dass dir die Spucke wegbleibt«, sagte sie lachend, bevor sie einige Schritte auf mich zukam und mich am Handgelenk packte.

»Los, komm mit drauf.« Killian, der seine Sprache noch immer nicht wiedergefunden hatte, hob die Kamera erneut, knipste einige Fotos.

Mel und ich zogen Grimassen, Lawrence hob seine Freundin hoch, während ich mich zu ihren Füßen kniete, dann zog ich Matthew zu mir, der ebenfalls mitposierte.

»Kommt her, ich mache noch welche von euch!«, erklärte der Stylist von vorhin. Killian riss mich in seine Arme, zog eine Grimasse – ich tat es ihm gleich.

Nachdem die Kamera mehrere Polaroids ausgespuckt hatte und bereits ganz warm war, lösten wir uns langsam voneinander.

»Du siehst einfach atemberaubend aus«, flüsterte Killian und schenkte mir ein Lächeln, das ich nicht so recht deuten konnte – oder wollte?

»Danke«, murmelte ich, bevor ich den Blick an seinem Smoking hinunterfahren ließ, wieder nach oben kam, an seinen Lippen hängen blieb. Als ich bemerkte, was ich da im Begriff war zu tun, wandte ich erschrocken die Augen ab.

Was war nur los mit mir?

»Du auch«, sagte ich schnell und zwang mich zu einem höflichen Lächeln. Ich fühlte mich wie ein Teenager, den man beim Pornogucken erwischt hatte.

»Wo ist Evan?«, fragte ich und versuchte, es möglichst beiläufig klingen zu lassen.

Killian senkte die Lider. »Der stößt nachher zu uns. Er musste noch etwas Dringendes erledigen«, erklärte er steif.

Mich durchflutete Enttäuschung, und so sehr ich auch versuchte, sie herunterzuschlucken, es gelang mir nicht.

Ich mochte Killian, aber … Es hätte Evan sein sollen, der die Kamera sinken ließ, weil er meinen Anblick nicht verkraften konnte. Es hätte Evan sein sollen, der mit mir auf diesen Bildern war. Es hätte immer Evan sein sollen.

Ich rang mir ein Lächeln ab. »Verstehe«, erwiderte ich knapp, ehe ich zu Mel sah, die sich gerade ebenfalls einen smaragdfarbenen Pelz umhängen ließ.

»Auf los, geht's los, oder was?«, rief sie aus, ehe sie einen Schluck Champagner trank.

»Ja«, erwiderte ich, dann nickte ich Killian noch einmal zu, bevor ich regelrecht aus meinem eigenen Hotelzimmer floh.

»Carrie?« Ich fuhr herum, sah zu Daniel.

»Ja?«

»Sei überzeugend. Ich kümmere mich noch um die Leute hier und komme dann nach.«

Ich nickte, ehe ich gemeinsam mit den anderen in die Tiefgarage fuhr, dabei hatte ich stets Daniels Worte im Ohr.

Sei überzeugend.

Zwei Querstraße vor unserem eigentlichen Ziel hielt der Wagen an. Evan stand in Smoking und Lederjacke am Straßenrand und rauchte.

Als er einstieg, brachte er einen kräftigen Zug kühler, feuchter Luft und abgestanden Qualms mit herein, das Ganze vermischte sich mit einem angenehmen Hauch seines Aftershaves.

»Hey«, murmelte er leise. Er knetete seine Hände.

Die anderen unterhielten sich angeregt über Killians neues Auto, doch ich hatte keinen Nerv, mich in das Gespräch einzubringen. Mein gesamter Körper bebte und zitterte wegen der anstehenden Gala. Noch nie in meinem Leben hatte ich eine Beziehung vorgetäuscht. All das fühlte sich so falsch an, dass mir regelrecht schlecht davon wurde, wobei das auch die Nervosität sein konnte. Aber ich wusste auch, dass es eine Chance für mich war. Vielleicht die Einzige und Letzte, die ich noch bekommen würde. Eine Beziehung vorzutäuschen mochte auf vielen Ebenen falsch sein. Aber es verschaffte mir Zeit. Zeit mit Evan. Zeit, ihm davon zu überzeugen, dass das mit uns auch nach allem noch richtig war.

»Alles okay?« Mel hatte sich zu mir gesetzt und sah mich zweifelnd an.

»Ja, alles in Ordnung«, murmelte ich und lächelte sie zuversichtlich an. Just in diesem Moment erreichten wir auch schon den roten Teppich. Die Paparazzi standen bereits wartend davor – es mussten Hunderte sein – und begannen aufgeregt, die Kameras anzuheben, als unser Wagen hielt.

»Mel und ich gehen vor. Killian und Matthew kommen nach zwei Minuten hinterher …« Lawrence zögerte kurz. »Und dann kommen Evan und Carrie, als Sahnehäubchen auf der Torte.«

Evan lachte. »Das haben du und Micheal euch ja wirklich blendend ausgedacht.«

Lawrence warf ihm einen vielsagenden Blick zu, doch Evan registrierte ihn nicht einmal.

»Ganz richtig. Du wirst zuerst aussteigen und Carrie aus dem Wagen helfen.«

Evan lachte erneut, fuhr sich über den kurz geschorenen Kopf. »Lawrence, ich kriege das schon hin, in Ordnung?«

Lawrence schnalzte mit der Zunge, ehe er seine Hand auf den Türgriff legte.

»Tja, wenn das so ist …« Er stieg aus, lief um den Wagen herum und öffnete die Tür, dann half er Mel hinaus. Die Paparazzi schrien aufgeregt ihre Namen, und das Blitzlichtgewitter begann.

Beinahe routiniert posierten die beiden für die Fotografen, ehe sie zu einem Fernsehteam gingen, wo sie ein Interview gaben.

»Wir sind dran«, erklärte Killian, bevor er Matthew zunickte und sie den Wagen ebenfalls verließen. Mein Herz schlug mir bis unter den Hals.

»Bereit, Carrie?«, fragte Evan in meine Richtung, bevor er mich prüfend anschaute. Sah ich da etwa so etwas wie Sorge in seinem Blick? Ich atmete tief ein … dann nickte ich und rutschte zur Tür.

»Bereit«, sagte ich wesentlich ruhiger, als ich mich tatsächlich fühlte. Ich konnte Evans Blick auf mir spüren, aber er erwiderte nichts. Stattdessen öffnete er die Tür. Die Sekunden, die er brauchte, um den Wagen zu umrunden, fühlten sich wie eine Ewigkeit an. Die Presse schrie seinen Namen, war völlig außer sich. Ich versuchte, mich mental darauf vorzubereiten, was gleich geschehen würde, doch keine Chance. Bevor ich auch nur einen klaren Gedanken hätte fassen können, öffnete sich die Tür, und es begann das Theater, das ich ab dieser Sekunde mein Leben nannte.

Kapitel 8

Carrie

Überall hörte ich meinen Namen. Hundertfach wurde er mir entgegengeschrien. Blitze raubten mir die Sicht, und ich hatte das Gefühl, verlernt zu haben, wie man geradeaus lief, wie man überhaupt lief.

»Carrie, alles ist okay. Komm schon, reiß dich zusammen! Ich bin bei dir«, murmelte Evan an mein Ohr, ehe er mir den Arm um die Hüfte legte und mich auf den roten Teppich führte.

Wie in Trance folgte ich ihm.

»Hier rüber!«

»O mein Gott, ihr seht so gut zusammen aus!«

»Carrie, schau zu uns!«

»Carrie, lächeln!«

Ihre Worte verloren sich im Hintergrund, verstummten. Alles, was ich immer und immer wieder hörte, war: *Ich bin bei dir.*

Kurz blinzelte ich, dann löste ich mich aus meiner Trance, spürte, wie wieder Leben in meinen Körper kam. Er hatte mich zurückgeholt. Ich winkte den Paparazzi zu, bevor wir schließlich anhielten.

Evan legte mir in lässiger Rockstarmanier einen Arm um die Schulter, strahlte in die Kameras. Ich hingegen hatte mich von ihnen abgewandt, schaute Evan stattdessen verliebt an.

Sei überzeugend, dröhnten Daniels Worte noch immer in meinem Ohr.

»Perfekt!«, hörte ich die Paparazzi schreien.

»Evan, schau sie an, kommt, gebt uns ein Verliebtes-Pärchen- Bild.«

Evan gehorchte, sah mich an. Und dann war es, als würde die Welt plötzlich still um uns herum werden. Zum ersten Mal, seitdem ich zurück war, hatte ich das Gefühl, dass wir einander wirklich ansahen. Doch was ich sah, zerriss mich innerlich. Seine Augen wurden zu einem Ozean, in denen ein furchtbarer Sturm, unterschiedlichster Emotionen wütete – Schmerz, Wut, Trauer, Hass, Verzweiflung, Liebe. Was sich wohl in meinen spiegelte?

In diesen kurzen Sekunden war es, als ließe er seine Mauern für mich nieder. Die Intimität hielt so lang an, bis jemand schrie:

»Kriegen wir einen Kuss?«

Andere stimmten in die Rufe mit ein, und bevor ich wusste, was geschah, berührte mich Evan sanft am Kinn, schaute mir noch einmal tief in die Augen, beugte sich kurz zu meinem Ohr.

»Schließ die Augen, stell dir vor, dass sie alle nicht hier wären. Hier sind nur du und ich, okay?« Ich musste nicht nicken und auch nichts Zustimmendes erwidern. Er wusste auch so, dass ich tat, was er sagte.

Erneut berührte er mein Kinn, dann beugte er sich vor, küsste mich.

Das war er also unser erster Kuss nach drei Jahren. Ein Fake-Kuss vor der gesamten Presse von Seattle, und so abartig und unromantisch es auch klingen mochte, es war nichts von all dem. Dieser Kuss war fast schon privat.

Er war sanft, zart, beinahe so, als hätte er für den Bruchteil einer Sekunde zugelassen, dass der frühere Evan das Steuer übernahm. Doch mein inneres Glück währte nur kurz, denn viel zu früh löste er sich wieder von mir.

»O mein Gott! Ihr seid wunderbar zusammen!«, riefen die Paparazzi, deren Blitzlichter noch immer aufgeregt flackerten. Evan machte eine heranwinkende Handbewegung, dann kamen auch Killian, Matthew, Mel und Lawrence mit aufs Bild.

Killian trat auf meine rechte Seite, legte mir einen Arm um die Hüfte, sah starr in die Kamera, lächelte. Ich erkannte sofort, wie sehr er sich zwingen musste. Doch wer ihn nicht kannte, würde den Unterschied nicht bemerken. Und so standen wir da, posierten noch einige unendlich lange Minuten für die Fotografen, ehe wir uns langsam lösten.

»Carrie! Evan! Würdet ihr uns ein kurzes Interview geben?«

Evan legte mir den Arm um die Schulter, ehe er mich anstrahlte. »Lass mich reden«, murmelte er mir ins Ohr, bevor er mich in Richtung der Kameras dirigierte.

»Hi«, begrüßte er die beiden Reporter, die uns aufgeregt anstrahlten.

»Was für ein Auftritt!«, lobte die kleine Blondine, die das Mikro in der Hand hielt.

Evan lachte charmant.

»Was sagst du zum Outfit deiner Liebsten?«

Er nahm meine Hand, ging einige Schritte zurück, drehte mich im Kreis.

Ich lachte aufgesetzt.

»Sie sieht einfach atemberaubend aus. Wie eine Königin.«

»Auf jeden Fall!« Die Reporterin lächelte, dann richtete sie sich wieder an Evan. *»Wie fühlt ihr euch nach all den News, die in letzter Zeit durchs Netz gegeistert sind?«*

»Wie sollen wir uns schon fühlen? Es war ziemlich viel Bullshit, der da herumgegangen ist. Aber solange wir wissen, was wahr ist und was nicht, legen wir eigentlich nicht viel Wert auf das, was irgendwelche Klatschblätter schreiben«, erwiderte Evan lächelnd.

»Wie lange seid ihr jetzt schon zusammen?«, fragte die Reporterin.

»Eine ganze Weile«, erklärte Evan. »Wir kannten uns ja bereits von früher, und vor einigen Monaten haben wir uns auf einer Party in Montreal wiedergetroffen.«

Es kostete mich alles an Kraft, die Maske nicht fallen zu lassen. Er hatte sich unsere Geschichte ja ziemlich genau überlegt.

»Und dann? Vor einigen Monaten war Carrie ja noch in Schottland, oder?«

»Ja, richtig.« Er sah mich an, lächelte liebevoll. »Wir haben eine Fernbeziehung geführt. Damals stand bereits fest, dass sie bald herkommen würde, für die Vernissage ihrer neuesten Werke, und so haben wir uns darauf geeinigt, dass wir die wenigen Monate auch ohne einander schaffen.«

Die Reporterin nickte aufgeregt. *»Bedeutet das, dass Carrie Seattle auch nicht allzu bald verlassen wird?«*

Ich erstarrte.

Evan blickte mich an, lächelte erneut. »Ja, das bedeutet es.« Fast hätte ich mich an meiner eigenen Spucke verschluckt. Nicht dass ich das nicht wirklich vorgehabt hatte, doch indem Evan es der Presse mitteilte, zwang er mir eine Bürde auf. Er sorgte dafür, dass ich Seattle allzu bald nicht den Rücken würde kehren können. Komme, was wolle.

Die Reporterin klatschte begeistert.

»Und werdet ihr jetzt zusammenziehen, wo Carrie wieder hier ist?«

Evan lächelte, sah mich an. »Nun, das wird wohl der nächste Schritt sein. Jetzt, wo sie endlich hier ist, will ich sie natürlich auch ganz für mich allein haben.«

»Verständlich«, erklärte die Reporterin nickend. *»Stimmt es eigentlich, dass all deine Songs von ihr handeln?«*

Evan lachte, bevor er mich ein Stück zu sich heranzog und mir einen Kuss auf die Stirn hauchte. Der vertraute Duft von Holz und Jasmin stieg mir in die Nase, und es bedurfte alles an Selbstbeherrschung, nicht tief einzuatmen.

»Nun ja …« Er lachte, strich sich über das raspelkurze Haar.

»Ich schätze, leugnen ist zwecklos. Die liebe Carrie hatte es mir eben schon vor einer ganzen Weile angetan.«

»Als sie damals in Seattle war?«

Evan senkte die Lieder, dann erst nickte er. »Ja, als sie damals hier war, lernten Mel und Carrie uns kennen.«

Die Augen der Reporterin funkelten aufgeregt. Sie hatte die News, auf die die ganze Welt gewartet hatte.

»Also stammen die Songs aus dieser Zeit?«

»Ganz genau«, erwiderte er souverän.

»Aber die Songs sind teilweise auch sehr traurig …« Sie wandte sich an mich. *»Carrie … war dir damals klar, dass du ihm das Herz gebrochen hattest?«*

Ich schaute ihn an, unternahm einen schwachen Versuch zu lächeln. »Trennungen sind nie einfach. Und so war es auch unsere nicht.«

Die Reporterin nickte bedächtig. *»Und wie glücklich seid ihr, einander wiederzuhaben?«*

»Sehr glücklich.« Evan drückte mir einen weiteren Kuss aufs Haar. »Carrie ist eine wirklich besondere Frau. Ich kenne niemanden, der so stürmisch, ehrgeizig und selbstbestimmt lebt wie sie. Sie weiß, was sie will, und holt es sich. Sie ist wirklich eine Kämpferin. Und dazu eine verdammt heiße.«

Er lachte und die beiden Reporter stimmten mit ein. Mein Kopf wurde sicher knallrot – und das, obwohl er wahrscheinlich nichts als Lügen erzählte.

Plötzlich berührte mich eine kühle Hand am Arm.

»Das reicht jetzt«, erklärte Micheal in Richtung der Reporterin. Diese nickte. *»Danke, dass ihr unsere Fragen beantwortet habt!«*

»Gern.«

»Kriegen wir noch einen Kuss?«

Evan lachte kurz auf, dann legte er mir eine Hand an die Wange und küsste mich noch einmal. Am liebsten hätte ich für immer hier gestanden, seine Lippen auf meinen, den Geschmack von Minze im Mund, doch er löste sich, wie auch beim ersten Mal, viel zu schnell.

Wir winkten noch einmal in die Kamera, ehe wir den roten Teppich verließen und nach drinnen gingen. Die anderen Gäste waren schon da und sahen uns in freudiger Erwartung entgegen. In einiger Entfernung erkannte ich den Bürgermeister und seine Tochter Avery, einige Musiker, die derzeit die Charts besetzten und andere Leute von Rang und Namen. Ich kam mir vor wie ein Eindringling, und das, obwohl ich eine weltweit anerkannte Künstlerin war. Doch daran würde ich mich wohl nie gewöhnen.

Als wir den großen Saal der Union Station betraten, begannen die Gäste zu klatschen.

Evan hob die Hand, dann schob er mich sanft in Richtung eines Tisches, an dem noch freie Plätze waren.

The Great Hall at Union Station war eine der meiner Meinung nach eindrucksvollsten Orte für eine Veranstaltung wie diese. Es handelte sich um einen riesigen Saal, dessen Decke einem gigantischen Rundbogen glich. Sie war stellenweise verglast und große Kronleuchter hingen von der Decke. Der Boden war weiß gefliest, die Wände waren ebenfalls in Weiß gehalten und mit Stuck verziert. Im ganzen Saal waren runde, große Tische platziert, die man aufwendig dekoriert hatte. Generell war alles wundervoll geschmückt. Neben den Kronleuchtern hingen auch gigantische Blumenkästen von der Decke, aus denen lange, vergoldete Zierpflanzen hervorwuchsen. Auf den Tischen standen Kerzen und Blumensträuße, und in den einzelnen Ecken hatte man gemütliche Sitzecken aufgebaut.

Als wir unseren Tisch erreichten, winkte mir Mel bereits zu. Ich lächelte, dann zog Evan mir den Stuhl zurück, und ich setzte mich.

»Ich muss erst mal die Gala eröffnen«, erklärte Evan und hauchte mir einen Kuss auf die Wange. Während ich noch damit beschäftigt war zu verstehen, was geschehen war, sprach er kurz mit Lawrence und Killian, bevor er gemeinsam mit zwei Herren im schwarzen Anzug verschwand.

»O mein Gott«, flüsterte Mel in meine Richtung.

Das konnte sie wohl laut sagen. Ich hatte das Gefühl, meine Lippen prickelten noch immer.

»Wie fühlst du dich? Euer Auftritt hätte wirklich nicht besser laufen können. Ihr habt so glücklich gewirkt …«

Ich guckte zu Mel, ertappte sie dabei, wie sie die Lider senkte.

»Beinahe wie früher.«

Ihre Worte schmerzten in meiner Brust. »Mit dem Unterschied, dass es damals echt war«, erwiderte ich traurig.

Sie griff unter dem Tisch nach meiner Hand, drückte sie.

»Glaub mir, Carrie, dieser Auftritt – gespielt oder nicht –, da waren Gefühle im Spiel. Und zwar nicht nur von deiner Seite aus. Ich kenne Evan lange genug, um zu wissen, dass er nicht unbedingt der beste Schauspieler ist.«

»Nun, ich befürchte, ich muss dich enttäuschen.« Mir entfuhr ein Lachen. »Er hat da draußen nämlich eine Oscar-reife Nummer hingelegt.«

»Natürlich. Er musste ja auch nur die Erinnerung an eure vergangenen Zeiten zulassen«, erklärte Lawrence, der unser Gespräch offensichtlich belauscht hatte.

»Lawrence«, zischte Mel, doch dieser zuckte nur mit den Schultern.

»Entschuldigt, aber wir sitzen nun mal alle an einem Tisch … Soll ich mir die Ohren zuhalten?«, fragte er.

Mel verdrehte die Augen.

»Falls ihr übrigens mal die Meinung von einem Fachmann hören wollt …« Lawrence zupfte seine Fliege zurecht, als wirkte er so seriöser. »Nur weil Evan sich verhält wie ein Arsch, heißt das ja nicht, dass er dich hasst. Wenn er einfach mal alle Zweifel und Gründe, dich nicht zu mögen, beiseiteschiebt, dann ist er da, wo er vor drei Jahren schon einmal war. Und damals hat er dich mehr als alles andere geliebt. Es ist nicht notwendig zu schauspielern, alles, was er tun musste, war, sich zu erinnern.«

Ironisch, dass er das sagte, als gehörte nichts dazu … Doch ich wusste es besser. Schauspielern ist leicht, denn das bedeutet, dass man nichts weiter tun muss, als eine Maske aufzusetzen. Sich zu erinnern … das ist, was wirklich schwer ist. Denn wer die Erinnerung zulässt, lässt auch den Schmerz zu.

Plötzlich dunkelte sich das Licht ab, und stattdessen wurde die gigantische Bühne angestrahlt.

Ein Streicherduo begann, eine flotte Melodie anzuspielen, dann trat Evan vor. Die Menge applaudierte, erhob sich für den Gastgeber. Evan kam an einem Rednerpult zum Stehen, und nach einer guten Minute hatte sich die Menge beruhigt, nahm wieder Platz.

»Wow, ich habe das Gefühl, wir werden jedes Jahr mehr. Und das macht mich so unglaublich stolz. So viel hochrangige, bekannte und berühmte Leute nehmen sich die Zeit herzukommen und Spenden zu sammeln, es rührt mich wirklich sehr …«, begann Evan seine Rede.

Er sprach gute fünfzehn Minuten, dann folgte ein kurzer Videoclip, und anschließend begann die Spendenauktion. Zwischen den einzelnen Etappen folgten Live-Auftritte anderer Künstler, Reden wurden gehalten und einige – größtenteils durch Unfälle – gelähmte Kinder teilten ihre Erfahrungen.

Mein Herz blutete. Einige dieser Kinder waren so stark, so mutig …

Am Ende des Abends hatte Evan mehr als 15 Millionen Dollar gesammelt, die alle der Stiftung für gelähmte Kinder zugutekommen würde. Evan verschwand hinter der Bühne, und bereits kurze Zeit später begannen die Kellner das Essen zu bringen.

Evan kehrte zu uns an den Tisch zurück. Sein Gesicht war aschfahl und seine Augen geweitet. Die Gespräche schienen ihn ziemlich mitgenommen zu haben.

»Alles in Ordnung?«, fragte ich leise.

Er sah mich nicht einmal an.

Während des Essens blieb er ebenfalls stumm, kippte stattdessen einen Bourbon nach dem anderen hinunter. Nach einer Weile stand Killian auf, lief um den Tisch herum und tippte Evan auf die Schulter. Die beiden diskutierten leise, dann stand Evan schließlich auf, und sie verschwanden.

»Ich gehe mal auf die Toilette«, murmelte ich in Mels Richtung.

»Soll ich mitkommen?«

Ich schenkte ihr ein ehrliches Lächeln. »Nein, schon gut. Ich komme zurecht.« Dann wandte ich mich ab und eilte durch den Saal.

Als ich die Waschräume erreichte, betrachtete ich mich einen Augenblick. Ich sah wunderschön aus, nur leider war diese Schönheit ein nur rein oberflächliches Konstrukt, denn ich strahlte nichts davon nach außen aus. In mir drin herrschte eine alles verschlingende Leere, als wollte mein Körper mich von meinen eigenen Emotionen schützen.

Ich wollte gerade gehen, als sich eine Kabinentür öffnete, und innerhalb von Sekunden entglitten mir sämtliche Gesichtszüge.

Die Frau mir gegenüber hob erschrocken die Brauen, bevor sie ein Lächeln aufsetzte.

»Carrie«, presste sie hervor. »Schön, dich wiederzusehen«, erklärte sie langsam, ehe sie sich eine dunkelbraune Locke aus dem Gesicht strich.

Mona war in den letzten drei Jahren zweifelsohne noch schöner geworden. Ihre Locken waren dieselben, nur hatte sie keinen kurzen Afro mehr, sondern längere Locken, die ihr beinahe bis zur Brust reichten. Ihre Brauen waren feinsäuberlich gezupft, die Lippen voll, ihre Haut rein. Doch das Schönste an ihr war der dunkle Teint und die orange-braunen Augen, in denen eine derartige Intensität lag, dass es jeden Mann zu Boden zwingen musste. Sie hatte sich für ein komplett goldenes Kleid, der Winter-Herbst-Kollektion von Ellie Saab entschieden und, verdammt, sie sah aus wie eine griechische Göttin.

»Hi«, sagte ich und merkte im selben Augenblick wie meine Stimme brach. Sie lächelte, bevor sie an das Waschbecken neben mir trat und sich die Hände wusch.

»Evan hat sehr unter deiner Abwesenheit gelitten.«

Plötzlich überkam mich das Verlangen sie an den Schultern zu packen und irgendeine Art von Anstand aus ihr herauszuschütteln.

»Nun ja, du wirst ihn schon gebührend getröstet haben«, bemerkte ich sarkastisch.

Sie lachte. »Ach, ich und Evan … Das ist doch schon *ewig* her, Carrie.«

Sie betonte das Wort *ewig* derart übertrieben, dass ich mich zusammenreißen musste, um nichts zu erwidern. Selbstgefällig trat sie an mir vorbei an den Spiegel. Schnell öffnete sie ihre Clutch und zog einen Lippenstift hervor.

»Als du weg warst, war er nicht mehr derselbe, weißt du. Also keinen Grund, eifersüchtig zu sein. Er hat viele gefickt, ich war allerdings keine mehr davon.« Sie rieb ihre Lippen aufeinander, schloss den Lippenstift und verstaute ihn. »Aber das hast du sicher auch in der Zeitung gelesen.« Sie zwinkerte mir zu, dann verließ sie die Toiletten. Sprachlos blieb ich stehen. Einen Moment überkam mich ein träges Gefühl von Schwindel, und meine Beine zitterten auf einmal verdächtig. Eilig stützte ich mich am Waschbecken ab, wartete, bis ich mich wieder gesammelt hatte. Ich nickte meinem Spiegelbild zu, verließ das Bad und lief auf geradem Wege zur Bar. Es war der Zeitpunkt erreicht, an dem Wasser nicht mehr genügte, um diesen Abend zu überstehen.

Als ich die Bar erreichte, bestellte ich mir einen Gin Fizz, ein spritziges Getränk aus Gin, Mineralwasser, Zitrone und Puderzucker – und trank gerade einen Schluck, als auf einmal ein weiteres mir unliebsames Gesicht aus vergangenen Zeiten vor meinen Augen erschien.

»Carrie Abernathy.« Er hob meine Hand und hauchte mir einen sanften Kuss darauf.

Angewidert zog ich sie weg. Ihm verdankte ich es, dass Evan mich entdeckt hatte. Dass er sich nun aufführte wie ein Gentleman widerte mich noch mehr an als ohnehin schon.

Er sah noch genauso aus wie früher. Piercings, Tattoos, derselbe Haarschnitt, vergoldete Zähne.

Kurz überlegte ich, ihn stehen zu lassen, doch bevor es mir gelang, tauchte Mona auf und fragte: »Ihr kennt euch?« Brandon nahm sie in seine Arme, drückte ihr einen Kuss aufs Haar. Mir wurde schlecht. Wie konnte sie mit jemandem wie Brandon zusammen sein? Er war so ziemlich der widerlichste Kerl, den ich jemals hatte kennenlernen müssen.

»Ja. Carrie und ich hatten mal viel Spaß zusammen.«

»Ja, wenn man Belästigung als Spaß bezeichnen will, dann schon.« Ich lächelte ihn zuckersüß an, konnte jedoch erkennen, dass Mona sich sichtlich unwohl fühlte.

Urplötzlich fragte ich mich, ob er sie wohl gut behandelte. Allerdings bekam ich keine Gelegenheit mehr, der Frage auf den Grund zu gehen, denn da legten sich auch schon zwei Hände um mich. Erschrocken fuhr ich zusammen.

»Hey, ich bin es bloß«, sagte Evan hinter mir.

Brandon lachte. »Da ist ja der Held des Abends. Schlägst du

deine Freundin, oder warum reagiert sie so furchtbar schreckhaft auf deine Berührung?«

»Wahrscheinlich hat sie Angst, dass ich irgendein Perverser bin, der kein Nein versteht. So wie du.«

»Okay, das reicht jetzt«, ging Mona dazwischen.

»Alles okay?«, fragte Evan mich leise. Ich nickte bloß. Wenn Evan mir so nah war wie in jenem Augenblick, konnte ich kaum atmen. Jedes seiner Worte brannte wie Feuer in meinem Körper, doch das wohl Allerschlimmste daran war, dass ich nicht wusste, was er wirklich ernst meinte.

Er fragte mich, ob es mir gut ging, sprach die Worte jedoch mit einer so heftigen Sorge und Zärtlichkeit aus, dass ich nicht wusste, was ich davon halten sollte. War das wirklich noch gespielt? Oder nutzte er das nur als Vorwand, um mich so zu behandeln, wie er es insgeheim gern würde? Als mir auffiel, wie trostlos meine Gedanken waren, wie verzweifelt ich mich an einen Grashalm klammerte, der womöglich bereits abgemäht war, übte ich mich in Verdrängung.

Verdrängung. Etwas, das ich die letzten Jahre nur allzu häufig für mich in Anspruch genommen hatte. Immer und immer wieder hatte ich verdrängt, was mir durch den Kopf gegangen war – Bilder, Gespräche, Szenen, die aus einem Film hätten stammen können. Waren trotzdem einmal Gedanken hochgekommen, hatte ich mir eine mentale Ohrfeige verpasst. Hatte andere Bilder darübergelegt. Ich war vor meinen eigenen Gedanken geflohen – doch entkommen war ich ihnen nie.

»Wir sollten gehen«, erklärte Mona, ehe sie Brandon am Arm fortzog. Ich beobachtete, wie er ihr etwas ins Ohr raunte, dann packte er ihr beinahe brutal an den Hintern, bevor sie in der Masse verschwanden.

»Was trinkst du da?«, fragte Evan.

Irritiert blickte ich auf. »Gin Fizz«, erwiderte ich.

Er runzelte die Stirn. »Was soll das sein?«

»Mineralwasser, Zitrone, Puderzucker und Gin …« Überfordert von der Tatsache, dass er plötzlich ein Gespräch mit mir anfing, das ganz offensichtlich nicht gespielt war, hielt ich ihm das Glas einfach entgegen. »Willst du mal kosten? Es gibt auch noch Strohhalme, falls …«

Einen Moment sah er mich an. »Carrie …« Er schüttelte den Kopf. »Ich habe dich heute geküsst. Und das nicht nur einmal. Für was in aller Welt sollte ich einen zweiten Strohhalm benötigen?« Er nahm mir das Glas aus der Hand, dann nahm er provokant den Strohhalm in den Mund.

»Hm …«, murmelte er, nachdem er das halbe Glas in einem Zug ausgetrunken hatte. »Schmeckt … gut. Wie ein kühles Glas Wasser an einem heißen Sommertag.«

Ich lachte, als hätte er gerade den witzigsten Spruch aller Zeiten von sich gegeben. »Ja. Es ist eben ein sehr erfrischendes Getränk.«

»Kann man so sagen.« Er beugte sich über den Tresen, und sofort kamen zwei Kellnerinnen angesprungen.

»Hi. Wäre eine von euch beiden hübschen Mädels so gut und würde mir einen Gin Fizz machen?«

»Aber natürlich«, quietschte eine kleine Blonde. Sie wandte sich ab und begann sofort mit dem Mixen.

Evan lehnte sich derweil lässig an den Bartresen und musterte mich ungeniert. Zum ersten Mal an diesen Abend.

»Du siehst wirklich gut aus«, gestand er dann, ehe er den Gin Fizz von der Kellnerin entgegennahm und einen weiteren Schluck trank.

»Danke«, murmelte ich, unsicher, was er mit dieser Aussage bezwecken wollte.

»Zigarette?«, fragte er.

Ich nickte, bevor ich ihm folgte. Mein gesamter Körper stand unter Spannung. Zum ersten Mal, seitdem ich zurück war, führten wir ein beinahe normales Gespräch. Ich konnte es kaum fassen.

Evan führte mich aus dem Saal hinaus und eine gebogene Treppe hinauf, die zu einer Notfalltür führte.

»Hier entlang«, brummte er und hielt mir die Tür auf. Ich nickte, ehe ich hindurchging. Dort angekommen drückte ich die

Klinke hinunter und stolperte geradewegs auf eine gigantische Dachterrasse.

»O mein Gott«, sagte ich kleinlaut. »Das ist ja atemberaubend.«

»Wir hatten hier mal einen Gig«, erklärte er, als wäre nichts weiter dabei.

»Traumhaft …« Von hier oben konnte man direkt über Seattle schauen. Die Wohnviertel waren grell beleuchtet, und in einigen Fenstern konnte man sogar die Leute beobachten. Mein Blick blieb an einem Mann hängen, der im Begriff war, sich gerade den Schlafanzug anzuziehen.

»O je.« Ich drehte mich weg und hielt mir die Hände vors Gesicht. Ganz sicher wollte ich nicht das Gehänge eines Mannes sehen, der mein Großvater hätte sein können.

Evan lachte, bevor er mir eine Zigarette hinhielt.

»Ich war schon oft hier oben, auch wenn wir keinen Gig hatten oder Ähnliches. Man kann über die Stadt schauen und in die Stadt hinein.«

»Wie darf ich mir das vorstellen? Du sitzt hier oben und siehst in die Häuser hinein? Beobachtest fremde Leute?«

Er zuckte mit den Schultern, ehe er sich die Zigarette anzündete.

»Ja. Ich setze mich hierhin …« Er trat an den Rand des Gebäudes, kletterte hinauf und kam darauf zum Sitzen. Bei der Vorstellung, was geschehen könnte, wenn er das Gleichgewicht verlor, wurde mir sofort übel.

»… rauche eine nach der anderen und denke mir Geschichten aus zu den Dingen, die ich in den Häusern sehe.«

Er hielt mir eine Hand entgegen. Zögerlich ergriff ich sie, ehe ich mich vorsichtig neben ihn setzte.

»Nicht nach unten gucken«, sagte er, bevor er auf ein hell beleuchtetes Fenster in einiger Entfernung deutete.

»Sie sehe ich häufiger.«

»Du bist ein Stalker«, bemerkte ich fassungslos, doch er lachte bloß.

»Ich bin ein Beobachter«, erklärte er mir.

»Sie sehe ich also häufiger …«, begann er seinen Satz noch einmal.

Ich zündete meine Zigarette ebenfalls an, beobachtete sie.

»Und ich denke, sie arbeitet in einer Tierhandlung oder in einem Geschäft für Gartenartikel.«

»Was?«

Er sah mich erheitert an. »Manchmal trägt sie einen grünen Overall. So sehen oft die Angestellten aus solchen Geschäften aus.« Er zuckte mit den Schultern. »Außerdem stehen in ihrer Küche allerhand Pflanzen.«

»Warum dann Tierhandlung?«

»Sie hat zwei Katzen. Die laufen meist zwischen den Pflanzen umher und schmeißen sie runter. Sehr aufgeweckte kleine Biester.«

Ich lachte. »O mein Gott. Du hast diese Frau wirklich beobachtet. Was denkst du, wie sie sich fühlen würde, wenn sie das wüsste?«

Er zuckte nur mit den Schultern. »Sie weiß es ja nicht. Und irgendwie beruhigt es mich …«

»Was beruhigt dich?«

»Mir Geschichten auszudenken über das Leben anderer. Denn ich kann sie so schreiben, wie sie sich gut anfühlen. Kein Schmerz, kein Leid.«

»Du hast sie also noch nie weinen sehen?«

»Doch«, gestand er, nahm einen weiteren Zug.

»Einmal. Sie hat telefoniert und sah ziemlich wütend aus, danach ist sie zusammengebrochen und hat furchtbar geweint. Kurz habe ich überlegt rüberzugehen … zu klingeln und sie zu trösten, aber mir viel keine sinnvolle Erklärung ein. Wahrscheinlich hätte die Frau einen Herzinfarkt bekommen.«

»Was, denkst du, macht sie beruflich?«, fragte er nach einer Weile, die wir sie stillschweigend beobachtet hatten.

»Evan!«

»Was denn? Schau sie dir an. Sie legt nicht viel Wert darauf, sich unbeobachtet zu bewegen.«

»Wie kommst du denn darauf?«, fragte ich entgeistert.

»Ihre Wohnung verfügt über bodentiefe Fenster, und so, wie sich das von hier erkennen lässt, hat sie auch Vorhänge, aber sie zieht sie nie zu und das, obwohl überall in der Wohnung Licht brennt. Sie will beobachtet werden.«

»Oder sie hat noch nie einen Horrorfilm gesehen«, warf ich ein. Evan lachte – dieses Lachen, das ich so sehr vermisst hatte. Als er es bemerkte, verstummte er sofort.

»Also, was macht sie beruflich?«, wiederholte er.

»Ich denke, irgendwas mit Büchern«, sagte ich schließlich.

»Was mit Büchern?« Evan trank einen Schluck seines Gin Fizz.

»Ja, ich meine … Sie hat gute fünf Bücherregale. Und das sind nur die, die wir sehen.«

»Vielleicht liest sie auch einfach nur gern«, mutmaßte er, doch ich schüttelte vehement den Kopf.

»Wer gern liest, hat vielleicht zwei oder drei rumliegen … Und dann rangiert er sie irgendwann mal aus. Man hebt Bücher nur auf, wenn man irgendwie eine ganz besondere Verbindung zur Literatur hat. Vielleicht ist sie Autorin.«

»Und wie erklärst du dir den grünen Overall?«

»Vielleicht ihr Brotjob?«

Er sah mich an. Kleine Fältchen hatten sich um seine Augen gebildet, und ich konnte den Anflug eines Lächelns erahnen.

»Brotjob? Was soll das denn sein?«

Natürlich hatte unser Rockstar keinen Schimmer, was ein Brotjob war.

Ich senkte die Lider, sah wieder zu ihm. »Einen Brotjob führen Künstler aus, die nicht von ihrem kreativen Einkommen leben können. Sie arbeiten, um sich gewissermaßen ihr Brot davon leisten zu können, sind aber eigentlich dem jeweils anderen Beruf verschrieben. Das können Musiker sein, Autoren, Maler wie ich …«

Er nickte. »Jetzt, wo du es so sagst … Andere Musiker haben mir schon davon erzählt, aber du weißt ja, wie das bei uns damals abgelaufen ist.«

Das wusste ich tatsächlich. Evan hatte sein Studium nicht einmal beendet. Bereits während der Schulzeit hatten er und die restliche Band gemeinsam in der Garage Tag und Nacht geübt, Songs geschrieben und für Auftritte geprobt, die erst Jahre in der Zukunft stattfinden sollten. Unermüdlich hatten sie für ihren Traum gekämpft. Und nachdem sie das zweite Collegejahr hinter sich gebracht hatten, wurde all der Schweiß und all ihre Mühen belohnt, und sie schafften den Sprung zum zunächst national und schließlich auch internationalen Erfolg. Man konnte sagen er und die restlichen Jungs der *Broken Sons* waren quasi über Nacht berühmt geworden.

»Ihr habt euch tatsächlich *Broken Sons* genannt«, murmelte ich nach einer Weile des Schweigens. Noch immer beobachtete ich die Frau in einigen Metern Entfernung. Sie war gerade dabei, ihr Geschirr zu spülen.

»Als du gegangen bist …« Er sah auf seine Hände. »Hast du nicht viel zurückgelassen. Nichts außer … na ja … Zerstörung klingt vielleicht etwas melodramatisch. Aber im Grunde war es genau das. Du hast mich zerstört – oder wie du es in jener Nacht so passend gesagt hast: Du hast mich gebrochen.«

Überrascht von seinem Geständnis und seiner plötzlichen Ehrlichkeit starrte ich ihn sprachlos an. Es war nicht so, dass mir all das nicht klar gewesen war. Auch wenn ich vom ganzen Herzen gehofft hatte, dass ihn mein Verlust nicht so getroffen hatte, wie mich seiner, hatten spätestens die Songs bewiesen, dass diese Hoffnung vergeben gewesen war. Doch es war etwas anderes, es nur zu vermuten, als es noch einmal aus seinem eigenen Mund zu hören. Bislang hatte er sich nicht die Mühe gemacht, mir gegenüber klar und deutlich zu sagen, wie sehr ihn mein Verlust mitgenommen hatte.

»Ich weiß nicht … Ich weiß wirklich nicht, was ich sagen soll«, krächzte ich nach einer Weile.

Evan schaute mich an.

Ich konnte die Intensität seines Blicks auf mir spüren, brachte es jedoch nicht über mich aufzuschauen, hätte seinem Blick ohnehin nicht standhalten können.

»Ich weiß es auch nicht, Carrie. Ich weiß es auch nicht. Doch hier sitzen wir nun. Und das, obwohl ich mir so sicher war, dass ich nie wieder ein Wort mit dir reden würde. Nicht einmal dann, wenn du irgendwann zu mir zurückkehren würdest.«

Seine Worte verletzten mich. Natürlich waren sie nachvollziehbar und ergaben absolut Sinn und dennoch – sie fühlten sich an wie die Spitze eines Messers, das sich in quälender Langsamkeit in das zarte Fleisch unter meinen Rippen bohrte.

»Das war nie meine Absicht«, flüsterte ich, noch immer nicht wirklich dazu in der Lage zu realisieren, was Evan mir gerade gestanden hatte.

»Ich weiß. Aber das reicht nicht. Und das wird es niemals wieder. Weißt du, wie sehr es mich quält, all das hier mit dir tun zu müssen?« Sofort nahm ich einen dumpfen Schmerz wahr. Er pochte da, wo sich zuvor das Messer in meinen Körper gebohrt hatte. Mir schnürte es die Kehle zu.

»Was willst du mir damit sagen, Evan?«, krächzte ich, obwohl ich die Antwort bereits kannte.

»Dass das hier …« Er machte eine ausladende Handbewegung. »Das Letzte ist, was ich für dich tue. Wenn es nötig ist, um deinen Ruf als Künstlerin zu retten, werde ich mich dem nicht in den Weg stellen. Aber als du gegangen bist, hast du auch einen Teil von mir mit dir genommen – und dieser Teil wird nie mehr hierher zurückkehren. Also bitte … Tu mir einen Gefallen und hoffe nicht darauf, dass das mit uns wieder etwas werden wird. Dafür ist zu viel geschehen.«

»Wir könnten darüber reden«, versuchte ich einen schwachen Versuch, ihn von seiner Meinung abzubringen.

»Worüber? Über die letzten drei Jahre? Über all die Dinge, die geschehen sind? Da gibt es nichts zu reden. Als du in mein Leben kamst, hast du mir mehrere Monate pures Glück geschenkt, nur um kurz darauf zu verschwinden … Und dann, dann brach nichts als Unglück über mich herein. Seitdem du fort bist, lebe ich nicht mehr Carrie, ich *überlebe*.« Er drehte sich um, lief zu der Notfalltür und verschwand.

Plötzlich war mir, als verlöre ich das Gleichgewicht. Eilig schob ich mich von der Mauer, fiel regelrecht zu Boden, doch es spielte keine Rolle mehr. Ich blieb liegen und weinte, weinte mir buchstäblich die Seele aus dem Leib und hörte nicht mehr auf. Es verging eine unbestimmte Zeit, es konnten Minuten, aber auch Stunden gewesen sein, dann öffnete sich die Tür erneut. Es war nicht nötig aufzuschauen, da ich bereits an den Schritten hörte, wer es war. Genau genommen gab es ja auch nur einen Menschen, der wusste, wo ich steckte.

Evan ging vor mir in die Knie, strich mir sanft eine Strähne aus dem Gesicht. Dann hob er mich auf die Arme und murmelte: »Verbirg das Gesicht an meiner Brust. Wir gehen durch den Hinterausgang raus. Wenn jemand fragen sollte, werde ich ihnen sagen, dass es dir nicht gut geht.«

Er wartete meine Antwort nicht ab, hob mich stattdessen hoch. Sein Griff war fest, und ich konnte den gleichmäßigen Herzschlag unter seiner Brust hören. Stark und beständig pochte es – das Herz eines Löwen.

»O Gott, was ist passiert?«, nahm ich die aufgeregte Stimme Mels wahr, doch ich war nicht dazu in der Lage aufzuschauen, wollte nicht, dass sie mich so sah. Also ließ ich stattdessen Evan das Reden übernehmen.

»Es geht ihr nicht gut«, erwiderte Evan bloß, ehe er sich vorbeugte, um irgendetwas zu drücken.

»Ich hole die anderen. Wir kommen mit.«

»Mel, ich denke nicht, dass das nötig ist.«

»Ich denke das aber sehr wohl …« Bevor Evan noch etwas erwidern konnte, war Mel bereits verschwunden. Das einzige Geräusch war der Nachhall ihrer goldenen Heels.

»Schon okay«, murmelte Evan. Plötzlich kamen weitere Schritte. Meine Lider wurden immer träger. Ob es jemand wichtiges war?

»Das hast du ja wirklich hervorragend gespielt«, zischte eine Stimme.

»Komm mir nicht so«, entgegnete Evan kühl.

»Ach, auf einmal soll ich still sein? Dich einfach machen lassen? Du spinnst ja wohl!«

Ich wollte zuhören, doch die Müdigkeit hatte mich voll im Griff, drohte, mich mit sich in den Abgrund zu reißen.

»Jetzt hör mir mal zu! Du und ich … wir sind nicht zusammen. Ich schulde dir gar nichts, hast du mich verstanden? Dem …«

Mels Stimme ertönte. »Ich habe die anderen dabei.« Leise entfernte sich das zweite Paar Heels und wurde wieder durch das von Mel ersetzt. Die letzte Frage, die mir durch den Kopf ging, bevor ich einschlief, war: *Mit wem hat er da gerade gesprochen?*

Es vergingen einige Tage, in denen mich selbst mit Social-Media-Entzug belohnte und nur dann aufs Handy sah, wenn es wirklich wichtig war.

Mel hatte mir einige Nachrichten geschrieben, hatte gefragt, wie es mir ging und so weiter. Ich hatte ihr sporadisch geantwortet, mich aber nicht auf ein längeres Gespräch eingelassen. Nach der Gala hatte ich das Gefühl gehabt zu ersticken. Bislang wusste ich noch nicht genau, ob ich mir das Gespräch zwischen Evan und der unbekannten Fremden nur eingebildet oder ob es wirklich stattgefunden hatte. So oder so bedeutete es, dass es da doch eine Frau in seinem Leben gab. Eine Frau, von der mir die anderen entweder nichts erzählten oder von der sie nicht einmal wusste.

Die Stimme war mir vage bekannt vorgekommen, doch ich hatte sie kaum einordnen können. Sie war so melodisch gewesen, aufgesetzt. Sie hätte jeder gehören können.

Und so hatte ich mich meinen Gedanken überlassen und versuchte, die Wunden, die die Gala hinterlassen hatte, zu flicken. Ich kam mir vor wie eine gebissene Katze, die nun verzweifelt darum bemüht war, ihre Wunden sauber zu lecken und sich davon zu erholen. Der Social-Media-Entzug gehörte zum Prozess, und so hatte ich nur von Daniel erfahren, wie gut unsere Fake-Beziehung angekommen war. Scheinbar liebten die Leute uns – sie liebten ihn. Kurz hatte ich mit dem Gedanken gespielt, mir das Interview ebenfalls anzuschauen, doch ich war mir sicher, dass es mir nur noch mehr Schmerz bereiten würde, als ich ohnehin schon fühlte.

Evan von mir reden zu hören, als würde er mich wirklich lieben, obwohl er es völlig offensichtlich nicht tat, würde mir das Herz erneut zerreißen. Es würde Pflaster von Wunden reißen, die ohnehin nie wirklich hatten heilen wollen, und das konnte und wollte ich einfach nicht riskieren.

Und so hatte ich den gesamten Fokus weg von der Welt und hin zu meiner Kunst gelenkt. Zum ersten Mal, seit ich zurück war, hatte ich mir die Latzhose angezogen, eine Leinwand aufgestellt und losgelegt. Es war komisch, hier zu sein und zu zeichnen. Fremd und ungewohnt, hatte ich die letzten drei Jahre schließlich stets in halbwegs vertrauter Umgebung gearbeitet. Aber nun war ich hier. Umgeben von all den Dingen, die der Grund für meine letzten Bilder gewesen waren. Und doch war alles anders. Hatte ich in Schottland versucht, die Zeit in Seattle zu verarbeiten, hatten meine Bilder jetzt eine andere Botschaft.

Es ging nicht um gebrochene Herzen, wie sie achtzehnjährige Teenies spürten. Diesmal ging es um wahre Liebe, wahren Schmerz, den Verlust geliebter Menschen. Es ging um meinen Vater. Den Mann, der für mich gestorben war.

Und so begann ich zu zeichnen. Auch wenn ich nicht wusste, wohin mich die Farbe trieb, was ich eigentlich malen wollte – so war es immer. Es gab kein klares Ziel, kein Motiv. Ich war eine Künstlerin, die den Pinsel nahm, die Farben mischte und einfach drauflos malten. Die, ohne nachzudenken, auf die Leinwand einpinselte, bis sie sah, was sie bewegte, bis die Botschaft zu ihr kam und nicht umgekehrt. Ich ließ mich in dem Tümpel meiner Seele treiben und beobachtete als stummer Zuschauer, an welches Ufer sie mich letztendlich trieb.

Das Gemälde war fast fertig, als es plötzlich an der Tür klopfte. Einen Moment verharrte ich, dann warf ich einen Blick auf mein Smartphone. Neben den bereits gelesenen Nachrichten war keine neue hinzugekommen.

Kurz zögerte ich, bevor ich mir den Pinsel hinters Ohr klemmte und zur Tür eilte. Schwungvoll riss ich sie auf, erstarrte.

»Killian«, sagte ich überrascht. Automatisch sah ich an mir hinunter. Ich hatte mir heut morgen nicht einmal die Haare gebürstet und sie stattdessen nur zu einem lockeren Knoten gebunden.

»Was führt dich her?«, fragte ich und ging einen Schritt zur Seite, damit er eintreten konnte.

»Du hast deine Stola im Wagen vergessen, und ich dachte, ich bringe sie dir vorbei«, erklärte er ruhig, bevor er hereinkam und sie aufs Sofa legte.

»Danke«, entgegnete ich, ehe ich den Pinseln ablegte.

»Wieso ist es hier drin so dunkel?« Er deutete auf die zugezogenen Vorhänge, durch die lediglich einige Strahlen des aggressiven Sonnenlichts hindurchschienen.

»Wenn ich arbeite, dann habe ich es nicht so gern, wenn die Sonne scheint«, sagte ich, ehe ich zu den Fenstern trat und die Vorhänge aufzog. »Wollen wir noch eine rauchen?«

»Klar.« Er lief in Richtung der Terrassentür, blieb jedoch vor der Leinwand stehen. »Es wird also noch düsterer dieses Mal?«, fragte er leise, während er das Bild betrachtete. Es war eine Faust. Aber sie war so abstrakt und verschleiert dargestellt, dass lediglich die hellen Adern darauf hinwiesen, dass es sich dabei überhaupt um ein Körperteil handelte.

»Scheint so«, sagte ich lächelnd, bevor ich mit den Schultern zuckte.

»Es passt so gar nicht zu dir«, murmelte Killian, wobei er mich aufmerksam ansah. Ich war gerade im Begriff, das Fenster aufzuschieben, hielt jedoch mitten in der Bewegung inne.

»Wie meinst du das? Es passt nicht zu mir?«

»Wenn ich dich ansehe, sehe ich keine Finsternis. Ich sehe nicht diese Brutalität und diesen gefährlich dunklen Ausdruck in dir. Alles, was ich sehe, ist ein strahlend helles, wunderschönes Licht.«

Traurig starrte ich ihn an, flüsterte: »Dann ist es dir wohl noch nicht gelungen, hinter die Fassade zu schauen.«

Er lachte. »Ich befürchte beinahe, dass ich einer der wenigen bin, denen es gelungen ist.« Ohne mich noch einmal anzusehen, schob er sich an mir vorbei nach draußen. Dort trat er an das Geländer und sah in die Ferne.

»Wie war es für dich?«, fragte er, als er hörte, dass ich hinter ihm rausgekommen war.

Einen Moment guckte ich ihn stumm an, dann entzündete ich meine Zigarette und trat neben ihn. In der Ferne beobachtete ich das verrückte, aufgeregte Treiben der Menschen in der Stadt. Wie kleine, bunte Ameisen tanzten sie umher.

»Es war wunderschön und schmerzhaft zugleich«, antwortete ich verspätet. Killian drückte sich zurück, sah mich an.

»Wie meinst du das?«

Schulterzuckend nahm ich einen weiteren Zug. »So, wie ich es sagte. Es war wunderschön, noch einmal in seine Augen sehen zu dürfen und nicht nur Hass darin zu sehen. Aber auf der anderen Seite …« Ich spürte Tränen der Verzweiflung hinter meinen Lidern. »Es war eben nur gespielt. Und nichts von all den Worten hat gestimmt. So sehr ich mir das auch wünschen würde. Es war alles eine Lüge. Und das … das ist wirklich traurig. Es ist, als hätte ich das Leben gezeigt bekommen, das ich hätte haben können, wenn ich nicht gegangen wäre«, endete ich dann und rieb mir den Arm.

»Aber, Carrie«, murmelte Killian, bevor er mich über seine Schulter ansah, »es ist ja offensichtlich nicht so, als hättest du eine Wahl gehabt.«

Ich nickte, wusste, dass er recht hatte.

»Wirst du jemals erzählen, warum du gehen musstest?«, fragte er nach einer Weile des Schweigens.

»Ja, sicher. Aber im Moment … bin ich einfach noch nicht bereit.« Meine schottische Therapeutin wäre enttäuscht von mir. Wie oft hatte sie mir gepredigt, dass es wichtig war, über das zu sprechen, was geschehen war? Es Leuten zu erzählen, als tausche man ein Rezept aus. Und normalerweise war das ja auch nie ein Problem für mich gewesen. Doch Killian und die anderen waren nun mal nicht irgendwelche Fremden in einer Gruppe psychisch Vorbelasteter, bei denen es in Ordnung gewesen wäre, von meiner Vergangenheit zu erzählen. Sie waren meine Freunde. Nein, meine Familie. *Noch immer und für ewig.*

»Ich hoffe, eines Tages wirst du das sein. Denn ich weiß nicht, wie Evan all das noch mitmachen kann – auch wenn er so tut, als würdest du ihm nichts bedeuten. Ich kann ihn nachts hören, wenn er neue Lieder schreibt, alte übt und dann leise schluchzend einschläft. Ich kann und will dir nicht versprechen, dass …«, er nahm meine Hand, »… dass das mit euch wieder etwas wird, dass ihr eine Zukunft habt. Aber ich möchte dich dennoch darum bitten, ihm irgendwann zu erzählen, warum du damals gegangen ist. Einfach nur, damit er abschließen kann. Damit er endlich euer Kapitel schließen und wieder nach vorn sehen kann.« Killian sah mich aus seinen intensiv blauen Augen beinahe flehend an.

Also nickte ich. »Versprochen«, flüsterte ich.

»Danke, Carrie« Er zog mich in eine feste Umarmung, und ich ließ es zu. Sank regelrecht in seinem starken Armen zusammen, umgeben von dem vertrauten Duft der Nostalgie.

»Danke«, murmelte er noch einmal, während er sich vor- und zurückwiegte.

Plötzlich klopfte es an der Tür.

»Erwartest du jemanden?«, fragte er an meinem Haar.

»Nein«, erklärte ich, bevor ich mich von ihm löste und zur Tür lief. Mit jedem Schritt, den ich näher kam, breitete sich ein ungutes Gefühl in meinem Innersten aus. Irgendwas stimmte nicht. Zögernd hielt ich an der Tür inne, dann öffnete ich sie schließlich doch.

»Carrie, hey … was ich auf der Gala gesagt habe …«, fassungslos starrte ich zu Evan. Er hatte einen Blumenstrauß in der Hand und rieb sich verschmitzt den Nacken.

»Können wir reden?« Noch immer starrte ich ihn einfach nur an.

Das durfte nicht wahr sein. Das durfte, verdammt noch mal, einfach nicht wahr sein! Wie zur Hölle sollte ich ihm erklären, warum Killian hier war? Verzweifelt krallte ich mich in den Türrahmen, während mein Magen angespannt rumorte.

»Ähm«, stotterte ich. Alles um mich herum drehte sich.

»Schon gut. Ich wollte ohnehin gerade gehen.«

Evan starrte Killian an, schloss kurz die Augen. Als er sie wieder öffnete, war da nichts als Wut in seinem Blick. Automatisch wich ich einige Schritte zurück.

»Was. Zur. Hölle. Machst. Du. Hier. Killian?«

»Sie hatte ihre Stola im Wagen vergessen, falls du dich erinnerst. Ich wollte sie ihr nur zurückbringen.«

Ich senkte die Lider, konnte Evan nicht ansehen, wollte der Wut und dem Frust in seinem Gesicht nicht begegnen. Das war dann wohl, was man landesüblich ein Missverständnis nannte.

»Ach so … Du wolltest ihr ihre Stola bringen.« Ohne dass ich etwas sagte, schob er sich an mir vorbei. »Nennt man das heute so?«

»Evan, wirklich. Was soll das?«

»Killian, ich habe so langsam deine Sabotageversuche verdammt satt. Genauso wie dein unschuldiges Getue. Wir wissen doch beide, dass du nicht hier bist, um ihr ihre Stola zu bringen. Was hast du getan? Hast du sie angefasst? Sie geküsst? Ihr liebevoll über den Arm gestreichelt?«

Killian lachte nur, doch ich konnte die Verzweiflung in seinen Augen erkennen. »Evan, das ist lächerlich. Und das weißt du.«

»Ach ja? Ich verrate dir jetzt mal was.« Er ging bedrohlich auf seinen Bruder zu. »Ich will dich nie wieder in ihrer Nähe sehen. Halte dich von ihr fern, sonst sorge ich dafür.«

Killians Blick nahm einen kühlen Ausdruck an, und eine dicke Ader begann an seiner Schläfe zu pochen.

»Wieso zur Hölle sollte ich das? Du behandelst sie wie das letzte Stück Dreck. Und nur weil du jetzt hier bist und ihr einen Blumenstrauß mitgebracht hast, denkst du, dass das alles wiedergutmacht?«

Und dann war es, als begann die Welt, sich in Zeitlupe zu drehen. Evan lehnte sich nach hinten, holte mit dem Blumenstrauß aus und schlug ihm Killian mit voller Wucht vors Gesicht. Blütenblätter flogen durch den Raum. Killian rief etwas, doch Evan kümmerte das nicht einmal. Er ließ den Blumenstrauß fallen, nahm stattdessen die nackte Faust.

Killians Kopf flog unnatürlich stark zur Seite, und Blut spritzte über den cremefarbenen Teppich. Erschrocken schrie ich auf, während ich meine Erinnerungen nicht mehr von der Wirklichkeit unterscheiden konnte.

»Carrie, verschwinde!« Es knirschte etwas.

»David, bitte! Unsere Tochter ist hier!«

Ein weiterer kräftiger Schlag, noch mehr Blut.

»DAVID, BITTE!«, meine Mutter flehte ihn an. Blut rann aus ihrer Augenbraue, doch mein Vater lachte nur bitter.

»Halt dein Maul, du Miststück.«

Erneut ein Schlag.

»Hör auf«, wimmerte ich, während ich meine Hände über dem Kopf zusammenschlug.

Die Welt um mich herum drehte sich. Bilder aus meiner Vergangenheit verfolgten mich – das blau geschlagene Gesicht meiner Mutter, mein Spiegelbild, die geschwollenen Wangen, die aufgeplatzten Lippen, Stimmen. All das war mir zu viel. Ich verlor mich im Strudel der Vergangenheit, verlor mich in den dunklen Erinnerungen und spürte, wie all die tief vergrabenen Gedanken und schmerzlichen Erlebnisse wieder zum Leben erwachten.

»O Gott«, hörte ich mich nur murmeln, während das Blut laut durch meine Ohren rauschte. Ich spürte warme Hände an meinen Handgelenken, doch das Gefühl war weit weg, irgendwie entfernt. Plötzlich verlor ich den Halt unter den Füßen, hörte schnelle Schritte und einen abgehackten Atem.

»Alles wird gut«, flüsterte mir eine warme, liebevolle Stimme ins Ohr. Mom?

»Du wirst nichts hiervon irgendwem erzählen, sonst gibt's Dresche. Hörst du mich, du kleines Miststück?«

Verängstigt wich ich einen Schritt zurück. »Papa, was ist mit dir…«

»Halt dein Maul.«

Klatsch. Wimmern.

»Scheiße verdammt, ruf Mel an!«

»Wohin willst du?«

Ich schluckte. »Zu einer Freundin lernen.«

Ein lautes Lachen. »Hast du dich mal angeschaut, so wirst du nirgends hingehen. Deine Wange ist blau.«

»Sie zittert.«

Vorsichtig tastete ich nach dem geschwollenen Fleisch.

»Aber wir …«

»Das ist mir scheißegal!«, schrie er. »Du machst, was ich dir sage!«

Ich schluckte, als meine Mutter im Türrahmen erschien. Ihr dünner, von blauen Flecken übersäter Körper bebte.

»David, so lass sie doch.«

Mein Vater drehte sich um. »Und du denkst, du darfst mir etwas befehlen?«

Klatsch. Wimmern. Ein Schreien. Mein Schreien.

»Carrie, ich bin hier, beruhig dich, Carrie …«

Der Kopf meiner Mutter knallte dumpf gegen den Türrahmen, und ihre Beine gaben ihrem Gewicht nach.

»Was hast du getan? Du hast sie umgebracht!«, schrie ich meinen Vater an, während ich zu meiner Mutter rannte.

»Mom bitte, ich bin hier, wach auf!« Ich schluchzte.

»Mom? Wach auf!«

»Ich bin hier Carrie. Ich bin hier.«

»Mom, bitte!«

»Wirst du wohl still sein?«

Mein Vater kam mir bedrohlich nahe. Ich sah ihn tränenüberströmt an. Doch bevor ich auch nur ein Wort des Vorwurfs an ihn hätte richten können, hatte er mir bereits seine Hände auf den Hals gedrückt. Panisch röchelte ich nach Luft. Konnte nicht atmen.

»Papa«, krächzte ich.

Die Welt drehte sich, die Bilder verschwammen. Erneut hörte ich aufgeregte Stimmen, merkwürdige Wörter – Panikattacke, Wahnvorstellungen, Flashbacks.

»Papa. Du. Bringst. Mich. Um.«

Als er es bemerkte, packte er meinen Körper, schleuderte mich gegen die Treppe. Der Schmerz war so allumfassend, dass ich ohnmächtig wurde.

»Miss Abernathy, atmen Sie, es ist alles in Ordnung, Sie sind in Sicherheit. Öffnen Sie Ihre Augen, schauen Sie mich an!«

Ich kannte die Stimme nicht. Wie ein Hammer, der eine Wand durchbrach, drang sie zu mir durch. Der enorm hohe Druck fiel von mir ab. Kühle Luft kroch meinen Körper entlang, und als hätte man die Truhe meiner Vergangenheit geschlossen, wurde es plötzlich still. Sehr still.

Kaltes Wasser prasselte auf mich nieder, eine Hand schlug mir mehrfach gegen die Wange, dann leuchtete mir grelles Licht durch die Lider, blendete mich. Ich vernahm einen merkwürdig sterilen Geruch. Die Luft war feucht und kitzelte in der Nase.

Vorsichtig öffnete ich meine Augen, nur um sie im selben Moment wieder zufallen zu lassen. Sie fühlten sich unendlich schwer an, und ich war mir nicht ganz sicher, ob das an meiner Müdigkeit oder dem grellen Licht lag.

»Miss Abernathy …«, hörte ich eine fremde Stimme. »Öffnen Sie bitte die Augen!«

Ich tat wie mir geheißen.

»Ja, genau so.« Die Lampe schien mir direkt ins rechte Auge, raubte mir die Sicht.

Als das Licht verschwand, erkannte ich die Schemen eines älteren Herren mit weißen Haaren. Leichte Bartstoppeln zeichneten sich auf seiner Haut ab, und Schweiß rann ihm die Stirn hinab, als wäre er gerannt.

Kurz schaute ich nach oben, wurde mir dem Wasserstrahl über mir bewusst. Wahrscheinlich war es gar kein Schweiß, sondern einig Tropfen des Wassers über uns.

»Hören Sie mich?« Er zog das andere Auge etwas auseinander, leuchtete hinein.

Erst als er die Lampe endgültig wegnahm, sah ich, dass Killian, Evan, Mel, Matthew und Lawrence da waren. Was machten sie alle hier?

»Haben Sie öfters solche Panikattacken?«

Noch einmal schaute ich den Weißhaarigen vor mir an. Er trug einen weißen Kittel. Offenbar war er Arzt. Kurz dachte ich über seine Frage nach. In Schottland hatte ich tatsächlich ständig solche Attacken gehabt. Es reichte jemand, der meinem Vater ähnlichsah, ein falsches Wort, ein Geruch, ein Geräusch. Seitdem ich in Seattle war, hatte ich jedoch angenommen, dass ich dieses Kapitel hinter mir gelassen hatte. Nun, das war wohl bloß eine Illusion gewesen.

Ich nickte.

»Wie oft ungefähr?« Als der Doktor meinen Blick bemerkte, drehte er sich kurz zu den anderen um, bevor er mich wieder ansah. Es war eine stumme Frage.

Kurz überlegte ich, ob die anderen es wissen sollten oder besser nicht, doch dann entschied ich, dass genügend Geheimnisse zwischen uns standen. Ich beantwortete sie mit einem Nicken.

»Manchmal mehrere in der Woche, manchmal nur einige im Monat.«

»Seit wann?«

»Seit drei Jahren.«

Der Arzt nickte bedächtig. »Waren Sie in der Zeit in psychotherapeutischer Behandlung?«

»Ja«, antwortete ich leise.

»Haben Sie Medikamente eingenommen.«

»Zu Beginn, aber mittlerweile nicht mehr.«

Er nickte. »Hat Ihnen Ihre Therapeutin einige Taktiken genannt, um den Anfall abzuschwächen?«

»Ja. Aber normalweise kommen meine Attacken auch nicht mit solcher Heftigkeit. Wissen Sie, das war meine erste Attacke seit einigen Tage. Es kam ziemlich unerwartet.«

»In Ordnung. Ich habe Ihnen ein Beruhigungsmittel gespritzt, damit Ihr Körper sich erst einmal erholen kann. Sollten die Attacken sich wieder häufen, empfehle ich Ihnen, sich hier erneut einen Arzt zu suchen. Und vielleicht wäre es auch gut, wenn Sie einem Ihrer Freunde die Schlüsselwörter verrieten.« Mit Schlüsselwörtern meinte er eben jene Worte, die mir halfen, ins Hier und Jetzt zurückzukehren. In meinem Falle waren es eher Sätze als Worte: *Du bist in Sicherheit. Er ist nicht mehr da. Er ist fort, fürchte dich nicht.*

Der Doktor lächelte, dann erhob er sich, drehte das Wasser ab und verschwand aus dem kleinen Badezimmer. Sofort war Mel bei mir und legte mir ein Handtuch um den Körper. Vorsichtig, als könnte ich zerbrechen, zog sie mich in ihre Arme.

»Ich hatte so eine Angst um dich«, flüsterte sie.

»Alles okay«, murmelte ich träge, ehe ich mir von ihr auf die Beine helfen ließ. Noch immer zitterte ich am ganzen Leib.

Ich konnte in Mels Augen den Hunger nach Antworten sehen, doch fühlte ich mich viel zu benebelt von dem Beruhigungsmitteln.

»Komm, Carrie, leg dich ins Bett. Du brauchst Ruhe und etwas Schlaf.«

Mel führte mich rüber. »Evan, komm mal her, wir müssen ihr was Trockenes anziehen.«

Evan setzte sich aufs Bett, bevor er mich zwischen seine Beine zog. Träge lehnte ich mich an seine Brust.

»Alles okay, ich zieh dir jetzt das Shirt aus …« Evan öffnete die Latzhose, dann zog er mir sanft das Shirt über den Kopf. Sofort wurde mir kalt. Evan griff nach dem Handtuch, tupfte mich sanft trocken. Mel reichte ihm ein übergroßes Schlafshirt, und er zog es mir vorsichtig über. Seine Hände waren warm und zart. Ich schloss die Augen, merkte nur beiläufig, wie Mel mir die Hose auszog. »Das sollte reichen, leg sie ins Bett.«

Das Letzte, was ich merkte, war, wie sie mich zudeckten, dann driftete ich langsam ab, und alles, was blieb, waren einzelne Wortfetzen.

»Bleib hier.«

»Ich pass auf sie auf.«

»Eure Schuld.«

»Keine Sorge, mache ich.«

Es raschelte leise, dann senkt sich die Matratze leicht ab. Kurz blinzelte ich, versuchte, die Lider zu öffnen, scheiterte jedoch.

»Bist du wach?«, fragte eine mir nur allzu vertraute Stimme. Noch einmal versuchte ich, die Lider zu öffnen, doch noch immer hatte ich das Gefühl, jemand hätte sie mit Wackersteinen beschwert. Ich gab einen bestätigenden Laut von mir.

»Du kannst die Augen auch geschlossen lassen. Der Doc meinte schon, dass du wegen des Beruhigungsmittels wohl nur schwer wach werden würdest.« Kein Wunder, dass ich die Augen kaum aufbekam.

Langsam hob ich den Arm, dann rieb ich mir die Lider, bevor ich es noch einmal versuchte.

Noch immer hatte ich das Gefühl, sie würden jeden Moment wieder zufallen, doch solange sie es nicht taten, hatte ich noch Gelegenheit herauszufinden, wo ich überhaupt war.

Zuerst erkannte ich Evan. Sein Gesicht erstrahlte in unterschiedlichen Farben, und er hielt ein Handtuch an seine Stirn. Wahrscheinlich mit Kühlakku. Meine Nachttischlampe brannte, und Evan lag neben mir in dem viel zu großen Bett. Scheinbar waren wir in meinem Hotelzimmer.

»Du bist noch hier …« murmelte ich träge.

Evan ließ sich Zeit mit seiner Antwort. »Natürlich.«

»Warum?«, krächzte ich, doch Evan ignorierte die Frage.

»Carrie?«, hauchte Evan in meine Richtung. Der Schmerz in seiner Stimme zerriss mir beinahe das Herz.

»Was war das vorhin? Ich meine, du hast geschrien und merkwürdige Dinge gesagt und dann … Hast du keine Luft mehr bekommen …«

»Eine Panikattacke«, sagte ich, als wisse er das nicht bereits, und versuchte, so seiner eigentlichen Frage auszuweichen. »Carrie?«

Ich senkte die Lider, wusste nicht, ob ich schon bereit war, darüber zu sprechen. Kurz guckte ich an die Decke, schloss einen Moment die Augen. Das war er also, der Moment, in dem ich es ihm sagen würde.

»Bitte rede mit mir«, flehte Evan leise. Noch einmal blinzelte ich, sah ihn an. Das Gespräch mit Killian kam mir wieder in den Sinn. Mein Versprechen.

Noch einmal schloss ich die Augen, konzentrierte mich einen Moment nur auf meinen Herzschlag, dann holte ich tief Luft, ehe ich zuließ, dass sich die Vergangenheit in mein Bewusstsein drängte.

»Erinnerst du dich noch an den Tag, an dem wir aus Vegas zurückkamen? Es war eines der schönsten Wochenenden meines Lebens. An diesem Wochenende habe ich mich so glücklich und vollkommen gefühlt wie noch nie zuvor. Als Teil einer Gruppe, einer Familie. Ich hätte die ganze Welt umarmen können«, begann ich schließlich. Eine Gänsehaut breitete sich auf meiner Haut aus. Ich erwartete keine Antwort, sah ihn nicht an und sprach stattdessen einfach weiter.

»Ich erinnere mich noch gut …«, fuhr ich fort, zögerte.

Selbst jetzt, drei Jahre später, raubte der Gedanke an damals mir die Luft zum Atmen. Evan rückte näher an mich heran, zog mich sanft in die Arme. Ich ließ es geschehen, genoss die Wärme seines Körpers, den mir nur allzu vertrauten Geruch nach Geborgenheit. »Ich erinnere mich noch gut daran, wie ich nach Hause kam. Glücklich. So unendlich glücklich … Aber es sollte nicht lange anhalten. Als ich die Wohnung erreichte, klingelte plötzlich mein Telefon. Ich dachte mir nichts weiter dabei, wieso auch. Es war meine Mutter. Sie flehte mich an, nach Hause zurückzukommen. Sie hatte mir bereits einen Flug gebucht, wollte aber nicht sagen, was los war.«

Evan neigte den Kopf etwas, sodass ich sein Gesicht sehen konnte. In seinen Augen erkannte ich Schmerz, so viel Schmerz. Also blickte ich zurück auf seine Brust.

»Ich flog also nach Hause.« Einen Moment zögerte ich. »Bis heute weiß ich nicht, ob ich diese Entscheidung bereue oder nicht. Ich erinnere mich noch gut daran, wie ich landete und mich fragte, wieso sie mich gebeten hatte zurückzukommen. War meine Oma gestorben? War meinem Vater etwas zugestoßen? Ich hatte mir viele Gedanken gemacht, viele Horrorszenarien ausgemalt. Doch die Geschehnisse, die dann folgen sollten …« Mir entfuhr ein verbittertes Lachen. »… darauf war ich nicht vorbereitet gewesen«, gestand ich, bevor ich begann, an seinem Shirt herumzuzupfen. »Meine Mutter holte mich vom Flughafen ab. Es war ein kalter trüber Tag, aber sie hatte eine Sonnenbrille auf. Das Wiedersehen war …« Kurz suchte ich nach einem passenden Ausdruck, um es zu beschreiben. »… nicht emotional, freudig oder glücklich, sondern einfach nur traurig. Ich meine, sie hat geweint.« Ich schluckte. »Vor Erleichterung«, sagte ich schließlich frei heraus. »Als wir irgendwann am Auto waren und meine Mutter diese blöde Brille abnahm …« Erneut musste ich die Geister der Vergangenheit hinunterschlucken. »Ich war so geschockt. Ihr Gesicht, du kannst dir nicht vorstellen, wie geschwollen ihr Auge war. Sie konnte gar nichts mehr sehen. Mal ganz davon abgesehen, dass ich beinahe jede Farbe des Regenbogens gesehen habe. Wenn sie die Polizei angehalten hätte, hätte sie wahrscheinlich ihren Führerschein verloren.« Bei der Erinnerung daran durchzuckte mich ein aggressiver Schmerz.

»Sie hat geweint, als sie meinen Gesichtsausdruck bemerkte. Sie weinte einfach nur. Und ich? Ich war so fassungslos, über das, was ich sah, begriff gar nicht, wer ihr das angetan haben könnte. Nicht einmal, als sie mir im Auto erklärte, dass mein Vater den Tod seiner Schwester nicht gut verkraftet hätte. Nie wäre ich auf die Idee gekommen, dass *er* ihr all das angetan haben könnte. Mein Vater, der Mann, der mich achtzehn Jahre lang ›Bambi‹ genannt hatte und so liebevoll und herzlich gewesen war … Erst als ich nach Hause kam und den Alkohol roch, wurde mir klar, was mein Unterbewusstsein mir die ganze Autofahrt über auszureden versucht hatte. Es war tatsächlich mein Vater gewesen.«

Ich zog den Finger zurück, als hätte ich mich verbrannt, ehe ich die Hand zu einer Faust ballte.

»Ich war so unendlich verwirrt. Als ich geflogen war … Meine Eltern haben sich geliebt, waren ein Herz und eine Seele gewesen. Achtzehn Jahre lang hatte ich mit meinen Eltern glücklich unter einem Dach gewohnt, und dann auf einmal war er in den fünf Monaten, die ich weg gewesen war, zu einem brutalen Schläger geworden?«

Tränen brannten mir in den Augen, und Evan drückte mich noch etwas fester an sich.

»Ich konnte und wollte all das nicht verstehen.« Ein Kloß bildete sich in meinem Hals, und das Reden fiel mir zunehmend schwerer. »Meine Mutter hatte gehofft, wenn ich zurückkäme, würde er sich ändern, würde wieder zu sich finden ...« Ich lachte bitter. »Aber er tat es nicht«, merkte ich nüchtern an, während eine verirrte Träne meine Wange hinab rann und auf Evans Brust tropfte.

Einer seiner Finger fuhr mir zart über die Wange, wischte sie weg, während er weiterhin schweigend meinen Worten lauschte.

»Du kannst dir nicht vorstellen, wie schlimm all das war. Ich hatte es jede Nacht, in der ich meine Mutter schluchzen hörte, bereut, Schottland verlassen zu haben. Vielleicht wäre es anders gelaufen, wenn ich nicht gegangen wäre. Vielleicht hätte ich meinem Vater helfen können oder zumindest verhindern können, dass er sie schlägt.« Mir entfuhr ein Seufzen.

»Wiederzukommen und diesen veränderten Mann vor mir zu haben, der mein Vater sein sollte, war merkwürdig. Er war still, in sich gekehrt und total resigniert. Nichts interessierte ihn, es war, als lebte er hinter irgendeiner Mauer, die wir nicht in der Lage waren zu durchbrechen. Eine Mauer, hinter der es brodelte und kochte. Zu Beginn schien es zunächst so, als beruhigte ihn meine Anwesenheit tatsächlich. Er legte zumindest keine Hand mehr an meine Mutter. Dennoch wollte ich sie davon überzeugen, dass wir ihn verlassen sollten. So hart es auch klingt, ich hatte Angst vor ihm, und immer wenn ich das blaue Auge meiner Mutter sah, hatte ich auch Angst um sie.« Ich rieb mir die Stirn, als könnte ich die aufkommenden Kopfschmerzen so vertreiben. »Doch meine Mutter wollte nicht gehen. Zu groß war die Angst und auch die Hoffnung. Und da er die ersten Wochen auch keine Hand an sie legte, hatte wir wirklich angenommen, er würde langsam wieder zu sich finden. Bis zu jenem Tag.« Ich schluckte schwer, und Evans warme große Hand schloss sich schützend um meine.

»Meine Mutter hatte mich überredet, doch mal wieder auszugehen. Sie sah, wie schlecht es mir wegen der Trennung von dir ging, sah, wie sehr ich Seattle vermisste und unter der heimischen

Situation litt. Also willigte ich, schweren Herzens, ein.« Ich lachte traurig. »Rückblickend betrachtet war das wohl mein größter Fehler.« Ich machte eine kurze Pause. »Diese Nacht, damals ... Ich werde sie nie vergessen.« So sehr ich auch wollte, ich brachte es nicht fertig, ihn anzusehen.

»Ich hörte ein Knirschen, ein Wimmern, das wütende Brüllen eines Monsters und dann? Stille.« Ich machte eine weitere Pause, während mein Gehirn die Bilder rekonstruierte, die ich bereits zerpflückt hatte. »Meine Mutter hatte auf dem Boden gelegen, zusammengekauert wie ein Fötus. In einer Blutlache ... Und einige ihrer Finger waren grausam verbogen.«

Bei der Erinnerung daran wurde mir schlecht, und ich spürte, wie sich mir die Kehle zuschnürte.

»Atme«, flüsterte Evan, während er meine Hand gedrückt hielt.

»Ich rannte zu ihr, stieß meinen Vater beiseite und kniete mich hin. Ihre Augen blickten zugeschwollen und von Tränen verschleiert zu mir auf, doch sie konnte kaum reden. Im Nachhinein stellte sich heraus, dass er ihr mehrere Rippen und Finger gebrochen hatte«, erklärte ich. »Ich vergas mich. Ich konnte nicht klar denken, als ich sie dort liegen sah, beinahe tot. Also habe ich mich einfach vergessen. Ich bin auf ihn losgegangen, hab auf ihn eingeschlagen, doch natürlich hatte ich nicht den Hauch einer Chance. Er hat mich an den Haaren gepackt durchs Haus geschleift und mich geschlagen. Aber ich hörte nicht auf und so ... schlug er mich fast besinnungslos und sagte: ›Du hättest lieber in Seattle bleiben sollen, Bambi.‹ Dann hat er mich gegen die Treppe gestoßen. Mir brachen die Rippen auf der linken Seite.« Reflexartig fuhr ich mir übers Haar.

»Er hat dich verprügelt?«, fragte er leise.

Ich nickte nur. »Dieser Tag war nur der Anfang gewesen. Nachdem er mich auf der Treppe hatte liegen lassen, schaffte ich es irgendwie nach oben, wo ich den Krankenwagen verständigen konnte. Als mein Vater die Sirenen hörte, haute er über den Garten ab, und meine Mutter und ich kamen zunächst ins Krankenhaus. Von dort aus sicherte man uns einen Platz im Frauenhaus, doch die Angst verfolgte uns wie der Fuchs die Gans. Ständig sahen wir ihn irgendwo. Er beobachtete uns, doch sobald wir die Polizei verständigten, war er weg. Wir änderten unsere Nummern, meine Mutter färbte sich die Haare, und sie begann sogar damit, sich vollzustopfen, damit er sie nicht erkannte. Aber gerade, wenn wir dachten, er war endlich verschwunden, sahen wir ihn wieder irgendwo.« Ich strampelte leicht mit den Füßen, weil ich das Gefühl hatte durchzudrehen, wenn ich noch eine Sekunde länger hier liegen musste.

»Hey, alles ist gut, du bist hier bei mir«, murmelte Evan, doch ich konnte das jetzt nicht ertragen, musste raus aus diesem überhitzten Bett, brauchte die Kälte um mich herum. Ruckartig löste ich mich von ihm, sprang aus dem Bett und zog die Decke hinter mir her.

»Carrie, hey, du musst liegen bleiben!« Sobald er das sagte, bereute ich meine ruckartige Bewegung. Das Beruhigungsmittel war noch immer in meinen Organismus und meine Beine so schwer, dass ich befürchtete, sie würden gleich wegknicken.

Und so widersprach ich nicht, als er mich zurück ins Bett drückte, sprach stattdessen einfach weiter.

»Eines Nachts war ich mit einer Freundin unterwegs. Wir waren etwas essen und wollten danach noch in eine Bar gehen, aber dazu sollte es nicht mehr kommen. Wie aus dem Nichts war auf einmal mein Vater da und begann, mich anzuschreien, ich hätte ihn seines Lebensinhalts beraubt. Ich sei für alles verantwortlich, hätte ihm die Frau genommen. Er sagte, ich sei der Teufel.« Es fröstelte mich. »Er rannte auf mich los, riss mich zu Boden und begann, mich zu würgen. Wäre meine Freundin nicht da gewesen, die ihn mit Pfefferspray außer Gefecht setzte, ich weiß nicht, ob ich noch am Leben wäre. Er rannte davon und wurde auf der Flucht von einem Auto erfasst. Er starb, noch bevor der Krankenwagen eintraf.« Evan versteifte sich. Ich spürte warmen Atem hinter mir und hörte dann Evans raue und gebrochene Stimme. »In meinen Panikattacken vermischen sich die einzelnen Ereignisse oft.«

»Wann war das?«, fragte er.

»Vor zwei Jahren«, hauchte ich. »Wir waren seither in Therapie, und mittlerweile haben wir es geschafft, die Ereignisse zu verdrängen, irgendwie damit zurechtzukommen, aber in manchen Situationen …« Ich brach ab.

»Kannst du dich noch nicht kontrollieren«, beendete Evan für mich den Satz.

Ich nickte, als ich seine Stirn an meiner spürte. Ich berührte sanft seine Wange, ehe ich die Hand langsam sinken ließ.

»Es tut mir so leid. Wenn ich nur daran denke, dann …«, flüsterte er.

»Scht«, flüsterte ich. »Es geht mir gut. Es ist zwei Jahre her. Und du weißt doch, Zeit heilt alle Wunden.«

Seine Brust bebte, als er verbittert lachte.

»Die Wunde, die du hinterlassen hast, ist auch nach drei Jahren noch nicht verheilt.«

Ich schluckte. Meine auch nicht, Evan, dachte ich stumm. »Es sagt ja auch niemand, dass alle Märchen wahr sind«, murmelte ich. Ich schaute zu Evan hoch, dessen Augen auf mir ruhten.

»Jetzt weißt du es«, sagte ich schließlich.

Evan nickte, wandte den Blick jedoch von mir ab, als könnte er es nicht ertragen, mich anzuschauen.

»Warum hast du nicht angerufen? Ich hätte euch helfen können.« Ich schüttelte nur den Kopf.

»Wie denn, Evan? Wolltest du als Ritter in goldener Rüstung vorbeikommen und mich aus der Höhle des Löwen holen? So läuft es im wahren Leben leider nicht, hatten wir das Thema Märchen nicht gerade eben schon?«

Er seufzte. »Wir hätten euch doch nach Seattle holen können. Dich und deine Mom.« Ich blickte zu ihm auf, in seine unendlich gekränkten Augen, die einen Schmerz widerspiegelten, den ich in letzter Zeit viel zu oft darin gesehen hatte.

»Ihr hättet viel machen können, aber das war eine Sache zwischen mir und meiner Mutter. Ich wollte nicht unter solchen Umständen zurückkommen. Ich wollte zurückkommen, wenn ich mein Leben geklärt hatte.«

Er schaute mich verständnislos an. »Wir hätten euch doch helfen können. Wir hätten dein Leben gemeinsam wieder auf die Reihe gekriegt.«

Ich lächelte schwach.

»Es ist okay, Evan. Es geht mir gut. Es ist Vergangenheit, diese Diskussion ist überflüssig. Vielleicht hätte ich dich anrufen sollen, ja, aber als ich es irgendwann endlich geschafft hatte, mit dem Loch in meiner Brust zu leben, wäre es ein Schritt zurück gewesen. Außerdem, was hätte ich sagen sollen?«

Ich schaute zu ihm hoch, doch seine Augen ruhten irgendwo in der Ferne.

»Ich weiß es auch nicht. Ich hätte mir nur gewünscht, du hättest dich gemeldet.«

Er sagte nichts weiter, starrte mich nur stumm an. Einen Moment blieb ich noch auf der anderen Seite des Bettes liegen, dann rückte ich näher an ihn heran. Er ließ es zu, zog mich in seine Arme.

»Ich wünschte nur, du hättest dich gemeldet«, wiederholte er träge, die Stimme vor Schmerz ganz rau.

»Ich weiß«, flüsterte ich. *Ich auch.*

Kapitel 9

Evan

Carries Atem ging gleichmäßig.

Noch immer hielt ich sie fest in meinen Armen – ignorierte die Tatsache, dass sie bereits taub waren und ihr Haar mich in der Nase kitzelte. Ich konnte und wollte sie nicht loslassen, nicht nach allem, was sie gerade erzählt hatte.

Es war keine Entschuldigung für ihr plötzliches Verschwinden. Zumindest nicht für mich. Aber es war eine Erklärung.

Die Vorstellung, dass Carrie, mein Mädchen, mein Babygirl, von ihrem eigenen Vater geschlagen und schließlich fast umgebracht worden war … Es zerriss mich innerlich. Wie konnte es sein, dass der Mensch, der ihr ewig Treue und Liebe versprochen hatte, so etwas tat? Der Vater einer jeden Familie hatte die Aufgabe, die eigenen Kinder vor all den Dingen und Monstern, die da draußen auf sie lauerten, zu beschützen. Carries Dad dagegen war zu eben so einem Monster geworden.

Aber die Vorstellung, dass ausgerechnet ihr Vater, der Mensch, von dem sie mir stets so viel Gutes erzählt hatte, zu so einem ekligen Typen geworden war, war schon für mich nahezu unvorstellbar. Wie hatte es da für Carrie sein müssen? Es ließ sich wahrscheinlich nicht einmal in Worte fassen, wie sehr sie darunter gelitten hatte, wie viele Tränen sie darüber vergossen hatte.

Doch so war das Schicksal – manchmal verloren wir einen Teil von uns, den wir beinahe als selbstverständlich hingenommen hatten. Etwas, das uns ausmachte – die Menschlichkeit.

Carries Vater hatte sie bereits verloren.

Ich hingegen hatte in all den Jahren darum gekämpft, hatte nicht zugelassen, sie aufzugeben, und jetzt, wo ich hier so lag, Carrie in meinen Armen, konnte ich sie regelrecht durch meine Adern pochen hören. Denn der Zorn war fort. Auch wenn es nicht für immer war – ich glaubte schon lange nicht mehr an »für immer« –, so war er zumindest für den Moment verpufft und schuf Raum für das, was ich wirklich für Carrie empfand.

Ich war mir nicht sicher, was mich mehr schmerzte, dass ihr all das widerfahren war oder dass ich nicht da gewesen war, um sie zu beschützen.

Plötzlich vibrierte mein Handy. Einen Moment überlegte ich, es zu ignorieren, tat es jedoch nicht. Nach allem, was über Carrie und mich durch die Presse gegeistert war, war das ein Luxus, den ich mir im Moment nicht leisten konnte. Außerdem konnte es ebenso gut Mel sein, die sich nach Carries Gesundheitszustand erkundigte.

Ich machte mich lang und griff nach dem Handy.

Es war weder die Presse noch war es Mel. *Sie* war es. Kurz schloss ich die Lider, holte tief Luft, dann öffnete ich die Nachricht.

Das war ja wirklich eine filmreife Leistung auf der Gala.

Seit meinem und Carries gemeinsamen Auftritt hatte sie sich nicht mehr gemeldet. Und ehrlich gesagt war ich froh darüber gewesen. Ihren Namen und ihre Worte nun wieder auf dem Bildschirm lesen zu müssen, war eine Zumutung. Sie war eine tickende Zeitbombe. Je mehr die Presse über mich und Carrie berichtete, je mehr sie über uns erfuhr und je mehr verliebte Blicke die Kameras einfangen würde, desto ungeduldiger und wütender würde sie werden.

Ich wusste, dass ich mich würde entscheiden müssen. Nicht für eine von beiden, denn die Entscheidung hatte ich schon längst getroffen – doch ich musste entscheiden, was mir wirklich wichtig war. Mein Ruf oder Carrie.

Sobald *sie* an die Presse gehen würde, würde es die ganze Welt wissen. Es könnte mein Karriereaus bedeuten. Und nicht nur meins, sondern auch das der Band.

Ich hatte dieses Szenario schon häufiger in meinem Kopf durchgespielt und je mehr ich darüber nachdachte, desto mehr ertappte ich mich dabei, dass ich mich fragte, wovor ich eigentlich wirklich Angst hatte – vor dem, was die Welt über mich dachte oder doch vielmehr vor dem, was Carrie über mich dachte.

Sicher war nur eins: Ich war nicht so stark wie Carrie. Ich hatte Angst vor den Konsequenzen meines Handelns und ließ zu, dass sie mich überwältigte.

Und so tippte ich:

Was soll ich dazu sagen …?

Ich schickte die Nachricht raus, ehe ich das Handy zurück auf den Tisch legte. Sie brauchte keine Minute zum Antworten.

Ich hoffe nur für dich, dass es auch wirklich gespielt war.

Ich verdrehte die Augen, wünschte, sie könnte sehen, wie sehr sie mich nervte. Doch sie wusste es. Im Gegensatz zu vielen anderen Frauen störte es sie nur nicht, denn sie hatte mich in der Hand. Und das Schlimmste daran war – sie war sich dessen auch mehr als bewusst. Manchmal hasste ich sie. Und trotzdem landete ich immer wieder in ihren Armen. Und sie wusste es. Nicht weil ich es wollte, sondern weil ich es musste. Ich war ihre Hure.

Kommst du noch vorbei?

Auch wenn ein Fragezeichen dahinterstand, war es keine Frage.

Ich sah zu Carrie, die noch immer auf mir lag, deren Atem gleichmäßig ging. Sie war so unfassbar schön. Jetzt noch genauso wie damals. Hatte sie früher jedoch eher eine jugendliche Leichtigkeit und Frische umgeben, war aus ihr nun eine Frau geworden. Eine unfassbar starke und schöne Frau.

Die Frau, die ich mehr als alles andere in meinem Leben vermisst hatte – und doch durften wir nicht zusammen sein. Auch nicht, nachdem ich ihre Gründe kannte, aber jetzt konnte ich ihr zumindest verzeihen. Und das war mehr, als ich jemals zu hoffen geglaubt hatte.

Nur würde es uns nicht retten. Denn ich stand unter Zwängen, die mir kein freies Handeln mehr ermöglichten. Wir durften nicht zusammen sein. Nie mehr wieder. Und wenn das bedeutete, dass ich sie würde vertreiben müssen, indem ich mich benahm wie das ultimative Arschloch, dann würde ich das tun. Ich würde alles tun, damit Carrie nie erfahren würde, was ich getan hatte. So egoistisch es vielleicht auch war, niemals hätte ich diesen Ausdruck in ihren Augen verkraften können. Diesen Ausdruck, den ich in Killians, Mels, Lawrences und Matthews Blick gesehen hatte. Immer und immer wieder.

Außerdem verbot *sie* es. Denn im Gegensatz zu Carrie wusste sie, was geschehen war.

Liebevoll hauchte ich Carrie einen Kuss auf die Stirn, ehe ich sie sanft von mir schob und aufstand. Mein Körper sträubte sich dagegen. Alles in mir sträubte sich dagegen. Eigentlich wollte ich nichts sehnlicher, als mich wieder neben sie legen, ihren Duft einatmen, ihre Wärme spüren.

Doch in diesem Leben war mir das leider nicht vergönnt. Ohne mich noch einmal umzudrehen, zog ich mir Jacke und Schuhe an, dann verließ ich ihre Wohnung. Als ich die Tür schloss, war es, als hörte ich mein Herz brechen, dabei hatte ich nicht einmal bemerkt, dass es wieder ein Stück zusammengewachsen war.

Schwer atmend fiel *sie* neben mir in die Laken.

»Du warst nicht bei der Sache«, stellte sie fest. Der Vorwurf in ihrer Stimme war unüberhörbar.

Mir kam ein halbherziges »Sorry« über die Lippen, bevor ich mich aufrichtete und mir eine Zigarette ansteckte. Wunderte es sie wirklich?

»Es ist wegen ihr, habe ich recht?«

Was für eine dumme Frage. Kurz überlegte ich zu klatschen, aber ich wollte kein Arschloch sein, also antwortete ich nichts. Es war ohnehin besser, sie nicht unnötig zu provozieren.

»Evan, das war kein Teil von unserem Deal«, sagte sie schließlich. »Reiß dich besser zusammen, sonst werde ich ihr alles sagen. Jedes einzelne, dreckige Detail.«

Ich fuhr herum. Wut brannte in meinen Adern. »Was redest du da, verdammt noch mal?!«, ging ich sie an und sprang aus dem Bett. Ich traute mir nicht. Sie weckte ein Gefühl in mir, das ich nicht kannte. Eine Wut, die so allumfänglich war, dass sie mich blind machte, mir den Verstand raubte. »Was soll ich deiner Meinung nach tun, hm? Ich kann sie nicht aus meinem Gedächtnis streichen. Ich kann meine Emotionen ihr gegenüber nicht einfach wegwischen wie Fliegendreck auf der Motorhaube.«

Sie biss die Zähne aufeinander, dann schlang sie sich das Laken um den Körper, stieg aus dem Bett und kam auf mich zu.

»Du liebst sie noch«, stellte sie trocken fest.

Wieder antwortete ich nicht.

»Ich kann das einfach nicht verstehen, Evan. Wirklich nicht.«

Wie solltest du auch jemals nachvollziehen können, was das zwischen mir und Carrie war, dachte ich verbittert.

»Sie ist doch bloß eine Tussi. So wie alle. Sie wird dir niemals geben können, was ich dir geben kann.«

»Ach, und was wäre das?«

Sie kam auf mich zu, streichelte meine Wange. Es kostete mich alles an Überwindung, nicht zurückzuzucken. Jede Berührung fühlte sich so unfassbar falsch an.

»Vergebung.« Sie küsste mich.

Als ich den Kuss nicht erwiderte, entfernte sie sich, nahm mir die Zigarette ab und inhalierte einen kräftigen Zug.

»Wenn diese ganze Farce zwischen euch in der Öffentlichkeit vorbei ist, dann will ich, dass du das mit ihr ein für alle Mal beendest. Sag ihr, dass sie von hier verschwinden soll. Ich will dich wieder für mich allein. Du solltest eigentlich wissen, dass ich nicht gern teile.«

Kurz war mir zum Lachen zumute, aber als mir bewusst wurde, dass das kein Scherz war, blieb es mir im wahrsten Sinne des Wortes im Halse stecken.

Sie meinte ernst, was sie da sagte. Sie dachte, ich würde mein ganzes Leben mit ihr verbringen, weil sie sich einbildete, ihre Vergebung würde mir irgendwas nützen.

Zugegeben … zu Beginn unserer Liebschaft hatte es das. Sie war so nah dran. Und ich hatte in ihren Augen tatsächlich so etwas wie Vergebung gesehen. Zu Beginn war sie die Einzige gewesen, die es geschafft hatte, die Schuld von mir zu nehmen.

Aber das war lange her.

Und mit der Erkenntnis, dass niemand außer mir selbst die Schuld von meinen Schultern nehmen konnte, hatte mich auch mein Blick auf sie verändert. Sie hatte es nicht einmal bemerkt. Wie auch? Sie interessierte sich für nichts und niemanden außer sich selbst, wieso sonst konnte man eine Situation wie diese ausnutzen, um jemanden an sich zu binden?

Sie interessierte sich für nichts und niemanden. Nicht einmal für *ihn*. Vielleicht fiel es ihr auch deshalb so leicht, meine Abwesenheit, wenn ich bei ihr war, zu ignorieren. Ich wusste, dass sie es mir ansah. Immer wenn sie mir in die Augen schaute, konnte ich diesen Anflug von Enttäuschung darin erkennen. Doch anstatt wie normale Menschen einfach loszulassen, krallte sie sich nur noch fester – mit dem Wissen, dass ich sie niemals fortschicken würde.

Ich konnte nur dann gehen, wenn sie es zuließ, und so langsam befürchtete ich, dass das niemals geschehen würde. In diesen Momenten hasste ich mich mehr denn je.

Hasste den Ruhm, die Öffentlichkeit, die Paparazzi, die Maske, die ich jeden Tag tragen musste, weil niemand sehen durfte, wie ich tatsächlich fühlte, weil niemand wissen durfte, was ich getan hatte.

Ich hasste jede einzelne Sekunde.

In jener Nacht begann ich sogar, das zu hassen, was ich immer geliebt hatte – die Musik.

»Jetzt zieh nicht so ein Gesicht«, befahl sie, als hätte sie das Recht dazu.

»Übertreib es nicht. Ich bin nicht dein Spielzeug.« Gern hätte ich ihr noch mehr gesagt, aber ich hatte es bereits zu weit getrieben.

»Ach nicht? Ich dachte. Verzeih. Mein Fehler.«

Der sarkastische Unterton in ihrer Stimme machte mich wahnsinnig.

»Ich sollte jetzt gehen«, sagte ich, bevor ich die Zigarette ausdrückte und nach meiner Hose griff. Es war wirklich Zeit abzuhauen, sonst würde ich vermutlich noch etwas tun, dass ich später bereute.

»Ach, Evan, jetzt sei nicht so. Du verstehst ja gar nichts mehr von Humor.«

Ich atmete tief ein, versuchte, mich nicht provozieren zu lassen. Aber alles an diesem Gespräch und dieser ganzen Situation hier war falsch.

»Ich habe die Schnauze voll von deiner Art von Humor. Hast du eigentlich eine Ahnung, was du anrichtest? Was denkst du dir dabei?«

Ihr Gesicht nahm einen irritierten Ausdruck an. Sie zog die Decke etwas um ihren Körper, richtete sich auf. »Ich verstehe nicht, was du meinst.«

»Was ich damit meine? Du gibst mir Befehle, als wäre ich dein Schoßhund.«

Sie zuckte zusammen, stand auf. Langsam näherte sie sich, aber als ich sie wütend anblickte, blieb sie sofort stehen.

»Evan«, murmelte sie dann. »Warum bist du plötzlich so? Ich liebe dich, das weißt du doch. Ich würde dich nie verletzen wollen.«

Ihre Worte sorgten dafür, dass mir schlecht wurde. Ich wollte nicht geliebt werden. Nicht von ihr und nicht von sonst wem. Denn wenn man geliebt wurde, trug man immer die Verantwortung, jemanden anderen glücklich zu machen, und diese Last wollte ich mir nicht aufbürden. Nicht noch einmal, nachdem ich beim ersten Mal so kläglich gescheitert war.

»Liebst du mich denn nicht?« Ihre Stimme war nur noch ein Flüstern.

»Verdammt, was redest du denn da?«, fragte ich sie aufgebracht. »Das zwischen uns war noch nie Liebe. Du hast mich für was auch immer benutzt und mir dafür Möglichkeiten und Wege eröffnet, mir Vergebung geschenkt. Und ich habe dir dafür das gegeben, was du wolltest. Mich.«

»O mein Gott.« Sie schlug die Hand vor den Mund. »Das ist alles?«, fragte sie. Ihre Miene war wie erstarrt. »Du hast dich für mich zur Hure gemacht?«, flüsterte sie weiter, bevor sie fassungslos aufs Bett sank. »Das ist es, was du getan hast?« Tränen sammelten sich in ihren Augen, und plötzlich fühlte ich mich wie das letzte Arschloch. Aber so war ich nun mal, wenn man mich in eine Ecke trieb. Ich begann, wild um mich zu schlagen, auf niemanden anders bedacht als auf mich selbst.

»Natürlich wollte ich dich«, murmelte sie, während sie auf den Kamin starrte, als fände sie irgendwelche Antworten darin. »Aber nur unter der Voraussetzung, dass auch du mich wolltest. Ich meine, ich habe dir Vergebung geschenkt. Habe dir über den Verlust von Carrie hinweggeholfen. Habe ich nicht alles in meiner Macht Stehende getan, damit du mich auch liebst, Evan? Habe ich dir nicht stundenlang zugehört? Mich dir nicht völlig hingegeben?«

Doch, das hatte sie. Nur hatte das nichts daran geändert, dass sie nicht Carrie war. Es war nicht so, dass ich nicht hin und wieder darüber nachgedacht hatte, wie es wäre, sie zu lieben … Nur konnte man Gefühle eben nicht erzwingen.

»Ich hätte es wissen müssen«, flüsterte sie. »Als das neue Album kam, hätte ich es wissen müssen. Doch ich habe dir tatsächlich geglaubt, als du sagtest, es ginge nur um einen fremden Protagonisten, dass die Songs sich nicht auf dich und sie beziehen würden. Aber, tja, hier stehen wir nun. Vielleicht wollte ich es auch einfach nicht wahrhaben, doch jetzt sehe ich es. Du hast sie geliebt. In all der Zeit. Und ich war nur dein Ersatz. Dein Zeitvertreib, bis sie wieder hier ist. Erinnerst du dich daran, als du mich vorhin fragtest, ob du mein Spielzeug seist?« Sie lachte schrill. »Du bist und warst nie nur mein Spielzeug, Evan. Aber offensichtlich bin ich deins.«

»Das ist Schwachsinn«, sagte ich. Dann griff ich nach meiner Jacke und verließ ihr Apartment, ohne mich noch einmal umzudrehen. Zu groß war die Wut.

Es ging schon seit Monaten so. Für alles was ich tat, musste ich mich rechtfertigen. Für das Album, alte Fotos, das Tattoo und jetzt für Carries Aufenthalt und meine Gefühle für sie. In all den Jahren hatte ich Avery nie einen Grund gegeben, der sie vermuten ließ, dass ich sie liebte. Ich war kein Arschloch. Nie hatte ich sie auf die Stirn geküsst, sie in mein Leben eingebunden oder mich ihr gegenüber wirklich geöffnet. Wenn sie mich etwas gefragt hatte, habe ich ihr diese Fragen beantwortet, und hin und wieder haben wir uns getroffen. Zwischen uns war es immer locker gewesen. Wieso also wunderte sie die Tatsache, dass ich sie nicht liebte?

O Mann, ich hatte die Schnauze gestrichen voll.

Als ich die Treppen hinunterrannte, nahm ich gleich zwei Stufen auf einmal, ehe ich die große Stadtvilla verließ und auf die Straße eilte. Ich winkte meinen Fahrer heran, stieg in den Wagen, ehe ich den Kopf gegen den Ledersitz sinken ließ.

»Wohin, Sir?«

»Queen Anne.« Es war nicht einmal mehr nötig, die Adresse zu nennen, denn mittlerweile kannte er sie schon auswendig.

Die Stadt zog in greller Helligkeit an mir vorbei, während meine Gedanken sich um Carrie drehten.

Heute fühlte ich mich zum ersten Mal wirklich schlecht.

So, als hätte ich sie betrogen. Dabei war es nicht einmal das erste Mal, dass ich seither mit *ihr* geschlafen hatte. Doch irgendwas hatte sich verändert. Wahrscheinlich die Tatsache, dass Carrie und ich beim letzten Mal noch keine Nähe zugelassen hatten. Damals hatte ich das Richtige getan – sie auf Abstand gehalten. Und jetzt? Jetzt fühlte ich mich, als würde ich auf zwei verschiedenen Hochzeiten tanzen. Und das, obwohl ich es gar nicht wollte.

Als wir ihre Straße erreichten, stieg ich aus und machte mich auf den Weg.

Wie immer empfing mich Carries alte Wohnung mit abgestandener, kühler Luft. Kurz sah ich mich um, dann ging ich geradewegs ans Besteckfach, holte ein kleines Päckchen hervor und legte mir anschließend eine der bunten Pille auf die Zunge.

Auch wenn in dieser Welt, in diesem Leben nicht alles perfekt war – zumindest in meinen Gedanken konnte es das sein.

Es dauerte nicht lange, da begann das Ecstasy, seine Wirkung zu entfalten.

Ich schloss die Augen, ließ es geschehen. Wie immer war Carrie bei mir, legte mir ihre Arme um die Schulter, küsste meine Wange, neckte mich.

Leider hatte der Trip gerade einmal zwei Stunden gedauert. Nachdem mich die Nüchternheit der Realität erreicht hatte, zückte ich mein Handy.

Mir war nicht ganz klar, woran es lag, aber zum ersten Mal seit ihrer Rückkehr hatte ich das Bedürfnis, darüber reden zu müssen. Ich wollte mit jemandem sprechen, der mich wirklich kannte. Mit jemandem, der mich verstand, der von Anfang an dabei gewesen war und wusste, was Carrie für eine Wirkung auf mich hatte. Mit jemandem, der sie und mich erlebt hatte.

Träge griff ich nach meinem Smartphone, ehe ich überlegte. Killian kam nicht infrage. Er war zu nah dran. Zu nah an mir und auch zu nah an Carrie. Auch wenn er es nicht zugeben wollte, empfand er etwas für sie. Es war nicht sein Verhalten ihr gegenüber gewesen, dass ihn verraten hatte … Nein, vielmehr war es der Ausdruck in seinen Augen, denn wenn ich hineinsah, erkannte ich darin denselben Ausdruck, den ich auch in meinen wiederfand, und ich wurde mir immer sicherer, dass das nicht an den Genen lag. Kurz schloss ich die Augen, überlegte weiter.

Lawrence war wahrscheinlich bei Mel, womit nur noch Matthew blieb.

Eilig tippte ich eine Nachricht, bevor ich mich zurück in die Kissen sinken ließ.

Er brauchte eine gute halbe Stunde, dann ertönte der schrille Laut der Klingel.

Nur schwer kam ich auf die Beine, doch ich schaffte es schließlich und öffnete ihm die Tür.

»Hey, Evan.« Der Ausdruck in seinem Gesicht verriet mir, dass er bereits geschlafen hatte. Das war einer der Gründe, warum ich die Jungs so liebte. Bei uns spielte es keine Rolle, wie spät es war, wer was für Scheiße verzapft hatte oder was sonst los gewesen war – wir waren immer füreinander da.

»Hey«, murmelte ich und ließ ihn eintreten.

»Du hast was genommen«, stellte er fest, bevor er an mir vorbei ins Innere der Wohnung trat.

Matthew war der ruhigste von uns Jungs, zweifelsfrei aber auch der klügste. Kurz spielte ich mit dem Gedanken, es abzustreiten, doch ein Blick in den Spiegel an der Garderobe verriet mir, dass das zwecklos war.

»Evan, du wolltest damit aufhören«, sagte er.

»Ja, wollte ich, aber ...«

»Schieb sie jetzt bloß nicht vors Loch. Sie ist nicht dafür verantwortlich, was du hier treibst.«

»Hast du eigentlich eine Ahnung, was in mir vorgeht, Matt?«

Er sah mich an, seine Augen waren kühl, und ein genervter Ausdruck lag darin.

»Nein, Evan. Nur wir haben alle unser Päckchen zu tragen.«

»O wow.« Genervt warf ich die Hände in die Luft.

»Bist du jetzt nur gekommen, um auf mir rumzuhacken?«

Er lachte. »Wenn du wegen ihr wieder Drogen nimmst, dann ja«, erklärte er.

Es war nicht wegen ihr. Zu Beginn ... damals ... Da war es wegen ihr gewesen. Wegen der Erinnerungen, die mich einfach nicht losgelassen hatten, der Bilder. Doch dann war es schnell zu einer Routine geworden. Ich nahm die Pillen nicht mehr, um ihr näher zu sein, sondern, um mich gut zu fühlen. Denn ich wollte mich wieder gut fühlen.

»Du weißt, dass nach Hochs, die Tiefs nur umso tiefer sind, Evan ...«

Natürlich wusste ich das. Aber wenn ich auch nur für zwei Stunden ein Hoch erleben durfte, war es mir das dreitägige Tief danach wert. Es klang absurd, doch so war es nun mal. Denn im Moment war mein ganzes Leben ein Tief.

Wenn ich früh aufwachte, fehlte mir die Motivation, mein Bett zu verlassen. Wenn ich es dann nach einer gefühlten Ewigkeit doch schaffte, wollte ich nichts als zurück. Ich war lustlos, nichts konnte mich mehr catchen, und bis auf die Musik fühlte es sich an, als lebte ich durch eine Blase.

So viele Menschen, die mich bejubelten, so viele Nachrichten jeden Tag, so viel Unterstützung. Und trotzdem konnte ich den Wert hinter all dem nicht erkennen, geschweige denn schätzen. Für mich war das Leben in der Öffentlichkeit, die Presse, die Paparazzi, die Fans eine einzige Zumutung geworden.

Manch einer hätte vielleicht gesagt, dass das eben der Preis war, den man bezahlen musste, um in solchen Kreisen verkehren zu können, wie ich es normalerweise tat … Und das stimmte sicherlich auch. Doch unabhängig davon machte es meine Situation leider nicht besser. Es half mir nicht.

Eigentlich wollte ich all das ja genießen, wer wusste schon, wie lange es noch anhalten würde? Aber ich konnte es nicht. Dass Carrie wieder in Seattle war, sorgte sicherlich dafür, dass ich noch öfter in dieser Wohnung rumlungerte, als ohnehin schon, war allerdings auch nicht der einzige Grund. Bei Weitem nicht.

»Du solltest einen Entzug machen«, sagte Matt nach einer Weile des Schweigens. Ich sah nicht einmal hoch. Zu oft schon hatten wir darüber gesprochen.

»Ich bin nicht süchtig«, erklärte ich noch einmal, so, wie ich es jedes Mal tat.

»Das sagt jeder Süchtige.«

»Ach komm …«

»Dann geh wenigstens mal zu einem Therapeuten, Evan. Ich meine, du nimmst das Zeug ja aus einem Grund.«

Da hatte er recht. Auch das war ein Thema, das wir schon zu häufig diskutiert hatten. Seit Monaten versuchten die anderen, mich zu einer Therapie zu bewegen. Sie meinten, es würde mir guttun, über das zu sprechen, was geschehen war. Aber da lagen sie falsch. Sehr falsch. Ich wollte nicht darüber reden, was mir widerfahren war. Konnte es nicht. Wenn es nach mir ging, wollte ich nichts tun, als dieses Thema für immer totzuschweigen.

»Du weißt, dass das die einzige Chance ist, dass das mit Carrie noch einmal was wird, oder?«, fragte er ruhig.

»Wer sagt, dass ich das will?«, fragte ich trotzig. Ich hatte es satt. Ja, verdammt. Ich wollte sie zurück. Mehr als alles andere, aber warum verstand niemand, dass das keine Option war? Das es einfach nicht ging?

»Evan …«

»Nein, wer verdammt sagt, dass ich das will?«, fragte ich nun einen Ton schärfer. »Sie hat mich hier sitzen lassen, mit nichts als einem A4-Blatt, und hat sich nie wieder gemeldet. Warum zur Hölle sollte ich sie jetzt noch zurückwollen? Carrie Abernathy ist das Letzte, was …« Da war er wieder. Der alte, neue Evan, der um sich schlug, sobald er mit der nackten Wahrheit konfrontiert wurde. Ich hasste mich selbst.

»Evan, halt den Mund!«, fuhr Matthew mich an. »Hör verdammt noch mal auf, dich selbst zu belügen! Sieh mich an!«

Mein ganzer Körper bebte vor Wut, und doch sah ich Matthew in die braunen Augen. Er hatte mich am Kopf gepackt, hatte seine Stirn auf meine gelegt. Eine brüderliche Geste, wie wir es schon immer getan hatten, wenn einer von uns dabei war auszuflippen.

»Du liebst sie. Das hast du immer. Und das ist völlig okay, hörst du mich? Es ist völlig okay. Hör verdammt noch mal auf, dich zu benehmen, als wäre dem nicht so. Wir alle wissen, dass du sie liebst. Es will mir einfach nicht in den Kopf, warum du versuchst, dir selbst etwas vorzumachen. Ich verstehe dich«, sagte er. »Ich verstehe, dass du sie hassen willst. Für dich ist sie für alles verantwortlich, was in den letzten Jahren geschehen ist. Aber Evan, du musst damit aufhören, dich selbst zu zerstören. Du wirst krank, wenn du so weitermachst. Verstehst du?«

»Ich bin doch schon längst krank«, murmelte ich.

Matt hielt inne.

Ich weiß nicht, wann genau ich mir eingestanden hatte, dass ich nicht mehr gesund war. Es musste irgendwann zwischen ihrer Abreise und dem neuen Album gewesen sein. Ab einem Zeitpunkt hatte es keine guten Tage mehr für mich gegeben. Keinen Spaß mehr. Selbst wenn ich lachte, fühlte ich diese Leere und tiefe Traurigkeit. Es war egal, was ich tat, egal, wohin ich ging. Für mich gab es nichts mehr, das meine Laune besserte. Und eines Tages war diese eine Frage in mir hochgekommen. Am Anfang hatte ich sie mir nicht oft gestellt, hatte sie verdrängt. Doch je mehr Zeit verstrichen war, desto öfter war sie vor meinem inneren Auge aufgetaucht, bis irgendwann der Tag gekommen war, an dem ich sie nicht mehr hatte verdrängen können.

Warum bist du überhaupt noch am Leben?

Und ab dem Moment, ab dem ich mir eingestanden hatte, dass ich eigentlich nicht mehr hatte leben wollen, ab dieser Sekunde hatte sich alles geändert.

Die Narben auf meinem Unterarm erschienen in neuem Licht. Automatisch strich ich über die frischen Schnitte. Immer wieder hatte ich mich in Carries alter Wohnung wiedergefunden, mit blutendem Arm und nichts als dem Wunsch, das Messer ein letztes Mal anzusetzen.

Das war der Moment gewesen, in dem ich begonnen hatte, Drogen zu nehmen, als Flucht, als Ausweg. Denn solange ich sie nahm, gab es Hochs, solange gab es Hoffnung. Mir war natürlich klar, dass es eine Lüge war. Es ging mir nicht wirklich besser, denn alles, was mich die Pillen sehen ließen, waren Halluzinationen, aber trotzdem tat ich es immer und immer wieder. Es hätte andere Wege gegeben. Wege, die wesentlich besser gewesen wären. Eine Therapie zum Beispiel. Doch eine dunkle Stimme in mir hatte mir zugeflüstert, dass ich keine Hilfe verdiente, dass ich es nicht verdiente, glücklich zu sein, und dass die Depression meine Strafe sei, für das, was ich getan hatte.

Das war auch die Stimme, die mich bislang daran gehindert hatte, das Messer anzusetzen. Ich durfte nicht gehen. Der Tod wäre keine ausreichende Strafe gewesen. Der Tod wäre zu leicht für mich gewesen, fast schon eine Belohnung. Und so hatte ich vor mich hin vegetiert – in unzufriedener Trauer – und hatte gegen die dunklen Stimmen und das finstere Verlangen in mir angekämpft.

Aber ich war mir nicht sicher, wie lang ich es noch aushalten würde. Wie lange ich diesen Kampf noch würde führen können. Mittlerweile ging es so schon ein Jahr, und mit jedem weiteren Tag wurde ich müder.

Als Carrie an jenem Abend plötzlich vor mir gestanden hat, hatte ich nicht gewusst, wie sie sich in das Bild einfügte. Welche Rolle sie einnahm. Sollte sie die Erlösung sein? Oder der Todesstoß?

»O Evan«, murmelte Matthew nach einer Weile. Ich hatte keinen Plan, wie lange er meine Antwort hatte sacken lassen.

»Wie schlimm ist es?«

Es war das erste Mal, dass ich mit jemanden außer meiner Mutter darüber sprach.

»Schlimm«, erklärte ich.

Matt raufte sich die Haare, bevor er damit begann, auf- und abzulaufen. »Evan, wie schlimm?«

»So schlimm, dass ich sterben will, Matt. Und das schon seit einer ziemlich langen Zeit.«

Matt sah mich an, dann sank er zu Boden. »Evan, verdammt, warum redest du nicht mit uns?«

»Weil ihr mir auch nicht helfen könnt, Matt. Was hättet ihr tun sollen?«

»Du hast Depressionen und sagst uns nichts davon?«

Ich zog beide Ärmel meines Pullovers hoch. Meine gesamten Unterarme waren überzogen von dicken, wulstigen Narben. Die meisten davon kaschierten meine Tattoos. An den Oberschenkeln sah es nicht besser aus. »Ihr wusstet doch, dass es mir beschissen ging, ich meine, sieh meine Arme an. Ihr habt es gewusst.«

Sie hatten mich oft gefragt, wie es mir ging, und ich hatte sie angelogen, hatte langärmlige Shirts getragen und war den Fragen ausgewichen.

Die einzige Person, der ich mich anvertraut hatte, war meine Mutter gewesen. Ellie. Ich erinnerte mich noch gut an den Tag, als sie davon erfahren hatte.

Es war die Geburtstagsfeier meines Vaters gewesen, und während er und Killian eine Tour mit dem Boot gemacht hatten, hatte ich gemeinsam mit meiner Mutter abgewaschen.

Ich hatte sie gefragt, woran man erkannte, dass man depressiv war. Natürlich hatte sie genau gewusst, worauf ich hinauswollte. Niemals würde ich ihre Antwort vergessen.

»Glaub mir, Evan, du bist nicht der Typ für so was. Ich weiß, im Moment geht es dir absolut nicht gut und du leidest. Aber bitte verwechsle das nicht mit einer Depression. Du hast so viel in deinem Leben. Eure Karriere läuft gut, du hast ein stabiles Umfeld. Du machst viel durch, das dich traurig macht, doch das ist keine Depression.« Sie hatte noch einmal gelacht, als wolle sie ihrer Aussage mehr Kraft verleihen. *»Glaub mir, wenn ich, als deine Mutter, dir sage: Du bist nicht der Typ dafür.«*

Bis dato war mir nicht klar gewesen, dass Depression einen festen Typen hatte, aber offenbar war dem so. Und so hatte ich damit begonnen, mir einzureden, dass ich selbst dafür verantwortlich war, was mit mir geschah. Welchen Lauf meine Gedanken nahmen. Immer wieder hatte ich versucht, sie in eine andere Richtung zu lenken, hatte mich selbst dafür gehasst, wenn es mir nicht gelungen war. So lange, bis ich eines Tages in Carries Wohnung gesessen und einen Zeitungsartikel über Depressionen gelesen hatte.

Ich war durch Zufall darauf gestoßen. Doch an jenem Abend lernte ich zum ersten Mal seit einer Ewigkeit den Unterschied zwischen Trauer und Depression kennen. An jenem Abend wurde mir klar, dass ich nicht einfach traurig war, ich war krank.

Der nächste Schritt wäre gewesen, mir einen Therapeuten zu suchen. Auch das war mir natürlich klar. Aber ich brachte es nicht über mich. Wir standen kurz vor unserer ersten Welttournee. So viele Konzerte. So viele Hunderttausend Menschen. Es kam nicht infrage, eine Therapie zu machen. Nicht während der Tournee.

Danach hätte ich schließlich immer noch genügend Zeit gehabt, mich mit mir zu beschäftigen.

Dass Carrie wieder aufgetaucht war, war natürlich absolut nicht geplant gewesen. Was mich jedoch trotz allem verwunderte, war die Tatsache, dass ihre Anwesenheit eine heilende Wirkung zu haben schien. Es war nicht so, dass mich des Nachts meine Gedanken nicht immer noch quälten – es gab Dinge, an die gewöhnte man sich. Doch die Gedanken an sie und dass ich sie würde sehen können, schaffte es irgendwie, mir ein Strahlen ins Gesicht zu zaubern. In mir drin war es zwar noch immer dunkel, aber hin und wieder konnte ich die Sonne sehen. Auch wenn es nur für einen Wimpernschlag war. Meist war es dann nur die verfickte Realität, die sie mir wieder nahm. Und wo zuvor ein zarter Sonnenstrahl gewesen war, war wenige Momente später nichts als tiefste Finsternis. Dunkel, leer, verzehrend.

Und wenn das der Fall war, immer dann, wenn ich das Gefühl hatte, komplett am Boden zu liegen, dann nahm ich die bunten Pillen. Tankte die Reserven auf, erinnerte mich selbst an die Zeit meines Lebens, als ich noch dazu in der Lage gewesen war, Spaß zu empfinden.

»Es ist nicht deine Schuld«, erklärte ich nach einer Weile, bevor ich ans Fenster trat, es aufschob und mir eine Zigarette anzündete. »Nicht deine und auch nicht die der anderen. Man kann schon sagen, dass ich es vor euch geheim gehalten habe. Wir alle hatten mit uns selbst zu tun, dann kam die Tournee. Es stand so viel auf dem Spiel. Was, denkst du, wäre geschehen, wenn ich euch kurz vorher davon erzählt hätte? Womöglich hättet ihr die Tournee noch abgesagt …«

»Dann hätten wir sie nachgeholt!«, schrie Matt mich an, die Augen vor Schmerz und Wut ganz groß.

»Siehst du«, murmelte ich ruhig. »Und genau das ist es, was ich vermeiden wollte.«

»Stattdessen quälst du dich lieber selbst?«

Ich sparte mir eine Antwort. Matt schien ebenfalls nicht mehr zu wissen, was er dazu noch sagen sollte. Kurz sah er mich an, ehe er sich neben mich an die Wand setzte und in Carries Wohnung starrte.

»Wann ging es dir zuletzt richtig gut?«, fragte er schließlich. Ich hatte den Eindruck, die Luft zwischen uns wog plötzlich tonnenschwer.

»In Kanada«, sagte ich.

Vor gut einem Jahr waren wir in Kanada gewesen, hatten die ersten Melodien zu unserem damals noch streng geheimen Album einstudiert und perfektioniert.

»Dann lass uns doch nach Kanada fahren?«

»Was?«, fragte ich irritiert.

»Lass uns nach Kanada fahren. Wir arbeiten am neuen Album, gehen ein wenig wandern ...«

»Ich weiß nicht ...«

»Du hast Angst, dass sie weg ist, wenn wir wiederkommen, habe ich recht?« Ich konnte Matts Blick auf mir spüren, schaute ihn jedoch nicht an. Matt war nicht nur der schlaueste von uns, er war auch der, dem ich am ehesten die Fähigkeit zugetraut hätte, Gedanken zu lesen. Er war verdammt gut darin zu erkennen, was in einem Menschen vorging, was er dachte.

»Lass sie uns mitnehmen. Carrie, Mel, Lawrence, Killian, du und ich. Lass uns ein Wochenende in die Natur fahren, so wie früher.«

»Es ist aber nichts mehr wie früher«, murmelte ich.

»Ja, ja du liebst sie nicht mehr und nie wieder. Schon klar, Evan. Lass uns einen Pakt schließen. Ich ignoriere, dass du dir selbst etwas vormachst, wenn du mir gegenüber nicht so tust, als würdest du sie hassen, in Ordnung?«

Ich zog eine Braue hoch, antwortete jedoch nichts, was er scheinbar als Zustimmung betrachtete.

»Okay, also wir fahren weg und ... lassen alte Zeiten wieder aufleben.«

»Und was soll das bringen?«

»Eine schöne Zeit, Evan. Zeit mit den Menschen, die dich lieben. Und wenn du uns endlich an dich ranlässt, vielleicht auch irgendwann Frieden.«

Na toll. Jetzt, wo er einen Teil der traurigen Wahrheit kannte, wollte er mich retten – als ob das irgendjemand tun könnte.

»Außerdem denke ich, es hilft, alte Wunden zu flicken. Du und Carrie … ihr habt Redebedarf. Es gibt so vieles, was du ihr nicht gesagt hast …«

Wollte er wirklich ausgerechnet jetzt damit beginnen, mein Herz zu flicken? Was wollte er dadurch bezwecken?

»Matt, ich enttäusche dich nur ungern, aber mich mit Carrie zu versöhnen, wird die Depression nicht von mir nehmen. Mein Leben ist echt und kein Hollywoodstreifen.«

»Das ist mir klar. Trotz allem belastet dich das mit Carrie. Warum also nicht die Dinge klären, die sich klären lassen. Und wer weiß, was dabei rauskommt.«

»Und du denkst, wenn wir hier abhauen, kann ich das?«

»Nicht direkt. Aber ich denke, ihr solltet Zeit miteinander verbringen. Gib ihr eine zweite Chance.«

»Matt, warum in aller Welt sollte ich das tun?«

»Und das ist genau der Punkt, Evan … Warum?«

Ich sah ihn verständnislos an. Er nahm einen Zug von der Zigarette, dann schaute er mich an wie ein Grundschullehrer seine Schüler, wenn sie einfach nicht verstanden, was er ihnen beizubringen versuchte.

»Du musst dich entscheiden, Evan. Für dich und auch, um fair ihr gegenüber zu sein. Entweder du lässt zu, dass sie versucht, dich zurückzuerobern. Dann jedoch mit allen Konsequenzen, die das nach sich ziehen würde … Oder du lässt es, aber dann unter der Bedingung, dass sie gehen wird und du sie wahrscheinlich nie wiedersiehst.«

»Du willst, dass wir nach Kanada fliegen, ich ihr ein Wochenende Zeit gebe, mir zu beweisen, wie wundervoll sie ist, damit ich dann eine Entscheidungsgrundlage habe, nach der ich erkenne, ob ich bereit bin, für sie zu kämpfen, oder nicht?«

Er machte eine wegwerfende Handbewegung. »Wir wissen beide, wie wundervoll sie ist. Ich will, dass du dir darüber klar wirst, ob du wirklich ohne sie leben kannst. Denn wenn du sie diesmal gehen lässt, wird sie sicher nicht zurückkommen. Man sieht sich immer zweimal im Leben. Aber ein drittes Mal ist ganz sicher nicht vorgesehen.«

Er drückte seine Zigarette aus, ehe er sich vom Boden hochstemmte.

»Ich warte unten im Auto.«

Dann war er verschwunden und ließ mich mit der Frage aller Fragen allein.

War ich bereit, Carrie Abernathy ein für alle Mal zu verlieren?

Kapitel 10

Carrie

Es war das leise Klacken der Tür, das mich weckte. Irritiert schreckte ich hoch, sah ich mich um. Niemand war hier, und trotzdem hatte ich das Gefühl, nicht allein zu sein. Evans rauchiger Duft lag noch in der Luft, und es war, als wäre er geistig noch anwesend. Sein Körper allerdings war nicht hier. Zumindest nicht in diesem Bett.

»Evan?«, rief ich in das kleine Apartment, doch bis auf meinen hektischen Atem erhielt ich keine Antwort.

Kurzerhand stand ich auf, lief durch das Zimmer in Richtung meines Badezimmers. Als ich den Lichtschalter erreichte, zögerte ich kurz, als befürchtete ich, ein Dämon würde mir gegenüberstehen, sobald es hell wurde, dann drückte ich ihn. Das Badezimmer war ebenso leer wie der Rest des Apartments.

Er war nicht hier. Fassungslos rotierte ich noch einmal im Kreis.

Terrasse! Vielleicht war er auf der Terrasse! Ohne zu zögern, stürmte ich in Richtung des Vorhangs und riss die Terrassentür auf – leer. Das Einzige, was daran erinnerte, dass er überhaupt hier gewesen war, waren die neu hinzugekommenen Kippenstummel im Aschenbecher und das zu einer Kugel zusammengepresste Kopfkissen. Evan war der wohl einzige Mensch, der sein Kissen solange zusammenpresste, bis es zu einer Kugel wurde.

Hör auf damit! Er hat dich allein gelassen, wies mich eine Stimme in meinem Kopf auf das Offensichtliche hin. Evan Black hatte mich allein gelassen und das, nachdem ich ihm erzählt hatte, warum ich Seattle verlassen hatte … und wie es danach weitergegangen war. Langsam trat ich einen Schritt zurück, schob die Tür zu und ließ mich aufs Bett sinken. Mein Herz krampfte. Ich hatte mich ihm geöffnet. Neben meiner Mutter war er der Einzige, der wusste, was mir zugestoßen war. Und er? Er hatte sich mitten in der Nacht einfach vom Acker gemacht?

Am liebsten hätte ich vor Wut und unterdrücktem Schmerz geschrien, gestrampelt oder gegen einen Boxsack geschlagen. Aber es war, als wurde ich von meinen eigenen Emotionen gelähmt. Das durfte nicht wahr sein. *Nein!* Ich weigerte mich, das zu glauben. Sofort sprang ich auf, riss den Bademantel aus dem Kleiderschrank und stürmte aus meinem Hotelzimmer. Noch während ich rannte, rief ich Killian an.

»Gib mir Evans Nummer«, murmelte ich.

»Was? Ist alles in Ordnung bei dir?«

»Ja. Nein. Ich weiß auch nicht. Gib sie mir einfach, okay?« In Gedanken schon zehn Schritte weiter legte ich auf, bevor ich mit voller Wucht auf den Knopf für einen der drei Fahrstühle drückte. Wenn ich Glück hatte, war er vielleicht noch im Gebäude. Als die Türen sich öffneten, sprang ich hinein. Ich zitterte am ganzen Leib, aber all das spielte keine Rolle – ich musste ihn finden. Er durfte mich nicht verlassen. Nicht nach allem, was geschehen war. Das durfte einfach nicht sein. Während die leise Fahrstuhlmusik mich nur noch mehr in den Wahnsinn trieb, tippte ich angestrengt mit den Fingern an die Wand. Als die Türen endlich zur Seite aufsprangen, eilte ich hinaus in die Hotellobby. Dort sah ich mich kurz um, ging jedoch schnurstracks zur Rezeption, als ich Evan nicht sehen konnte. Die Rufe der Paparazzi waren selbst von hier drin nicht zu überhören und so setzte ich mein schönstes Lächeln auf, wenn ich Glück hatte, würde morgen in der Zeitung stehen, dass mir um kurz nach Mitternacht aufgefallen war, dass keine frischen Handtücher mehr in meinem Zimmer lagen. Zumindest hoffte ich das. Aber Daniel hatte jeden noch so kleinen Mitarbeiter im Hilton eine Verschwiegenheitsvereinbarung unterzeichnen lassen.

»Wann ist Evan Black gegangen?«, fragte ich, wobei ich mich

nervös umsah, seinen kurz geschorenen Schädel jedoch nirgends entdecken konnte.

»Er ist vor circa zwanzig Minuten durch die Tiefgarage raus. Tut mir leid. War es etwas Wichtiges?«, fragte die Rezeptionistin scheinheilig.

»Ach nichts«, antwortete ich. »Er hat nur versehentlich etwas von mir mitgenommen.« *Mein Herz.*

Wie erstarrt wandte ich mich ab und trat den Rückzug an.

Als sich die Türen des Fahrstuhls schlossen, sank ich zu Boden. Noch immer konnte ich nicht glauben, dass er wirklich gegangen war. Ich hatte es endlich geschafft, mich ihm anzuvertrauen, und er? Er war einfach abgehauen. So, als wäre ich ein billiger One-Night-Stand. Mir schnürte eine unbekannte Wut die Luft zum Atmen ab.

»Verdammt noch mal«, schrie ich, als ich in meinem Zimmer ankam, und schlug mit voller Wucht gegen die Wand.

Sofort spürte ich einen irren Schmerz, der mich endlich aus meiner Starre zu lösen schien. Ich begann zu schluchzen.

Keine Ahnung, wie lange ich auf dem Hotelzimmerboden lag, an die Decke starrte und nachdachte.

Als ich es irgendwann zurück ins Bett schaffte, begann es draußen bereits langsam hell zu werden. Träge griff ich nach dem Telefon, rief unten in der Rezeption an. Es dauerte noch ein paar Minuten, bis es an der Tür klopfte und man mir einen Kühlakku lieferte. Mein kleiner linker Finger ließ sich kaum noch bewegen und war bereits angeschwollen.

»Scheiße«, murmelte ich, bevor ich mein wütendes Starren an die Wand fortsetzte.

Er war fort, ging es mir erneut durch den Kopf. Er war fort und hatte mich allein gelassen mit den Schatten meiner Vergangenheit. Ich starrte zur Tür, als erwartete ich, er würde jeden Augenblick hindurchkommen – mit einer lässigen Ausrede auf den Lippen, wo er gewesen war … Aber er kam nicht. Mein Körper wurde von einem furchtbaren Beben erschüttert. Alles in mir verkrampfte sich zu einem einzigen Klumpen, während dieses furchtbar intensive Gefühl der Trauer mich durchflutete.

Schmerzlich verzog ich das Gesicht, begann erneut zu weinen.

Er hatte mir buchstäblich das Herz herausgerissen, war darauf herumgetreten und hatte es mir dann aufs Kopfkissen gelegt.

Plötzlich hörte ich ein leises klopfen.

War er das? Hatte er vielleicht nur kurz Luft gebraucht? Ein merkwürdiger Gedanke, wenn man davon ausging, dass er bereits seit mehreren Stunden fort war. Eilig richtete ich mich auf, wischte die Tränen fort und lief zur Tür.

Doch entgegen meiner Erwartungen war da nicht Evan, sondern Killian. Seine blonden Haare standen in sämtliche Richtungen ab, und er starrte mich einen Moment verwirrt an.

»O Shit«, murmelte er, dann kam er, ohne sich zu erklären, herein.

»Alles okay?« Es war einer *dieser* Moment. Einer dieser Moment, in denen die simpelste Frage wie der schlimmste Fausthieb daherkam. Einer dieser Momente, in denen es die Normalität ist, die einem den Teppich unter den Füßen wegzieht. Schmerz spülte durch meinen Körper, hatte sich mit meinem Blut vermischt und pulsierte durch mich hindurch.

Ich sah ihn an, schlug mir die Hand vor den Mund, begann zu schluchzen.

»Fuck, Carrie, was ist passiert?«

Killian griff mir sofort unter die Arme, als er merkte, dass ich zusammenzubrechen drohte. Dann hob er mich kurzerhand hoch und trug mich in Richtung Bett.

»Carrie?«

Ich legte meinen Kopf an seine Brust, während ich vor mich hin schluchzte. Einige Worte blubberten aus meinem Mund, doch es war nur Gestotter. Nicht einmal mehr reden konnte ich, so tief saß die Traurigkeit. Es war, als stünde mir der Schmerz bis zum Hals, als drohte ich, darin zu ertrinken.

»Was ist passiert?«, wiederholte er seine Frage noch einmal, wobei er den Kopf schieflegte.

Ein Schulterzucken von mir. Mir war nicht nach reden. Es laut auszusprechen, würde es nur realer machen. Mir beweisen, dass ich es nicht nur geträumt hatte. Er zog eine Braue hoch, suchte meinen Blick, doch ich wich ihm aus.

»Carrie …«

Ich holte tief Luft, versuchte, mich zu sammeln. Er verdiente es nicht, ignoriert zu werden. Und er verdiente auch mein Schweigen nicht. Killian verdiente nur das Beste, und auch wenn ich ihm das nicht geben konnte, so konnte ich wenigstens ehrlich zu ihm sein. Kurz schloss ich die Augen, schluckte den Schmerz hinunter. Dann erzählte ich ihm alles. Begann bei meiner Abreise, endete damit, als ich es Evan erzählte.

»Und er?«, fragte Killian.

»Sagte nur, er hätte sich gewünscht, ich hätte mich trotzdem gemeldet. Wir sind zusammen eingeschlafen und … Na ja, du siehst ja selbst, dass er nicht mehr hier ist. Er hat mich allein gelassen.« Ich schluckte schwer.

Was, wenn Mel recht hatte? Was, wenn es den alten Evan nicht mehr gab?

Plötzlich fühlte ich mich furchtbar erschöpft. Ich war erledigt, mit meiner Kraft wortwörtlich am Ende. Alles, was ich wollte, war Ruhe.

Killian seufzte, und als ich aufblickte, fuhr er sich durchs Haar, ehe er mit voller Wucht gegen die Eingangstür schlug. Ich zuckte zusammen.

»Dieser Kerl hat scheinbar den Verstand verloren«, sagte er, ehe er zu mir zurückkam. Er setzte sich auf eben jene Stelle, wo zuvor Evan gelegen hatte.

»Carrie, ich … ich weiß nicht, was ich dazu sagen soll. Wie ich das entschuldigen kann. Ich bin so unfassbar sauer auf ihn gerade. Wenn ich könnte, würde ich ihn erwürgen«, murmelte er, bevor er mich in seine Arme zog.

Sein kräftiger Duft nach Schokolade und Brombeeren drang mir in die Nase, und ich lehnte mich an ihn, weinte.

»Carrie, nicht … Bitte, hör auf zu weinen. Er ist es nicht wert. Ich kann es nicht mehr ertragen, wie du wegen ihm leidest. Bitte …« Er nahm mein Gesicht in seine Hände zwang mich, ihn anzusehen. »Hör auf zu weinen, Carrie …«, sagte er noch einmal, wobei er mir mit dem Daumen zart die Tränen von den Wangen wischte.

»Sag mir wenigstens, wieso er so zu mir ist, bitte … Ich muss es wissen.«

Killian seufzte. »Carrie, ich kann es dir nicht sagen, okay? Das steht mir nicht zu.«

Weitere Tränen fanden ihren Weg und brannten sich meine Wange entlang.

»Aber warum tut *er* es nicht einfach.«

Killian schloss die Arme sanft um mich, ehe er sein Kinn auf meinen Haaren ablegte. Mir fielen die Augen zu, doch ich zwang mich, sie wieder zu öffnen.

»Ich will den Grund wissen, sag ihn mir, bitte.«

»Er hat Angst.«

»Hi, wir hätten gern zwei Hamburger, einmal Chicken McNuggets und …«

»Zweimal Eis«, sagte ich.

»Und zweimal Eis.«

»McSundae?«

»Ja, genau.«

»Alles klar, das wären zusammen 16,-$.«

»Okay.« Killian ließ die Scheibe hoch, wobei er langsam zum nächsten Fenster rollte. Ich wandte das Gesicht ab. »Wir haben vergessen, was zu trinken zu bestellen«, merkte ich frustriert an, während ich weiterhin aus dem Fenster sah, damit die Kassiererin mich nicht erkannte.

»Dann machen wir es eben jetzt noch.«

»Sie hat uns doch schon den Preis genannt … Das ist bestimmt zu spät«, gab ich zu bedenken.

»Ach, Käse.« Mit einer wegwerfenden Handbewegung beugte er sich aus dem Fenster. Wie aufs Stichwort erschien die Mitarbeiterin. »16,– $ bi…«

»Seien Sie so gut und packen Sie noch zwei Cola drauf.«

Ich beobachtete in der Scheibe, wie sie protestieren wollte, aber als sie Killian erkannte, blieb ihr der Widerstand im Halse stecken.

»Gern, Sir«, zwitscherte sie, dann war sie verschwunden.

Verdutzt sah ich ihn an. »Du weißt, dass du die Cola nur bekommst, weil sie dich erkannt hat, oder?«

Er lachte. »Irgendwelche Vorteile muss es ja haben, in der Öffentlichkeit zu stehen.« Kopfschüttelnd wandte ich mich wieder der Scheibe zu.

»So, das wären 20,- $, bitte.« Er beugte sich aus dem Fenster und reichte der Dame das Geld. Sie drückte ihm das Rückgeld in die Hand, und wir rollten zum nächsten Schalter.

»So, die Menüs …« Eine alte Frau mit blond gefärbtem Haar drückte ihm zwei Papierbeutel in die Hand.

»… die Cola.« Killian warf mir die Beutel auf den Schoß, bevor ich die Cola und schließlich noch das Eis entgegennahm.

»Einen schönen Abend noch«, murrte die Alte. *Sie* hatte ihn offenbar nicht erkannt.

Ich sog den Fast-Food-Duft nach Salz und Fett tief durch meine Nasenlöcher ein, ehe ich Killian dabei zusah, wie er den Wagen vom McDrive wegsteuerte und in eine kleine, verlassene Seitengasse abbog.

»Da bekommt man gleich Hunger.«

»Und wie«, bestätigte ich. Er fuhr auf den Parkplatz, dann zog er die Handbremse an und schaltete den Motor ab.

Ich reichte ihm seine Tüte.

»Was geht in deinem Kopf vor?«, fragte er leise.

»Das alles fühlt sich manchmal so irreal an. Als würde ich träumen und wenn ich aufwachte, wäre alles vorbei.« So, wie es schon einmal der Fall gewesen war. Killian sah mich einen Moment nachdenklich an, ehe er einen Biss von seinem Burger nahm.

»Wahrscheinlich, weil es schon mal so gewesen ist«, mutmaßte er.

Ich nickte. »Ja, wahrscheinlich. Es war merkwürdig, wieder zu Hause zu sein. Als wäre meine Zeit hier nur eine Illusion gewesen. Die Erinnerungen verblassten so schnell, wurden durch neue ersetzt. Mit jedem Tag, an dem ich die Augen öffnete, fehlte ein weiteres Detail. Bis mache Erinnerungen schließlich ganz verschwanden. Ich habe mich selbst dafür gehasst. Das Einzige, was blieb und mich daran erinnerte, dass all das echt gewesen war, waren meine Gefühle und die wenigen Fotos, die wir gemacht hatte … und das Tattoo.« Nachdenklich spielte ich mit einer meiner weißen Haarsträhnen, während ich in die Ferne sah, beobachtete, wie die Sonne sich langsam in den Himmel stampfte.

»Wie lange wirst du bleiben? Ich weiß, du meintest, du suchst eine Wohnung, aber das kann ja alles und nichts bedeuten.«

»Wahrscheinlich für ein Jahr«, murmelte ich. »Nur mittlerweile …«

»Hast du nie darüber nachgedacht hierzubleiben? Endgültig?«

Überrascht sah ich ihn an. »Doch natürlich, aber …«

»Aber was?«, fragte er und ließ den Burger in seiner Hand sinken.

»Ich muss mich erst noch um eine Greencard kümmern …«

Er lachte. »Das sollte bei deinem Bekanntheitsgrad kein Problem sein, Carrie. Und das weißt du. Sei ehrlich zu mir …«

»Ich habe keinen Grund mehr.«

Ich erkannte an seinem Gesichtsausdruck, dass meine Worte wie eine Ohrfeige für ihn waren.

»War Evan denn der einzige Grund, weswegen du zurückgekehrt bist?«, fragte er.

Die Anspannung im Wagen war plötzlich fast greifbar.

Ja. Sicher nicht der einzige, aber im Grunde genommen war es nicht nötig gewesen, für so lange Zeit nach Seattle zu kommen, nur weil Dumónt meine Bilder ausstellte. Ich tat es, weil ich es konnte und wollte. Ich tat es wegen ihm.

Natürlich hatte ich mich auch auf die anderen gefreut. Dennoch war es nicht dasselbe. Sie waren meine Freunde, und er war meine große Liebe.

»Nein«, antwortete ich verspätet. Killian sah mich an.

»Für diese Antwort hast du aber ziemlich lange gebraucht.«

Mir entfuhr ein Seufzer. Was wollte er von mir hören? Wir wussten doch beide, dass Evan der Grund für meine Rückkehr war?

Er machte die Tüte zu und säuberte seine Hände mit einem Zitronenfeuchttuch. Offenbar hatte ich ihm den Appetit verdorben. Es herrschte Schweigen. Ich konnte nicht sagen, wie lange, doch es kam mir wie eine Ewigkeit vor, in der seine Zähne aufeinander mahlten und er aus dem Fenster sah.

»Verdammt, Killian …« Ich warf die Pommes in meiner Hand zurück in die Tüte, säuberte mir die Hände und sah ihn an.

»Was, ›verdammt Killian‹?«, fragte er, als wisse er nicht ganz genau, was ich meinte.

Wann war es so kompliziert geworden zwischen uns? Und warum hatte ich das Gefühl, dass ich gerade im Begriff war, ihn zu verlieren?

»Killian, es tut mir leid. Ich wollte dich nicht verletzen.«

»Hilf mir nur, es zu verstehen, Carrie. Ich habe wirklich versucht, dich zu ermutigen, und du weißt, dass ich euch immer unterstützen werde … Aber wie kann es sein, dass du nach allem, was er dir angetan hat, seitdem er wieder hier ist … Wie kann er da immer noch der einzige Grund sein, dass du bleiben willst?«

Eine Frage, auf die ich zugegeben keine plausible Antwort hatte, also übte ich mich in einem lahmen Versuch, ihn halbwegs zufriedenzustellen.

»Ich bleibe nicht nur wegen Evan, okay? Du weißt, dass ihr wie eine Familie für mich seid.«

Er verzog das Gesicht. Was war denn bloß los mit ihm.

»Killian?« Ich beugte mich vor, zwang ihn, mich anzusehen.

»Carrie … Es tut mir leid, aber ich muss das jetzt einfach tun.« Seine Stimme war rau und kehlig. Gleich würde etwas Dummes passieren, ich konnte es spüren. Zum einen konnte ich es an meinem verräterischen Herzen spüren, das immer schneller schlug, seitdem er das gesagt hatte. Zum anderen konnte ich es an seinem Blick sehen, der auf meinen Lippen ruhte. Doch was mich am meisten beunruhigte, war die Tatsache, dass ich wollte, was er gleich tun würde.

Langsam beugte er sich zu mir, gab mir genug Zeit ihn wegzustoßen, ihm zu sagen, dass ich ihn nicht wollte. Dass er der falsche Bruder war. Doch alles, woran ich denken konnte, war, wie Evan mich allein gelassen hatte.

Ich bewegte mich keinen Zentimeter – weder in seine Richtung noch von ihm weg. Stattdessen blieb ich, wo ich war.

Als seine Lippen die meinen berührten, konnte ich spüren, wie Tränen in mir aufstiegen.

Er küsste zärtlich, sanft und voller Liebe, so, wie Evan mich hätte küssen sollen.

Ich schlang die Arme um seinen Nacken, zog ihn zu mir ran, erwiderte den Kuss. Er folgte meinen Bewegungen, zog mich über das Armaturenbrett seines Wagens auf seinen Schoß. Intensivierte unser Zungenspiel.

Es war der Geruch von dunkler Schokolade und Brombeeren, der mich aufwachen ließ, der mir ins Bewusstsein rief, was wir da taten. Ich versteifte mich.

Verdammte Scheiße, war ich noch ganz bei Trost? War ich von allen guten Geistern verlassen? Wenn Evan erfuhr, was ich und Killian trieben, er würde mir niemals verzeihen.

Killian vergrub die Hände in meinen Haaren, legte einen Arm um mich, doch ich reagierte kaum, beobachtete das, was passierte, wie eine außenstehende Dritte.

Und obwohl ich wusste, dass ich im Begriff war, den größten Fehler meines Lebens zu begehen, hörte ich nicht auf.

Stattdessen kletterte ich auf die Rückbank, zog Killian zu mir ran. Der hob mich erneut auf meinen Schoß, liebkoste mich. Eine Gänsehaut breitete sich auf meinen Körper aus, als er mir die Jacke auszog, mein Shirt hochschob und sanfte Küsse auf meinen Bauch hauchte.

»Fuck«, murmelte ich, während ich die Hände in Killians Haaren vergrub. Seine Augen waren beinahe schwarz vor Verlangen, und ich konnte die Begierde darin erkennen.

Und dann streifte er mir die Hose ab, sah mich erwartungsvoll an. Für den Bruchteil einer Sekunde sah ich Evan vor mir – wie er das Bett verließ, wie die Tür ins Schloss fiel.

Ich gab Killian einen Kuss. Nur kurz. Kurz und sanft. Aber es reichte als Erlaubnis.

Und dann geschah, was niemals hätte geschehen sollen.

Wir lagen auf der Rückbank. Ich in seinen Armen, mein Herz blutend vor schlechtem Gewissen. *Was hatte ich bloß getan?*

Killian drehte sich um, küsste mich sanft.

Er hielt augenblicklich inne, lehnte sich zurück, sah mich an. Nie würde ich den Schmerz vergessen, den ich in diesem Moment in seinen Augen sah.

»Du weinst«, wisperte er dann, bevor er mich losließ. »Verdammt«, flüsterte er, strich mir mit dem Daumen sanft über die Wange. »Tut mir leid … ich wollte nicht.«

Es war nicht zu fassen. Jetzt entschuldigte er sich auch noch, als wäre nicht ich hier diejenige, die sich benahm wie eine absolute Schlampe.

»Es tut mir leid, Killian. Ich weiß nicht, was los ist. Es tut mir so leid. Ich hätte das niemals zulassen dürfen. Ich liebe Evan. Das habe ich immer getan.« Weitere Tränen brannten sich mir die Wangen herunter. »O Gott.« Panisch fuhr ich mir durch die Haare, kletterte von seinem Schoß und flüchtete zurück auf meinen eigenen Sitz. »Killian, was … Was sollte das verdammt?!«, murmelte ich panisch, bevor ich die Wagentür öffnete, nach draußen taumelte. »O Gott«, fluchte ich erneut. Das durfte einfach nicht wahr sein.

»Carrie …« Killian kniete sich vor mich, sah mich aus glasigen Augen an.

»Es tut mir so leid, bitte. Ich dach…«

»Ja, was dachtest du?«

»Dass es das Richtige wäre. Du weißt doch selbst, dass ich dich nie so behandeln würde wie er. Ich würde dir nie so wehtun.«

»Das Richtige?«, fragte ich ungläubig, seine weiteren Worte

wohlwissend ignorierend. »Verdammt, du bist sein Bruder! Wie kann das das Richtige sein?«

Ich sah, wie Killian langsam wütend wurde. Es war, als konnte ich beobachten, wie er seine Mauern hochzog und aus Schmerz Wut wurde.

»Wie das richtig sein kann? Weil Evan sich benimmt wie der größte Arsch, Carrie. Das hast du verdammt noch mal nicht verdient. Du bist eine von den Guten. Du hast jemanden verdient, der dich zu schätzen weiß, jemand, der sich freut, dich zu sehen, und der dir jeden Tag das Gefühl gibt, dass du etwas Besonderes bist. Jemanden, der dich und deine Liebe zu schätzen weiß.« Er fuhr sich durch die Haare. »Jemanden wie mich«, flüsterte er, bevor er sich umdrehte und gegen sein Auto schlug. »Verdammt noch mal«, wiederholte er, wandte sich ab und stieg in den Wagen.

»Wir sollten besser zurückfahren«, erklärte er nur, und schon brummte der Motor. Einen Moment starrte ich fassungslos auf den schwarzen Wagen, dann öffnete ich die Tür und stieg ein. Mein Herz schlug nur noch träge, und vereinzelte Tränen brannten sich meine Wangen entlang.

Es hatte sich nicht nur so angefühlt, als würde ich ihn verlieren …

Wir legten die Rückfahrt schweigend zurück. Das einzige Geräusch, das die Stille zu durchbrechen vermochte, war unser Atem.

Als wir am Hilton ankamen, fuhr er in die Tiefgarage, ehe er sich die Cap tiefer in die Stirn zog und mich ansah. Ich wollte nichts sehnlicher als aus diesem Auto aussteigen, aber ich wusste, dass wir darüber reden mussten.

»Tut mir leid, Carrie. Ich wollte dich nicht in diese Situation bringen. Wirklich nicht«, sagte er leise, den Blick gesenkt. Er konnte mich nicht einmal mehr ansehen.

»Ich weiß, Killian …«

»Ich …«, murmelte er. »Es tut mir nur so weh, jeden Tag mit ansehen zu müssen, wie er dich behandelt, wo ich …«

Ich wollte nicht hören, was er als Nächstes sagen würde. Am

liebsten hätte ich mir die Ohren zugehalten, aber ich wusste, dass das keine Option war. Und so sah ich ihn an, abwartend, ängstlich.

»Wo ich dich doch so viel besser behandeln würde …«, flüsterte er.

»Du solltest so etwas nicht sagen«, flüsterte ich. »Er ist dein Bruder.«

»Ich weiß«, erklärte er, als hätte er dieses Gespräch in Gedanken schon hundert Mal mit mir geführt. »Ich weiß. Aber das macht es nur schlimmer. Zu sehen, wie mein eigener Bruder nicht zu schätzen weiß, was er hat und gleichzeitig zu wissen, dass ich es niemals werde haben dürfen, weil es eben ihm gehört.«

Ich senkte die Lider, und obwohl es unangemessen war, nahm ich seine Hand, drückte sie so, wie er es schon Hunderte Male mit mir getan hatte. »Es tut mir leid, Killian.« Dann stieß ich die Autotür auf und floh regelrecht aus seinen Wagen.

Als sich die Türen des Fahrstuhls schlossen, ohne das Killian mir gefolgt war, lehnte ich erleichtert den Kopf an die Wand, bevor ich mehrfach ein- und ausatmete. Es war eine Katastrophe. Und das Schlimmste daran war, dass ich es überhaupt so weit hatte kommen lassen.

Plötzlich fühlte es sich an, als wurde die Last auf meinen Schultern tonnenschwer, denn nun stand nicht nur Evans und meine Vergangenheit zwischen mir und Evan. Sondern auch noch Killian. Was hatte ich bloß getan?

Ich hatte ganze 2345 Schäfchen gezählt, ehe ich zu dem Entschluss gekommen war, dass ich heute wohl kein Auge mehr zubekommen würde. Wenn man bedachte, dass ich gerade einmal vier Stunden geschlafen hatte, war das eine ziemlich traurige Bilanz.

Doch immer wieder stellte ich erschrocken fest, wie ich mir über die zarte Haut meiner Lippen strich, als wollte ich mich vergewissern, dass das vorhin wirklich geschehen war. Immer wieder dachte ich über Evan, Killian, unseren Kuss – alles, was danach geschehen war, Evans warmen Körper –, über sie beide nach. Sie verfolgten mich, auf welche Seite des Bettes ich mich auch drehte, bis ich irgendwann einsehen musste, dass die Stimmen in meinem Kopf keine Ruhe geben würden.

Es war nicht die erste schlaflose Nacht. In den letzten drei Jahren hatte ich einen alles andere als guten Schlaf gehabt.

Wenn mein Vater nachts unterwegs gewesen war und sich die Birne weggesoffen hatte, hatte ich nur selten in den Schlaf gefunden. Die Angst vor dem, was geschehen würde, wenn er wiederkam, war zu groß gewesen. Später, als er nicht mehr bei uns gelebt hatte, hatte ich nicht mehr seine Rückkehr gefürchtet, aber sein plötzliches Auftauchen.

Und so war ich wach geblieben, hatte die Nacht zur Hauptzeit meiner Kreativität gemacht. Denn wenn es im Haus ganz ruhig gewesen war und kein Windhauch das alte Gemäuer und keine leisen Schritte die Stille durchbrochen hatten, hatte ich in einen inneren Zustand des Friedens gefunden.

Langsam schlug ich die erhitzten Laken zurück, schlüpfte in meine Latzhose und zog eine neue Leinwand hinter dem Sofa hervor. Ich hatte gut zehn Stück besorgt. Das sollte für die nächsten ein, zwei Wochen reichen.

Wie immer wusste ich nicht, was ich zeichnen würde, ließ mich von meinen Gedanken treiben.

Und heute war ihre Strömung ganz besonders düster. Killian hatte mich aufgewühlt, hatte mein gesamtes Gefühlsleben auf den Kopf gestellt.

Immer wieder schwirrte diese eine Frage durch meinen Kopf, raubte sämtlichen Platz, um auch nur einen einzigen klaren Gedanken zu fassen …

Wieso liebe ich Evan Black?

Was hatte ich an ihm gefunden? Und was fand ich jetzt an ihm?

Was war es nur gewesen, das mich so unwiderruflich an ihn gebunden hatte?

Ich verstand es nicht. Schon längst nicht mehr. Ob ich es wohl jemals wieder verstehen würde? Heute war der erste Tag seit drei Jahren, an dem ich meine Liebe zu Evan Black infrage stellte.

Wieso liebe ich Evan Black?

Warum verliebten wir uns immer in die Falschen? Killian wäre eine gute Wahl. War es schon immer gewesen. Auch damals hatten er und ich uns ausgezeichnet verstanden, aber nie wäre ich auf die Idee gekommen, dass sich mehr als Freundschaft dahinter verborgen hatte. Hatte er mich auch damals schon geliebt? Und falls ja, wieso war es mir entgangen? Damals wie heute?

Was hatte Evan bloß an sich, dass ich mich auf solch absurde Art und Weise zu ihm hingezogen fühlte?

Wieso liebe ich Evan Black?

Aber da war noch eine Frage, leise und unsicher hatte sie sich angeschlichen, doch ich hatte sie trotzdem gehört.

Wieso empfinde ich nichts für Killian?

Warum konnte ich Killian nicht einfach lieben? Der, der mich in den letzten Wochen aufgefangen hatte. Der, der für mich da gewesen war, wenn Evan mal wieder seine Wut an mir hatte auslassen müssen.

Noch einmal dachte ich an den Kuss zurück. Ja, da war Leidenschaft gewesen und ja, es hatte sich zweifelsfrei gut angefühlt. Aber mehr eben nicht. Weder hatte es geknistert noch wollte ich es wiederholen. Die Frage war nur: Wieso nicht? Wo Killian doch offensichtlich bereit war, alles für mich zu opfern, selbst seinen Bruder …

Wieso liebe ich Evan Black?

Es ergab keinen Sinn. Evan behandelte mich, als wäre ich für ihn das Letzte. Und auch wenn er mir in den letzten Tagen das Gefühl gegeben hatte, dass mit uns vielleicht alles wieder so werden könnte wie früher … Es stimmte einfach nicht. Das mit uns konnte nicht mehr so werden wie damals. Dazu war, und das hatte er mir mehr als deutlich mitgeteilt, zu viel geschehen. Warum wollte mein Herz das nicht akzeptieren?

Wieso liebe ich Evan Black?

Ich setzte einige wenige, letzte Pinselstriche, dann fiel mir die Antwort wie Schuppen von den Augen.

Weil Liebe nicht nach Vernunft und Verstand fragte. In der

Liebe ging es nicht um Logik. Es ging immer nur um Emotionen, darum, was jemand uns fühlen ließ. Und egal, wie gut Killian zu mir war, egal, wie sehr er sich um mich bemühte und mich vor dem bösen Wolf beschützte … Am Ende würde ich ja doch wieder in den Wald gehen.

Es war zwölf Uhr mittags, als ich es aufgab, noch einmal in den Schlaf zu finden. Ich konnte einfach nicht vergessen, was zwischen mir und Killian vorgefallen war. Wie hatte er das bloß tun können? Wie hatte er mich küssen und lieben können?

Doch neben den Schuldzuweisungen an ihn hatte ich mir auch selbst eingestehen müssen, dass ich nicht ganz unschuldig gewesen war. Auch wenn er den ersten Schritt gemacht hatte, hatte ich nichts dagegen unternommen, hatte es regelrecht darauf ankommen lassen.

Hatte ich ihn nur benutzt? Warum sonst hätte ich es zulassen sollen? Was war ich für ein Mensch, dass ich ihn benutzt hatte, um mich besser zu fühlen? Um mich geliebt zu fühlen?

Ich hatte ihn benutzt und in mein Leben gelassen, hatte die überdeutlichen Anzeichen seiner Gefühle für mich ignoriert. Nicht etwa, weil ich ihn liebte, sondern weil ich die Vorstellung mochte, dass es da draußen jemanden gab, der *mich* liebte. Diese Erkenntnis erschütterte mich bis ins Mark. Was für ein Mensch war ich, dass ich mit den Gefühlen anderer spielte? Wie konnte ich so etwas bloß tun?

Und obwohl ich die ganze Zeit durchgezeichnet und nach Antworten in meinen nervösen, kurzen Pinselstrichen gesucht hatte, war ich einfach nicht fündig geworden.

Und so saß ich auf der Bettkante und starrte auf mein halb fertiges Gemälde.

Langsam stand ich auf, trottete zur Kaffeemaschine und suchte mir eine Kapsel aus dem kleinen Korb daneben aus, bevor ich mir einen doppelten Espresso machte. Das würde wohl auch das Einzige sein, was mich heute am Leben erhalten würde – Kaffee, Kaffee und noch mal Kaffee.

Noch während die Maschine angestrengt brummte, schleppte ich mich ins Bad und putzte mir die Zähne.

Nachdem ich mich gewaschen und leichtes Make-up aufgetragen hatte, ging ich zu meinem Koffer. Es war definitiv Zeit, ihn endlich auszupacken, aus irgendeinem Grund hatte ich es noch immer nicht geschafft. Es war beinahe so, als befürchtete ich, dass meine Abreise eher stattfinden würde, als ich geplant hatte. Ich verwarf den Gedanken, dann zog ich eine schwarze Lederhose und einen dunkelblauen Rollkragenpullover heraus und zog mich an.

Bevor ich das Hotel verließ, rollte ich noch die ausgelegte Plane unter der Leinwand zusammen, machte für Daniel ein Foto von dem neuen Bild und checkte anschließend noch einmal mein Handy. Ich hatte eine Nachricht von Micheal, Evans Agenten.

Daniel und ich haben uns überlegt, dass ihr beiden, du und Evan, mehr gesehen werden solltet. Wir wollen, dass die Presse mitkriegt, dass ihr gemeinsam rumhängt, eure Zeit miteinander verbringt – ihr seid frisch verliebt, und so soll es auch rüberkommen.

Ich ließ das Handy sinken. Verdammte Scheiße, noch mal!

Wollte gerade in die Stadt, verspätet frühstücken gehen.

Da ich mir bereits denken konnte, dass ich nicht mehr allein gehen würde, ließ ich mich stattdessen genervt in die Couch sinken und zog mir den Laptop auf den Schoß.

Die nächste Nachricht kam prompt von Evan.

Bin in circa 45 Minuten bei dir.

Fassungslos starrte ich auf die Worte. Ein kurzer Satz mit Punkt. Kein »Hallo«, kein »Wie geht es dir?«, nichts.

Er schrieb, als hätte er mich nicht gestern Abend nach meinem Geständnis einfach hier sitzen gelassen. Er schrieb, als wäre alles okay. Am liebsten hätte ich das Telefon durch den Raum geschmissen, besann mich jedoch eines besseren.

Ich durfte mich nicht mehr über ihn aufregen, denn ändern konnte ich es nicht. Stattdessen sollte ich mich ernsthaft fragen, ob das wirklich das war, was ich wollte.

In all den letzten Tagen hatte ich den neuen Evan – mit all seinen guten und beschissenen Seiten – kennengelernt, hatte gelernt, dass es keinen alten Evan mehr gab. Es gab nur den launischen Evan. Den, der einem in der einen Sekunde ins Gesicht sah, als wäre man die Welt für ihn, und den, der einen mitten in der Nacht verließ.

Bevor ich den Gedanken zu Ende gedacht hatte, erreichte mich bereits die Benachrichtigung über eine neue Pressemitteilung. Entgegen dem, was Daniel mir geraten hatte, klickte ich sie an. Und nachdem ich einen Artikel gelesen hatte, wollte ich noch einen und dann noch einen lesen.

Einige der Artikel waren entfernt von sämtlicher Realität, brachte mich regelrecht zum Lachen. Wieder andere machten mich einfach nur wütend. So oder so gaben sie nichts als Bullshit preis und das, obwohl die Informationen angeblich von einer »vertraulichen Quelle« stammten. Mich interessierte wirklich, ob sie einen fernen Informanten hatten oder man diesen Zusatz nur wählte, damit die Leute daheim den Bullshit glaubten, den sie als Wahrheit verkaufen wollten. Einige wenige Artikel waren dagegen doch schon recht nah an der Wahrheit. Und irgendwann stolperte ich auch über das Fernsehinterview, das wir am Abend der Spendengala gegeben hatten. Eigentlich hatte ich mir geschworen, es nicht anzusehen, aber ich konnte nicht anders.

Klick.

Evans und mein Gesicht tauchte auf dem Bildschirm auf. Ich, wie ich ihn ansah. Er, wie er sich verschmitzt über das kurze Haar fuhr, charmant in die Kamera blickte.

Es war … so unfassbar authentisch. Selbst ich hätte uns abgenommen, dass wir einander liebten. Die ganze Zeit über sah ich ihn an wie ein liebesblinder Trottel – was ich genau genommen ja auch war. Und Evan schauspielerte so gut, dass es fast bedauerlich war, dass er stattdessen eine Karriere in der Musik bevorzugt hatte. Für so eine Leistung hätte er sicherlich auch einen Oscar bekommen.

Plötzlich klopfte es. Erschrocken zuckte ich zusammen. Offenbar hatte ich die Zeit vergessen.

»Moment!«, rief ich, dann zog ich mir eine schwarze Lederjacke an, tat einen voluminösen Schal um und schnappte meine Tasche.

Als ich die Tür öffnete, sah Evan mich an. Er verzog keine Miene.

»Guten Morgen«, murmelte er, als wäre nichts geschehen. Nun, genau genommen ignorierte er einfach die Tatsache, dass ich ihm letzte Nacht mein Herz ausgeschüttet hatte, und tat, als wäre alles wie immer. Mein Magen verkrampfte sich.

»Sonnenbrille?«

Fassungslos starrte ich ihn an. Ich wusste nicht, ob ich ihn umarmen oder ihm ins Gesicht schlagen wollte, und die Tatsache, dass ich trotz seiner gleichgültigen, arroganten Art noch das Bedürfnis hatte, ihn zu umarmen, machte mich noch viel wütender, als ich ohnehin schon war. Das durfte nicht wahr sein. Ich biss die Zähne zusammen. Als ich mich an ihm vorbeischieben wollte, legte er mir jedoch eine Hand auf die Schulter. Seine Berührung war sanft, fast so, als befürchtete er, ich könnte andernfalls zerbrechen.

»Sonnenbrille?«, fragte er noch einmal.

Ich machte auf dem Absatz kehrt, bevor ich meine Sonnenbrille holte und ihm zunickte.

Er folgte mir in den Fahrstuhl. Bis auf Beethovens siebte Symphonie war es still. Nicht einmal unseren Atem konnte ich hören, ob wohl nur ich ihn anhielt?

Als der Fahrstuhl stoppte, nahm Evan meine Hand, räusperte sich. »Bereit, Abernathy?«

Beinahe hätte ich gelacht. Was hatte ich schon für eine Wahl?

Als sie uns erblickten, sprangen die Paparazzi regelrecht auf. Sofort begann Blitzlichtgewitter, das Rumgeschreie. Ich krallte mich in Evans Hand, als befürchtete ich, sonst das Gleichgewicht zu verlieren, ehe ich mich von ihm ins Auto schieben ließ. Die Fragen der Paparazzi hallten nach, doch an diesem Morgen waren keine Fragen so laut wie die, die ich mir selbst stellte.

Müde ließ ich den Kopf an die Lehne sinken, schaute in die aufgeregten Gesichter der Fotografen.

Es war meine erste Woche hier, und bereits jetzt hatte ich die Schnauze gestrichen voll von all dem. Louis hatte recht gehabt, die Paparazzi hier waren schlimmer. Definitiv.

Was wohl Evan durch den Kopf ging. Was er wohl dachte? Hatte er wenigstens ein schlechtes Gewissen, weil er mich gestern so einfach hatte sitzen lassen? Tat es ihm leid? Plötzlich erinnerte ich mich an etwas, das meine Mutter einmal zu mir gesagt hatte, als ich sie gefragt hatte, ob sie denke, dass aus Evan und mir noch mehr als Freunde werden könnten. Es war meine dritte oder vierte Woche hier gewesen. Und ich unsterblich in ihn verliebt.

»Weißt du, Schätzchen, du denkst viel zu viel darüber nach. Natürlich wäre es schön, wenn, und ich würde auch nichts ausschließen. Aber wenn er zu dir sagt, dass ihr nur Freunde seid, nimm das so hin. Zerlege seine Aussagen nicht, analysier seine Worte nicht, denk nicht so viel darüber nach. Am Ende Carrie … Am Ende sind fünf plus fünf immer zehn.«

»Carrie?«

Ich sah auf.

»Hör mal …« Er nahm seine Brille ab und schaute mich aus blutunterlaufenen Augen an.

»Ich hoffe, ich habe dich nicht verletzt, weil ich … gegangen bin. Es gibt einfach Dinge, die mich aus der Bahn werfen. Mit denen ich nicht umgehen kann und das … Das war eines von diesen Dingen.«

Eine lahme Ausrede. Er hatte mich im Arm gehalten, und viel mehr hätte er nicht tun können, viel mehr hatte ich gar nicht von ihm verlangt. Wie also hatte er dann so plötzlich vergessen, wie man das *Richtige* tat? Er log mich an und wurde noch nicht einmal rot dabei.

Ohne zu antworten sah ich ihn an, wandte ich mich schließlich ab. Aus dem Augenwinkel bemerkte ich, wie er nervös mit seinen Fingern spielte.

»Willst du gar nichts dazu sagen? Ich weiß, dass es dich wahnsinnig viel Kraft gekostet hat, mir das zu erzählen. Und ich ... ich wollte das nicht mit Füßen treten. Wirklich nicht.«

Hast du aber, dachte ich verbittert, sparte mir diese Aussage jedoch. Es würde ja eh nichts bringen, außer, dass er sauer wurde. Stattdessen sagte ich also: »Tja, Evan, ehrlich gesagt weiß ich nicht, was ich dazu noch sagen soll.«

Schweigen. Es schlug mir entgegen wie eine stürmische Böe an herbstlichen Tagen, wenn ich die Tür öffnete. Sie haute mich beinahe um. Fast hätte ich noch einmal »Evan?« gesagt, doch mir fiel auf, dass meine Aussage nicht viel Spielraum zum Antworten gab. Zumindest nicht sofort. Und so fuhren wir an vielen Häusern vorbei – ich zählte ganze 36 Stück, ehe er seine Stimme wiederfand.

»Das macht es nicht wieder gut, Carrie. Ich weiß, du wünschst dir, dass es so einfach ist. Dass du mir erzählst, was dir widerfahren ist, und ich dir auf der Stelle alles verzeihe, was passiert ist ...«

Seine Augen wirkten heute noch größer als sonst.

»Aber so ist es nicht«, sagte er.

Natürlich war es das nicht. Für ihn würde es nie ausreichen. Ich könnte ein Streichholz nehmen und mich anzünden, und wahrscheinlich könnte er mir nicht einmal dann verzeihen.

Er konnte es nicht, weil es schon längst nichts mehr zu verzeihen gab. Er hatte mir schon längst verziehen. Das hatte er allerspätestens dann getan, als er mich gestern Abend in seine Arme gezogen hatte. *Ich* war nicht mehr das Problem.

Das Problem lag schon längst nicht mehr auf meiner Seite der Insel – es lag auf seiner Seite. Und er wusste es.

»Doch, Evan«, erwiderte ich. »Es ändert alles. Und das wissen wir beide. Die Sache ist nur die, dass sich deine Bereitschaft, mir zu erzählen, was *dir* geschehen ist, nicht ändert, und das ...« Ich zuckte mit den Schultern, obwohl mich die nächsten Worte alles an Überwindung kosteten. »Tja, das ist wirklich ein Problem.« Just in diesem Moment hielt der Wagen.

Obwohl die Paparazzi uns schon erwarteten – woher auch immer sie wussten, wohin wir fuhren –, wollte ich nichts sehnlicher, als den Wagen zu verlassen, wollte vor ihm und all den Dingen um mich herum fliehen. Stattdessen spürte ich wenige Augenblicke seine Hand in meinem Rücken, während er mich in ein nobles Frühstückscafé führte. Wir wurden angestarrt, doch scheinbar hatte jemand Bescheid gegeben, dass wir kommen würden, denn der Kellner am Empfang führte zu einen Tisch nahe dem Fenster. Bis auf diesen Tisch waren alle anderen abgedeckt worden, und keine Menschenseele befand sich mehr hier. Der Kellner führte uns hinüber, dann legte er uns zwei Karten hin und verschwand.

»Sie haben für uns abgesperrt?«, fragte ich ungläubig.

»Na ja …«, sagte Evan, ohne aufzuschauen. »Ich bezweifle, dass wir entspannt hätten frühstücken können, wenn ständig jemand gekommen wäre, um uns um Fotos oder Autogramme zu bitten.«

Kurze Zeit später kam der Kellner wieder. Ich bestellte ein französisches Frühstück, einen großen Latte macchiato und einen Schokoladenmuffin, dann lehnte ich mich im Stuhl zurück, guckte aus dem Fenster. Wir waren irgendwo in Downtown. Ich hatte das Café zuvor noch nie gesehen, aber der süße Duft und die netten Bedienungen ließen hoffen, dass es ein gutes Café war.

Draußen tummelten sich die Paparazzi wie die Fliegen und hielten so den Verkehr der einfachen Passanten auf. Auf einmal nahm Evan meine Fingerspitzen, strich mit dem Daumen sanft über meine Hand.

»Sieh mich an«, flüsterte er.

Ich tat es, aber als ich ihm in die Augen blickte, überkam mich plötzlich das übermächtige Bedürfnis, ihm zu erzählen, was gestern mit Killian geschehen war. In letzter Sekunde noch konnte ich mich bremsen. Ich holte tief Luft. Wie konnte es sein, dass eine einfache Zärtlichkeit mich bereits so aus dem Konzept brachte?

Sobald ich meinen – den alten Evan – durchblitzen sah, überkam mich das überdeutliche Bedürfnis, ihm mein Herz auszuschütten. Ehrlich zu ihm zu sein. In diesem Moment wurde das schlechte Gewissen wegen Killian beinahe übermächtig.

»Wie geht es deiner Mom jetzt?«, fragte Evan so unerwartet, dass ich den schmerzlichen Ausdruck in meinem Gesicht nicht zurückhalten konnte.

»Was denkst du denn?« Ich wollte ihm meine Hand entziehen, aber er sah mit den Augen nach unten, signalisierte mir, dass er das hier nicht für mich tat, sondern vielmehr für die Kameras. Mir wurde schlecht.

»Evan, du musst nicht mit mir reden. Die Kameras können uns doch ohnehin nicht hören«, sagte ich bissig.

Er hob eine Braue. »Ich weiß, Carrie«, erklärte er.

»Warum tust du es dann?« Er runzelte die Stirn.

»Carrie, ich rede nicht wegen der Kameras mit dir, sondern weil es mich interessiert, weil *du* mich interessierst.«

»Ach ja?« Ich wusste, dass ich mit diesem Thema besser nicht beginnen sollte. Nicht jetzt und erst recht nicht hier, doch ich konnte nicht anders, er machte mich so unglaublich wütend. Wie konnte er so tun, als würde ich ihn auch nur einen Scheißdreck interessieren, nachdem er mich gestern allein gelassen hatte?

Er drückte meine Hand fester. »Natürlich, Carrie.«

»Das habe ich gestern Abend aber anders empfunden. Wenn es dir wirklich wichtig wäre, wie es mir geht, hättest du mich wohl kaum dort sitzen lassen, und außerdem würdest du mich wohl nicht für etwas verantwortlich machen, von dem wir beide wissen, dass es nicht meine Schuld ist«, fuhr ich ihn an.

Er senkte die Lieder.

»Carrie, ich bitte dich. Es war ein Notfall. Ich musste weg. Und was das andere betrifft … Ich denke, hier ist nicht unbedingt der richtige Rahmen, um darüber zu sprechen.«

»Natürlich musstest du weg. Mir passiert es auch ständig, dass ich mitten in der Nacht irgendwelche Notfälle habe. Und was das andere betrifft – den richtigen Rahmen gibt es wohl nie«, murmelte ich.

In dem Moment kam der Kellner mit einem großen Tablett in der Hand. Er stellte unsere Menüs ab, dann verschwand er wieder.

»Carrie«, zischte er, während ich gerade dabei war, mich über mein Croissant herzumachen.

»Was?«, entgegnete ich ruhig, wobei ich den Duft des Latte tief einsog. Es roch köstlich.

»Wir sollten nicht weiter darüber sprechen. Zumindest nicht jetzt. Was die da drüben sehen wollen und sehen müssen, damit sie die richtigen Nachrichten verbreiten, ist, wie wir lachen und uns ausgelassen unterhalten, okay? Wir müssen das jetzt spielen.«

»Wieso bist du so bemüht darum, meinen Ruf zu retten, Evan? Es kann dir doch eigentlich völlig egal sein, was die Presse über mich verbreitet, oder?«

Einen Augenblick sah er mich an, als hätte ich den Verstand verloren, ehe er sagte: »Tja, immerhin stellst du dir schon mal die richtigen Fragen.«

Er lächelte. Ich konnte spüren, wie die Kameras nervös blitzten.

»Also, wie geht es ihr?«, fragte er noch einmal. Es war ein makabrer Einstieg für ein Gespräch, aber ehrlich gesagt war mir alles recht.

»Ich … ähm …« Ich war unschlüssig, ob ich ihm die Wahrheit sagen sollte oder nicht.

Interessierte es ihn wirklich, oder wusste er nur nicht, worüber er mit mir sprechen sollte?

»Es … ähm … es ging ihr schon einmal besser«, erklärte ich.

Evan legte den Kopf schief. »Das dachte ich mir«, sagte er, bevor er einen Schluck aus seiner Tasse trank. Kaffee. Schwarz. Immerhin das war gleich geblieben.

Bei der Vorstellung, wie bitter sein Kaffee schmecken musste, verzog ich angewidert das Gesicht.

»Was?« Er lachte.

»Dein Kaffee … Ich frage mich noch immer, wie man dieses Gesöff nur ohne Milch ertragen kann«, murmelte ich.

Er lachte erneut, und in diesem Moment war es, als hörte die Welt auf sich zu drehen. Wie hatte ich dieses Lachen vermisst? Mir lief eine Gänsehaut den Rücken hinunter.

»Ich habe meinen Kaffee doch schon immer schwarz getrunken«, erklärte er, als hätte ich es vergessen.

»Ich weiß«, sagte ich.

Eine Weile wurde es still.

»Willst du nicht über sie reden?«

Ich zuckte mit den Schultern wie ein kleines Kind, das man gefragt hatte, was es zum Mittagessen wollte.

»Doch natürlich. Nur ich weiß nicht, was ich sagen soll, Evan. Es geht ihr gut. Aber sicher auch nicht so gut, wie sie behauptet. Ich meine, sie hat ihren Ehemann verloren – und jetzt auch noch mich.« Er nahm erneut meine Hand.

»Carrie, sieh mich an!« Ich schaute auf seine Hand, die klobigen Ringe, die er schon damals getragen hatte. Es war ein neuer hinzugekommen. Spielkarten.

»Carrie?«

Ich sah auf.

»Hör auf, dir dafür die Verantwortung zu geben. Okay, ich weiß, dass man das leicht tut. Aber deine Mutter hat dir gesagt, dass es in Ordnung ist, wenn du gehst, also kannst du ihr das glauben. Warum sollte sie dich anlügen?«

»Weil sie mein Bestes will«, murmelte ich.

»Natürlich will sie das. Das wollen alle Mütter für ihre Kinder. Und ja vielleicht ist es wirklich gelogen, dass es okay für sie ist. Doch wenn ich eines in all den Jahren gelernt habe: Es spielt keine Rolle, wie weit du von deinen Eltern entfernt bist und wie sehr sie dich vermissen. Solange du glücklich bist, sind sie auch glücklich. Vertrau mir!«

Er drückte meine Hand, dann lehnte er sich zurück und begann damit, sein Brötchen mit Käse zu belegen.

»Wie lange habt ihr an dem neuen Album gearbeitet?«, fragte ich, um das Thema umzulenken.

»Puh.« Er stieß einen Schwall Luft aus. »Nachdem du …« Er rang mit sich. »Nachdem du fort warst, wusste ich ehrlich gesagt gar nichts mehr. Mein Leben lag als Scherbenhaufen vor mir. Nicht nur wegen dir, generell. Es war alles auf einmal gekommen. Das Einzige was geblieben war, war die Musik. Doch auch für die hatte ich damals nicht wirklich einen Kopf. Wir haben zwar keine Konzerte abgesagt.« Er nahm einen Bissen seines Bagels. »Aber wir haben eben auch keine neuen Songs geschrieben. Also ich. Ich … habe keine neuen Songs geschrieben. Das erste Jahr nach deiner Abreise war chaotisch, emotional … furchtbar. Ich hatte wenig Kopf für die Menschen um mich herum und erst recht nicht für die Musik. Meine Gedanken hingen einem anderen Thema nach … Einem viel, viel wichtigeren Thema.«

Ich war mir ziemlich sicher, dass er über das sprach, was er so unbedingt vor mir geheim halten wollte. Dass er nun davon redete, auch wenn es nur oberflächlich war, erwärmte mir aus irgendeinem Grund das Herz. Vielleicht war mein Geständnis von gestern doch nicht umsonst gewesen.

»Aber na ja …«, erzählte er weiter, »irgendwann, als feststand, dass ich nichts würde tun können, holten mich schließlich auch die Gedanken an mein Leben wieder ein. Gedanken an eine glückliche, unbeschwerte Zeit. Aber die Erinnerungen«, er zögerte, als wäre er sich nicht sicher, ob er die Worte wirklich aussprechen durfte, »die Erinnerungen begannen zu verblassen, ich merkte, dass manche Details fehlten. Und so setzte ich mich hin und begann, unsere Songs zu schreiben. Ich suchte mir die schönsten meiner Erinnerungen aus und schrieb einfach drauflos. Es war …« Er zögerte. »Mit jedem Song, den ich schrieb, war es, als erfuhr ich Erlösung. Ich konnte mich zwar nicht von dir freimachen, aber immerhin von der Vorstellung, dass ich all unsere Erinnerungen krampfhaft festhalten musste, weil mir etwas anderes nicht geblieben war. Denn plötzlich waren da diese Songs, und sie enthielten all meine Gedanken, Gefühle und Erinnerungen an bestimmte Erlebnisse. Mal davon abgesehen, dass jeder einzelne ...«

Er verkrampfte sich etwas, und nun war ich es, die seine Hand drückte. »Mal davon abgesehen, dass jeder einzelne eine Liebeserklärung an mich war«, flüsterte ich.

Er lächelte. »Ganz genau.«

Ich wollte etwas sagen. Irgendwas, dass all das wieder gut gemacht hätte, aber ich wusste einfach nicht, was.

Evan räusperte sich. »Ich wollte dich nicht in Verlegenheit bringen«, murmelte er dann.

»Wieso erzählst du es mir jetzt?«, fragte ich vorsichtig. Möglicherweise war das Timing ungünstig gewählt, trotzdem verstand ich seinen plötzlichen Sinneswandel nicht. Mir war zwar nicht entgangen, dass Evan sich mir langsam, aber sicher wieder etwas öffnete, doch ein derartiges Geständnis hatte mich dann doch überrascht.

»Ich ... ähm ...« Er zögerte. »Ich hätte gern, das du mit uns nach Kanada kommst«, erklärte er dann, bevor er einen großen Schluck seines Kaffees trank.

Unweigerlich fragte ich mich, ob er mit Schuss war. »Kanada?«, fragte ich überrascht.

Er nickte. »Meine Tante, Lawrences Mom, hat dort eine riesige Waldhütte. Seine Eltern sind nur ab und zu dort, und momentan steht es leer. Wir haben dort einen großen Teil des Albums aufgenommen, weil es dort ein Tonstudio gibt, also ...«

»Und was soll ich dort?«

Evan steckte sich eine Erdbeere in den Mund. »Zum einen bist du ›meine Freundin‹, was quasi bedeutet, du musst mitkommen.« Er zuckte mit den Schultern, bevor er lachte. »Und zum anderen ist die Natur dort atemberaubend. Ich kann mir nichts Besseres für eine Künstlerin vorstellen«, sagte er.

Kurz ließ ich seine Worte sacken. »Hm«, murmelte ich nach einer Weile. »Wie lange?«

»Nur paar Tage …« Er zuckte mit den Schultern. »Die anderen werden auch alle dabei sein. Komm schon. Das wird sicher lustig. Ich verspreche dir, dass du es lieben wirst.«

»Warum willst du so unbedingt, dass ich mitkomme, Evan?«, fragte ich frei heraus. Es kam mir merkwürdig vor, dass er mich dabeihaben wollte. Vielleicht wollte ich aber auch nur vor der Situation fliehen, mit beiden Brüdern gemeinsam in einer Waldhütte zu sein. Das musste einfach im Chaos enden. Es konnte nicht gut gehen.

»Sieh es als Entschuldigung an. Wir haben beide Fehler gemacht, aber ich denke, mittlerweile kann ich zumindest verstehen, warum du getan hast, was du getan hast. Und wer weiß, vielleicht können wir ja Freunde werden. So wie früher.«

Freunde? Mein Herz rutschte mir in die Hose. Darum ging es hier also – Evan wollte wieder mit mir befreundet sein.

»Carrie?«, fragte er vorsichtig.

Obwohl ich das Bedürfnis hatte, ihn von mir zu stoßen, ihn anzuschreien, nickte ich. Er wollte eine Freundschaft? In Ordnung. Evan wieder zu meinen Freunden zählen zu dürfen, war wahrscheinlich schon mehr, als ich hätte erwarten können.

»Okay«, antwortete ich verspätet. »Und wann soll es losgehen?«

»Am Donnerstagabend. Dann haben wir das gesamte Wochenende.«

»In Ordnung«, erklärte ich, bevor ich meinen Kaffee austrank.

In Ordnung, dachte ich. Doch tief in mir drin hörte ich, wie mein innerstes in tausend Teile zersprang.

Er hatte mir verziehen, aber dafür hatte ich den teuersten aller Preise zahlen müssen – unsere Liebe.

Kapitel 11

Carrie

Hey, ich muss noch mal mit dir reden. Bist du im Hotel?
– Killian

Ja, bin ich, wollte aber noch mal in die Stadt.

Bin grad in der Nähe. Beeile mich!

Ich schmiss das Handy aufs Bett, griff nach der Schachtel Zigaretten auf dem Nachttisch und ging nach draußen. Es regnete – mal wieder. So langsam hatte ich den Eindruck, das Wetter hatte sich meiner Laune angepasst. Auch wenn heute einer der besseren Tage war, denn wir würden nach Kanada aufbrechen. Außerdem war es das erste Mal, dass ich Evan seit unserem Gespräch im Café wiedersah. Seine Worte trieben mich noch immer um, doch ich versuchte, mir die Vorfreude auf die kommenden Tage nicht verderben zu lassen.

Da ich allerdings keine Wanderschuhe hatte – zumindest nicht hier, meine treuen Begleiter lagerten in Schottland in irgendeiner Holzkiste unter meinem Bett – und Lawrence groß angekündigt hatte, dass wir wandern gehen würden, musste ich noch einmal in die Stadt. Hektisch schälte ich mich aus meiner Latzhose, ehe ich die Staffelei und das gerade fertig gezeichnete Gemälde zur Seite räumte.

Keine zehn Minuten später klopfte es auch schon an der Tür. Als er »beeilen« gesagt hatte, war ich davon ausgegangen, dass er ein paar Minuten länger brauchen würde.

Killian sah furchtbar aus. Er hatte tiefe blaue Ringe unter den Augen, die Haare standen in alle Richtungen ab, und seine Haut war fahl. Er sah wortwörtlich aus, als hatte er die letzten Nächte durchgemacht und seinen Frust und Kummer in Alkohol ertränkt. Nun, er roch auch so.

»Geht es dir gut?«, fragte ich anstatt einer Begrüßung.

Er lachte, ließ meine Bemerkung jedoch unkommentiert und trat stattdessen ein.

»Hey«, sagte er und umarmte mich flüchtig, beinahe so, als könnte er sich an mir verbrennen, wenn wir einander zu lang berührten.

Ich habe ihn verloren, schoss es mir durch den Kopf. Nein, nein, nein, versuchte ich, mir den Gedanken wieder auszureden.

»Du meintest, du wolltest mir reden …?«, fragte ich vorsichtig nach, wobei ich beobachtete, wie er zum Fenster ging.

Er nickte, schaute allerdings nicht auf. »Hör mal«, murmelte er. »Ich … ähm … Es tut mir leid, wie das alles gelaufen ist … Ich wollte nicht …« Er schluckte. Seine Hand zitterte. »Ich wollte dich nicht in diese Situation bringen. Eigentlich …« Er lachte verschmitzt. »Eigentlich … also na ja, ich weiß ja, dass du Evan liebst. Also … ich weiß auch nicht, wie ich auf die Idee kam, dass das zwischen uns jemals irgendwie etwas werden könnte. Tut mir leid. Es war ein Fehler. Er war egoistisch, und ich habe nicht darüber nachgedacht«, stammelte er, wobei er sich in meinem Zimmer umsah, als wäre er zum ersten Mal hier.

Kurz schloss ich die Augen, lächelte, dann trat ich zu ihm. Vorsichtig umarmte ich ihn, legte meinen Kopf an seinem Rücken ab.

»Killian, es ist okay. Bitte, mach dir keine Gedanken«, brummte ich in den warmen Stoff seines Shirts. Sanft löste er meine Arme von sich, drehte sich um. Es war das erste Mal heute, dass er mich ansah.

»Ich werde mit ihm sprechen. Ihm sagen, dass er dich nicht gehen lassen soll …«

Ich schüttelte den Kopf, legte ihm meine Hand auf die Schulter und lächelte. »Killian … Du wirst gar nichts mehr für mich tun, in Ordnung? Das ist eine Sache zwischen ihm und mir, und ich will nicht, dass du dich selbst verletzt, indem du dabei hilfst, dass er wieder dazu bereit ist, sich auf mich einzulassen. Man kann Liebe nicht erzwingen, also bitte …«

»Aber du verdienst es, glücklich zu sein.«

»Das verdienen wir alle.«

»Okay. Aber sollte er mal wieder ausflippen … Lass es dir nicht gefallen, in Ordnung? Er muss lernen, dass du nicht mehr der Geist seiner Vergangenheit oder irgendeine Halluzination bist. Du bist echt. Es wird verdammt noch mal Zeit, dass er das begreift.«

»Ich weiß …«

Er nickte. »Okay«, murmelte er, wobei er ans Fenster trat, seinen Blick auf die Stadt außerhalb meines kleinen Mikrokosmos richtete. »Carrie?«, wisperte er.

»Hm?«

»Bitte versprich mir, dass wir es für uns behalten.« Er sah mich über die Schulter hinweg an.

»Killian, ich weiß nicht …« Noch während ich die Worte aussprach, schüttelte er den Kopf, drehte sich wieder zu mir um.

»Ich weiß, du willst ehrlich und aufrichtig sein. Aber, Carrie, es wird der Todesstoß für das sein, was auch immer da noch zwischen euch ist. Weißt du … ich kann damit leben, wenn er mich hasst. Es wäre okay für mich, weil ich weiß, dass er sich beruhigen würde. Immerhin bin ich sein Bruder.« Er nahm einen weiteren Zug. »Nur weiß ich nicht, wie er sich dir gegenüber verhalten würde. Geschweige denn, ob er dir das jemals verzeihen würde. Solltest du also noch Hoffnung für euch haben …« Er stockte. »Dann tu dir selbst einen Gefallen und behalte es für dich.«

War es nicht makaber, unter welchen Umständen die Liebe manchmal zu uns fand? Was sie uns tun ließ? Killian liebte mich. Jetzt, nachdem Geschehen war, was geschehen war, merkte ich es in allem, was er tat. Doch was noch viel wichtiger war, war die Tatsache, was wir für die Liebe bereit waren zu tun.

Liebe war dazu imstande, jegliche Form von Egoismus auszulöschen. Für die Liebe gingen wir über Grenzen, und wenn es sein musste, taten wir sogar Dinge, die uns selbst schmerzten, nur damit der andere glücklich war. Auch wenn Killian nur ein Freund für mich war, würde ich nie vergessen, was er in den letzten Wochen alles für mich getan hatte. Er hatte mir bewiesen, dass Liebe keine Illusion war. Sie existierte, auch wenn sie nicht immer erwidert wurde.

Einen Augenblick schaute ich ihn an, nickte schließlich.

»Okay«, murmelte ich. »Es bleibt unser Geheimnis.« Ich wusste genau, dass ich das nicht garantieren konnte, und doch hatte ich es versprochen …

Erleichtert stieß er etwas Luft aus.

»Wohin bist du unterwegs?«, fragte er, während er zurück ins Zimmer kam.

»Ich wollte in die Stadt und ein paar Wanderschuhe besorgen. Weißt du, wo es gute gibt?«

Kurz sah er mich an. »Ja, im Westfield Southcentre. Gehst du mit Mel oder …?«

»Ja, mit Mel.«

»Okay … dort gibt es die größte Auswahl.«

Ein merkwürdiger Ausdruck spiegelte sich in seinem Gesicht, doch ich konnte ihn nicht ganz einordnen.

»Okay, danke, Killian.«

Er zog mich in eine kurze Umarmung, lächelte mir noch einmal zu. »Bis heut Abend, Carrie.«

»Bis heut Abend!«

Ich öffnete ihm die Tür, dann war er auch schon verschwunden. Einen kurzen Moment sah ich ihm nach, als mein Handy vibrierte. Eilig flitzte ich zum Bett und hob es hoch.

Eine Nachricht von Mel:

Stehe unten, schwarzer Bentley.

Komme.

Für einen Donnerstagnachmittag empfand ich die Mall als ganz schön voll. Viele Eltern mit Kindern und gehetzte Einzelpersonen jagten durch die überfüllten Gänge auf der Suche nach ein paar letzten Besorgungen vor dem Wochenende.

»Schau mal, was ist mit dem da?« Mel deutete auf einen unscheinbaren Store, der sich dank einer Kletterwand als Sportladen entpuppte. Ehe ich Gelegenheit zum Antworten gehabt hätte, hatte sie mich bereit hineingezerrt. Der Store war einer der wenigen in diesem Einkaufszentrum, der wirklich leer war. Bis auf uns waren lediglich ... Ich erstarrte.

Ein Mann kam aus einer der Kabinen. Eine mir nur allzu bekannte Frau zog ihm die braunen Haare vom Kopf. Panisch griff er danach, dann nahm sie ihm auch noch die Brille ab.

»Spinnst du?!«, fuhr er sie an, bevor er ihr beides aus der Hand riss und sich wieder aufsetzte. Mel rannte gegen meinen Rücken. Kommentarlos hielt ich sie zurück, drängte sie hinter einen Kleiderständer.

»Mein Gott, nehmt euch ein Zimmer!«, erklang es aus einer anderen Richtung. Plötzlich erkannte ich den Jungen. Ich hatte ihn schon einmal beim Brunch gesehen. Averys Bruder.

Was machten sie hier? Zusammen?

Mir fiel wieder die Frau ein, die auf Evan eingeredet hatte, als wir am Fahrstuhl gestanden hatten. War es Avery gewesen? *Was zur Hölle war hier los?*

Noch immer beobachtete ich die drei. Der Junge lief an Krücken. Evan war gerade aus einer Kabine gekommen. Er hatte sich verkleidet, trug eine dunkle Sonnenbrille, eine Perücke und statt der für ihn so typischen Lederjacke einen schwarzen Pullover. Er war also inkognito, wenn er mit den beiden unterwegs war ... Aber wozu?

»Carrie?!«, zischte Mel hinter mir. »Komm, lass uns gehen!« Sie deutete in Richtung Ausgang, doch ich wollte sie noch weiter belauschen, wollte noch nicht gehen.

Irgendwas stimmte hier nicht, ich wollte nur ... Mel gönnte es mir nicht einmal mehr, meinen Gedanken zu Ende zu denken, da hatte sie mich bereits am Arm gepackt und quer durch den Laden zurück nach draußen gezerrt. Dort tauchten wir in der Masse vorbeilaufender Passanten unter, verschwommen mit den anderen zu einer Einheit.

Mels Gesicht war kalkweiß. Bei der nächsten Gelegenheit drängte ich sie nach draußen.

»Mel«, murmelte ich, als wir in einer kleinen Nische standen.

»Hm?« Sie versuchte, meinem Blick auszuweichen. Offensichtlich war ich auf der richtigen Spur. »Mel, was ist hier los, verdammt noch mal?«

Mels Gesichtsausdruck erinnerte an ein kleines Kind, das kurz davor war zu weinen.

»Carrie …« Sie schüttelte den Kopf. »Ich weiß, dass du jetzt wissen willst, was all das zu bedeuten hat, aber ich … ähm … Aber ich kann und werde es dir nicht sagen. Es gibt Dinge, die musst du mit Evan besprechen. Und das da … Nun, das da gehört definitiv dazu, also bitte … Bitte lass uns einfach ein paar Schuhe besorgen und dann wieder zurückfahren, okay?«

Nein. Nein, es war definitiv nicht okay. Allerdings war mir ebenso klar, dass es mir nichts brachte, Mel in eine für sie unangenehme Situation zu bringen.

Und so ließ ich sie mich durch die Mall ziehen, sah mich in regelmäßigen Abständen nach der merkwürdigen Dreier-Konstellation von vorhin um, doch sie liefen uns nicht noch einmal über den Weg.

Als ich einige Stunden später meine Wohnung betrat, schmiss ich die Tüte mit den Wanderschuhen entnervt auf den Boden. Mir brummte der Schädel. Immer wieder ging mir die eine Frage durch den Kopf: Was zur Hölle, hatte das zu bedeuten?

Wie passten Evan, Avery und Aiden zusammen?

Kurzerhand öffnete ich Google und tippte »Avery« und »Seattle« ins Suchfeld ein. Ich ergänzte die Suchbegriffe mit einem »und Bruder«, dann graste ich verschiedenste Artikel ab, konnte aber nicht wirklich etwas herausfinden. Zumindest nichts, was ich nicht ohnehin schon wusste. Und nichts, was Evan irgendwie mit ihnen in einen Zusammenhang brachte.

Elfjähriger bei Autounfall schwer verletzt – Fahrerflucht!

Frustriert klappte ich den Laptop wieder zu, auf diese Art der Information konnte ich ebenso gut verzichten. Es musste mehr dahinterstecken. Oder?

Gerade als ich den Suchbegriff ändern wollte, vibrierte mein Handy.

»Mom« stand auf dem Display. Kurz zögerte ich, warf einen Blick auf meinen noch immer ungepackten Koffer – das sollte sich verbinden lassen.

»Hi, Ma«, sagte ich, während ich zu meinem Schrank ging.

»Hi, Carrie! Wie geht es dir, mein Liebling?«

Ich stieß etwas Luft aus. »Gut, denke ich, ja, gut.«

»Oh, oh«, ertönte es aus dem Lautsprecher. Eilig warf ich Socken und Unterwäsche in den Koffer.

»Was ist los?«

Ich ließ aufs Bett sinken. »Ich weiß auch nicht, Ma … Im Moment ist einfach alles etwas viel. Ich habe den Eindruck, im Kreis zu laufen. Ich zeichne viel, aber keins der Bilder scheint von Bedeutung. Killian … Na ja, Killian und ich …« Ich wagte es nicht auszusprechen. »Und Evan … Na ja, du weißt ja, was mit Evan los ist.« Schweren Herzens drückte ich mich wieder hoch und begann, zwei Pullover und Unterziehhemden einzupacken.

»Oh, Carrie, langsam. Killian und du … Was ist mit Killian und dir?« Einen Moment zögerte ich. Das tat ich häufiger, obwohl ich wusste, dass meine Mutter mich für nichts verurteilen würde.

»Wir haben …« Meine Stimme brach.

»O nein … Ihr habt doch nicht etwa miteinander geschlafen?«

Ich schwieg.

»Verdammt, Carrie!«

Ich hörte, wie sie sich auf unser knarzendes Ledersofa sinken ließ.

»Aber, um ehrlich zu sein, wundert es mich nicht. Auch wenn ich wünschte, dass es nicht geschehen wäre …«, gestand sie.

Als ihre Worte zu mir durchsickerten, sah ich den Hörer irritiert an. »Was?«, fragte ich.

»Du hast immer erzählt, wie liebevoll er sich um dich kümmert, was er alles für dich tut. Na ja, welche Frau würde sich davon nicht einlullen lassen? Killian ist, so, wie du ihn mir beschrieben hast, ein guter Kerl und wahrscheinlich wesentlich pflegeleichter als Evan.«

Nun, ich war mir zwar ziemlich sicher, dass Killian alles andere als einfach war, aber ich ließ sie einmal in dem Glauben. »Und warum hast du mich nicht gewarnt?«

Sie lachte. »Möchtest du mir wirklich sagen, du hättest es nicht kommen sehen, Liebling? Wer von uns macht sich hier denn wirklich etwas vor? Außerdem sagte ich, du sollst dich vor ihm in Acht nehmen.«

Beschämt senkte ich den Blick, bevor ich ein Schlafshirt in den Koffer legte. Touché. »Ma, was mache ich nur?«

»Ich sag dir jetzt mal was. Ja, es war ein Fehler. Und ja, du hättest das definitiv nicht tun sollen. Aber weißt du, was? Du musst Evan gegenüber kein schlechtes Gewissen haben. Ihr habt eine Fake-Beziehung, und solange er nicht bereit ist, dich wirklich in sein Leben zu lassen, kannst du treiben, was du willst, auch wenn Killian dafür vielleicht nicht der Richtige ist.«

Ich sank aufs Sofa. »Warum habe ich mich bloß in Evan verliebt?«, fragte ich dann derart leise, dass man hätte annehmen können, ich wollte selbst nicht hören, was ich da von mir gab.

»Tja, mein Liebling, die Liebe funktioniert nun mal so. Das Herz macht immer, was es will. Sonst wäre ich wohl kaum solange bei deinem Vater geblieben.«

Wohl wahr! »Danke, Ma. Ich muss jetzt los ... Mach's gut, ich meld' mich!«

Nachdem ich meinen Koffer fertig gepackt und auch meine Zeichenutensilien alle bereitgelegt hatte, schickte ich Mel eine kurze Nachricht, dass ich bereit war.

Evan hatte recht. Es war beinahe wie früher. Wir saßen in einem Van, er am Steuer und Lawrence mit der Gitarre auf dem Schoß auf dem Beifahrersitz.

Wir waren mittlerweile schon eine gefühlte Ewigkeit unterwegs – zunächst mit dem Flugzeug nach Thunder Bay und mittlerweile im Mietwagen in Richtung Loch Lomond, in dessen Nähe sich das Cottage von Lawrences Mutter befinden sollte. Nachdem wir über die Grenze nach Kanada geflogen waren, war mir klar geworden, wovon Evan gesprochen hatte: gigantische Wälder, verlassenen Wege durch unberührte Natur, riesige Seen und monströse Bergmassive. Sogar eine ganze Menge Schnee war schon gefallen, und das war selbst für kanadische Verhältnisse noch früh im Jahr. Kanada war definitiv eine Reise wert.

Waldhütte war allerdings schwer untertrieben gewesen.

Das Cottage von Lawrences Mutter befand sich tatsächlich mitten im Wald, und wie Lawrence später erklärte, lag die nächste Stadt einige Meilen entfernt. Ich fühlte mich wie in einem dieser schlechten Splatterfilme, auch wenn ich inständig hoffte, dass unsere Reise ein anderes Ende nehmen würde.

»O wow«, murmelte ich, als ich aus dem Wagen stieg. Meine Füße knirschten unter der zarten Schneedecke, und kalter Wind brachte meine Nase zum Zittern. Fassungslos betrachte ich das, was die Jungs als *Waldhütte* bezeichnet hatten.

Ich hatte ein großes, hölzernes Haus erwartet. Bis auf einige Balken war in dem Haus aber nicht viel aus Holz. Eher aus Glas. Die Wände waren beinahe komplett verglast, und nur hin und wieder boten dicke Holzwände etwas Sichtschutz. Das Dach war spitz und ließ einen gemütlichen Dachboden erahnen. Sowohl die erste als auch die zweite Etage war von einem Balkon umgeben. Das Haus befand sich mitten auf einem Berg und bot so eine atemberaubende Aussicht über den Wald und den Lake Superior.

»Na los, lasst uns reingehen. Es ist arschkalt hier draußen«, murmele Lawrence, während er sich die Koffer schnappte und sie ins Haus wuchtete.

Ich griff mir meine Tasche, dann eilte ich hinter ihm her. Nachdem wir alles nach drinnen geschafft hatten, versammelt wir uns erst einmal im Flur und entledigten uns der dicken Wintersachen.

»Also«, begann Lawrence, wobei er durch die einzelnen Zimmer lief und Licht anmachte.

Je mehr ich sah, desto sprachloser wurde ich. Das Haus verfügte über ein gigantisches Wohnzimmer mit großem Flachbildschirm einem kleinen Kamin, Tierfellen und einem Esstisch. Daran grenzte direkt die offene Küche, die ebenfalls aus hellem Holz gestaltet worden war.

»Ich würde vorschlagen, Mel und ich gehen in das Hauptschlafzimmer meiner Eltern«, erklärte er, wobei er sich ein schelmisches Grinsen nicht verkneifen konnte.

»O Gott, Lawrence!«, sagte Mel sofort.

»Keine Sorge, Babe, wir haben die Betten frisch beziehen lassen!«

Mel sah ihn mit zusammengekniffenen Lippen an, erwiderte jedoch nichts.

»Killian und Matt … Ihr solltet das Schlafzimmer dazwischen nehmen. Da gibt es getrennte Betten. Und ihr …« Er drehte sich zu mir und Evan. »Euch beide muss ich leider ins Dachgeschoss verbannen. Dort gibt es ein zweites großes Ehebett.« Stirnrunzelnd schaute ich zu Evan. Er verzog keine Miene.

»Ein Ehebett?«, fragte ich also vorsichtig, doch Lawrence zündete ganz entspannt ein Kaminfeuer an.

»Ja. Wir haben nur ein Zimmer mit getrennten Betten, und ich bezweifle, dass Matt und Killian das aufgeben wollen, oder?«

Die beiden grinsten, auch wenn ich in Killians Gesicht den Unmut regelrecht ablesen konnte. Er mochte zwar lächeln, aber seine Augen verrieten, was wirklich in ihm vorging. Als ich den Blick zu Evan schweifen ließ, erkannte ich, dass auch ihm Killians Missmut nicht entgangen war.

»Gut. Dann wäre das ja geklärt. Dann würde ich vorschlagen, wir beziehen erst einmal die Zimmer, und wenn wir alle fertig sind, können wir uns ja hier unten wieder treffen, oder?«

»Perfekt, Herr Reiseleiter«, murmelte Mel und drückte ihm einen Kuss auf die Wange.

»Ach so. Jede Etage verfügt über ein eigenes Bad mit Wanne. Aber ihr kennt euch ja hier aus. Handtücher hat euch Melissa hingelegt. So weit ich weiß, hat sie auch die Heizung überall aufgedreht.«

»Melissa?«, fragte ich neugierig.

»Ja, die Haushälterin. Wann immer wir herkommen, bereitet sie das Haus entsprechend für uns vor.«

Ich nickte. Nicht schlecht.

Langsam wandte ich mich ab, ehe ich meine Tasche nahm.

»Warte, ich trag das«, sagte Evan, bevor er sie mir abnahm und an mir vorbei nach oben ging. Kurz sah ich ihm nach, dann folgte ich. Der Rest des Hauses war, wie zu erwarten, ebenfalls eine Mischung aus Moderne und rustikalem Holz. Auf jeder Etage gab es einen Kamin. Der Boden war durchgängig aus Dielenbrettern. Alles war hell, offen und freundlich. Es war wie im siebten Himmel. Dieses Haus entsprach so in etwa dem, was ich mir früher als Wunschhaus erträumt hatte. Ein Rückzugsort mitten im Wald, der einen spektakulären Blick über die Natur bot und die grauen Gehirnzellen quasi von allein ankurbelte.

Das Zimmer oder besser die Etage, in der Evan und ich schlafen würden, war ganz besonders schön, da hier die Wände schräg waren und viele Balken sich durch den Raum zogen. Es war einfach perfekt.

Langsam stellte ich die Staffelei ab, bevor ich in den Schlafraum lief. Dabei handelte es sich, im Vergleich zum Rest, um einen verhältnismäßig kleinen, aber gemütlichen Raum. Er war vom Badezimmer abgetrennt und verfügte über ein gigantisches Bett. Gegenüber war ein Kamin, um den herum Bilder aufgestellt waren. Links daneben befanden sich mehrere hohe Holzregale, die Hunderte von Büchern enthielten. Langsam ging ich darauf zu und ließ die Literatur auf mich wirken. Neben Klassikern in farbenfrohen Sonderausgaben gab es auch richtig alte Bücher oder neuere Werke bekannter Autoren. Als ich die »Biss«-Reihe entdeckte, musste ich schmunzeln.

Kurz betrachtete ich es, dann wandte ich mich ab und sah zu dem gigantischen Terrassenfenster, das sich recht schnell als Flügeltür entpuppte. Sofort riss ich es auf und trat an die frische Luft. Meine Socken wurden unter dem feuchten Holz direkt nass, und die Härchen auf meinen Armen stellten sich auf. Doch das interessierte mich nicht – der Ausblick, war es allemal wert. Ich konnte verstehen, warum die Jungs zum Aufnehmen ihres Albums hergekommen waren. Es gab wohl kaum einen besseren Ort als diesen hier.

»Wunderschön, nicht?« Als Evan zu mir heraustrat, wurde sein Atem sofort in eine weiße Dampfwolke umgewandelt.

»Ich weiß gar nicht, was ich sagen soll«, murmelte ich. »Danke, dass ich mitkommen durfte«, hauchte ich und meinte es auch so. Nach allem, was zwischen mir und Evan gewesen war, war ich dankbar dafür, dass er mir nun doch noch eine Chance gab. Mich mehr oder weniger zurück in sein Leben ließ.

Er nickte, langsam, bedächtig. »Gern«, als er sich umdrehte, fing ich seinen Blick auf, er enthielt eine ganz eigene Botschaft: *Lass es mich nicht bereuen.*

Nachdem wir alles so weit ausgepackt hatten, gingen wir nach unten. Die anderen saßen bereits auf dem gigantischen Sofa, während Lawrence in der Küche stand und am Herd rumfummelte.

»Du hast gekocht?«, fragte ich erstaunt.

»Natürlich!« Er legte sich den Kochlöffel an den Mund, leckte ihn ab. »Traust du mir das etwa nicht zu?«

Mel gluckste.

»Du weißt doch nicht mal, wie man ein Ei kocht«, bemerkte Matthew trocken.

Lawrence warf ihm einen bitterbösen Blick zu, was Mel nur noch mehr lachen ließ.

»Melissa hat heute morgen vorgekocht. Lawrence wärmt es nur auf«, klärte sie mich auf, nachdem sie sich wieder eingekriegt hatte.

»Was für ein Luxus, fast wie im Urlaub!«, rief ich aus, dann trat ich hinter Lawrence an den Herd und spähte ihm über die Schulter. »Und wie das duftet … Ein Traum.«

»Ich habe Lust auf ein Spiel«, erklärte Mel.

Lawrence kam vom Herd zu uns herüber, legte ihr liebevoll zwei Arme um die Hüfte. »Was für eins, Mel?«

Sie zuckte mit den Schultern. »Irgendeins, das einfach geht und Spaß macht. Hat jemand einen Vorschlag?«

»Wer bin ich?«, rief ich in die Runde, ehe ich mich neben Matthew in die Polster sinken ließ.

»Perfekt!«, schrie Mel auf. Dann war sie auch schon von der Couch gesprungen und ging zu der Kommode, auf der der Fernseher stand.

»Schatz, sind hier irgendwo Klebezettel?«, fragte sie in Lawrences Richtung.

»Hmm, versuch es mal oben im Arbeitszimmer.« Sie nickte, ehe sie davoneilte. Wenig später kehrte sie mit einem Block Klebezetteln, mehreren Stiften und Creme zurück.

»Für was soll die Creme gut sein?«, fragte Matthew, der sich bereits vorbeugte, um nach einem Stift zu greifen.

»Ihr macht euch einen Klecks davon auf die Stirn, damit der Zettel besser hält«, erklärte Mel kurzum.

»Also ich würde vorschlagen, wir verteilen die Zettel gegen den Uhrzeigersinn. Also Evan für Carrie, Carrie für Matt …«

»Geht klar«, sagte ich, bevor ich mir ebenfalls einen Stift nahm. Der Zettelblock ging einmal reihum.

In meiner ordentlichsten Schrift schrieb ich *Edward Cullen* auf das Papier, bevor ich Matt etwas Creme auf die Stirn tupfte und den Zettel drauf klebte.

Als Lawrence den Namen las, begann er sofort zu lachen. Offensichtlich hatte auch er die »Biss«-Reihe gelesen oder zumindest die Filme gesehen.

»Carrie?«, fragte Evan. Langsam drehte ich mich zu ihm. Er rutschte zu mir heran, schnappte sich die Creme und machte mir sanft etwas davon auf die Stirn. Ihm so nah zu sein, ließ mir einen Schauer über den Rücken laufen. Würde ich seines Geruchs jemals müde werden?

»Na ob sie das jemals erraten wird«, murmelte Matthew. Misstrauisch runzelte ich die Stirn. »Gott, Evan, was hast du aufgeschrieben?«

Er lachte. »Also ich finde es nicht sehr schwer!«

Nachdem alle ihre Zettel angebracht hatten, ging es auch schon los.

»Okay, bin ich ein realer Mensch?«, fragte ich in die Runde.

»Ja«, sagte alle einstimmig.

»Bin ich ein Mann?«

»Nein.«

Weiter ging es mit Matthew. »Bin ich ein realer Mensch?«

»Nein.«

»Na super.«

Und so spielten wir mehrere Runden, bis ich schließlich die Letzte war, die ihren Zettel noch drankleben hatte.

»Bin ich hübsch?«

Mel nickte.

Evan lächelte und meinte: »Es gibt niemanden, der schöner ist als du.«

Kurz zuckte Eifersucht durch meinen Körper. Evan verkehrte neuerdings mit richtigen Prominenten. Woher wusste ich also, dass er nicht insgeheim sogar auf die Person stand, die er mir da auf die Stirn geklebt hatte?

»Hm … Kenne ich mich selbst?«

»Ja, sehr gut sogar.«

»Hm. Also ich bin eine reale Frau, die sehr hübsch und schlau ist. Ich bin keine Amerikanerin und bin weder Schauspielerin noch Musikerin oder sonstiges … Was also mache ich?«, überlegte ich laut, während Lawrence in der Küche das Chili con carne umrührte.

»Du stellst eindeutig die falschen Fragen«, rief er zu mir herüber.

»Wieso?«

»Versuch's mal mit der Haarfarbe. Mit irgendwelchen Dingen, die dir eine grobe Einordnung geben.«

»Okay … Bin ich blond?«

»Nein. Aber fast«, erwiderte Mel und kassierte direkt von Killian einen sanften Schlag gegen die Schulter.

»Hey«, protestierte sie. »Wofür war der denn?«

»Du darfst ihr nicht helfen!«, sagte er.

»Nun ja, aber sie ist die Letzte, und bevor wir hier nicht fertig sind, gibt es nichts zu Essen«, brachte sie ihm entgegen.

Ich lachte. »Okay, also ich bin fast blond ... Und ich bin berühmt, sagt ihr?«

»Ja, definitiv.« Plötzlich fiel es mir wie Schuppen von den Augen. Langsam hob ich die Lider, sah zu Evan. »Bin ich ich selbst?«

»Na endlich!« Ich beobachtete aus dem Augenwinkel, wie Mel die Hände in die Höhe warf und aufsprang, doch ich ignorierte sie, blickte stattdessen zu Evan, der mir ein warmes Lächeln schenkte. *Es gibt niemanden, der schöner ist als du.*

»Na dann, lasst uns essen!«

Die endlos lange und das deftige Essen hatten mich derart müde gemacht, dass es nach dem Dinner gerade mal noch für eine schnelle Zigarette reichte.

Als ich zurück ins Haus ging, atmete ich die nach Feuer riechende Luft tief ein, bevor ich mich dem Holzgeruch hingab und mich langsam auf den Weg nach oben machte. Nervosität brachte meine Glieder zum Zittern, und mein Atem ging stoßweise. Heute würde geschehen, worauf ich die letzten drei Jahre so sehnsüchtig gewartet hatte. Evan und ich würden gemeinsam in einem Bett schlafen.

Auch wenn es nicht unbedingt freiwillig geschehen würde, verfolgte mich die Vorstellung, dass sein Gesicht das erste sein würde, was ich morgen sah, wenn ich aufwachte. *Wenn er nicht wieder fort ist.* Ich schob den Gedanken beiseite. Wohin sollte er schon gehen? Rings herum war ja nichts außer Wälder.

Als ich oben ankam, lächelte ich in mich hinein, ehe ich mein Zeug nahm und ins Bad verschwand. Eilig duschte ich, cremte mich ein und schlüpfte schließlich in ein Trägertop und eine kurze schwarze Hose. Anschließend schnappte ich mir meine übergroße

Strickjacke und meinen Zeichenblock, bevor ich mich damit an Fenster setzte und nach draußen sah. Eine schnelle Skizze würde wohl noch drin sein.

Nun … Die Skizze war alles andere als schnell, und ich konnte nicht sagen, wie lange ich bereits an dem Fenster hockte. So war es immer, sobald ich den Block in der Hand hatte – ich vergaß Raum und Zeit. Es gab nur mich und das gleichmäßige Schaben des Stiftes auf Papier. Erst als Evan sich neben mich kniete, bekam ich überhaupt mit, dass er gekommen war.

»O Gott, erschreck mich nicht so!«

Er lachte. »Was soll ich denn machen? Du hörst nicht einmal Musik und hast mich trotzdem nicht bemerkt.«

»Ja, wenn ich zeichne, bin ich meist nicht wirklich hier. Körperlich zwar schon, aber geistig bin ich wahrhaftig in einer anderen Welt …«, erklärte ich, als wüsste er das nicht bereits.

»Ich weiß. Ich erinnere mich daran.« Er lächelte, dann setzte er sich neben mich auf den Holzboden.

»Darf ich mal sehen?«, fragte er vorsichtig mit Blick auf den Block in meiner Hand.

»Ich weiß nicht«, murmelte ich verlegen. Mit Bildern, die noch nicht einmal fertig waren, war ich immer vorsichtig. Wie ein rohes Ei behütete ich sie vor den zerstörerischen Blicken potenzieller Kritiker. Während des Prozesses konnte ich nicht wirklich gut damit umgehen, wenn jemand mein Werk kritisierte. In dieser Phase wollte ich nichts darüber hören, ob die Frau steif dastand oder das Ei zu rund war. Alles, was ich wollte, war, mich treiben zu lassen.

»Ich … ähm …« Ich schaute auf die Skizze, bevor ich den Block an meine Brust lehnte und so das Bild verbarg.

»Während des Schaffens bin ich noch nicht wirklich offen für Kritik, weißt du …«

Er lächelte. »Ich weiß«, sagte er wieder.

Natürlich tat er das. Er hatte mir ja auch früher schon beim Zeichnen zugesehen. Am liebsten hätte ich mir mit der flachen Hand vor die Stirn geschlagen. Kurz zögerte ich, dann betrachtete ich das Bild noch einen Moment, bevor ich ihm den Block rüberreichte. »Na schön.«

Neugierig nahm er ihn mir ab und beäugte die Skizze. Unsicher beobachtete ich, wie er das Papier betrachtete, versuchte, nicht aus seinem Gesichtsausdruck zu schlussfolgern, wie er es fand. Es war die Skizze eines Waldes, der sich über einen Berg erstreckte. Doch der Berg war nicht einfach nur ein Berg, darunter befand sich ein pulsierendes Herz. Und alle Wurzeln der Bäume liefen unter der Erde in diesem Herzen zusammen.

»Das ist atemberaubend«, flüsterte er, während er begann, durch den Block zu blätterte. Mein Kopf wurde heiß, und ich lächelte unsicher.

»Die neusten Bilder sind nicht mehr so … finster?«, versuchte er, in Worte zu fassen, was sich geändert hatte.

Ich nickte. »Als ich Schottland verließ, war es, als erwachte ein tot geglaubter Teil in mir zum Leben. Ich habe die Finsternis größtenteils hinter mir lassen können, und das spiegelt sich auch in meinen Skizzen wieder …« Das finstere Gemälde auf einer meiner Leinwände im Hotel erwähnte ich mal besser nicht.

»Ja.« Er lächelte.

»Was hältst du davon, wenn du die Skizze zu Ende zeichnest und ich ein wenig dazu auf der Gitarre spiele?« Er legte den Schal ab und warf ihn auf einen altertümlichen Sessel in einer unscheinbaren Ecke, dann griff er hinter sich und holte sein Instrument hervor. Bei jeder Bewegung wehte eine Woge seines Dufts zu mir herüber.

»Warum nicht?«, murmelte ich und lächelte.

»Gut.« Er nickte, ehe er sich neben mich in den Sessel setzte und eine leise, ruhige Melodie zu spielen begann.

Am Anfang brachte mich sein leises Gezupfe völlig aus dem Konzept. Immer wieder musste ich aufsehen, ihn dabei beobachten – es gab nichts Erotischeres, als wenn Evan Black mit feuchtem Haar und von vor Kälte roten Wangen auf einem Sessel saß und das tat, was er wohl am meisten auf dieser Welt liebte – Gitarre spielen. Es vergingen einige Minuten, bis ich es schließlich doch noch schaffte, mich wieder auf meine Zeichnung zu konzentrieren. Und so drifteten wir in eine andere Dimension davon. Entflohen dem Hier und Jetzt und ließen unser Leben, unsere Gedanken und all die Bedenken hinter uns. Stattdessen flohen wir gemeinsam zu einem viel besseren Ort. Und das Beste daran: Dieser Ort gehört nur uns. Mir und ihm. Es war unser gemeinsamer Ort. Und niemand würde uns diesen jemals wegnehmen können.

Als ich die letzten Striche gesetzt hatte, ließ ich den Block langsam sinken. Evan hing noch immer im Sessel. Seine Haare waren mittlerweile trocken, und sein Gesicht hatte seine normale Farbe wieder. Als er bemerkte, dass ich ihn beobachtete, sah er auf.

»Fertig?«, fragte er. Ich schenkte ihm ein Lächeln, nickte.

»Ja. Und ich schätze, wir sollten langsam schlafen gehen«, sagte ich, bevor ich aufstand und zum Bett lief. Meine Augen waren bereits ganz schwer.

»Sollten wir«, bestätigte er. Er war die gesamte Strecke allein gefahren, nicht auszudenken, wie fertig er sein musste.

Während Evan noch einmal ins Bad verschwand, kuschelte ich mich bereits in die Decke ein. Natürlich gab es nur eine, die dafür zwei Meter breit war. Das konnte ja heiter werden.

Als Evan zurückkam, trug er nichts als eine Calvin-Klein-Unterhose.

»Ist das ein Herz?«, fragte ich und deutete auf das Tattoo auf seiner Brust. Seine Lippen verzogen sich zu einem unsicheren Lächeln.

»Ja.« Er beugte sich nach hinten und machte die Nachttischlampe auf seiner Seite auch noch an. Das Licht war warm und gedämmt, reichte gerade so aus, dass man einander in die Augen sehen konnte.

»Besser?«, fragte er grinsend, und ich nickte.

Es war tatsächlich ein Herz, aber kein symbolisches, sondern das Organ. Es war dunkelrot und wurde von blauen Adern durchzogen. Während sich Evans Brust hob und senkte, wirkte es beinahe so, als pulsierte es tatsächlich.

»Es ist wunderschön«, hauchte ich, fuhr mit der Fingerspitze sanft über die Adern.

Ich rückte ein Stück von ihm ab, um den Rest seiner Tattoos in Augenschein zu nehmen. Auf seinem Unterarm war ein Gitarrenhals, um den sich Rosen rankten. An ihrem Stiel prangten lange Dornen, die in dicken Narben mündeten. Ich schluckte, strich behutsam darüber, ehe ich ihn weiter scannte. Sein Oberarm war fast komplett schwarz, und nur vereinzelt waren Lücken gelassen. Es sah beinahe aus wie ein …

»Ein Sternenhimmel«, murmelte ich fasziniert, während ich mich aufsetzte und ihn mit mir zog. Aufgeregt krabbelte ich um ihn herum. Sein Körper war das Ergebnis seiner Erlebnisse, seiner Vergangenheit, und er war wunderschön. Ich setzte mich hinter ihn, hing noch immer an dem Sternenhimmel, ehe ich weiter seinen Rücken entlangglitt. Als ich das nächste Tattoo sah, erstarrte ich.

»Du hast es dir tätowieren lassen?« Fassungslos starrte ich auf das Bild, das sich mir zeigte. Ich schluckte. Meine Finger glitten sanft über die schwarze Farbe. Tränen brannte in meinen Augen, als ich die Flammen erreichte.

»Gefällt es dir?« Seine Stimme war leise und drohte beinahe zu brechen.

Ein fünfjähriges Mädchen mit weißem Haar, das durch die Flammen lief. Es war hier, genau vor mir, unter seiner Haut.

»Ich weiß nicht, was ich sagen soll.« Immer wieder fuhr ich mit den Fingern darüber. Mein Blick fiel zurück zu dem Sternenhimmel. »Du hast mich unter deine Haut verewigt«, sagte ich schließlich.

Seine Schultern bebten leicht, und sein Kopf hing nach unten. »Ja«, brachte er mit gequälter Stimme hervor.

Ich schluckte. »Aber warum?« Die Matratze federte mir entgegen, als er aufstand, um sich gleich darauf wieder zu setzen.

Diesmal sah ich ihn an. Blickte in sein Gesicht.

»Carrie, du warst fort. Von einen Tag auf den anderen einfach fort. Ich konnte und wollte das nicht akzeptieren. Ich hatte mich in dir verloren und brauchte etwas, woran ich mich festhalten konnte.« Er deutete auf seinen Rücken. »Und das war die einzige Lösung, die mir in den Sinn kam, um dich immer irgendwie bei mir zu haben.«

Sprachlos starrte ich ihn an, ging immer wieder seine Worte in meinem Kopf durch, ehe ich schließlich zu ihm sah. Er schaute gequält aus, so unendlich traurig, als stürzten die Gefühle von damals erneut auf ihn ein.

Mein Blick blieb auf unserem Sternenbild hängen – dem Perseus.

Sofort wandte ich mich ab und drehte mich auf die Seite.

»Soll ich den Kamin ausmachen?«

»Ja, bitte«, murmelte ich.

Es raschelte kurz, dann lief Evan um das Bett herum und öffnete das Fenster einen Spalt. Mein Blick blieb an seinen Tattoos hängen, doch bevor ich sie alle hätte erfassen können, war er auch schon verschwunden. Er löschte das Licht, ehe er zu mir ins Bett kam. Als sich die Matratze absenkte, hatte ich den Eindruck, mein Herz setzte einen Schlag aus.

»Schlaf gut, Carrie«, flüsterte Evan.

»Danke, du auch«, sagte ich, bevor ich die Decke bis unters Kinn zog.

Und so lagen wir Rücken an Rücken, darauf bedacht, einander ja nicht zu berühren.

»Bist du noch wach?«, fragte Evan nach einer Weile. Offenbar konnte er ebenfalls nicht einschlafen.

»Ja, bin ich«, erwiderte ich leise, fast so, als wäre hier jemand, den wir wecken könnten. »Wieso?«, fragte ich und drehte mich herum.

Evan hatte sich ebenfalls gedreht, sah mich an. Auch wenn es dunkel war, leuchteten seine Augen unter dem schwachen Einfall des Mondes. In diesem Moment flackerte Killians Bild vor mir auf, und eine leises Stimme: *Du musst es ihm sagen.* Ich blinzelte, verdrängte den Gedanken. Ich durfte es ihm nicht sagen! Niemals! Ich hatte es versprochen.

»Nur so«, murmelte er, bevor er etwas näher zu mir heranrückte.

Mit schlagendem Herzen bemerkte ich es, bewegte mich jedoch keinen Zentimeter. Er schloss die Lider. Während ich so dalag und seine gleichmäßigen Züge beobachtete – das perfekt geformte Lippenherz, die gerade Nase, die vollen Wimpern –, kam ich mir vor wie ein Stalker.

Aber irgendwann fielen auch mir die Augen zu, und es dauerte nicht lang, da fanden unsere Köper von ganz allein zusammen. Ich war in einem Zustand zwischen Bewusstsein und Traumwelt, in einer merkwürdigen Dimension, in der ich zwar mitbekam, was geschah und es beeinflussen konnte, aber auch nicht wirklich wach war.

Es war seine Hand, die beinahe versehentlich meine Hüfte streifte. Er hielt inne, ließ die Hand kurz ruhen. Ich bewegte mich leicht, als wollte ich ihm sagen, dass er weitermachen sollte. Und er tat genau das, fast so, als könnte er meine Gedanken lesen. Er rückte ein Stück näher, fuhr mit der Hand unter mein Top, die empfindliche Haut meines Rückens entlang. Ein Schauer lief über meine Haut, doch ich genoss es, rückte noch näher an ihn heran, so nah, dass irgendwann unsere Stirnen einander berührten. Wenn ich einatmete, atmete ich seinen Atem, und wenn ich ausatmete, atmete er meinen.

Und so lagen wir da, uns der Nähe des anderen überdeutlich bewusst. Ich konnte abschalten wie schon seit Langem nicht mehr. Zum ersten Mal seit Jahren fühlte ich mich geborgen und sicher. Evan war stets einer der wenigen Menschen gewesen, die mir ein Gefühl von Sicherheit hatten geben können. Und heute tat er es wieder: Er gab mir ein Gefühl, auf das ich viel zu lange hatte verzichten müssen. Er ließ mich Sicherheit spüren. So, wie es kein anderer konnte.

In jener Nacht schaffte ich es endlich, die Mauer, die er so verzweifelt zwischen uns aufrechtzuerhalten versucht hatte, zu durchbrechen. Ich konnte regelrecht dabei zuschauen, wie ein Stein nach dem anderen hinunterfiel, bis irgendwann ein großes Loch da prangte, wo zuvor noch schwere Steine den Weg versperrt hatten. Ohne zu zögern, kletterte ich hindurch.

In dieser Nacht begannen unsere Herzen, wieder im selben Takt zu schlagen. In dieser Nacht fanden wir einander wieder, obwohl wir beide verloren waren.

»Carrie?«

Langsam wälzte ich mich herum, spürte ein paar kräftige Arme. Heiß und stark hielten sie mich fest, spendeten mir Wärme.

»Hm?«, murmelte ich, während ich versuchte, zu mir zu kommen.

»Carrie, aufwachen«, ertönte die Stimme erneut. Als mir klar wurde, zu wem sie gehörte, erwachte ich innerhalb weniger Wimpernschläge. Ich lag in einem Bett – gemeinsam mit Evan. Sofort begann mein Herz zu rasen.

»Ganz ruhig«, flüsterte er, wobei er mir behutsam über die Haare strich. »Gut geschlafen?«

Ich drehte mich so, dass ich ihn ansehen musste. Draußen war es noch dunkel, und lediglich der schwache Schein des Mondes strahlte Evan an.

»Ja, sehr gut …«, sagte ich. »Und du?«

Er lächelte. »Auch. Steh auf, ich will dir etwas zeigen.«

Bevor seine Worte mein verschlafenes Gehirn erreicht hatten, war er auch schon fort. Sofort verlor mein Körper die schützende Wärme, die ich zuvor noch hatte genießen dürfen. Frustriert seufzte ich, schlug die Decke zurück und folgte ihm. Er machte den Kamin an, ging ins Bad.

»Mach dich fertig, und zieh dich warm an!«, befahl er, bevor er sich eine Zahnbürste in den Mund steckte.

»Evan, was hast du vor?«, fragte ich entgeistert.

Er streckte den Kopf aus dem Badezimmer und grinste.

»Das wirst du schon sehen!«, sagte er, dann war er auch schon wieder verschwunden.

Kurz sah ich ihm nach, ehe ich auf Fußspitzen nach unten schlich. Als ich in der Küche ankam, knipste ich das Licht an. Ein Blick auf die Uhr am Herd verriet mir, dass es gerade einmal 5:30 Uhr war. Wir hatten nicht einmal sechs Stunden geschlafen.

Warum, um alles in der Welt, jagte mich Evan um solch eine unmenschliche Zeit aus den Federn?

Kurz überlegte ich, wieder hochzugehen und ihm den Vogel zu zeigen, doch die Neugier gewann. Die Neugier und die Tatsache, dass ich nicht wusste, wie viel Zeit uns noch blieb. Also drückte ich den Einschalter der Kaffeemaschine. Nachdem sie mehrfach kurz gebrummt hatte, war das Gerät auch schon bereit. Ich stellte erst seine und anschließend meine Tasse darunter. Dann füllte ich meinen Kaffee mit Milch auf, bevor ich mich zurück auf den Weg nach oben machte.

»Hab Kaffee geholt«, erklärte ich müde.

Evan hatte sich gerade das Gesicht gewaschen und sich ein Shirt übergezogen. Er strahlte mich an.

»Bist die Beste.« Er zwinkerte mir zu, ehe er mir den Kaffee abnahm.

»Musst du noch mal ins Bad?«, fragte ich in seine Richtung.

»Nein, nein, du kannst gehen«, erwiderte er, wobei er sich vor seinen Koffer kniete und darin herumwühlte. Vorsichtig stellte ich meinen Kaffee auf seinem Nachttisch ab, dann ging ich ebenfalls ins Bad. Das Badezimmer war verhältnismäßig klein, verfügte dafür jedoch über große Fenster und eine frei stehende Badewanne. Der Spruch »Klein, aber fein« war hier durchaus passend.

Ich beschloss, später in die Wanne zu gehen, und beschränkte mich vorerst auf die wichtigen Dinge. Als ich Luft holte, stieg mir Evans Aftershave in die Nase. Einen Moment genoss ich den herben Geruch, ehe ich mich vorbeugte. Ich blickte in den Spiegel. Ich sah müde aus, doch das tat dem Strahlen, das von mir ausging, keinen Abbruch. Meine Wangen waren leicht gerötet, und trotzdem funkelten mir meine grünen Augen mit einer Intensität entgegen, wie es nur die von frisch Verliebten taten.

Eilig wusch ich mir das Gesicht, bevor ich mir etwas Creme auftrug und meine Haare zu einem Pferdeschwanz zusammenband.

Als ich aus dem Bad kam, hatte Evan sich bereits angezogen. Er trug eine dunkle Jeans, einen beigefarbenen Strickpullover und hielt einen großen hellgrauen Schal in der Hand. Er sah umwerfend aus.

»Los, Abernathy, Beeilung. Wir haben nicht ewig Zeit«, erklärte er, während er sich gegen die Fenstertür lehnte und einen großen Schluck seines Kaffees schlürfte. Ich nickte, deutete ihm, sich umzudrehen.

»Da ist nichts, was ich nicht schon gesehen hätte«, merkte er grinsend an.

»Das ist drei Jahre her. Vielleicht habe ich mittlerweile Hängebrüste, wer weiß das schon. Und jetzt dreh dich um!«

Er lachte, dann drehte er sich zum Fenster. Mir der Tatsache, dass ich mich darin spiegelte, überdeutlich bewusst, schälte ich mich aus meinem Schlafshirt, bevor ich mich anzog. Ich entschied mich für eine Jeans, einen weißen Rollkragenpullover und einen großen, warmen Schal, der eher an eine Decke erinnerte.

»Hast du dicke Socken an?«, fragte Evan, als er sich zu mir umdrehte. »Es wird sicher kalt an den Füßen.«

Kurz sah ich ihn an. Was hatte er mit mir vor? Stirnrunzelnd ging ich in die Hocke und kramte nach einem paar Socken. Nachdem ich meine dicksten gefunden hatte, nickte ich ihm zu.

»Perfekt.« Er trank seinen Kaffee aus, überprüfte noch einmal, ob die Tür zum Kamin auch ordnungsgemäß verschlossen war, und nickte zufrieden. »Gut, wir können!« Er stellte die leere Tasse auf dem Nachttisch ab.

»Okay«, murmelte ich, bevor ich den Kaffee hinunterkippte und meine Tasse zu seiner stellte, dann folgte ich ihm nach unten.

»Carrie, verdammt, trample nicht so. Du bist so ein zartes Wesen, wie also kannst du Geräusche machen wie ein Elefant im Porzellanladen?«

Ich unterdrückte ein Lachen. Als wir unten ankamen, verständigten wir uns nur noch stumm, um Lawrence und Mel nicht zu wecken. Beinahe routiniert schlüpfte ich in meine neuen klobigen Wanderschuhe, bevor ich mir meinen dicken Wintermantel überzog. Evan reichte mir zwei Paar Handschuhe, ehe er mir die Tür öffnete.

Sofort umhüllte uns die eisige Luft des kanadischen Wintermorgens.

»O Gott, ist das kalt!«, sagte ich.

Er lachte leise. »Wir sind ja auch in Kanada! Komm ...« Er hielt mir die Hand entgegen. Einen Moment überlegte ich, ob er wollte, dass ich sie ergriff, und entschied mich dafür. Vorsichtig legte ich meine Hand in seine. Er umschloss sie, dann zog er mich mit sich.

Er deutete auf ein gelbes Schild. »Wir dürfen die Schilder nicht aus den Augen verlieren. Das sind die ausgeschriebenen und beleuchteten Wanderwege. Außerdem laufen wir hier nicht Gefahr, auf Bären zu stoßen.« Erschrocken sah ich ihn an, was mir ein weiteres Lachen von seiner Seite einbrachte. »Ja, hier gibt es Bären, Carrie. Ich sage es noch einmal. Wir sind in Kanada ...«

»Und was machen wir, falls wir doch einem begegnen?«

»Tja, das ... ähm ...« Er rückte sich die Mütze zurecht. »Das müssen wir dann wohl spontan entscheiden.«

Ich schaute ihn aus schmalen Augen heraus an – na, wenn das nicht vertrauenserweckend war.

»Mach dir keine Sorgen«, erklärte er nach einer Weile. Und so liefen wir ... vorbei an hohen, dichten Tannen und durch den ersten Schnee. Nach einer Weile begann es allmählich hell zu werden.

»Wir sind gleich da«, murmelte Evan in meine Richtung.

Es hätte unangenehm sein sollen, dass wir hier so liefen, ohne dass jemand etwas sagte, aber das war es nicht. Ganz im Gegenteil. In letzter Zeit hatte sich Stille kaum so angenehm angefühlt wie heute.

Es tat gut.

Wir erreichten den Gipfel des Berges mit Aufgehen der Sonne. Der Himmel war in tiefes Rot getaucht, und pinke Streifen zogen sich wie wilde Pinselstriche über das helle Blau. Es war ein irres Farbenspiel und ein kleiner Reminder, dass wir Künstler niemals die Farben der Natur würden imitieren können. Ohne zu zögern, ließ ich mich auf den Boden sinken, und sah über die Bäume bis zum Horizont.

»Das ist einfach …« Tränen stiegen mir in die Augen. »Das ist einfach atemberaubend«, flüsterte ich gerührt.

Einen Moment blickte Evan mich an, dann ging er neben mir in die Knie, lächelte.

»Ich dachte mir, dass es dir gefällt.«

»Es ist wirklich wunderschön«, flüsterte ich noch einmal, als befürchtete ich, den Anblick sonst zu vertreiben. Evan legte mir eine kalte Hand an die Wange, sah mir direkt in die Augen.

»Das ist es wirklich.«

Ich senkte die Lider, schaute zu ihm. Er sah ebenfalls nach unten, blieb an meinen Lippen hängen. Als er seinen Blick wieder hob, erkannte ich ein gefährliches Feuer in seinen Augen, doch er gab ihm nicht nach. Stattdessen ließ er sich neben mich sinken, legte einen Arm um meine Schulter. Ich legte den Kopf auf seine. So saßen wir da, sahen dabei zu, wie die Sonne sich in den Himmel brannte und die Welt um uns herum langsam in Helligkeit tauchte.

»Danke, Evan,« flüsterte ich, bevor ich den Kopf so drehte, dass wir einander anschauen konnten.

Evan erwiderte meinen Blick, lächelte. »Nicht dafür.« Er zückte sein Handy.

»Los komm, lass uns unser Management stolz machen und ein Pärchenbild posten.«

»O Gott, ich bin nicht geschminkt«, murmelte ich.

»Dann versteck das Gesicht an meiner Schulter.« Lachend legte ich das Kinn auf seiner Schulter ab, bevor ich zu ihm hochblickte. Er machte mehrere Schnappschüsse.

»Perfekt, siehst du?« Er hielt mir das Handy entgegen. Das Bild sah wirklich niedlich aus.

»Schick es mir gleich!«

Er nickte. Wenig später postete ich es bereits auf Instagram. Die Bildunterschrift hatte ich einfach gehalten: *Baby, have I ever told you that I love this fucking moonlight?*

»Carrie?«

»Hm?«

»Es tut mir so leid, dass ich in jener Nacht gegangen bin.« Überrascht sah ich ihn an. Die Erinnerung versetzte mir einen scharfen Stich. Sein Gesicht hatte einen schmerzlichen Ausdruck angenommen, und er brachte es nicht zustande, meinen Blick zu erwidern. Er hatte etwas Schnee in der Hand, formte damit einen kleinen Ball. Evan war nicht oft nervös, aber nun schien einer dieser seltenen Momente zu sein.

»Ich hätte bei dir bleiben und für dich da sein sollen«, sprach er weiter. »Aber weißt du … So bin ich mittlerweile. Ich tue ständig Dinge, von denen ich genau weiß, dass sie falsch sind, und ich werde dir niemals versprechen können, dass ich damit aufhöre. Ich werde dir nicht versprechen können, dass ich dich nicht mehr verletze. Dafür trage ich zu viele Dinge mit mir herum, von denen du nichts weißt«, murmelte er.

Einen Moment wurde es still.

»Ja, weil du mir nichts davon erzählst«, sagte ich, bevor ich zu Evan sah.

Doch er wich mir noch immer aus. »Weil ich dich dann endgültig verlieren würde. Und bevor das geschieht, behalte ich es lieber für mich.«

Das Bild von Evan, Avery und dem Jungen flackerte vor meinem inneren Auge auf. Hatten sie etwas mit seinem Geheimnis zu tun? Waren sie der Schlüssel zu Evans Verhalten? Seiner Vergangenheit?

Kurz spielte ich mit dem Gedanken, ihn darauf anzusprechen, verwarf ihn jedoch sofort wieder. Zu gefährlich. Ich wollte den Moment nicht zerstören. Nicht jetzt. Er war zu schön, um ihn damit kaputt zu machen, und zweifelsohne würde genau das passieren. Denn ich war mir ziemlich sicher, dass Evan sich eher ein Bein abhacken würde, als mir ehrlich zu antworten.

Und mittlerweile fragte ich mich auch, ob ich überhaupt noch wissen wollte, was geschehen war. Denn wenn er es mir anvertraute, dann würde ich das mit Killian nicht geheim halten können, dann würde ich es ihm sagen müssen. Alles andere wäre nicht fair.

»Es tut mir leid, Carrie …«, flüsterte er.

In diesem Moment wollte ich nichts sehnlicher, als dass er mich küsste. Ich wollte seine Lippen auf meinen spüren, wollte ihm zeigen, wie heiß und innig ich ihn noch immer liebte. Offenbar stand es mir ins Gesicht geschrieben, denn plötzlich nahm seins einen gequälten Ausdruck an.

»Carrie …«, murmelte er leise. »Ich weiß nicht, ob ich das kann. Ich …« Er zögerte, löste die Fingerspitzen von meinem Gesicht.

»Ich kann dir nicht versprechen, dass ich dir nicht das Herz brechen werden«, gestand er schließlich. »Und wenn ich alles will, dir wehzutun gehört sicher nicht dazu.«

Ich lächelte traurig. »Natürlich nicht. Aber ist es nicht das, was wir Menschen tun? Einander verletzen? Du wirst nicht durchs Leben gehen können, ohne Schaden zu hinterlassen, das tun wir alle. Die Frage ist nur, wie wir damit umgehen«, erklärte ich, als hätte ich endlich verstanden, worum es im Leben wirklich ging.

Evan sah mich an, dann beugte er sich vor, legte eine Hand an meine Wange und küsste mich endlich.

Nicht so wie auf dem roten Teppich – ich erkannte den Unterschied sofort. Denn diesmal war es nicht gespielt. Es war nicht gezwungen zärtlich und liebevoll.

Dieser Kuss war, als öffnete Evan mir ein Tor, als ließe er mich wieder in sein Leben. Er war rau, animalisch, strotzte nur so vor Leidenschaft. Im selben Augenblick jedoch lag unendlich viel Verzweiflung, Schmerz und Liebe darin. Es war, als wollte er mir sagen, wofür Worte nicht reichten.

Ich legte den Arm um seine Körper, zog ihn näher zu mir heran. Wie lang hatte ich auf diesen Moment gewartet? Den Moment, wo er endlich einsah, dass das mit uns noch lange nicht zu Ende war. Und da war auch das, was ich bei Killian so verzweifelt gesucht hatte, da war dieses Kribbeln in meinem Bauch, die Hitze zwischen meinen Schenkeln, das Gefühl, als würden all die Narben auf meinem Herzen in dieser einen Sekunde durch diese eine Berührung heilen.

Er drängte sich mir entgegen. Ich erwiderte den Kuss, hieß

seine Zunge willkommen, genoss den Moment, wo wir wieder eins wurden.

Als ich zu Boden sank, schrie ich leise auf, aber Evan grinste nur an meinen Lippen.

»Entschuldige«, flüsterte er, bevor er mir seine Hand unter den Kopf schob, jedoch nicht aufhörte, mich zu küssen.

Und so lagen wir da im Licht der aufgehenden Sonne, küssten und neckten einander, konnten nicht genug voneinander bekommen.

Es war das Klingeln von Evans Telefon, dass uns irgendwann – ich vermochte nicht zu sagen, wie viel Zeit tatsächlich vergangen war – aus unserer kleinen Blase riss. Unsicher, ob all das wirklich geschehen war, berührte ich meine Lippen. Sie waren ganz geschwollen.

»Wo steckt ihr denn?«, hörte ich Lawrences müde Stimme durch den Lautsprecher von Evans Handy. Dieser drückte mir einen liebevollen Kuss auf die Nasenspitze, dann erhob er sich und zog mich hinter sich auf die Beine.

»Wir stehen auf dem Berg und haben uns den Sonnenaufgang angesehen.« Kurz war es still am anderen Ende der Leitung.

»Könnt ihr nicht schlafen, oder was?«

»So ähnlich. Aber egal. Wir kommen jetzt zurück. Macht ihr Frühstück?«

Lawrence lachte. »Melissa ist schon da. Also solltet ihr euch besser beeilen, wenn ihr noch was von den Pancakes abhaben wollt, die sie hier gerade so enthusiastisch in der Pfanne wendet.«

Evan gluckste. »Wir sind in einer halben Stunde da.« Er legte auf, griff nach meiner Hand. »Ich hoffe, du hast Hunger.«

Ich lächelte. Zum ersten Mal seit Ewigkeiten fühlte ich mich alles andere als hungrig, aber ich hatte trotzdem nichts gegen ein paar Pancakes mit Ahornsirup einzuwenden.

Als wir das Haus erreichten, schien die Sonne bereits heiß vom Himmel, und hier und da tropfte getauter Schnee vom Dach. Mein Körper war dennoch durchgefroren und meine Füße nass.

Evan klingelte. Es war Lawrence, der uns mit breitem Grinsen die Tür öffnete.

»Hereinspaziert, wenn's kein Schneider ist.«

Evan lachte. »Wo hast du denn den Spruch her?«

Lawrence zuckte mit den Schultern. »Keine Ahnung«, sagte er grinsend, dann schmiss er die Tür hinter uns ins Schloss.

»Ihr seht aus, als bräuchtet ihr jede Menge Decken und ein Feuer. Bloß gut, dass ich mitgedacht und den Kamin bereits angemacht habe«, lobte Lawrence sich selbst, wobei er zurück in die Küche schlenderte.

»Was würden wir nur ohne dich tun, Lawrence?«, fragte Evan, bevor er sich aus seinen Schuhen schälte.

Ich tat es ihm gleich, zog die Jacke aus.

»Wir gehen kurz hoch, uns was Trockenes anziehen«, rief ich in Richtung Küche.

»Alles klar, ihr zwei Turteltäubchen«, entgegnete Lawrence.

Ich unterdrückte ein Lachen, während ich hörte, wie Mel ihm etwas ins Ohr flüsterte.

Eilig erklomm ich die Treppe. Oben angekommen seufzte ich und ließ mich aufs Bett sinken.

»Ich könnte jetzt sofort wieder schlafen«, verkündete ich.

»Ich befürchte, dass das warten muss«, sagte Evan, bevor er sich neben mir auf die Laken sinken ließ. Er öffnete die Arme, und ich kam seiner stummen Aufforderung nach und kuschelte mich an ihn. *Es ist wie früher.*

Einen Moment lagen wir so da, dann lösten Evan sich von mir und begann, sich aus seinen nassen Sachen zu befreien.

»Los, zieh dir was Warmes an, Carrie«, rief er, als er gerade im Bad verschwunden war.

Ich lachte. »Schon gut.«

Als wir einige Minuten später unten ankamen, saßen die anderen bereits am Esstisch. Melissa hatte den Tisch gedeckt, und ich fühlte mich wie in einem Hotel. Es gab Bagels, Croissants, Pancakes und alles, was das Herz sonst noch begehrte – von Beeren über leckeren Käse und Schinken war alles dabei.

»Das ist ja der Wahnsinn«, murmelte ich, bevor ich mich auf den Stuhl sinken ließ.

»Ja, die liebe Melissa hat sich mal wieder selbst übertroffen«, bestätigte Lawrence.

»Danke, Sir«, ertönte es aus der Küche. Lächelnd sah ich um einen der Balken herum. Bei Melissa handelte es sich um eine kleine, ältere Frau. Sie hatte das brünette, von grauen Strähnen durchzogene Haar zu einem hohen Dutt zusammengebunden und schien eine waschechte Kanadierin zu sein – keine Amerikanerin hätte wohl bei diesen Temperaturen ein Kleid getragen.

Als sie sich umdrehte, erkannte ich ein hübsches Gesicht.

Obwohl sie schon älter war, hatte sie wachsame braune Augen, freundliche Grübchen und eine Stupsnase.

»Na dann, guten Hunger würde ich sagen!«, erklärte Lawrence, bevor er sich einen Pancake auf den Teller lud. Mein Blick glitt über die Auswahl, blieb an Killian hängen. Er beobachtete mich. Der Schmerz in seinem Gesicht machte mich derart traurig, dass ich das Bedürfnis hatte, ihn zu umarmen. Es tat weh, ihn so zu sehen. Leidend. Wegen mir.

Es war wirklich nicht fair. Killian war immer gut zu mir gewesen. Er verdiente es nicht. Unweigerlich fragte ich mich, ob Evan und ich nicht ganz so offenkundig zur Schau stellen sollten, dass wir einander wieder näherkamen. Auf der anderen Seite würde er es aber ohnehin mitbekommen. Früher oder später. Und ob es dann weniger schmerzte? Wohl kaum.

Schnell wandte ich den Blick ab und schaute direkt in Evans Augen. Wachsam beobachtete er mich. Ich zwang mich zu einem Lächeln, ehe ich mich abwandte und mir stattdessen einen Pancake nahm.

Das Frühstück verlief unspektakulär, und nachdem wir ge-

gessen hatten, schnappte ich mir meinen Zeichenblock und setzte mich damit aufs Sofa. Mel und Lawrence waren zurück ins Bett verschwunden, und Evan, Killian und Matt waren nach unten gegangen, um an einem neuen Song zu tüfteln.

Ich hatte gerade mal einige Umrisse gezeichnet, da kam Mel zurück zu mir und ließ sich in die Polster sinken.

»Ist es nicht himmlisch hier?«

Ich sah auf. »Das kann man wohl sagen …«

Sie nickte, beobachtete mich aufmerksam. »Und erzähl … Wie war es?«

Erneut blickte ich auf. »Wie war was?«, fragte ich scheinheilig.

»Na, deine Wanderung mit Evan.«

Mir entschlüpfte ein Lächeln. »Es war sehr schön. Wir haben uns den Sonnenaufgang angesehen«, erklärte ich, zeichnete jedoch weiter.

»Und weiter?«, hakte sie nach.

»Nichts. Wir haben geredet und …« Kurz zögerte ich, aber bevor ich mich entscheiden musste, was ich antwortete, fragte sie bereits nach.

»Nur geredet?« Sie zog eine Braue hoch. »Ich sage es ja nur ungern, Miss Abernathy, nur sind deine Lippen sogar jetzt noch geschwollen.«

Sofort lief mein Kopf heiß an. »Mel!«, sagte ich, doch diese zuckte nur unbeeindruckt mit den Schultern.

»Was denn?«, fragte sie unschuldig.

»Das fragst du noch?« Ich warf ein Kissen nach ihr. »Los verschwinde und lass mich in Ruhe zeichnen.«

Sie gluckste. »Ich kann auch nichts dafür«, versuchte sie, sich zu verteidigen.

»Ach, komm«, erwiderte ich lachend.

»Na schön.« Sie hob die Hände in die Luft. »Ich gehe jetzt in die Wanne. Sollte Lawrence vorbeikommen, kannst du ihn ja zu mir rüberschicken.« Mit offenem Mund sah ich ihr nach.

»Boah, Mel!«

Ihr helles Lachen schallte zu mir herüber, dann war sie auch schon im Bad verschwunden.

Und so vergingen die Stunden irgendwo zwischen purer Glückseligkeit, Schneeballschlachten und leisen musikalischen Klängen. Nach dem Essen war ich so müde wie schon ewig nicht mehr. Das Paradies zehrte mich aus – auf eine positive Art und Weise.

Nachdem ich meiner Mutter die beste Auswahl an Bildern geschickt hatte, lief ich ins Bad und ließ mir heißes Wasser ein. Evan und die anderen waren noch einmal runtergegangen, um einen Song aufzunehmen, den sie heute wie im Rausch entwickelt hatten. Ich war gespannt, wovon er handelte.

Während mein Körper in das heiße Wasser glitt, schloss ich entspannt die Augen. Heute wäre die zweite und somit vorletzte Nacht mit Evan gemeinsam in einem Bett. Obwohl uns noch zwei Nächte bevorstanden, fürchtete ich mich schon jetzt vor dem Moment, wo es vorbei sein würde. Dieser Ort hatte uns einander wieder nähergebracht, war eine zweite Chance gewesen. Als ich daran dachte, wie sich seine starken Arme um meinen Körper gelegt hatte, wurde mir heiß und kalt zugleich.

»Hey, Carrie, bin wieder da«, hörte ich Evan rufen. »Wo steckst du?«

»In der Badewanne«, rief ich lachend.

Keine Sekunden später drückte sich die Klinke herunter, und Evan kam hereinspaziert.

Ich hätte abschließen sollen, dachte ich noch.

»Oh«, murmelte er.

Ich betrachtete den Schaum, der meinen gesamten Körper vor neugierigen Blicken bewahrte.

»Was *oh*? Viel zu sehen gibt es ja nicht.« Ich zwinkerte ihm zu.

»Nein, aber es reicht fürs Kopfkino …« Er grinste, dann schob er seinen Körper noch ein Stück weiter zu mir herein. Noch immer trug er den beigefarbenen Strickpullover von heute morgen. Er hatte die Jeans allerdings hinter sich gelassen und sich stattdessen eine Jogginghose angezogen.

»Hast du mal Instagram gecheckt?«, fragte ich grinsend. Mein Account war nahezu explodiert, nachdem ich das Bild gepostet hatte. Tausender Kommentare waren eingetrudelt. Von *O mein Gott, wie süß ihr seid* bis *Stirb Schlampe, stirb* war alles dabei gewesen, doch die positiven Kommentare waren eindeutig in der Mehrzahl. Daniel und Micheal hatten völlig recht gehabt – die Leute waren vernarrt in uns.

»Ja, habe ich.« Er fuhr sich durchs Haar. »Schon verrückt, wie sehr die Menschen uns lieben, wenn man bedenkt, dass sie uns gar nicht kennen. Ich meine, wir könnten auch ein furchtbares Paar sein.«

Grinsend sah ich ihn an, bevor ich mich an den Badewannenrand lehnte. »Nun, ich fand uns gar nicht so übel. Du etwa?«

Er kräuselte die Lippen, dann machte er eine abwägende Handbewegung. »Na ja, gibt sicher schlimmere Paare als uns damals.«

Ich lachte, ehe ich mich an einem Themenwechsel versuchte.

»Na, was ist? Magst du mir den neuen Song vorspielen?«

Seine Augen begannen zu funkeln, dann war er auch schon verschwunden.

Zurück im Bad setzte er sich auf den Toilettensitz mit der Gitarre auf dem Schoß. Er stimmte das Instrument, ehe er mir zunickte, als erwartete er, dass ich noch mal mein Go gab, bevor er begann.

Die Melodie war schneller als die meisten auf dem Album. Schnell, aber nicht hektisch. Ich liebte den Rhythmus, die Klangfarbe, die Vibes, die sie aussandte.

Als Evan fertig war, strahlte ich ihn an. »Der ist wirklich toll. Ich sehe die Leute schon auf den Konzerten abgehen und euren Namen rufen.« Noch einmal wiederholte ich für ihn, was ich alles daran liebte, und gab ihm noch ein paar Hinweise zum Text.

»Super, Carrie, danke«, sagte Evan, während er sich eilig etwas in sein Notizbuch schrieb.

»Und ich werde diese Wanne jetzt verlassen, also …«

Evan sprang auf. »Bin schon weg!«

Als ich rauskam, war es im Zimmer beinahe finster. Lediglich

Evans Nachttischlampe und das Kaminfeuer brannten noch. Kurz sah ich mich nach ihm um, konnte ihn jedoch nicht entdecken. Ich wollte gerade vor meinem Koffer in die Knie gehen, um einen Slip herauszuholen, als sich zwei paar Hände auf meine Augen legten.

»Das ist unfair, wenn ich jetzt das Handtuch loslasse, um deine Hände zu ertasten, werde ich nackt dastehen«, gab ich mit vorwurfsvoller Stimme zu bedenken.

Ein kehliges Lachen kitzelte mein Ohr. »Pardon. Das war natürlich überhaupt nicht meine Absicht«, murmelte Evan. Seine Stimme klang rau, beinahe heiser.

»Du lebst wirklich deinen Traum«, flüsterte ich dann, was mir schon seit einer ganzen Weile durch den Kopf ging. Ich drehte mich zu ihm und sah, wie er schwach lächelte.

»Das ist schon lange nicht mehr mein Traum«, raunte er, während er mir behutsam eine Strähne hinters Ohr strich.

»Und was ist dein Traum?« Meine Stimme war nur ein Hauchen, und als ich zu ihm hochschaute, sah ich wieder dieses unendlich schöne Funkeln in seinen Augen.

Evan kam noch näher und plötzlich spürte ich jede Faser seines Körpers an mir – seine Wärme, seine Stärke und auch seinen Herzschlag. Seine kräftige Hand hielt mein Gesicht umschlossen, als sich seine Lippen bewegten.

»Du, du bist mein Traum.«

Einen Moment schien es, als bliebe die Welt um uns herum stehen. Mein Herz pumpte kräftig, kleine Schmetterlinge flatterten aufgeregt in meinem Bauch herum, Blut rauschte mir in den Ohren, und dann konnte ich nur wie von weiter Ferne zusehen, wie mein Körper sich selbstständig machte. Es war eindeutig: Mein Körper hatte einen Pakt mit dem Teufel geschlossen – meinem Herzen.

Ich beugte mich zu Evan, der im selben Moment seine Arme um mich schlang. Wir krachten gegen die Wand. Das kalte Holz drückte sich bedrohlich in meinen Rücken, doch alles, was ich spürte, war Hitze. Zwischen mir und Evan brannte ein Feuer der

Leidenschaft, und unsere Zungen waren die Flammen, die miteinander tanzten. Es gab kein Zurück mehr, unser Verlangen war wie trockenes Holz, das unser zunächst kleines Feuerchen nährte, bis es größer und mächtiger wurde. Wir erlagen ihm, konnten den Flammen und der Hitze nicht entkommen, waren gefangen im Feuer unsere Leidenschaft, welches niemals mehr nur glimmen würde.

Seine Zunge schob mir die Lippen auseinander, ehe wir miteinander verschmolzen. Statt Blut wurde nur noch Lust durch meine Adern gepumpt, ich wollte Evan.

Und zwar sofort. Sein muskulöser Körper drückte mich gegen die Wand, bevor er sich hastig von mir löste. Die Lippen geschwollen und die Augen fast schwarz vor Lust.

Unsere Körper schienen wie zwei Magnete zu sein, sobald sie sich zu nahe gekommen waren, konnte man sie nicht mehr trennen.

Hektisch half ich ihm, das Shirt auszuziehen. Nichts ging mir schnell genug. Ich wollte ihn, seine Wärme, seine nackte Haut auf meiner … ihn endlich in mir spüren.

Als hätte er meine Gedanken gehört, nahm er meine Hand, löste sie vom Handtuch.

Es rutschte zu Boden.

Gierig vergrub ich meine Hände ich seinen Haaren, während unsere Zungen einander immer verlangender umkreisten. Meine Hände strichen seinen nackten Oberkörper entlang, verweilten einen Moment auf seiner Brust, die heftig pochte, ehe sie weiter nach unten wanderten. Sanft fuhr ich mit den Fingern den Bund seiner Boxershorts entlang. Er ließ nicht von mir ab, als er sie auszog, dann wirbelte er mich herum und legte mich vorsichtig auf dem gigantischen Bett ab. Die Matratze sackte unter unserem Gewicht schwer nach unten, und wir versanken regelrecht in den Kissen und Decken. Er war direkt über mir, küsste mich. Ich konnte seine Arme neben meinem Gesicht spüren, die Hitze, die von ihm ausging. Er löste sich von mir, sah mir nun direkt in die Augen. Verlangen, Leidenschaft und pure Lust spiegelten sich darin wieder, doch da war noch etwas anderes, da war noch Zärtlichkeit und …

»Bist du dir sicher, dass du das willst?«, fragte er leise, wobei er mir behutsam eine verirrte Strähne aus dem Gesicht strich. Mein Atem ging nur stoßweise, und auch ihn hatte die Frage sichtbar mehr Kraft gekostet, als es vermuten ließ. Er wollte mich … jetzt sofort. Ich blickte stumm zu ihm auf, ehe ich meine Finger unter sein Kinn führte, ihn zwang, mir tief in die Augen zu sehen. Er sollte in meine Seele schauen.

»Ich war mir noch nie so sicher.« Die Worte hatten kaum die Lippen verlassen, schon wurden sie wieder zum Schweigen gebracht.

Er stützte sich über mir ab, gab mir noch einen kurzen Kuss auf die Lippen, bevor er mit seinen Lippen begehrlich über meinen Hals fuhr. Einen Moment knabberte er an meinem Ohrläppchen, dann widmete er sich wieder meiner Halsbeuge, hauchte mir sanfte Küsse auf die empfindliche Haut.

Jeder Kuss war wie ein Feuer, das auf meinem Körper gezündet wurde. Mit entfuhr ein Stöhnen, als er meine Nippel sanft umschloss und daran saugte. Er schaute mich an, und für eine Sekunde dachte ich, ich würde vor Sehnsucht vergehen.

Er wanderte tiefer, bis er endlich meinen Bauchnabel erreichte. Alles in mir kribbelte, brannte vor Leidenschaft. Ich wollte ihn so sehr.

Kurz hielt er inne, sah mich an, dann begann er, liebevolle Küsse auf die Innenseite meiner Oberschenkel zu hauchen. Ich zitterte am ganzen Leib. Eine Hand strich mir sanft über den Bauch, umschloss meine Brust, während er die andere nutzte, um mit dem Finger zärtlich in mich einzudringen.

Ich stöhnte. Er küsste weiter meinen Oberschenkel, bis er über meiner Mitte noch einmal kurz zögerte. Kurz beobachtete er mich, ehe er mich dort zu küssen begann, wo ich es mir am sehnlichsten wünschte. Erneut stöhnte ich, konnte es kaum ertragen, so elektrisierte er mich.

Langsam ließ ich die Hände zu seinem Kopf sinken, vergrub sie in seinen Haaren.

Er schaute kurz zu mir auf, und sein warmer Atem kitzelte mein empfindlichstes Organ. Seine Augen waren verhangen vor Lust, doch das Funkeln darin erreichte mich. Ich erwiderte seinen Blick, ehe er sich wieder meiner Scham widmete. Er begann, langsam schneller zu werden, führte mit seiner Zunge eine Tanz der Lust auf.

Jede Faser meines Körpers war zum Zerreißen gespannt, dann hörte ich das Blut durch meine Ohren rauschen, spürte ein Ziehen zwischen meinen Beinen, und von jetzt auf gleich explodierte alles um mich herum. Die Welt hörte auf, sich zu drehen, während mein Körper sich auflöste und später wieder zusammenzusetzen schien.

Ich stöhnte laut. Sanft legte Evan mir eine Hand auf den Mund. Noch während ich bebte, küsste sich Evan meinen Körper wieder hinauf, liebkoste jede freie Stelle meiner Haut, bis er schließlich neben mir lag, seine Stirn an meiner.

Er wischte mir sanft über die Wangen, und erst jetzt merkte ich, dass ich geweint hatte.

»Alles okay?«, fragte er liebevoll.

Ich nickte, küsste ihn sanft. Er erwiderte den Kuss, vertiefte ihn, schob seine Zunge zwischen meine Lippen. Ich schmeckte mich, als wir einander gierig liebkosten.

Als Evan sich löste und sich über mich beugte, stöhnte ich fast schon frustriert. Seine Muskeln waren gespannt und tanzten bei jeder seiner Bewegungen.

Ungeduldig beobachtete ich, wie er eine Plastikpackung aufriss, sich hastig das Kondom überzog.

Nachdem er fertig war, sank er neben mir auf die Matratze, legte seine Stirn an meine, zog mich an sich.

Wir blickten einander tief in die Augen, als er die Distanz zu uns schloss und mich zärtlich küsste.

Es verging eine unendliche Sekunde, bis ich ihn zwischen meinen Beinen spürte. Ich hatte ganz vergessen, wie groß und perfekt er war. Wir stöhnten ergriffen. Sein Glied füllte mich vollständig aus und pulsierte groß und hart in mir. Ich seufzte auf, als er begann, sich zunächst langsam in mir zu bewegen. Wir küssten einander, verloren uns. Jeder Stoß dehnte mich weiter, und ich krallte mich vor Lust in seinen Rücken.

Nach einer Weile beschleunigte Evan das Tempo. Er schob sich immer härter und schneller in mich. Ich stöhnte wie von Sinnen, während er sich rhythmisch in mir bewegte. Seine Lippen waren überall und nirgends.

Meine Hände krallte sich in seinen Rücken, weil ich das Gefühl hatte, ihm sonst nicht gewachsen zu sein. Mit jedem Stoß jagte ich meiner zweiten Erlösung entgegen.

Plötzlich zog er sich zurück, und binnen weniger Moment fand ich mich auf dem Bauch liegend vor. Evan liebkoste mir den Nacken, hauchte mir zarte Küsse auf den Hals, dann den Rücken entlang, ehe er meine Beine ein Stück auseinanderschob. Ich reckte ihm meinen Po entgegen, wartete, dass er endlich wieder in mir war.

Als er in mich hineinrammte, stöhnte ich in die Kissen, während meine Knie sich haltsuchend in die Matratze drückten.

Evan beugte sich nach vorn, umfing mit seiner rechten Hand meine Haare und zog mich daran zärtlich zurück, wobei die linke liebevoll meine Mitte umspielte.

Jeder Stoß war wie die pure Genugtuung und schien all die Erinnerungen der letzten Jahre vergessen zu machen.

Immer wieder drang er hart in mich ein, wurde schneller. Er dreht meinen Kopf zu sich, wir blickten einander in die Augen, und ich spürte seinen nur stoßweise gehenden Atem an meinen Lippen, hörte sein Stöhnen, dass sich in meinem Mund verlor, als sich unsere Lippen vereinten, und dann war sie wieder da – die Erlösung. Eine intensive Welle der Lust rauschte durch meinen Körper. Evan stieß noch einige Male in mich hinein, bevor er sich mir ebenfalls ergab.

Da ich noch immer zitterte, hielt er mich fest an sich gedrückt. Eine Weile verweilten wir so, ehe Evan sich langsam zurückzog.

Seine starken Arme schlangen sich um meinen Körper, und

ich hörte ihn heftig nach Luft ringen. Schweiß rann seine Haut entlang.

Evan fuhr mir liebevoll durchs Haar, ehe er meinen Kopf anhob und mich noch einmal küsste.

»Ich habe dich so vermisst, Babygirl.«

Behutsam strich ich mit meinen Fingern über seine Tattoos.

Wir hörten es noch einige Male poltern, irgendwo fluchte jemand, eine Tür knallte und dann … Stille.

Kein Stern war am Himmel zu sehen, dafür rieselte jedoch noch immer Schnee herunter. Kein Mucks drang mehr zu uns hoch. Ich blickte auf Evans Brust, auf der ein recht großes Tattoo zu sehen war, erst jetzt fühlte ich mich dazu in der Lage, es richtig anzuschauen. Angestrengt stützte ich mich auf die Ellenbogen, während ich versuchte, bei dem schwachen Licht erkennen zu können, was es war. Evan strich derweil liebevoll durch meine Haare und beobachtete mich aufmerksam.

Und während ich so dalag, von purer Glückseligkeit benebelt, fiel mir wieder ein, was mit Killian geschehen war. In dieser Sekunde wurden die Schuldgefühle beinahe übermächtig. Was hatte ich nur getan? Wie hatte ich nur mit ihnen beiden schlafen können … Wie hatte ich mit Evan schlafen können, ohne ihm vorher zu sagen, was geschehen war? Es war, als baute sich eine schier unüberwindbare Mauer vor mir auf.

Ich zog den Finger zurück.

»Was ist los?«, fragte er, die Stimme von Glück gesättigt.

»Nichts, ich … ähm …«

Er öffnete die Augen, und ich konnte in seinem Blick erkennen, dass er ahnte, dass etwas nicht stimmte.

»Carrie?«

Als ich in seine Augen blickte, brach es mir beinahe das Herz, denn zum ersten Mal, seit ich hier war, sah er glücklich aus. Wirklich glücklich. Und ich würde dieses Glück jetzt zerstören. Aber ich konnte nicht anders. Ich konnte es einfach nicht länger vor ihm geheim halten. Vielleicht war es unser endgültiges Ende. Aber wenn ich ihm verschwieg, was mit Killian geschehen war, würde dass ohnehin früher oder später unser Ende bedeuteten.

»Carrie?«, fragte er noch einmal, wobei er mir sanft über die Haare strich. Ich war mir nicht sicher, ob sich jemals ein besserer Moment ergeben würde, also holte ich noch einmal tief Luft.

»Ich muss dir was sagen«, krächzte ich.

Er setzte sich augenblicklich auf.

»Was?«, fragte er, die Stimme gesenkt, beinahe bedrohlich.

»Es ist etwas passiert und ich … ich muss es dir sagen.«

In Evans Augen spiegelte sich ein merkwürdig wissender Ausdruck, doch er sagte nichts, sah mich nur schweigend an.

»Ich …«Mein Herz schlug so schnell, dass ich befürchtete, es würde mir die Luft zum Atmen abschneiden. »Ich habe …«, versuchte ich es noch einmal, wobei eine Träne auf meine Wange fiel.

In Evans Gesicht fiel etwas zusammen. Er senkte die Lider und ich erkannte, wie seine Lippen zu zittern begannen. »Was hast du, Carrie?«, fragte er seine Stimme nur ein Wispern.

»Ich habe mit Killian geschlafen.«

In dieser Sekunde war es, als bliebe die Erde stehen, als würde die Zeit angehalten. Evan sah mich einfach nur an. Kein Mucks verließ seinen Mund, keine Regung zeigte sich in seinem Gesicht.

Es war einfach nur still, nicht einmal unser Atmen war zu hören, nichts.

»Evan?«, fragte ich, als wäre ich mir nicht sicher, ob er mich wirklich verstanden hatte.

»Du hast *was*?«

Ich schüttelte den Kopf, konnte die Worte nicht noch einmal aussprechen. »Es tut mir so leid«, hauchte ich.

»Wieso, Carrie? Wieso?«

»Du warst … Du warst so unfassbar gemein zu mir. Ich habe dir meine Vergangenheit gestanden, und du bist verschwunden, ich meine …«

»Und da hast du dir gedacht, du schläfst einfach mit meinem Bruder?« Er fuhr sich durchs Haar. »Ich kann es nicht fassen.«

Er sah mich noch eine Sekunde an, dann sprang er aus dem

Bett und verschwand. Die Tür knallte zu, dann wurde es ganz still. Schon wieder.

Wenig später, hörte ich lautes Geschrei. Killian fluchte, Evan brüllte irgendwas.

Panisch sprang ich aus dem Bett.

»Jungs, was zur Hölle …?«, schrie Lawrence, der, seinen strubbeligen Haaren nach zu urteilen, bereits geschlafen hatte.

Evan zitterte am ganzen Körper, starrte Killian einfach nur an. Dieser starrte zurück.

»O mein Gott«, flüsterte ich.

In jener Sekunde wurde mir klar, dass ich nicht nur Evan verloren hatte. Nein. Ich hatte sie beide verloren. Diesmal endgültig.

»Was ist passiert?«, fragte Mel, die zwischen uns hin und her sah.

»Ich habe mit Carrie geschlafen«, sagte Killian.

Ich sank auf die Knie.

»Ich geh packen«, war alles, was Lawrence erwiderte, ehe er sich umdrehte und in seinem Zimmer verschwand.

Ich drückte die Hand auf mein Herz, aber es war zu spät. Ich hatte es mir selbst in Stücke gerissen.

Kapitel 12

Evan

Es war totenstill im Auto. Niemand hatte mehr etwas gesagt. Niemand hatte es gewagt, auch nur aufzusehen.

Ich fuhr, so schnell ich bei dem Schneetreiben konnte, doch es war noch längst nicht schnell genug. Ich hatte keine Ahnung, vor was ich eigentlich zu fliehen versuchte. Vor ihr oder vor meinen Gedanken, die mich die letzten Minuten und Stunden durchgehend quälten.

Ich hatte einen schwerwiegenden Fehler begangen.

Einen Fehler, den ich nicht mehr würde rückgängig machen können: Ich hatte Carrie erneut in mein Leben gelassen.

Eigentlich war vorherzusehen gewesen, dass das geschehen würde. Irgendwie hatte ich geglaubt, wenn ich sie näher an mich ranlassen würde, würde ich erkennen, dass auch sie nicht mehr dieselbe war.

Irgendein Teil in mir hatte versucht, mir einzureden, dass sie sich wahrscheinlich zum Negativen verändert hatte. Doch nachdem ich vier Tage lang jede Stunde mit ihr verbracht hatte, musste ich feststellen, dass sie nicht das Monster war, zudem ich sie in meinen Träumen gemacht hatte. Nein, vielmehr war sie noch genau dieselbe, die sie auch schon vor drei Jahren gewesen war. Ein bisschen reifer und weniger naiv, aber dennoch dieselbe. Und das war etwas, womit ich nicht gerechnet hatte.

Zu Beginn hatte ich noch versucht, mich von ihr fernzuhalten – mehr oder weniger.

Aber neben ihr in diesem Bett, ihr Duft, ihre Worte.

Sie hatte mich mit eben jenen Dingen in ihren Bann gezogen, mit denen sie es auch früher schon getan hatte.

Nur irgendwie hatte ich es geschafft, mir einzureden, dass ich diesmal immun gegen sie sein würde. Nun, der Teufel auf meiner Schulter lachte noch immer darüber.

Und für einige wenige Stunden hatte sie es sogar geschafft, mich vergessen zu lassen – und das hatte nicht einmal *sie* gekonnt.

Doch Carrie hatte es geschafft, immer wenn ich in das saftige Grün ihrer Augen gesehen hatte, hatte ich mich verloren, und alles andere war unwichtig geworden.

Und dann … dann hatte sie mir gestanden, dass sie mit Killian geschlafen hatte.

Und damit war unsere Zeit vorüber gewesen.

Und zurückgekommen war die Wut. Die Wut, obwohl ich kein Recht dazu hatte. Immerhin schlief ich mit Avery. Und dennoch. Es war nicht dasselbe. Avery war eine Fremde. Sie bedeutete mir nichts. Aber Killian … Verdammt noch mal, er war mein Bruder. Wie hatte Carrie mir das bloß antun können?

»Ich brauche eine Pause«, sagte ich, bevor ich an eine Raststätte fuhr und regelrecht aus dem Wagen sprang. Keine Sekunde länger konnte ich es darin aushalten.

Es ertönten Schritte. Als ich aufsah, stand Lawrence vor mir.

»Hey, Mann!«

»Hey«, sagte ich nur, während ich mir eine Kippe ansteckte.

»Willst du darüber reden?«

Ich sah ihn an.

»Ehrlich gesagt weiß ich nicht, was ich dazu noch sagen soll«, murmelte ich gedankenverloren. Im Moment hatte ich kein Interesse daran, mein seelisches Fegefeuer mit irgendwem zu teilen. Alles, was ich wollte, war, mich allein in die Mitte zu stellen und zu schauen, wie lange es dauerte, bis ich verbrannte.

»Evan, du solltest manchmal einfach mit uns reden. Das würde dir wahrscheinlich viele Stunden der Einsamkeit und Wut ersparen«, erklärte Lawrence.

»Danke, Lawrence, aber ich … ich will nicht reden«, erwiderte ich ausweichend. Ich wandte mich gerade ab, als Lawrence mich am Arm packte und zur Seite zog.

»Evan, ich kann nur erahnen, was in dir vorgeht, aber bitte … Bau keine Scheiße. Du und Avery … Na ja, ich denke ich muss es nicht aussprechen. Also was auch immer dir gerade durch den Kopf geht, bitte bedenke, dass Carrie tiefe Gefühle für dich hat. Und sie ist gerade dabei, sie zuzulassen. Genauso wie du. Also, egal, was du jetzt tust, bedenke die Konsequenzen, okay?«

Am liebsten hätte ich ihn gefragt, seit wann mich Carries Gefühle zu interessieren hatten – sie hatte sich ja damals auch nicht für meine interessiert. Aber Lawrence war nicht dumm. Er wusste, dass das nur die leeren Worte eines kleinen, verletzten Jungen gewesen wären. Er wusste, wie sehr ich Carrie liebte, dass sie mir alles bedeutete.

»Du willst, dass ich ihr verzeihe, dass sie mit Killian geschlafen hat?

»Evan … tu, was du tun musst. Aber bitte stell dir eine Frage: Kannst du ohne sie leben?«

»Ich denke darüber nach«, antwortete ich verspätet. Sicherlich nicht das, was Lawrence hatte hören wollen, aber immerhin die Wahrheit. Ich trat die Zigarette aus, dann setzte ich mich zurück ins Auto und startete den Motor.

Seit gut zwei Stunden schneite es. Es schneite wie verrückt. Und mit jedem Kilometer, den wir weiterfuhren, wurde der Schneesturm aggressiver. Wie eine wilde Bestie zerrte er an unserem Van. Unweigerlich krallte ich die Hände ins Lenkrad. Dieses verfluchte Wetter gefiel mir nicht. Ganz und gar nicht.

»Verdammt noch mal«, murmelte ich, wobei ich verzweifelt versuchte, etwas zu erkennen – doch die Flocken waren dick, die Straße zugeschneit, und ein dichter Nebel versperrte mir die Sicht. Noch einmal fluchte ich innerlich. Das waren alles andere als optimalen Bedingungen, um in fremdem Gebiet umherzufahren.

»Soll ich?«, fragte Killian.

»Nein, alles gut«, presste ich angestrengt hervor, ohne ihn eines Blickes zu würdigen.

Lawrence und Killian tauschten einen merkwürdigen Blick aus. Sie dachten, ich würde es nicht bemerken, aber das tat ich. Wir fuhren gerade in einen kleinen Ort. In der Ferne entdeckte ich eine bunt flackernde Reklametafel. Wahrscheinlich für ein Restaurant oder ein Motel.

»Wir könnten uns auch in einem Motel einmieten«, schlug Mel vor, die den Blickaustausch der beiden ebenfalls mitbekommen hatte.

Sofort versteifte ich mich und krallte die Hände noch fester um das Lenkrad. Reichte es nicht, einmal Nein zu sagen? »Ich erwähnte bereits, dass ich das schon hinkriege, was verdammt habt ihr …?«

Dann ging alles ganz furchtbar schnell. Aus dem Augenwinkel erkannte ich das bunte Flackern der Reklametafel, dann schlug Carrie gegen meinen Sitz und schrie: »Bremsen!«

Sofort fuhr ich herum. Vor mir waren zwei Menschen. Sie liefen einfach so über die Straße, schienen uns nicht einmal jetzt – wo wir nur noch wenige Meter von ihnen entfernt waren – zu bemerken.

Ich streckte mein Bein durch, bremste. Doch wir alle wussten, dass das Bremsen die beiden nicht retten würde. Der Bremsweg war zu lang, der Schnee, auf dem wir fuhren, zu festgefahren. Die Räder hätten gar nicht gegriffen. Sämtliches Gefühl wich aus meinem Leib. Es war, als hörte die Welt auf, sich zu drehen.

Nein. Bitte nicht! Bilder flackerten vor meinem inneren Auge auf, raubten mir die Sicht auf das Hier und Jetzt.

Es war irgendein Reflex in mir, der mich das Lenkrad rumreißen ließ. Wir fuhren an ihnen vorbei mitten auf den Fußgängerweg. Dort rauschten wir diesen noch einige Meter entlang, bevor wir endlich zum Stehen kamen. Ich zitterte am ganzen Leib, und obwohl ich das Lenkrad so fest hielt, dass meine Knöchel bereits weiß hervorstachen, hatte ich den Eindruck, ich könnte jeden Augenblick das Gleichgewicht verlieren und einfach zur

Seite umkippen. Mein Herz hatte nur einmal zuvor in meinem Leben so gerast, wie es das jetzt tat. Und das war in jener Nacht gewesen.

»Was zur …«, murmelte ich, als ich meine Sprache wiederfand. Ohne zu zögern sprang ich aus dem Wagen. Auf einmal durchflutete eine mir unbekannte Wut meine Adern. Wie von Sinnen stapfte ich durch den Schnee, kam vor den Leuten zum Stehen. Ihre Augen waren geweitet, ihre Gesichter aschfahl. Offenbar war ihnen nun doch klar, wie knapp sie dem Tod von der Schippe gesprungen waren.

»Sind Sie noch ganz dicht?«, schrie ich ihnen entgegen, den Wind im Gesicht. »Ich hätte Sie beinahe überfahren!« Am liebsten hätte ich vor Wut auf den Boden gestampft. »Wie, um alles in der Welt, kommen Sie dazu, bei diesem Wetter einfach so über die Straße zu laufen? Ohne sich umzusehen? Sind Sie lebensmüde, oder was?« Am liebsten hätte ich in einen Boxsack geschlagen. »Wie kann es sein, dass Sie uns nicht haben kommen hören? Man bemerkt es ja wohl, wenn ein Auto dieser Größe heran donnert?«, schrie ich weiter. »Sie müssen verdammt noch mal gucken. Besonders bei so einem Sturm. Ich hätte Sie überfahren können, begreifen Sie das denn nicht?«

Tränen drängten gegen meine Lider. Wieso waren manche Menschen so verdammt dämlich und ignorant im Hinblick auf ihr eigenes Leben. Bedeute es ihnen denn gar nichts?

Die Frau sah mich fassungslos an, stammelte etwas von »Tut mir leid« und »nicht gesehen«.

»Evan, beruhige dich«, hörte ich Killian sagen, der mir eine Hand auf die Schulter legte. Ich schlug sie weg.

»Fass mich nicht an, du Verräter«, zischte ich.

»Es war so windig. Wir haben Sie einfach nicht gehört. Und Ihr Licht wegen der wirbelnden Schneeflocken nicht gesehen. So was soll vorkommen!« Die Frau zog sich die schwarze mit Fell besetzte Kapuze noch tiefer in die Stirn. »Und es ist ja auch nichts passiert …«

Offenbar war ihr wirklich nicht klar, wie knapp die ganze

Sache gewesen war. »Sie sind wirklich unfassbar ignorant. Sie wären womöglich jetzt tot. Sie hätte es ja nicht mehr interessiert, wie es demjenigen gegangen wäre, der sie über den Haufen gefahren hätte. Aber Sie haben recht. Sie leben ja noch. Also schönes Leben dann!«

Ich fuhr herum, dann stapfte ich durch den Schnee zurück zum Wagen. Ich musste nach Hause – jetzt sofort. Aus dem Augenwinkel registrierte ich Carrie. Sie stand neben dem Van, sah mich an. Ihr Gesicht war aschfahl. Ohne sie anzusehen, lief ich an ihr vorbei und stieg in den Wagen.

Als die anderen sich wieder hereinbegeben hatten, herrschte kurz Schweigen, ehe Lawrence sagte: »Ich denke, es wäre besser, wenn ich fahre.«

»Denkst du, ich kann das nicht?«, ging ich ihn an. In meinem Kopf drehte sich alles … die Bilder … die dummen Worte der Frau. Ich beugte mich nach vorn, legte die Ellenbogen auf dem Lenkrad ab und stemmte die Hände gegen die Stirn. Es sollte einfach nur aufhören. Es war nicht mehr zu ertragen.

»Nein, Evan, das ist es nicht. Ich denke einfach, dass du aus verständlichen Gründen aufgebracht bist. Also lass mich fahren, okay? Es sind noch mehrere Stunden, und wir wollen ja nicht …« Er beendete seinen letzten Satz nicht, und zugegeben, das war auch nicht nötig. Es war auch so klar, was er hatte sagen wollen: *Wir wollen ja nicht, dass das noch mal passiert.*

Obwohl ich müde und unendlich erschöpft war, machte ich auf der gesamten Rückfahrt kein Auge zu. Ich konnte nicht. Möglicherweise lag das an Carrie, an dem, was vorhin beinahe geschehen war, wahrscheinlicher aber an den Albträumen, die folgen würden. Immer dann, wenn mich etwas emotional aufwühlte, quälte mein Geist mich damit. Immer und immer wieder. Und so schlief ich nicht. Nicht weil ich nicht wollte, sondern weil ich Angst hatte vor dem, was danach geschehen würde.

Und so saß ich in dem Mietwagen und starrte gedankenverloren aus dem Fenster. Gelegentlich traf mein Blick Carrie.

Mein kleines Mädchen. Mein Babygirl. Ich wollte sie berühren, ihr sagen, dass es mir gut ging, nur leider wäre das gelogen gewesen. Und eigentlich … Eigentlich wollte ich sie hassen. Für das, was sie mir angetan hatte. Aber ich konnte nicht. Und so sehr ich in den letzten Tagen auch versucht hatte, das mit uns wieder aufleben zu lassen, musste ich nun feststellen, dass es Dinge gab, die man nicht wiederherstellen, nicht reparieren konnte.

Und wir gehörten dazu. Denn der Preis, den ich hätte zahlen müssen, war zu hoch. Es war mir lieber, dass sie mich hasste, anstatt dass sie wusste, was am Tag ihrer Abreise geschehen war.

Wir erreichten Seattle nach Verzögerung unseres Fluges am späten Nachmittag. Die Sonne neigte sich dem Horizont und schien schwach durch die dicken Nebelschwaden, die Seattle mal wieder bedeckten. Auch hier hatte es geschneit, und die Straßen waren glatt.

Wir saßen im Wagen fuhren die letzten erdrückenden Meter.

Nach und nach wachten die anderen auf. Als Mel mich ansah, nahm ihr Gesicht einen besorgten Ausdruck an.

»Alles okay? Hast du denn überhaupt geschlafen?« Kurz sah ich sie an, nickte schließlich.

»Ja, vorhin.«

Die Falte zwischen ihren Brauen wurde steiler. Ich wandte den Blick ab.

Wir hielten zuerst am Hilton, und dafür war ich dankbar. Eilig griff ich nach meiner Sonnenbrille.

»Sollte ich mit ihr hochgehen?«, fragte ich Lawrence, als wäre ich nicht dazu in der Lage, Entscheidungen für mich allein zu treffen. Plötzlich kam ich mir furchtbar dumm vor.

Lawrence runzelte die Stirn.

»Keine Ahnung. Wenn du sie hochbringst, musst du auch oben bleiben.« Er sprach, als wäre sie gar nicht hier.

Carrie spannte sich an. Sie hatte Angst vor meiner Reaktion.

»Okay«, murmelte ich, ehe ich sie zu mir drehte. »Ich bring

dich an die Rezeption, und dann fahre ich nach Hause.« Meine Stimme war kühl, so kühl wie mein Herz.

Sie nickte bloß.

In der Lobby angekommen, führte ich Carrie an der Rezeption vorbei zum Fahrstuhl, bevor ich ihr noch einmal die Schulter drückte.

»Bis dann«, sagte ich, bevor ich mir die Sonnenbrille auf die Nase drückte und ging. Diesmal für immer.

Ich starrte auf die Pillen in meiner Hand. Sie zitterte noch immer. Es ging mir nicht gut. Seit Stunden schon machte die Vergangenheit Jagd auf mich, und so langsam war der Punkt erreicht, an dem ich nicht mehr konnte, an dem ich nichts sehnlicher wollte, als aufzugeben.

Unser Ausflug hatte mir mal wieder klargemacht, dass ich für nichts gut war. Ich brachte andere Menschen in Gefahr. Immer. Ständig. Und Carrie hatte noch immer mehr Macht über mich, als ein anderer Mensch über jemanden haben sollte. Sie würde mich brechen. Immer und immer wieder. Selbst, wenn ich ihr jetzt verzieh. Noch einmal betrachtete ich das Bild von mir und Carrie auf Instagram, fuhr über ihr Gesicht. Ihr so unendlich perfektes Gesicht. Die Frage war nicht, ob ich ohne Carrie leben konnte, die Frage war: Konnte sie auch ohne mich leben?

Noch einmal sah ich auf die Pillen in meiner Hand, dann legte ich den Kopf in den Nacken. Ich schluckte sie. Alle.

Kapitel 13

Carrie

Als ich mein Hotelzimmer erreichte, überlegte ich, mich noch einmal ins Bett zu legen, aber mir war jetzt schon klar, dass ich kein Auge zubekommen würde. Also stellte ich mir stattdessen eine Leinwand auf die Staffelei. Ich musste zeichnen, musste vergessen, was in Kanada geschehen war.

Ich musste dringend abschalten. Seitdem wir wieder hier waren, kreisten meine Gedanken unentwegt um mich und Evan und was auch immer da zwischen uns geschehen war. Die Zärtlichkeit, die immer noch in ihm steckte, die Liebe, die ich in seinen Augen gesehen hatte, der Schmerz wegen Killian. Für vier einzelne Tage hatte ich den Evan zurückgehabt, den ich so sehr liebte. So lange, bis ich ihm gestanden hatte, was zwischen mir und Killian geschehen war. In diesen wenigen Sekunden hatte ich ihn verschwinden sehen können.

Langsam lief ich zur Kaffeemaschine, ließ mir eine Tasse einlaufen und zog mir die Latzhose an. Dann lief ich zu meinem Rucksack und holte den Block hervor, in dem ich mögliche Gemälde vorskizziert hatte.

Es dauerte nicht lang, da gelangte ich zu dem Bild des Waldes, dessen Wurzeln in ein Herz übergingen. Ich nickte. Das war es, was ich zeichnen wollte.

Zunächst begann ich damit, die Farben zu mischen. Das war eine der Aufgaben, die ich ganz besonders liebte. Für mich waren Farben beinahe noch wichtiger als das Motiv selbst, denn sie waren es, die einem Bild die Atmosphäre verliehen. Sogar wenn man einen Sarg malte, konnte das Bild lebensfroh wirken, wenn man ihn in hellen, bunten Farben darstellte. Farben waren das, was dem Bild die Seele einhauchte.

Ich entschied mich für einen intensiven dunklen Grünton, dunkles Rot, kaiserliches Blau und Schwarz. Nachdem alles gemischt war, betrachtete ich die weiße Fläche, ehe ich loslegte. Meine Bilder sollten nicht perfekt, symmetrisch oder realistisch sein – ich wollte, dass meine Werke lebten, und das taten sie nur, wenn meine Pinselstriche, die Linien, ja selbst die Motive eben auch lebten.

Langsam tauchte ich den Pinsel in die Farbe, dann begann ich, drauflos zu zeichnen. Doch während ich das tat, musste ich feststellen, dass meine Gedanken mich dennoch nicht wirklich freigaben. Immer wieder dachte ich an Evan. An Avery und wie sie gemeinsam in dem Laden nach Schuhen geschaut hatte, an seine Reaktion vorhin, an Killian. Wie er ausgerastet war, als er den Leuten am Straßenrand gegenübergestanden hatte. Da war zu viel in meinem Kopf. Zu viele Einzelteile.

Gedankenverloren zeichnete ich kurze, abgehackte Striche. Ich hatte den Wald beinahe fertig, als mein Handy klingelte. Als ich auf das Display sah, leuchtete mir Mels Name entgegen. Hastig klemmte ich den Pinsel hinters Ohr, ehe ich abnahm.

»Ja?«, fragte ich. Meine Stimme war noch ganz kratzig, weil ich so lange nicht gesprochen hatte.

»Hey, Carrie, entschuldige, wenn ich dich störe, aber ist Evan bei dir?«

Bei ihrer Nachfrage wurde mir augenblicklich kalt. Ich räusperte mich. »Ähm, nein, ist er nicht. Wieso?«, fragte ich vorsichtig.

Kurz wurde es still, dann raschelte es.

»Hey, Carrie, hier ist Lawrence. Hat er vorhin irgendwas zu dir gesagt, wohin er geht?«, fragte er angespannt.

»Nein …« Unbeholfen zuckte ich mit den Schultern, obwohl er es ja eh nicht sehen konnte.

»Okay, dann ähm … na ja … mach dir keine Sorgen. Wahrscheinlich ist er nur mal frische Luft schnappen oder so.« Es war ein kläglicher Versuch, mich zu beruhigen.

»Lawrence?«

»Hm?«, fragte er. Seine Stimme klang ungeduldig.

»Habt ihr es mal bei Avery versucht?«

Es wurde still. Der Anzeige auf meinem Display nach zu urteilen, ganze 25 Sekunden, bis Lawrence seine Stimme wiederfand.

»Wieso bei Avery?«

Meine Zunge wehrte sich gegen die Worte, die ich im Begriff war auszusprechen, doch es musste sein, auch wenn ich mir nicht ausmalen konnte, was es bedeutete, wenn er tatsächlich bei ihr war.

»Kurz bevor wir gemeinsam nach Kanada gefahren sind, habe ich ihn mit ihr in der Mall gesehen, also …« Ich stockte, aber bevor ich weitersprechen konnte, befreite mich Lawrence davon und sagte: »Okay, ich werde sie anrufen. Danke, Carrie.« Das Freizeichen ertönte.

Langsam ließ ich die Hand sinken. Wo steckte er bloß? Wie in Zeitlupe legte ich den Pinsel beiseite und ging anschließen ins Badezimmer, um mich zu duschen.

Nachdem ich mich halbwegs frisch fühlte, zog ich mir ordentliche Sachen an, setzte mir eine Sonnenbrille auf und machte mich auf den Weg in die WG. Aus irgendeinem Grund wurde ich das Gefühl nicht los, dass etwas ganz und gar nicht stimmte.

Sie öffneten erst, nachdem ich das dritte Mal geklingelt hatte.

»Carrie, was …?« Killian sah mich gequält an.

»Ich dachte, ihr könntet noch jemanden gebrauchen, der euch beim Suchen hilft«, erklärte ich kleinlaut. Erst jetzt fiel mir auf, dass Killian komplett angezogen war.

»Ja, na ja, wir wollten gerade an einen Ort fahren, wo wir ihn vermuten, aber ich weiß nicht, ob es wirklich gut ist, wenn du mit uns kommst«, murmelte er schließlich.

»Evan bringt dich um, wenn du sie mitnimmst. Ich meine … Das ist schon echt strange«, meinte Lawrence.

»Ja, und was soll ich deiner Meinung nach machen?«

Lawrence starrte mich an. »Carrie … wenn wir dich jetzt mitnehmen … ich weiß wirklich nicht, ob das eine so gute Idee ist. Weil das, was du sehen wirst, wird dir mit ziemlich hoher Wahrscheinlichkeit nicht gefallen.«

Irritiert zog ich eine Braue hoch. »Willst du mich verarschen, Lawrence? Welcher Ort sollte mich denn so aus dem Konzept bringen?«

Matthew und Mel kamen gerade aus der Küche und sahen mich überrascht an.

»Was machst du denn hier?«, fragte Mel irritiert.

»Sie kommt mit uns«, erklärte Lawrence. Dann zog er den Reißverschluss seiner dunkelbraunen Lederjacke zu und trat zu mir in den Flur.

Während wir durch die Innenstadt Seattles rasten, war ich mir ziemlich sicher, dass wir sämtliche Regeln der Verkehrsordnung brachen. Wir fuhren nicht einmal zwanzig Minuten, ehe wir in eine Straße einbogen, die mir merkwürdig vertraut vorkam.

»Was zur …?« Und plötzlich fiel es mir wie Schuppen von den Augen. Wir waren nicht in irgendeiner Straße. Wir waren in Queen Anne. In exakt der Straße, in der ich einst gewohnt hatte, doch was …?

Der Wagen hielt.

»Seid ihr sicher, dass wir hier richtig sind?«, fragte ich irritiert. Lawrence drehte sich zu mir um. »Ich habe gesagt, dass es strange ist, und du wolltest trotzdem mitkommen, Carrie. Also sei jetzt auch vorbereitet auf das, was kommt.«

Das sagte er so leicht. Aber ich hatte keine Ahnung, was kommen würde, wusste nicht, worauf ich vorbereitet sein sollte. Ich wusste ja nicht einmal, wieso wir plötzlich vor meiner alten Wohnung standen. Mel half mir aus dem Auto, dann legte sie eine Hand in meinen Rücken, als befürchtete sie, dass ich den Weg sonst nicht finden würde. Lawrence, Killian und Matt gingen vor. Killian zog einen kleinen silbernen Schlüssel aus der Jackentasche, bevor er aufschloss. Ich erinnerte mich an den Schlüssel, erkannte die roten Punkte, die ich einst mit Nagellack drauf gepinselt hatte.

Was zum Teufel war hier los?

Wir gingen die wenigen Stufen hinauf, blieben vor meiner alten Wohnungstür stehen. Killian warf mir einen kurzen Blick zu. Seine Stirn hatte sich in tiefe Falten gelegt, und seine Hand zitterte. Noch nie zuvor hatte ich ihn so in Sorge gesehen. Er klingelte und steckte gleichzeitig meinen alten Schlüssel ins Schloss. Es ertönte ein leises *Klack*, und die Tür sprang auf.

Sofort kam uns ein widerlicher Geruch entgegen. Säuerlich, süßlich, bitter. Und dann hörte ich es, ein Würgen.

»O mein Gott.« Killian stürmte in meine alte Wohnung, rannte zum Bett.

Ich folgte ihm, blieb einige Meter davon entfernt stehen. Wie festgefroren starrte ich auf das Bild, das sich mir bot. Mein Magen drehte sich um, Schmerz peitschte durch meine Adern. Schmerz. Ekel. Wut. Hass. Tränen, so heiß und nass, dass sie mich zurück ins Hier und Jetzt katapultierten.

Evan lag auf meinem alten Bett in meiner ehemaligen Lieblingsbettwäsche. Er lag dort und erbrach sich, aber er lag auf dem Rücken, zuckte. Sein Körper zuckte, Schaum quoll aus seinem Mund.

Killians Gesicht war rot angelaufen, die Augen stachen unnatürlich hervor. Ohne zu zögern, rannte er zu seinem Bruder, drehte ihn auf die Seite und steckte ihm den Finger in den Hals.

»Ruft einen Krankenwagen!«, schrie er.

Er schlug Evan auf den Rücken, bevor er sich hinter ihn legte, die Arme um seinen Bauch schlang und mehrfach zudrückte. Evan übergab sich, doch es kam nicht einmal Kotze heraus, sondern nur dieser furchtbar widerliche Schaum. Meine Beine zitterten, wurden immer schwächer, bis ich schließlich nicht mehr stehen konnte. Ich sackte zu Boden.

»Evan«, flüsterte ich, während die Welt unter mir sich zu drehen begann. Zwei Arme packten mich, zogen mich in eine Umarmung, versuchten, mich von dem, was da auf dem Bett geschah, abzuschotten. Doch ich musste es sehen, wollte es sehen. Was, wenn er starb? Ich musste bei ihm sein!

Es ertönten Sirenen, aber sie waren so weit entfernt.

Auch als der Notarztwagen vor dem Haus hielt, wirkte alles furchtbar weit weg. Männer in neongelben Jacken kamen hereingestürmt, brachten eine Trage. Sie schrien kurze Befehle, jemand klopfte Killian auf die Schulter, aber die Welt um mich herum drehte sich noch immer. Es fielen Begriffe wie »Überdosis, Magen auspumpen, Intensivstation, Versicherung, Folgeschäden«, dann verlor ich endgültig das Bewusstsein und driftete in eine erlösende Ohnmacht.

Ich blinzelte. Um mich herum bewegte sich die Welt in schnellem Tempo. Reifen quietschten, Stimmengewirr wurde laut, mein Körper bebte.

»So fahr doch etwas schneller!«, hörte ich Killians Stimme. Er klang zittrig, aufgebracht. »Hey, Carrie?«, fragte er.

Meine Lider flatterten, kämpften gegen die Helligkeit der vorbeirasenden Straßenlaternen an, dann schaffte ich es endlich, meinen Blick zu fokussieren.

»Sie kommt wieder zu sich«, erklärte er in Richtung des Fahrersitzes.

»Na, Gott sei Dank.« Das war Mel.

Gerade, als ich fragen wollte, was geschehen war, prasselten die Bilder plötzlich in erschreckender Schärfe auf mich ein. Evan in meiner alten Wohnung. Der Geruch nach etwas Säuerlichem. Weiße Schaumbläschen. Das Gurgeln.

Fassungslos schloss ich noch einmal die Augen. Wie es ihm wohl ging? Würde er es schaffen, oder waren wir zu spät gekommen?

Auf einmal fühlte ich einen leichten Druck an der Hand. Es war Killian. Ich erwiderte die Berührung, lehnte meinen Kopf gegen ihn, schloss noch einmal kurz die Augen. Leider war ich mir nicht sicher, ob ich dem, was in den kommenden Tagen und Wochen geschehen würde, wirklich schon gewachsen war.

Noch einmal holte ich tief Luft, richtete ich mich langsam auf.

»Alles okay?«, fragte Killian. Er hielt noch immer meine Hand.

Langsam nickte ich. Mein Schädel dröhnte, doch ansonsten schien es mir gut zu gehen.

»Okay«, murmelte er, dann ließ er meine Hand los und beugte sich zwischen den beiden Vordersitzen hindurch.

»Beeilt euch!«, sagte er noch einmal. Erst jetzt bemerkte ich, dass Lawrence fuhr.

»Wo ist Matthew?«, fragte ich irritiert.

»Im Krankenwagen mitgefahren.«

Stirnrunzelnd schaute ich zu Killian. »Warum bist du nicht …?«

Killian senkte die Lider, als er wieder hochsah, hatte sich ein dünner Schleier Tränen gebildet. »Ich kann es nicht ertragen, ihn so zu sehen … Ich bin so furchtbar feige.«

Ich rutschte zu ihm ran. »Schon gut, das ist überhaupt nicht schlimm. Alles ist okay«, flüsterte ich erneut, ehe ich ihn in meine Arme zog. Er weinte.

Lawrences und mein Blick begegneten sich im Spiegel. Er nickte mir kurz zu, dann beschleunigte er das Tempo. Ohne dass irgendjemand von uns beiden etwas gesagt hatte, lagen die Worte unausgesprochen in der Luft. Wenn Evan etwas passierte, würde Killian sich niemals verzeihen, dass er nicht mit dem Krankenwagen mitgefahren war.

Wir erreichten das Krankenhaus, kurz nachdem der Krankenwagen angekommen war. Matthew stand bereits im Warteraum. Er war blass und schien um zehn Jahre gealtert.

»Hey«, sagte Lawrence. Die Männer zogen einander in eine Umarmung. »Wie geht es ihm?«, hörte ich Lawrence fragen.

Matt zuckte mit den Schultern. »Sie wollen ihm jetzt den Magen auspumpen. Er hat sich die gesamte Fahrt über übergeben. Es war ein absoluter Albtraum.«

»O Mann«, murmelte Killian, bevor er sich nervös durch die Haare fuhr.

Just in diesem Moment erspähte ich Micheal. Er winkte uns zu.

»O mein Gott, Jungs«, rief er aus. »Wie geht es ihm?«, erkundigte auch er sich.

Kurz fassten die anderen die Ereignisse zusammen, doch ich

ließ mich nur auf einen der Plastikstühle nieder, hatte keine Kraft mehr, um zu stehen. Plötzlich fühlte ich mich furchtbar schwach und labil.

Mel setzte sich neben mich, legte eine Hand auf meine.

»Alles wird gut«, flüsterte sie, dann legte sie den Kopf auf meine Schulter.

Erst jetzt fiel mir auf, dass wir in keinem normalen Krankenhaus waren. Der Wartebereich war nahezu leer, und auch ansonsten schien hier keine besondere Hektik zu herrschen. Offensichtlich waren wir in einer der Privatkliniken Seattles gelandet. Immerhin. Vielleicht würde es so noch eine Weile dauern, bis die Presse von dem Wind bekam, was geschehen war.

Viele Tausend Atemzüge, fünf Becher Kaffee und einen Liter Tränen später kam ein Mann in weißem Kittel auf uns zu. Er war Ende dreißig, groß, sportlich, und sein schwarzes Haar fiel ihm in die Stirn. Er schenkte uns ein freundliches Lächeln, ehe er seine blauen Augen über uns gleiten ließ.

»Laut …«

»Sie dürfen vor uns allen sprechen«, erklärte Killian.

Der Doktor runzelte die Stirn, dann nickte er langsam. »Ihrem Freund und Bruder geht es so weit gut. Wir haben ihm den Magen ausgepumpt. Trotz allem kann es sein, dass er noch Nachwirkungen von den Drogen haben wird, mit denen er offensichtlich versucht hat, sich das Leben zu …«, er sah von einem zum anderen, »… nehmen. Er hatte großes Glück. Ein paar Minuten später, und er wäre tot gewesen. Sie können zu ihm.«

In diesem Moment sprang die Tür auf, und eine große blonde Frau stürmte gemeinsam mit einem dunkelhaarigen Mann herein. Irritiert sah ich zwischen ihr und Killian hin und her.

»Einen kleinen Moment, ja«, murmelte dieser in Richtung des Arztes, bevor er an ihm vorbei zu den beiden eilte. Die Frau trug eine schwarze Sonnenbrille und hatte ihr Gesicht hinter einem großen Schal und einer blonden Lockenmähne verborgen. Sie schloss Killian in eine feste Umarmung. Der Mann tat es ihr gleich.

Das waren also die Blacks. Ich hatte mir Evans Vater immer anders vorgestellt. Ich dachte, er würde eher aussehen wie die beiden Brüder. Doch mit seinen braunen Augen, den karamellfarbenen Haaren und dem dichten, aber gepflegten grauen Bart sah er den beiden überhaupt nicht ähnlich.

Sie sprachen kurz mit Killian, dann winkten sie in unsere Richtung, bevor sie zum Arzt eilten. Sie besprachen sich noch einmal kurz und kamen anschließend zu uns.

»Oh, du musst Carrie sein«, begrüßte mich seine Mutter herzlich. »Ellie«, erklärte sie, ehe sie mich umarmte.

Ich nuschelte irgendetwas, das nach einem »Ja, hallo, Mrs Black« klang.

»Sie dürfen zu ihm«, wiederholte der Arzt, ehe er vorweg ging.

Das Zimmer, in dem Evan lag, war ebenso steril wie das ganze Krankenhaus. Es war so groß wie mein Hotelzimmer und erinnerte auch eher an ein solches. Evan war aschfahl und wirkte in dem viel zu großen Bett um mehrere Zentimeter geschrumpft. Als er uns bemerkte, zwang er sich zu einem Lächeln.

»O Mann«, murmelte er tonlos.

Er sprach kurz mit seinen Eltern, dann blieb sein Blick an mir hängen. »Ich würde gern mit Carrie allein sprechen«, hörte ich ihn sagen.

Die anderen sahen mich kurz an, zogen sich schließlich zurück.

Die Tür fiel hinter ihnen ins Schloss, und plötzlich herrschte eine nahezu erdrückende Stille.

»Hey«, flüsterte ich und schaffte es endlich bis zu seinem Bett.

»Hey, Babygirl«, hauchte er und griff nach meiner Hand.

»Was machst du denn für Sachen, hm?«, wollte ich wissen. Mein ganzer Körper bebte. Wieder musste ich auf die Narben starren.

»Tut mir leid. Es war … Es war einfach alles zu viel. Die ganzen letzten Wochen, deine Rückkehr und dann auch noch der Beinahe-Unfall.«

Es war makaber. Da lag er hier so vor mir in diesem verfluchten

Krankenhaus, und trotzdem wurde ich das Gefühl nicht los, dass er versuchte, all das hier herunterzuspielen.

»Es war *etwas viel*?«, fragte ich, und meine Stimme klang seltsam schrill. »Und deswegen hast du versucht, dich umzubringen?«

Er blickte auf seine Hände. Am rechten Handgelenk trug er ein weißes Armband.

»Du hast keine Ahnung, was in meinem Leben abgeht … Und dann … Dann auch noch das mit dir und Killian. Es war einfach zu viel.« Ich sackte zusammen.

»Dann erkläre es mir doch endlich, damit ich dir helfen kann«, flüsterte ich. »Lass zu, dass ich dir helfe, anstatt vor mir wegzulaufen.«

»So einfach ist das nicht …«

Ich konnte es nicht mehr hören. »Es ist leichter, sich umzubringen, als mir zu erzählen, was geschehen ist? Evan, ich bitte dich!« Verzweifelt ging ich vor ihm in die Knie, griff nach seiner Hand. »Bitte, rede endlich mit mir.«

Er starrte an die Decke, holte tief Luft. Dann kam er meiner Bitte endlich nach.

»Aber Carrie?«

»Ja?«

»Die Presse weiß von nichts. Wir haben es geschafft, die ganze Sache geheim zu halten, also bitte … bitte erzähl es niemandem. Wenn die Presse davon Wind bekommt … Ich weiß nicht, was ich dann tun soll, es wäre …«

»Evan, hey …« Sanft drückte ich seine Hand. »Schon gut, ich werde es niemandem sagen. Ich bin deine Freundin, erinnerst du dich? Also versprochen.«

Seine Aussage kam beinahe einer Beleidigung gleich, doch ich schluckte es hinunter.

»Okay«, flüsterte er. »Es war vor drei Jahren.« Evan senkte die Lider, während er seine Hände miteinander verschränkte, den Blick noch immer stur an die Decke gerichtet. »Du weißt ja, dass ich an jenem Tag am Flughafen war. Dass ich dabei zusehen musste, wie du davonflogst, ohne mich zu verabschieden.

Mit nichts als diesem Scheißbrief in der Hand.« Er schluckte. »Ich war am Boden zerstört. Ich habe dich geliebt, schon damals, und nicht die Eier gehabt, es dir zu sagen, und dann auf einmal warst du fort.« Seine Stimme brach. »Es war bei Weitem der schlimmste Tag, den ich bis dato erlebt hatte. Aber es sollte noch beschissener kommen.«

Sanft legte ich meine Hand auf die seine, während ich angespannt jedes einzelne Wort in mich aufnahm.

»Ich war allein am Flughafen. War dir allein hinterhergefahren. Wie ein Irrer bin ich durch die Stadt gejagt. Auf der Rückfahrt war das anders. Da bin ich nicht gefahren, als müsste ich die Liebe meines Lebens daran hindern, mich zu verlassen … Ich bin gefahren, als hätte ich sie bereits verloren. Als führe ich zu ihrer Beerdigung.«

Stille.

»Es war dumm. Ich hätte nicht mehr fahren sollen, aber ich tat es. Ich war außer mir, irgendwo zwischen Wut, Hass und Trance gefangen. Wie ein Besessener jagte ich durch die Stadt, weinte, hoffte, dass ich mich geirrt hatte. Dass du gar nicht geflogen warst, sondern stattdessen in deinem Zimmer saßt. Da, wo du mei…« Er schluckte, ehe er auf seine Hand schaute. »Da wo du meiner Meinung nach hingehörtest. Und dann passierte es.«

Er holte tief Luft. Seine Stimme zitterte, und der Schmerz in seinen Augen wurde so übermächtig, dass ich es kaum aushielt, ihn anzublicken. Er hatte es noch nicht einmal erzählt, und dennoch fürchtete ich mich vor dem, was er nun sagen würde.

»Die Ampel war bereits gelb, aber ich konnte nicht mehr schnell genug abbremsen.« Ich sah, wie er mit sich rang, während die Erinnerungen seinen Körper zum Beben brachten. »Ein Kind rannte auf die Straße. Ich erinnere mich noch gut an diesen Blick, werde nie den Ausdruck in den erschrockenen Augen vergessen. Und plötzlich war der Junge verschwunden, und alles, was ich wahrnahm, war das Holpern, als ich ihn überfuhr. Als ich …« Noch einmal stockte er und einzelne Tränen fielen auf seine Wange. »Als ich Aiden überfuhr.«

In meinem Kopf herrschte ein schrilles Fiepen. Aiden? Averys Bruder? Plötzlich ergab alles Sinn. Aiden, Avery und Evan in der Stadt. Die besorgten Blicke Killians auf der Gala. Evan, der mir die Schuld gab. Der Beinahe-Unfall und Evans Reaktion. Von jetzt auf gleich hatte ich das Gefühl, die Welt zu verstehen – und auch wieder gar nicht.

»Wieso ist davon nichts an die Presse gelangt?«, flüsterte ich.

Weitere Tränen fielen auf Evans Wange. »Avery … sie … sie und ich … Ich bezahle dafür, indem ich ihr versprach, sie zu lieben. Als ich dich an jenem Abend im Hotel allein ließ, war das nicht, weil ich es wollte. Sie hatte mir geschrieben und … und ich bin zu ihr, ich musste zu ihr. Nicht weil ich es wollte, sondern weil sie mir damals schwor, dass sie an die Öffentlichkeit gehen würde, wenn ich und sie nicht …«

»Du schläfst mit ihr, damit sie dich nicht verrät?«

Er nickte. Eine erdrückende Stille breitete sich zwischen uns aus. Noch immer schaute ich ihn an, sah die Schuld in seinem Gesicht, die Angst, den Schmerz … Es war, als blickte ich das erste Mal in sein Innerstes.

Ich schluckte, versuchte etwas zu sagen, wusste jedoch nicht, was. In meinem Kopf kreisten die Gedanken.

»Sag doch was«, bat Evan mit gebrochener Stimme.

Kurz zögerte ich, dann sah ich auf. Unsere Blicke begegneten sich, in seinen Augen spiegelte sich so viel Schmerz.

Ich schluckte, während ich ihn einen Moment ansah. »Evan …« Ich schaute zu Boden, konnte seinen Blick nicht ertragen. »Es war nicht deine Schuld. Es war ein Unfall. Wie konntest du dich nur auf diesen Deal einlassen?«

»Es geht doch schon längst nicht mehr nur um mich. Das ist etwas, dass uns alle betrifft. Die ganze Band. Das Risiko war zu hoch.« Evan stützte sich von der Metallstange ab, an der er sich zuvor abgestützt hatte, und fuhr sich aufgebracht durchs Haar.

»Und was meine Schuld betrifft … Die Ampel war schon gelb, Carrie, als ich drübergefahren bin, wahrscheinlich rot. Natürlich ist es meine Schuld. Und wir alle wissen es. Dank Avery wurde es als Fahrerflucht abgestempelt und der Fahrer ›nie gefunden‹. Sie hat uns den Arsch gerettet. Auch wenn sie dafür den höchsten aller Preise verlangt. Ich musste es tun.« Er lachte verbittert.

Die Schuld, die er sich da auferlegt hatte, zerstörte ihn. Mir entfuhr ein Seufzen, ehe ich es nicht mehr ertrug, die Distanz zwischen uns überbrückte. Ich wollte ihm nahe sein, wollte, dass er wusste, dass ich nicht gehen würde – niemals. So sehr seine Worte auch schmerzten, ich musste ihn spüren. Vorsichtig hob ich meine Hände und legte sie auf seine Wangen, bevor ich ihn zwang, mich anzuschauen.

Als seine blauen Tiefen auf die meinen trafen, sah ich den Schmerz, die Schuld und die Verzweiflung, die in ihm Wellen schlugen. »Es ist nicht deine Schuld. Solche Dinge passieren. Tagtäglich. Du darfst nicht länger davor davonlaufen, Evan, sonst wird sie eines Tages dein ganzes Leben bestimmen«, flüsterte ich.

Er holte tief Luft, ehe er seine Stirn gegen die meine lehnte.

»Aber, Babygirl …«

Scharf sog ich die Luft ein, während ich mit meinen Händen sacht über seine Wangenknochen strich. Seine Nase berührte meine, und sein warmer Atem huschte mir über die Lippen. Dann lagen seine Lippen auf meinen, weich, feucht und unendlich sanft. Eine Woge der Zärtlichkeit strömte zu mir hinüber. Er küsste mich mit so viel Liebe, dass mir beinahe schwindlig zu werden drohte. Mein Herz machte einen wilden Hüpfer, während mein Körper zu kribbeln begann.

»Es tut mir so leid, Evan«, flüsterte ich. Eine Träne fiel auf meine Wange. Er drückte meine Hand. Ich schluckte. »Evan?« Er sah mich an. »Warum fühlt sich all das hier wie ein Abschied an?«, fragte ich leise. Eine weitere Träne fiel mir auf die Wange, bevor ich den Kopf in seiner Halsbeuge vergrub, seine Hand noch fester drückte. Evan löste sich etwas.

»Es tut mir so leid, Carrie, aber …« Er leckte sich über die Lippen.

»Ich weiß, dass es nicht deine Schuld ist. Nichts von all dem. Aber an jenem Tag war ich nun mal wegen dir unterwegs, so aufgebracht, so wütend, so außer Kontrolle ...« Er löste unsere Hände. »Ich dachte, ich könnte es schaffen, aber wenn ich dich jetzt so sehe ... weiß ich nicht, wie ich dich jemals betrachten und in dir nicht den Grund für jenen Abend sehen soll. Sag mir, wie kann ich nach allem die Liebe sehen und nicht die Ursache für das Schlimmste, was mir in meinem Leben jemals widerfahren ist?«

Eine weitere Träne fiel auf meine Wange, floss in Zeitlupe darüber.

»Ich weiß es nicht«, flüsterte ich. Und das tat ich wirklich nicht.

Drei Tage waren vergangen, seitdem Evan mir gestanden hatte, was sein Geheimnis war.

Und ja, es war ein Schock. Natürlich war es das. Dass Evan ein Kind überfahren hatte und seither mit Avery schlief, um es zu vertuschen ... Zugegeben, das war schlimmer als alles, was ich mir in meinem kleinen Kopf ausgemalt hatte und doch ... Es hatte nichts an meinen Gefühlen geändert. Nicht einmal die Tatsache, dass er mich mehr oder weniger dafür verantwortlich machte. Ich liebte ihn. Und ich verstand ihn. Zumindest ging ich davon aus. Immer und immer wieder hatte ich mir ausgemalt, was er durchmachen musste. Mit dieser Schuld zu leben musste unfassbar schwierig sein. Wie er mir erzählt hatte, war Aiden ein leidenschaftlicher Footballspieler gewesen. Ein Nachwuchstalent und der ganze Stolz der Familie. Und nun musste der Junge damit leben, dass er nie wieder ... Er hatte nach dem Unfall ein halbes Jahr im Rollstuhl gesessen, er konnte zwar wieder laufen, aber Football ... vorbei!

Ich konnte Evan verstehen. Und doch hat es mir das Herz gebrochen, denn als er es mir erzählt hatte, war mit klar geworden, dass er die ganze Zeit recht gehabt hatte. Für uns gab es keine Zukunft. Wie sollte er mir jemals verzeihen? Wie sollte er mich jemals ansehen, ohne in mir die Schuldige zu sehen? Und wie sollte ich ihm verzeihen, dass er mit Avery schlief? Das er sich verkaufte für seinen Ruf, für sein Seelenheil? Ich verstand ihn, das tat ich wirklich. Und trotzdem konnte diese Erkenntnis den Schmerz nicht lindern.

Es klopfte an der Tür. Erschrocken zuckte ich zusammen und ließ meinen Pinsel fallen. Seit zwei Tagen arbeitete ich an einem größeren Projekt, einem Gemälde, das alles bisher Dagewesene in den Schatten stellen sollte. Ein Gemälde, das nicht die Essenz der Gegenstände oder der Realität einfangen sollte, sondern eines, das die Essenz unserer Emotionen einfing. Eines, das mehrere Emotionen miteinander verband und beim Betrachter ein ganz bestimmtes Gefühl von Unbehagen erschaffen sollte.

Eilig hob ich den Pinsel auf, bevor ich zu Tür eilte.

Als ich sie öffnete, sackte mir das Herz in die Hose.

»Evan«, wisperte ich. Er sah mich aus unendlich müden, glasigen Augen an, ehe er flüsterte: »Ich kann nicht ohne dich leben, Carrie.«

Einen Moment war ich wie erstarrt. Was meinte er damit? Was …? Ohne zu zögern, ging ich einen Schritt zurück und ließ ihn eintreten.

»Was ist los, Evan?« Er hatte sich aufs Sofa sinken lassen und starrte auf das Gemälde.

»Darf ich dir vielleicht einfach eine Weile beim Zeichnen zusehen?«, fragte er.

»Evan …«, murmelte ich. »Wieso bist du hier?« Ich stützte den Ellenbogen hinter ihm auf die Lehne.

»Ich kann nicht ohne dich leben, Carrie. Aber Babygirl … wärst du nicht gewesen, wäre all das nicht passiert. Dann müsste ich mit dieser Schuld nicht leben. Du bist wohl der einzige Mensch, den ich noch mehr verachte als mich selbst, deswegen verstehe ich auch nicht, wie ich dich noch immer so lieben kann.«

»Evan«, hauchte ich und legte den Pinsel beiseite, doch Evan war bereits aufgesprungen. Erst jetzt roch ich seine Fahne.

»Warum bist du nur zurückgekommen. Alles war so gut ohne dich, und dann kamst du, und seither geht alles nur noch schief. Verschwinde, Carrie, verschwinde. Und nimm meinen Bruder gleich mit.«

Fassungslos beobachtete ich, wie er zurück zur Tür taumelte und dahinter verschwand.

Einen Moment sah ich ihm noch nach, dann sackte ich zusammen. Eine Träne rann meine Wange herunter. Ein verzweifeltes Schluchzen kam mir über die Lippen, während mein Körper sich qualvoll zusammenzog und versuchte, den Schaden, den Evan in meinem Inneren angerichtet hatte, zu reparieren.

Wärst du nicht gewesen, wäre all das nicht passiert. Dann müsste ich mit dieser Schuld nicht leben. Du bist wohl der einzige Mensch, den ich noch mehr verachte als mich selbst, deswegen verstehe ich auch nicht, wie ich dich noch immer so lieben kann.

Kapitel 14

Evan

Da war sie. Die Vergangenheit, die ich so verzweifelt für mich zu konservieren versucht hatte. Die Vergangenheit, vor der ich davongelaufen war. Leider hatte ich lernen müssen, dass es Dinge im Leben gab, denen wir nicht entkommen konnten – wer wir waren und was uns zugestoßen war, gehörte dazu.

Nur war es eben nicht jene Vergangenheit gewesen, die das, was ich mit Carrie aufgebaut hatte, zerstört hatte – sondern ich selbst.

Plötzlich sah ich klar. All die Jahre hatte ich stets Carrie die Schuld für all das gegeben, aber während ich so saß und mir der Tatsache, dass ich sie endgültig verloren hatte, schmerzhaft bewusst wurde, war es, als traf mich das Licht der Erkenntnis. Sie trug keine Schuld. Die Schuld auf andere Schultern zu laden, war so schön leicht. Es erforderte nicht viel Mut oder Kraft. Es war etwas, das die Schwachen taten, weil sie die Schuld selbst nicht tragen konnten. So war es auch bei mir gewesen. Doch mittlerweile wusste ich, dass nicht einmal ich die Schuld trug. Nicht allein.

An jenem Morgen war etwas furchtbares Geschehen. Nur waren weder sie noch ich dafür verantwortlich. Es gab einfach Dinge, die geschahen, ohne dass jemand etwas dafür konnte. Gläubige nannten das wohl Gottes Willen.

Leider änderte diese Erkenntnis weder etwas an den Worten, die ich gesagt hatte, noch an den Gedanken, die mich quälten.

Warum ich?

Warum war ich der Mensch, dem all das widerfuhr? Wieso war ich der gewesen, der Aiden überfahren hatte? Wieso nur hatte ich nicht gebremst, wieso war ich so schnell gefahren? Warum nur war Aiden verdammt noch mal auf die Straße gerannt?

Ich lag in meinem Zimmer, starrte an die Decke. Mein Körper war ein einziger Schmerz. Es war, als könnte ich mich weder drehen noch sonst irgendwas tun. Schon die ganze Nacht hatte ich so dagelegen und an die Decke geglotzt. Mittlerweile war es kurz vor halb zwölf mittags, und ich hatte es noch immer nicht geschafft aufzustehen.

Wieso auch? Es gab keinen Grund. Die Band schlummerte in ihrer friedlichen Tour-Pause, Carrie hatte ich erfolgreich vertrieben, und in Wahrheit wollte ich ohnehin nichts sehnlicher als in Selbstmitleid versinken. Nach allem, was ich getan hatte, schien mir das eine angemessene Strafe.

Plötzlich läutete die Klingel. Nicht einmal. Nicht zweimal. Nein, irgendein Vollidiot klingelte Sturm. Kurz überlegte ich, ob ich runtergehen sollte, aber ich war mir ziemlich sicher, dass von den anderen bereits jemand wach war. Und so drehte ich mich auf die Seite, sah aus dem Fenster. Es hatte sich ein trister Nebelschleier über Seattles Wolkenkratzer gelegt und tauchte die Stadt in eine Stimmung finsterer Melancholie. Es passte zu meiner Seele.

Auf einmal wurden Schritte laut, dann hämmerte jemand gegen meine Tür.

»Evan, wach auf!«

Micheal. Seine Stimme klang aufgebracht. Kurz zögerte ich, kämpfte mich schließlich aus den Laken. Ich machte mir nicht die Mühe, ein Shirt anzuziehen.

»Was?«, fragte ich genervt, doch als ich Micheals Blick begegnete, wusste ich, dass irgendwas passiert sein musste. Die Verzweiflung darin war nahezu greifbar. Schweiß rollte ihm die Stirn hinunter, und er fuhr sich aufgebracht durch die sonst so perfekt sitzenden Haare. Eine böse Vorahnung beschlich mich.

»Sie wissen es.«

Drei Worte, so einfach, so nichtssagend, und trotzdem brachten sie meine Welt endgültig zum Einstürzen. Mir war klar gewesen, dass es eines Tages geschehen würde, dass irgendwann irgendeiner dieser ekelhaften Kakerlaken hinter mein Geheimnis kommen würde – aber ich hatte nicht damit gerechnet, dass es schon so bald passieren würde. Als hoffte ich, dass ich mich irrte. Meine Finger krallten sich schmerzhaft in den Türrahmen.

Micheal riss das Seattler Tageblatt in die Luft. »Alles ist voll damit. Die ganze Welt spricht von Evan – dem Mann, der den kleinen Footballstar überfahren hat.« Er schmiss die Zeitung auf den Boden.

»SIE. WISSEN. ES«, schrie er.

»Hey, was ist denn hier los?«, fragte Lawrence, der müde aus seinem Zimmer kam, sich träge die Augen rieb. Einen Moment beobachtete ich ihn, dann glitt mein Blick weiter zu der Zeitung.

Wie in Trance bückte ich mich, hob den Zeitungsartikel auf, überflog die Zeilen.

Riesenverschwörung. Damals war die Rede von Fahrerflucht. Evan Black war der tatsächliche Täter. Bestechungsgelder. Dreckige Angelegenheit.

Fassungslos warf ich die Zeitung in die Ecke und schlug mit voller Kraft gegen die Wand. Sofort durchzuckte ein wahnsinniger Schmerz meine Finger, aber ich genoss es, wollte Schmerz fühlen, wollte irgendwas spüren. Alles außer dieser Leere.

»Das darf einfach nicht wahr sein«, fluchte ich. Ich zitterte am ganzen Körper, hatte das Gefühl, meine Glieder ließen mich im Stich. Es war zu viel. Alles.

»Evan, denk jetzt ganz scharf nach! Wem hast du es gesagt? Hat es irgendjemand erfahren, der sonst nicht davon wusste? Oder ist sonst irgendwas geschehen? Hast du dich mit Avery gestritten? Was ist vorgefallen, dass jemand Grund haben könnte, es auszuplaudern? Denn wir wissen beide … das könnte alles zerstören …« Verzweifelt raufte er sich die Haare.

»Okay, ganz ruhig jetzt«, sagte Lawrence, doch es wirkte, als wolle er einfach irgendwas Nützliches von sich geben.

Micheal ignorierte ihn. »Denk nach, Evan!«

Killian und Matthew tauchten plötzlich auf, ihre Gesichter waren ebenso bleich und gehetzt wie das von Micheal.

»Wir haben es gerade in den Nachrichten gesehen«, murmelte Killian. »Es ist, als wollten sie eine Hexenjagd auf dich eröffnen.«

Ihre Worte drangen zu mir vor, erreichten mich aber nicht.

Wem hast du es gesagt? Hat es irgendjemand erfahren, der sonst nicht davon wusste?

Sämtliche Kräfte wichen aus meinem Körper, ich sackte zu Boden. Es gab nur eine einzige Person, die davon erfahren hatte.

»Carrie«, krächzte ich.

Plötzlich spürte ich die Blicke aller auf mir.

»Carrie?«, fragte Micheal.

Ich fuhr mir über den Kopf, versuchte, gegen die Tränen anzukämpfen, die sich langsam ansammelten.

»Ich habe es ihr erzählt, als ich im Krankenhaus lag«, erklärte ich.

Es war Killian, der zuerst seine Sprache wiederfand. »Nein, nein, nein. Ich weigere mich, das zu glauben. Egal, was du zu Carrie gesagt oder wie du dich ihr gegenüber verhalten hast. Sie ist eine von den Guten. Sie würde so etwas nie und nimmer tun. Wieso sollte es nicht Avery gewesen sein?«

Ich zog eine Braue hoch, wollte es so gern glauben. »Avery hat schon so viel mit angesehen. Sie kennt alle Mädchen, die ich in den letzten Jahren hatte. Sie ist mit mir durch dick und dünn gegangen, auch wenn sie hin und wieder schwierig sein mag, aber … Aber ich bezweifle, dass sie es der Presse gesteckt hat, das hätte sie schon so oft tun können.« Es war, als stieße ich mir mit jedem Wort selbst ein Messer ins Herz. Ich wollte, dass es Avery war. Das wollte ich wirklich, nur …

»Evan …«, versuchte Killian es erneut. »Carrie würde nie …«

»Ach ja? Was macht dich da so sicher? Wir haben sie drei Jahre nicht gesehen. Was wissen wir schon?«, fragte ich ihn, obwohl ich meinen Worten selbst kaum Glauben schenkte. Nur war es die einzig logische Erklärung.

»Evan, stopp. Wir kennen sie trotz allem ja wohl gut genug, um zu wissen, dass sie so was niemals tun würde. Ich bitte dich!«

»Wer soll es sonst gewesen sein?«, fragte Matt. »Ich meine, es ist schon komisch, dass es genau jetzt rauskommt, wo sie es erfahren hat.«

»Es bleibt immer noch Avery«, beharrte Killian.

»Verdammt noch mal«, murmelte ich.

»Kann es nicht sein, dass euch jemand gehört hat?«, mischte sich nun Lawrence ein. »Ein Reporter oder so?«

»Nein, ich ...« Verzweifelt zuckte ich mit den Schultern. »Ehrlich gesagt glaube ich das nicht, du weiß selbst, wie die Privatklinik abgesichert ist. Da war niemand!«

»Weißt du, was mich wirklich interessieren würde, Evan? Was, zur Hölle, hast du zu ihr gesagt, dass sie so etwas tun würde?«, mischte sich nun Matthew ein. Er hatte die Arme vor der Brust verschränkt.

»Ich habe ihr die Schuld am Unfall gegeben und ...« Ich stockte, wollte die Worte nicht noch einmal aussprechen, schämte mich. »Und ich habe ihr gesagt, dass ich sie verachte.«

Die anderen sahen mich schweigend an. Killian war der Erste, der seine Stimme wiederfand. Sein Gesicht glich mittlerweile einer kühlen Maske. »Sie war es trotzdem nicht.«

»Wisst ihr was, ich frage sie einfach«, murmelte ich, ehe ich aufsprang. »Wenn ihr dann so freundlich wärt zu gehen, ich muss noch etwas klären.« Ohne auf ihre Proteste einzugehen, knallte ich ihnen die Tür vor der Nase zu. Nachdem ich mich angezogen hatte, setzte ich mir die Sonnenbrille auf.

Als ich in die Küche kam, sprangen die anderen von ihren Stühlen auf.

»Evan, ich denke nicht, dass das eine gute Idee ist! Du kannst kaum ...«

Ich ignorierte Lawrence und lief an ihm vorbei in Richtung Flur. Micheal setzte ebenfalls zum Protest an, doch ich hob den Finger. »Ich werde jetzt zu Carrie gehen, und weder ihr noch die verfluchte Presse wird mich daran hindern.«

Mit diesen Worten riss ich die Tür auf und verließ die Wohnung. Als die Tür laut ins Schloss fiel, zuckte ich zusammen. *Du schaffst das, Black.*

Ich wollte ihr keine Vorwürfe machen. Sie sollte mir einfach nur sagen, dass sie es nicht gewesen war. Mehr nicht.

Als ich den Eingangsbereich unseres Wohnblocks erreichte, wurde mir schlecht. Nur selten hatten derart viele Paparazzi vor unserem Haus gestanden. Als die Security mich entdeckte, kamen sie sofort zu mir geeilt.

»Darf ich mir die Bemerkung erlauben, dass es keine gute Entscheidung ist, jetzt da rauszugehen?«, fragte einer der Männer. So weit ich wusste, hieß er Maximilian.

»Das ist mir klar, aber ich muss dringend mit jemandem sprechen«, erklärte ich, bevor ich an ihnen vorbeilief und auf den Ausgang zusteuerte. Eilig überholte Maximilian mich, während sein Kollege hinter mir blieb.

Als sich die Türen öffneten und wir nach draußen traten, war es, als lief die Zeit plötzlich in Slow-Motion ab. Fragen prasselten auf mich ein wie kalter Regen, Blitze zuckten vor meinen Augen, und Maximilian und sein Kollege hatten alle Mühe, mir die Fotografen vom Leibe zu halten.

Natürlich beantwortete ich keine ihrer Fragen, rannte regelrecht durch sie hindurch, ehe ich in den schwarzen Bentley sprang. Eigentlich ließ ich mich nicht oft fahren, heute war allerdings einer dieser seltenen Momente. Ich war viel zu aufgewühlt, um mich selbst hinters Steuer zu setzen.

Nachdem sich die Tür geschlossen hatte und die Paparazzi hinter den abgedunkelten Scheiben verschwunden waren, atmete ich erleichtert auf. Benedict startete den Wagen, und wir fuhren los. Mein ganzer Körper zitterte.

»Wohin darf ich Sie fahren, Sir?«, fragte Benedict, nachdem wir uns mehrere Hundert Meter von zu Hause entfernt hatten.

»Ins Hilton, bitte. Micheal ist informiert und bereitet alles für unsere Ankunft vor«, erklärte ich.

Er nickte, dann fuhr er die Trennwand zwischen uns hoch. Gedankenverloren sah ich aus dem Fenster, ließ irgendwann den Kopf gegen die Lehne sinken.

Heute war einer dieser Tage, an dem die Leere in mir alles

verzehrend war. Seitdem ich die Wohnung verlassen hatte, waren sämtliche Gefühle und Gedanken verpufft. Ich nahm nichts mehr wahr außer diesem Vakuum in mir.

Aber eigentlich war es auch nicht nötig, über irgendwas nachzudenken. Wer auch immer es der Presse gesagt hatte, hatte meine Vergangenheit, meine Gegenwart und sogar meine Zukunft zerstört … hatte mich zerstört. Wer auch immer es gewesen war, hatte den Antrag auf Todesstrafe gestellt, und die ganze Welt würde unterschreiben.

Und die Tatsache, dass es wahrscheinlich Carrie gewesen war … Ich schaffte es nicht einmal, den Gedanken zu Ende zu denken.

Doch das Schlimmste war, dass ich begann, mich damit abzufinden. Heute war der Tag gekommen, an dem ich den Preis zahlen musste für das, was ich vor drei Jahren getan hatte. Nachdem ich drei Jahre lang seelische Qualen erlitten hatte, hatte man heute meinen Fall vor Gericht gebracht. Und ganz Seattle, ganz Amerika und die restliche Welt waren mein Richter.

Bei dem Gedanken an die Schlagzeilen in der Zeitung begann etwas in mir zu pochen. Ich konnte es nicht richtig einordnen, wusste nicht, in welche Schublade ich es schieben sollte. Es war dumpf und intensiv. Für andere nicht zu hören, aber für mich ohrenbetäubend laut. Und was auch immer es war, es fraß sich heiß und brennend meine Adern entlang. Wie ein Gift, das man gespritzt hatte und das langsam seine Wirkung entfaltete.

Als der Wagen hielt, blinzelte ich mehrfach. Benedict war in die Tiefgarage gefahren und war so den Paparazzi entkommen. Immerhin.

Ich klopfte an die Trennwand, dann stieg ich aus und eilte zum Fahrstuhl. Eilig drückte ich die 27, ehe ich mich zu Boden sinken ließ. Noch immer hatte ich meinen Körper nicht unter Kontrolle.

Gleich würde ich sie sehen. Die Frau, die mein Leben vielleicht nicht nur einmal, sondern gleich zweimal zerstört hatte.

Als das *Ping* des Fahrstuhls ertönte, blieb ich noch kurz sitzen, fühlte mich plötzlich nicht mehr bereit, ihr gegenüberzutreten. Wie auch, wenn ich absolut nichts fühlte? Wenn ich wie gelähmt war? *Okay, komm schon, Evan, du musst. Geh rein und lass dir sagen, dass sie es nicht war.*

Langsam kämpfte ich mich hoch, verließ den Fahrstuhl und ging mit trägen Schritten zur Tür. Ja, ich musste. Nicht um ihr Vorwürfe zu machen, sondern einfach nur, um zu wissen, dass sie es nicht gewesen war.

Ich klopfte. Der Laut klang derart unerwartet, dass ich regelrecht zusammenzuckte.

Eins.

Zwei.

Drei.

Vier.

Fünf.

Die Tür öffnete sich. Und in dieser Sekunde, in dem Moment, als ich das saftige Grün ihrer Augen, die Unschuld in ihrem Blick und den Schock in ihrem Gesicht erkannte, war es, als klarte die Welt über mir auf. Und wo zuvor nur Leere gewesen war, begannen unterschiedlichste Emotionen auf mich einzustürzen. Es war, als hätte jemand die Mauer des Staudamms eingerissen, der zuvor all meine Emotionen und Gefühle zurückgehalten hatte.

»O mein Gott, Evan, wie …?«

Ich schob sie zurück in ihr Apartment, bevor ich die Tür zuschmiss. »Warst du es?«, fragte ich scharf, sah in ihre Augen. Sie antwortete nicht, starrte mich nur an.

Sie sagte *nichts*.

In jenem Augenblick war es, als hörte mein Herz auf zu schlagen. In diesem Moment fühlte ich mich, als würde ich sterben. Nichts spielte mehr eine Rolle. Nichts war mehr von Bedeutung. Ich verlor mich selbst.

»Wieso hast du das getan?«, schrie ich. Heiß und schnell pumpte die nackte Wut durch meine Adern. »Wieso, Carrie?«

Sie sagte noch immer nichts, starrte mich nur an, wich vor mir zurück. Verzweifelt fuhr ich mir über die Haare, krallte die Finger in meine Kopfhaut. »Wie kannst du mir das nur antun?«, schrie ich wieder, sank auf die Knie. »Wie kannst du nur?« Am liebsten hätte ich um mich geschlagen, wusste nicht, wohin mit all der Wut. Sie schien mich regelrecht zu zerreißen. »Glaubst du nicht, dass ich weiß, dass es unfair war, dir die Schuld zu geben? Denkst du nicht, dass ich einfach etwas aufgebracht war?«

Ich schaute zu ihr auf, doch sie stand nur in einigen Metern Entfernung, hielt ihren Pinsel umklammert, als wäre er ihr Rettungsanker, starrte mich an.

»Warum, Carrie?« Tränen brannten sich meine Wangen hinunter, als ich mich von ihr abwandte, mit voller Wucht auf den Boden schlug und mich dem plötzlich beinahe übermächtigen Schmerz in meinem Inneren hingab. »Warum?«, schrie ich noch einmal.

Sie zuckte zusammen, taumelte noch einige Schritte zurück. »Evan«, krächzte sie.

»Was?«, schrie ich, rappelte mich langsam hoch. Mich packte das Bedürfnis, ihre Bilder zu nehmen. Ich wollte sie packen und immer und immer wieder gegen die Wand schlagen. Solange bis nichts mehr als Kleinholz davon übrig war. Ich wollte … Und ich tat es. Ohne zu zögern, ging ich zu der Staffelei, nahm die Leinwand hinunter und schmetterte sie auf den Boden.

»Evan!«, schrie sie verzweifelt.

Doch ich ignorierte sie.

Sag mir, dass du es nicht warst, Carrie. Sag es mir!

»Sag mir, warum du es getan hast, Carrie? Warum nimmst du mein Herz und zerreißt es? Wieso hast du mein Leben für mich beendet, wo ich mich gerade damit abgefunden hatte, überhaupt am Leben zu sein?«

Immer und immer wieder ließ ich das Bild auf den Boden knallen. Die Leinwand zerriss, Holz flog durch die Luft.

»WARUM BIST DU NUR ZURÜCKGEKOMMEN?«

»Evan, bitte!« Sie saß an der Wand, hatte die Hände auf ihre Ohren gepresst, weinte.

Sag mir, dass du es nicht warst, Carrie. Sag es mir!

»Warum, Carrie?« Ich wollte gerade zum nächsten Bild greifen, als mich zwei Arme packten.

»Evan, verdammte Scheiße, was denkst du, was du hier

tust?«, schrie Matthew mir von hinten ins Ohr, während er mich umklammert hielt. Lawrence trat vor mich, sagte irgendwas, doch ich sah nur Killian, beobachtete, wie er sich vor Carrie kniete. Sie weinte noch immer.

»Ist *er* der Grund, hm? Willst du mich aus dem Weg haben, damit du meinen Bruder vögeln kannst?« Ich hatte die Worte noch nicht einmal ganz ausgesprochen, da traf mich Lawrence flache Hand an der Wange. Killian hingegen schaute mich nicht einmal an, legte ihr stattdessen seine Jacke um.

»Evan, verdammte Scheiße, sieh mich an!«, brüllte er. »Spinnst du, oder was? Egal, was sie getan hat und was nicht, du kannst nicht einfach hier hereinkommen und ihr Zimmer und ihre Gemälde auseinandernehmen. Tickst du eigentlich noch ganz richtig?«, schrie er weiter, bevor er meinen Kopf nahm und ihn gegen seinen drückte, mich ansah.

»Evan, du musst dich beruhigen, hörst du mich?«

Das tat ich, doch seine Worte wirkten furchtbar weit entfernt. Und ihre Bedeutung erschloss sich mir nicht. Es war, als hörte ich ihn sprechen, aber mein Gehirn konnte den Inhalt seiner Worte nicht begreifen.

»Beruhigen?«, fragte ich also.

Er nickte. »Ja, Evan, du muss dich beruhigen«, wiederholte er seine Worte langsam.

Ich ging in die Knie, weitere Tränen verließen meine Augen.

»Mein Leben ist zerstört Lawrence. Alles ist zerstört. Wegen ihr.«

Lawrence erwiderte nichts, ging mit mir zu Boden, ließ mich nicht los.

»Wir kriegen das hin, Evan, wir schaffen das. Komm wieder hoch, los, wir bringen dich zurück in die Wohnung, okay? Komm schon«, murmelte er, ehe er und Matthew mich auf die Beine zogen.

»Ja, genau so.« Er brummte etwas Unverständliches in eine andere Richtung, dann verließen wir Carries Wohnung.

Noch immer weinte ich, konnte mich kaum beherrschen. Ich

wusste nicht, woran es lag. War es, weil sie es gewesen war, die mein Leben beendet hatte? Oder war es viel eher, weil ich nun einsehen musste, wogegen ich mich seit Jahren gesträubt hatte? Carrie und ich hatten keine Chance mehr. Das hatten wir nie gehabt und würden wir auch nie mehr haben. Carrie Abernathy war das Mädchen, das ich immer geliebt hatte und wohl auch immer lieben würde, aber sie hätte bleiben sollen, was sie nach ihrer Abreise geworden war – eine stetig verblassende Erinnerung.

Kapitel 15

Carrie

Zwei Wochen waren vergangen, seitdem Evan bei mir aufgetaucht war, meine Bilder zerstört und mein Herz niedergewalzt hatte. Zwei Wochen, in denen er in jeder Zeitung, jedem Radiosender und bei jeder Fernsehsendung beurteilt und verurteilt wurde, für das, was sich vor drei Jahren ereignet hatte. Zwei Wochen, in denen ich nichts von ihm gehört hatte.

Er war, als wäre er vom Erdboden verschluckt. Die anderen meldeten sich hin und wieder, und besonders Killian fragte regelmäßig, wie es mir ging. Doch die meiste Zeit wollte ich einfach allein sein.

Immer und immer wieder dachte ich darüber nach, wie unser »Gespräch«, falls man es überhaupt so nennen konnte, abgelaufen war. Immer wieder legte ich mir Worte zurecht, ging im Kopf durch, was ich hätte sagen sollen – fast so, als hätte ich jetzt noch die Chance, es zu tun. Im Endeffekt wäre es ganz einfach gewesen. Es hätte keiner komplizierten Erläuterungen bedurft. Alles, was ich hätte sagen müssen, hätte »Ich war es nicht« gelautet, aber stattdessen war ich mal wieder meiner Vergangenheit erlegen, hatte nichts rausbekommen und war regelrecht gelähmt gewesen. Mein Vater hatte mir die Stimme genommen, so, wie er es immer getan hatte, sobald ich in eine Situation geraten war, die mein Gehirn als potenziell gefährlich eingestuft hatte.

Ja, Evan war wütend gewesen. Sogar verdammt wütend. Aber nie hätte er mir wehgetan, mich vielleicht sogar geschlagen, alles, worum er mich gebeten hatte, war eine Erklärung gewesen – doch nicht einmal das hatte ich fertig gebracht. Ich hatte es nicht einmal geschafft, ihm zu sagen, dass ich es nicht gewesen war.

Eigentlich hätte ich wütend darüber sein müssen, dass er mir wirklich zutraute, dass ich zur Presse ging und den Leuten dort von seiner Vergangenheit erzählte, aber ich war es nicht. Was ich empfand, war keine Wut, sondern viel mehr Traurigkeit. Denn das er mich für fähig hielt, so was zu tun, bewies nur eins – dass es nichts mehr gab, was uns retten konnte. Wir mochten einander vielleicht lieben, doch kein Haus stand auf einem Sumpf. Ohne Fundament ging es unter, und das Fundament einer jeden Beziehung – Vertrauen – hatten wir schon vor sehr, sehr langer Zeit verloren, auch wenn mir das erst jetzt wirklich bewusst wurde.

Dennoch wollte ich nicht auf mir sitzen lassen, was er mir unterstellte. Und so hatte ich ihn die ersten Nächte regelrecht mit Anrufen tyrannisiert. Er hatte kein einziges Mal abgehoben. Irgendwann war ich mir dumm vorgekommen, hatte ihm SMS geschickt, doch auch hier hatte er sich zu keiner Antwort herabgelassen.

Ich wollte einfach nur, dass er die Wahrheit kannte. Denn er hatte sie verdient. Er sollte wissen, dass ich es nicht gewesen war. Nicht damit er mir verzieh – mir war klar, dass wir keine Chance mehr hatten. Unsere Liebe war in dem Moment gescheitert, als er mir das mit der Presse vorgeworfen hatte, denn in jener Sekunde hatten wir den letzten Funken Vertrauen ineinander verloren.

Nein, ich wollte, dass er es erfuhr, damit er herausfinden konnte, wer es wirklich gewesen war. Und sobald ich es ihm gesagt hatte, würde ich Seattle verlassen. Endgültig. Diese Stadt brachte nichts als Unglück über mich. Ich hatte es versucht, hatte ich wirklich. Meiner Meinung nach war ich auch stark geblieben. Ich hatte viele von Evans Launen über mich ergehen lassen, aber als er ins Hilton gekommen war und mein Bild zerstört hatte … Das war der Tag gewesen, an dem ich ihn endgültig aufgegeben hatte. An dem ich uns aufgegeben hatte.

Noch einmal holte ich tief Luft, dann hob ich die Hand und klopfte.

»Carrie!«, sagte Killian überrascht, bevor er mich in eine herzhafte Umarmung zog. Mein Blick blieb an der kleinen Schüssel auf dem Schuhschrank hängen – Evans Autoschlüssel war da. Das sollte ein gutes Zeichen sein.

»Hey«, murmelte ich nervös, wobei ich mir ein schwaches Lächeln abrang.

»Wie geht es dir?«, fragte er, ehe er die Tür schloss und mir deutete, ins Wohnzimmer zu gehen. Beiläufig zog ich die Schuhe aus.

»Ja, den Umständen entsprechend, würde ich sagen.« Ich lachte gezwungen.

Killian schaute mich einen Moment stirnrunzelnd an. »Du willst zu Evan, nehme ich an?«

Kurz zögerte ich, nickte dann aber. »Ja, will ich.« Meine Hände schwitzten, und ich wischte sie mir unbeholfen an der Jeans ab.

»Er ist nicht da«, erklärte Killian, während er mich mit einem schiefen Lächeln ansah.

Mir entfuhr ein genervtes Seufzen. Natürlich war er nicht da. Was auch sonst.

»Wieso willst du mit ihm sprechen, wenn ich fragen darf?« Lawrence kam ins Wohnzimmer geschlendert und sah mich zweifelnd an. »Ich wüsste nicht, was ihr beide noch zu besprechen habt.« Seine Stimme war kühl und sein Gesicht eine undurchdringbare Maske. Noch nie hatte ich Lawrence so gesehen. Angestrengt versuchte ich, nicht den Faden zu verlieren. *Konzentrier dich auf das, was du sagen wolltest. Konzentrier dich auf das, was du sagen wolltest.*

»Nun, wir haben noch eine ganze Menge zu besprechen«, sagte ich schließlich. Lawrence blieb mitten in seiner Bewegung stehen, starrte mich mit hochgezogener Braue an.

»Und was bitte?«, fragte er.

Bislang war mir noch nicht klar gewesen, was für eine selbstgefällige Art Lawrence haben konnte. Aber als ich ihn jetzt so am anderen Ende des Wohnzimmers stehen sah, die Arme vor der Brust verschränkt, als gehöre ihm die Welt, da erkannte ich etwas in Lawrence, das mir die letzten paar Jahre entgangen war.

»Lawrence«, zischte Killian. Die Stimmung in der WG schien

auf ein Minimum abgeklungen zu sein. Lawrence guckte zwischen uns hin und her, dann kam er näher.

»Sag mal, Killian, was stimmt eigentlich nicht mit dir. Dieses Mädchen hat unsere Band zerstört. Sie hat Evan der Presse ausgeliefert …«

»Halt den Mund«, knurrte ich.

Überrascht sah er mich an. Mein ganzer Körper zitterte, und Adrenalin peitschte durch meine Adern, doch ich war es leid. Leid, dass man mir unterstellte, dass ich Evan verraten hätte.

»Ich. Habe. Der. Presse. Gar. Nichts. Gesagt.« Ich sprach jedes Wort betont langsam aus, damit auch der Letzte in diesem Raum es verstand. »Falls du dich erinnerst, liebe ich diesen Mann. Und nicht nur ihn, sondern auch euch und egal, was er getan hat, nie und nimmer wäre ich zur Presse gegangen und hätte ihnen davon erzählt! Ich weiß nicht, wieso alle so selbstverständlich davon ausgehen, dass ich es getan habe, aber das habe ich nicht, verdammt noch mal.«

Die beiden sahen mich sprachlos an.

»Und wer war es dann?« Matthew lehnte im Türrahmen und sah zwischen den anderen hin und her. Obwohl er die Frage an mich gerichtet hatte, erkannte ich an dem Ausdruck in seinem Gesicht, dass er eine Vorahnung hatte.

Ich richtete einen Finger auf ihn, nickte. »Nun genau das ist die Frage, die wir mal besser schnell beantworten sollten. Und nur deswegen bin ich hier. Ich werde Seattle verlassen, aber ich dachte, ich gebe euch Bescheid. Wer weiß, was die Person noch alles ausplaudern könnte. Ich wünsch euch was!«

Ohne auf eine Antwort ihrerseits zu warten, machte ich auf dem Absatz kehrt, schnappte mir meine Schuhe und stolperte. Fast wäre ich gegen den Schuhschrank gefallen, konnte mich jedoch in letzter Sekunde noch fangen.

»Car…«

»Nichts passiert, alles gut.« Ohne mich umzudrehen, eilte ich aus der Wohnung.

Als ich im Fahrstuhl stand, öffnete ich die Hand und blickte auf den rot gepunkteten Schlüssel. Vielleicht hätte ich Taschendiebin werden sollen, überlegte ich, bevor ich den Schlüssel in meine Jackentasche gleiten ließ.

Als ich an meiner alten Wohnung ankam, begann es gerade zu regnen. Es war komisch, wieder hier zu sein. Surreal. Und auf eine makabre Art und Weise romantisch. Eilig setzte ich mir die Kapuze auf, ehe ich unter das Vordach rannte, den Schlüssel aus meiner Tasche zog und in den Hausflur ging. Es war still. Totenstill. Langsam ging ich die Stufen hinauf, steckte den Schlüssel ins Schloss und trat in meine alte Wohnung.

»Du hättest auf mich hören sollen!«

Diesmal erkannte ich die Stimme sofort. Leider schaffte diese Frau es kaum, ihren Satz zu beenden, da verloren sich ihre Worte bereits in seinem Mund.

»Evan, Evan, was bist du denn so stürmisch?«

Binnen weniger Sekunden tanzte blinder Schmerz durch meine Adern, und mein Herz begann, so heftig zu schlagen, dass ich kaum noch Luft bekam.

Schnellen Schrittes lief ich durch den Flur. Mein Körper zitterte, das Blut rauschte mir in den Ohren, und ich fühlte mich wie unter Strom gesetzt. Wie festgewachsen blieb ich in der Küche stehen, schaute zu ihnen hinüber.

Sie lagen in meinem Bett. Auf meiner Lieblingsbettwäsche. Evan beugte sich gerade über sie, küsste sie. Ich krallte mich in die Küchenzeile, wollte mich abwenden, doch meine Beine waren wie gelähmt.

»Avery, ich habe wirklich keine Lust zu reden okay? Wenn du deswegen hier bist, solltest du vielleicht wieder gehen.«

Ich sah Sterne vor meinen Augen tanzen, hörte das Blut in meinen Ohren rauschen, spürte das Adrenalin, das mir durch die Adern raste, und … bemerkte ihren Blick auf mir. Ich schluckte mehrfach, versuchte, tief Luft zu holen, aber es war zwecklos. Er würde mit ihr schlafen. Hier. In meiner alten Wohnung, auf meinem alten Bett.

Avery verzog das Gesicht. Evan schien es zu bemerken, drehte sich um. Als er mich entdeckte, wich sämtliche Farbe aus seinem Gesicht. Ich taumelte zurück, spürte, wie mein Magen rebellierte und mir übel wurde. Ich musste hier weg, doch noch immer konnte ich mich keinen Zentimeter bewegen.

»Carrie?«, fragte er, ehe er sich von Avery löste und aus dem Bett sprang, als wäre es plötzlich in Flammen aufgegangen. Noch immer stand ich einfach nur da. Immerhin war wenigstens Evan noch angezogen.

»Bist du ein Freak, oder was?«, fragte Avery, die sich eilig die Decke über den entblößten Körper zog.

»Carrie, was verdammt machst du hier?«, fragte er. Seine Stimme bebte vor unterdrücktem Zorn.

»Ich wollte dir nur was sagen, aber … ähm … ich schätze, das ist nicht der richtige Zeitpunkt.« Meine Stimme brach.

»Ach was …«, keifte Avery im Hintergrund.

Evan warf ihr einen kurzen Blick zu, dann packte er mich überraschend sanft am Oberarm und führte mich in den Hausflur. Er zog die Tür hinter uns zu.

»Habe ich dir nicht deutlich gemacht, dass ich nichts mehr mit dir zu besprechen habe, Carrie? Was denkst du eigentlich, warum ich auf keine deiner SMS, WhatsApps oder Anrufe reagiert habe?«, fragte er leise.

Ich erwiderte nichts, senkte nur die Lider.

»Dass du es wagst, hier aufzukreuzen … Und wie kommst du überhaupt hier herein?«

Es war, als konnte ich dabei zusehen, wie er mit jeder Sekunde, die er mich ansah, wütender wurde.

»Evan … Ich wollte dir nur sagen, dass ich nicht diejenige war, die es der Presse gesagt hat.« Seine Frage ignorierte ich. Was interessierte es ihn jetzt, wie ich hereingekommen war, es gab ja wohl Wichtigeres.

Er starrte mich an. »Schon klar, Carrie. Wie kannst du mir jetzt noch ins Gesicht lügen, nach allem, was war? Ich kann es wirklich nicht glauben.« Er fuhr sich durch die Haare. »Geh jetzt einfach«, sagte er und deutete die Treppe hinunter.

In diesem Moment klingelte ein Handy.

Irritiert guckte er sich um.

»Es ist drin«, murmelte ich. »Dünne Wände.«

Er zog die Brauen zusammen. »Wie auch immer, bitte, geh jetzt …«

»Sind sie verrückt mich einfach so anzurufen? Nein, mehr Informationen habe ich nicht für Sie. Rufen Sie mich nie wieder an. Ich habe Ihnen die größte Story Ihres Lebens geliefert, aber sollten Sie mich noch einmal anrufen, ändere ich die Aussage, und Sie sind der Schuldige, haben Sie mich verstanden?!«

Evan wurde blass. Wir sahen einander an, und zum ersten Mal seit Tagen hatte ich das Gefühl, nicht mehr atmen zu können.

Natürlich … Avery. Es war Avery gewesen.

Evan hämmerte an die Tür. Eine dunkle Ader pochte an seiner Stirn.

»Ist sie weg?«, zwitscherte Avery, als sie die Tür öffnete.

Evan fiel regelrecht hinein.

»Du warst es«, sagte er tonlos.

Eigentlich hätte ich gehen sollen, doch irgendeine Stimme in meinem Inneren riet mir zu bleiben. Ihn nicht allein mit ihr zu lassen. Was, wenn er ihr wehtat? Eilig schüttelte ich den Gedanken ab, er war schließlich nicht mein Vater. Trotzdem folgte ich ihm hinein.

»Was meinst du?« Es klang beiläufig, aber der Ausdruck in ihrem Gesicht verriet sie. Es war, als säße ihr die nackte Angst im Nacken.

»*Du* hast es der Presse gesagt. Wie konnte ich nur so dumm sein. Natürlich warst du es. Du hast es getan, weil ich mich für Carrie entschieden habe und nicht für dich. Und du wusstest, ich würde sie verdächtigen und nicht dich. Du wolltest sie loswerden.«

Sie fiel aufs Bett, wich ihm aus. »Tja. Es hat ja auch geklappt«, flüsterte sie.

»Hm, davon abgesehen, dass ich es rausbekommen habe.«

»Evan«, murmelte sie, aber er biss nur die Zähne aufeinander, schnappte sich ihre Sachen und stürmte an mir vorbei.

»Evan!«, schrie sie, bevor sie ihm in nichts als Unterwäsche die Treppe hinunter folgte.

Einen Augenblick blieb ich stehen, konnte gar nicht begreifen, was gerade vor sich ging, dann wandte ich mich ab, folgte ihnen.

Evan verließ das Gebäude und lief in den Regen hinaus, wo er ihre Sachen auf den Gehweg schmiss.

Avery rannte ihm hinterher.

»Evan!«, schrie sie erneut, doch er stand nur da und starrte sie an.

»Hör mir genau zu – verschwinde und komm nie mehr wieder. Ich will dich NIE mehr sehen«, schrie er dem Prasseln des Regens entgegen.

»Aber, Evan, was ist mit Aiden? Wenn du mich jetzt aus deinem Leben rausschmeißt, wirst du auch ihn nie wiedersehen.«

Eine Millisekunde zögerte Evan, und ich befürchtete, er würde sich nie aus dem Spinnennetz lösen können, in dem sie ihn gefangen hielt, dann antwortete er: »Hör auf damit, verdammt! Du kannst mich nicht mehr erpressen! Wenn ich Aiden sehen will, kläre ich das fortan mit deinem Vater – und jetzt verschwinde!« Seine Stimme war ruhig, bebte aber vor so viel unterdrücktem Zorn, dass ich befürchtete, er würde gleich explodieren. Es war die Ruhe vor dem Sturm.

Avery sah ihn einen Moment an, Tränen standen ihr in den Augen, doch sie schien die Wut, die er durch jede Pore seines Körpers ausstrahlte, ebenfalls zu bemerken. Sie zitterte am ganzen Leib. Eine Sekunde starrten die beiden einander an, dann nahm sie ihre Sachen, zog sich ihren Mantel über und winkte ein Taxi heran.

Fassungslos stand ich im Regen, beobachtete, wie sie davonfuhr. Kurz zögerte ich noch, gab ihm einige Sekunden, um das eben Geschehene zu verarbeiten, ehe ich zu ihm ging.

»Carrie?« Seine Stimme bebte, und die Trauer darin ließ mein Herz zerspringen. Ohne zu zögern, schlang ich ihm meine Arme um den Hals, doch sein Körper verließ ihn. Evan sank in die Knie, begann zu weinen. Ich folgte ihm, zog ihn noch fester in meine Arme.

»Schon, okay, Evan. Schon okay«, flüsterte ich.

Dabei war nichts okay. Und ich war mich auch ziemlich sicher, dass die Dinge nie mehr wieder okay werden würden. Avery hatte ihm einen Schnitt zugefügt, der niemals wieder heilen würde. Sie hatte Gott gespielt und mit ihrer unkontrollierten Eifersucht über sein Leben bestimmt.

Er erwiderte nichts, weinte nur. Und das war in Ordnung. Wir waren in Ordnung. Auf unsere eigene kaputte Art und Weise. Und so saßen wir inmitten von Queen Anne im Regen und ließen zu, dass das Wasser uns davon spülte. Irgendwann löste ich mich von ihm, rief seinen Fahrer und fuhr zum Hilton.

»Ich weiß nicht, was ich sagen soll.«

Kurz schaute ich ihn an. Nun, ich wusste es auch nicht.

»Ich … ich verstehe nicht, wieso ich es nicht erkannt habe. Was ist nur los mit mir?«

Ich legte eine Hand auf seine, drückte sie sanft. »Es ist nicht deine Schuld, Evan. Woher hättest du es wissen sollen? Sie trägt dieses Geheimnis nun schon so lange mit sich herum … Woher hättest du wissen sollen, dass sie es irgendwann der Presse verrät? Du hast ihr eben vertraut.«

Er sah mich an. »Ich hätte wissen müssen, dass du es niemals tun würdest.«

Eine Träne kullerte meine Wange hinunter. »Ja, aber du hättest damals auch nie gedacht, dass ich dich ohne ein Sterbenswörtchen verlassen würde. Und doch habe ich es getan.«

Er erwiderte nichts. »Wir haben schon vor langer Zeit das verloren, von dem ich mir einredete, wir könnten es mit ein wenig gemeinsamer Zeit wiederherstellen.«

»Vertrauen«, wisperte er.

Traurig nickte ich. »Ja … Vertrauen.«

Ich erwiderte seinen Blick, erlaubte, dass er mir den Arm umlegte. Er roch wie immer nach Leder, einem Hauch von Holz und Jasmin. »Ich liebe dich, Carrie Abernathy. Heute und für immer.«

»Und ich liebe dich, Evan Black. Heute und für immer.«

Und trotzdem wussten wir beide, dass Liebe manchmal nicht reichte.

Nachdem wir mein Hotelzimmer erreicht hatten, hatte ich Evan aus seinen nassen Sachen geschält, ihm ein heißes Bad eingelassen und seine Klamotten auf die Heizung gehängt. Irgendwann war er dann wieder rausgekommen und hatte sich in nichts als einem Bademantel bekleidet auf den Boden sinken lassen. Noch immer wirkte er abwesend, als wäre er gar nicht wirklich hier. Wir saßen nun schon seit einigen Stunden auf dem Teppich, starrten an die Wand. Ich wollte etwas sagen, wusste jedoch nicht, was.

»Wollen wir eine rauchen?«, fragte ich nach einer Weile.

Nachdem wir Micheal berichtet hatten, wer wirklich hinter allem steckte, hatte dieser Evan empfohlen, sich erst einmal von zu Hause fernzuhalten, bis er dazu gekommen war, eine Presseerklärung vorzubereiten.

»Okay«, murmelte er.

Kraftvoll schob ich die Terrassentür auf, ehe ich auf den Balkon trat. Es regnete, und hin und wieder stäubte etwas Nieselregen auf den Balkon.

»Nimm eine Jacke mit«, sagte ich, wobei ich mir eine Zigarette zwischen die Lippen klemmte.

Er hob eine Braue. »Ich habe doch einen Bademantel an.« Bevor ich etwas erwidern konnte, hatte er sich bereits an mir vorbei nach draußen geschoben. »Ich kann einfach nicht glauben, dass sie das getan hat. Im ersten Jahr war ich jeden Tag bei ihnen … habe ihm und ihr beigestanden«, brummte Evan in seinen Bart. In den letzten zwei Wochen war er über einen Dreitagebart weit hinausgewachsen. »Was bewegt einen Menschen nur dazu, dass Leben eines anderen zu zerstören?«

Ich sah ihn an, senkte die Lider. »Liebe?«

Kurz hielt er inne, starrte in die Ferne, als würde er dort die Antwort auf all seine Fragen finden. »Ich bezweifle, dass Liebe so etwas hervorbringen kann.«

Eine Träne kullerte meine Wange herunter. »Unerwiderte Liebe?«

Und in jener Sekunde war es, als verschmolzen wir zu einer Person, als verschmolzen unsere Gedanken miteinander, als wurden wir wieder eins.

»Du hast meine Liebe auch nicht erwidert, und ich habe dein Leben nicht zerstört«, flüsterte Evan.

Sanft legte ich meine Hand auf seine, er verkeilte unsere Hände miteinander, führte sie an seinen Mund und hauchte mir einen zarten Kuss auf den Handrücken, sah mir direkt in die Augen.

»Nein. Aber du hast deins zerstört«, wisperte ich.

Er senkte die Lieder, ließ sie etwas zu lang geschlossen. Als er sie wieder öffnete, glänzten seine Augen. Er wusste, dass ich recht hatte.

»Es tut mir so leid. Ich will dich nicht verlieren, Carrie.« Eine weitere Träne kullerte meine Wange hinunter.

»Evan ich … ich befürchte, dass es dafür zu spät ist. Wir haben kein Vertrauen mehr ineinander. Alles, was wir haben, sind zwei Handvoll wunderschöner Erinnerungen.« Meine Stimme bebte unter den Worten. Es zerriss mich. Eigentlich wollte ich doch nichts sehnlicher, als dass er mich in seine Arme schloss und nie wieder losließ. Ich wollte die Zeit zurückdrehen, wollte, dass alles so war wie früher. Nur leider gab es kein Früher mehr, es gab nur das Jetzt.

»Und ein Herz, das mit jedem Schlag, in dem ich nicht bei dir sein kann, wehtut.«

Es war lange still zwischen uns. Das Einzige, was die Stille zu durchbrechen vermochte, war der aggressive Regen, der gegen die Hotelmauern prasselte und unsere Stimmung in beinahe tragischer Vollkommenheit vervollständigte.

»Wie soll es nur weitergehen?«, fragte Evan.

Nachdenklich biss ich mir auf der Unterlippe herum. »Ich werde Seattle erst mal verlassen.«

Er sah nicht auf, starrte weiter in die Ferne. Lediglich an seinem zuckenden Kiefermuskel konnte ich erkennen, dass er mich überhaupt verstanden hatte.

»Wann?«

Ich zuckte mit den Schultern. »Noch diese Woche. Ich kann das einfach nicht. Nicht wegen dem, was du mir erzählt hast, sondern ...«

»Weil du denkst, dass ich dich dafür verantwortlich mache.«

»Was du auch tust«, murmelte ich. »Ich meine, du hast sogar gesagt, dass du mich verachten würdest.«

Er lachte auf, schüttelte den Kopf. »Das war im Affekt, Carrie. Und ich mache dich auch nicht mehr dafür verantwortlich. Ich hatte in den letzten Tagen viel Zeit nachzudenken ... Und wenn ich eins sicher weiß, dann dass du am allerwenigsten Schuld an der ganze Sache trägst. Eigentlich tut das keiner, aber ... Obwohl ich das weiß, kann ich es einfach noch nicht ganz akzeptieren.« Einen Moment schaute ich ihn an, dann stand ich auf, ging vor ihm in die Hocke.

Er sah mich an, und zum ersten Mal seit Langem hatte ich den Eindruck, er ließ mich wieder in seine Seele blicken, zeigte mir, welcher Sturm wirklich in ihm wütete.

»Du kannst es nicht loslassen, Evan. Und das ist es, was uns immer im Weg stehen wird. Seit Jahren bist du für diesen Jungen da, besuchst ihn, wann immer du kannst. Versteh mich nicht falsch. Ich schätze, was du tust, und es ist wirklich ehrenwert. Aber ich befürchte, dass du es aus den falschen Gründen tust. Du versuchst, dich von einer Schuld reinzuwaschen, die du überhaupt nicht tragen musst. Irgendwann musst du dir selbst und allen, die an diesem Tag an den Geschehnissen beteiligt waren, vergeben, sonst wird es dich früher oder später zerstören. Und das weißt du.«

Er nickte, dann warf er seine Zigarette über den Balkon und ging nach drinnen. Ich folgte ihm, beobachtete, wie er sich die Schuhe anzog.

»Du hast recht, Carrie. Und ich werde damit anfangen, dass ich gemeinsam mit Micheal die Pressekonferenz gebe. Ich muss das geraderücken. Für die Jungs.« Er zögerte, nickte. »Für mich.«

Er kam zu mir, nahm meine Hände in seine, senkte die Stirn, bis wir einander berührten.

»Bitte, denk noch mal darüber nach, Babygirl.« Auch ohne, dass er erwähnte, worüber, wusste ich, was er meinte.

»Evan …«, wisperte ich. Der Schmerz in mir war alles verzehrend, brachte mich fast um. »Du musst erst einmal dich selbst finden, bevor wir einander finden können.«

»Ich habe mich gefunden. Dank dir. Aber was, wenn ich mich wieder verliere, sobald du fort bist …«

Ich lächelte, legte meine Hand auf seine Brust. »Ich bin immer bei dir, Evan, auch wenn ich nicht da bin, nur ich … ich brauche etwas Raum, bitte. Ich kann nicht … ich kann nicht so tun, als wäre all das nicht geschehen.«

»Na schön«, murmelte er, ehe er mich zu sich heranzog, mir einen sanften Kuss auf die Stirn hauchte und verschwand.

Einen Moment sah ich ihm nach, dann sank ich zu Boden, weinte. Noch während sich die Tränen meine Wange hinunterkämpfen, zückte ich mein Handy und tippte eine Nachricht an Daniel, dass er mir den nächstmöglichen Flieger nach Edinburgh buchen sollte.

Würdest du mir noch einen letzten Gefallen tun, Babygirl?

Was für einen?

Verbring die Nacht mit mir. So wie früher.

Unschlüssig darüber, ob ich seinem Drängen nachgeben sollte, starrte ich auf seine Nachricht. Einerseits wollte ich, andererseits verfolgte mich noch die Tatsache, dass er wirklich geglaubt hatte, dass ich ihn der Presse ausgeliefert hatte.

Eigentlich hätte ich ihn hassen sollen. Ich hätte Evan für all den Schmerz hassen sollen, den er in mir verursachte. Er verdiente nicht mal mehr eine Antwort von mir auf seine Nachrichten, aber aus irgendeinem Grund brachte ich es nicht fertig, ihn zu ignorieren. Ich wollte, und doch wollte ich es nicht. Teufel und Engel auf meinen Schultern lebten in ständiger Uneinigkeit, erst Recht, was Evan betraf.

Verzweifelt ließ ich mich auf mein Bett fallen, sah an die Decke. Heute war so ein Tag, wo ich meine Mutter anrufen sollte, aber ich wollte nicht. Ich liebte sie, nur ich wusste, dass ihr Ratschlag mich nur unglücklich gemacht hätte. Meine Mutter machte sich nichts vor. Sie sah die Dinge immer klar und deutlich. Das hatte sie auch bei meinem Vater damals getan – nur hatte sie es ignoriert. Wenn es um ihr kleines Mädchen ging, würde sie das allerdings nicht tun.

Und trotzdem hatte ich das Gefühl, sie anrufen zu müssen. Kurz blickte ich zu meinem Handy, zurück zur Decke, Handy, zurück zur Decke – ich griff danach.

Sie hob nach dem zweiten Klingeln ab.

»Hi, meine Kleine.«

»Hey, Ma«, murmelte ich. Als ich ihre Stimme hörte, begann ich, sie plötzlich furchtbar zu vermissen. Was würde ich nur dafür geben, sie jetzt umarmen zu können?

»Schatz, um Himmel willen, warum rufst du jetzt erst an? Ich habe in den Nachrichten von Evan gelesen. Wie geht es ihm?«

»Gut«, meine Stimme brach.

»Schatz?«

»Es ist eine Katastrophe, Mom. Alles. Die Presse zerfleischt ihn und … Er hat furchtbare Dinge getan.«

Einen Moment wurde es still. »Er hat sich verloren, hm?«

»Was meinst du?«

»Dass er vergessen hat, wer er ist und was ihm wichtig ist.«

Kurz schloss ich die Lider. »Ja, so ähnlich.«

»So war es bei deinem Vater damals auch. Nur dass er den Fehler gemacht hat, das Ganze mit Alkohol zu betäuben.«

Ich dachte daran zurück, wie Evan in meinem Bett gelegen und sich immer und immer wieder übergeben hatte, schwieg jedoch.

»Bist du für ihn da?«

War ich für ihn da? Ja und Nein. »Ich werde nach Hause zurückkommen«, sagte ich.

Meine Mutter sog scharf die Luft ein. »Was?« Ihre Stimme war mehrere Oktaven in die Höhe geschossen.

»Ja. ich … ich kann ihm nicht helfen. Er ist völlig außer sich. Vor einigen Wochen wäre er beinahe umgekommen, und er weigert sich noch immer, einen Entzug zu machen. Sein dummes Management unterstützt ihn, weil es sonst ja keine neuen Songs geben würde, und Evan verliert sich immer mehr und mehr. Ich weiß einfach nicht, wie ich ihm helfen soll. Weder ich noch Killian oder seine Eltern.«

»Aber, Schätzchen, wenn seine gewohnte Umgebung ihm schon nicht die Unterstützung zusichert, die er braucht, ist es dann nicht umso wichtiger, dass du für ihn da bist?«

»Nein, Mom. Der Preis ist zu hoch … Er hat furchtbare Dinge zu mir gesagt und … ich kann das einfach nicht.«

»Carrie, hey, beruhige dich. Es sagt doch niemand, dass du dich selbst opfern sollst. Ich sage lediglich, dass du den Anker werfen sollst, der ihn aus dem Wasser zieht.«

Ich hasste es, wenn meine Mutter aus einem ihrer derzeitigen Romane zitierte. Das machte sie ständig.

»Mom … mein Leben ist kein Film!« Mitten im Satz stockte ich, blickte auf mein Handydisplay. Eine Eilmeldung von BBC war eingeflogen. Evan Black im Interview mit BBC.

»Mom, ich muss auflegen!«, ohne auf eine Antwort zu warten, drückte ich den roten Button, ehe ich zu meinem Fernseher stürzte.

»… was ist deiner Meinung nach in jener Nacht geschehen?«

Und dann begann er zu erzählen. Direkt, ehrlich, um Fassung ringend. Fassungslos saß ich auf dem Sofa und verfolgte live, wie die Leute ihn wieder zu lieben begannen, wie sie ihm verziehen, was er sich selbst nie würde verzeihen können.

»Wie kannst du nur damit leben?«

»Gar nicht. Jeder Tag ist eine Qual, aber ich weiß, dass ich wundervolle Menschen an meiner Seite habe, ohne die ich all das niemals schaffen würde.«

»So auch deine Freundin, Carrie?«

Er lächelte verträumt in die Kameras. »Ja, sie ganz besonders. Sie hat mir verziehen, bevor es jeder andere tun konnte, und allem voran … hilft sie mir Tag für Tag, damit zu leben.«

»Inwiefern hilft sie dir dabei?«

»Sie ist für mich da, hört mir zu … Sie war es, die mich zu der Erkenntnis gebracht hat, dass es Dinge im Leben gibt, für die wir nur indirekt die Verantwortung tragen. Ich bin nicht gläubig, nicht wirklich, trotzdem denke ich, dass es Dinge gibt, die geschehen, ohne dass wir wirklich Einfluss darauf nehmen können. An jenem Morgen kamen viele Dinge zusammen. Aber niemand von uns trägt die Schuld. Das zu erkennen und sich jeden Tag daran zu erinnern … Das ist es, wobei sie mir hilft.«

Tränen stiegen mir in die Augen, und ich begann, mehrfach zu schniefen.

Wann soll ich da sein?

Auch wenn ich es nicht für immer tun konnte, meine Mom hatte recht, noch ein letztes Mal würde ich für Evan den Anker werfen.

Es war gespenstig still in der WG. Evan musterte mich gequält, ehe er mich leise die Wendeltreppe hinaufführte.

»Wo sind die anderen?«

»Schon im Bett. Wir leben hier wie die Rentner.« Evan lachte, doch es hatte nichts mit diesem melodisch-spontanen Lachen zu tun, welches ich so liebte. Vielmehr wirkte es gezwungen. »Hier entlang«, murmelte er, ehe wir den beinahe steril wirkenden Flur durch eine Tür verließen. Es klackte leise, als er sie schloss, dann schob er die Hände in die Taschen wie ein kleiner Schuljunge, beobachtete mich aufmerksam.

Es war dunkel in seinem Zimmer. Lediglich die angestrahlten Hochhäuser Seattles spendeten etwas Licht. Wie alles in ihrem Penthouse waren die Außenwände komplett verglast. Direkt vor mir stand ein massives, großes Bett, und Gitarren hingen an der Wand. Kein Bild und nichts, was das Zimmer irgendwie persönlich gemacht hätte, diente als Dekoration. Das Zimmer wirkte unbelebt und ebenso steril wie der Flur. Fast hätte ich daran gezweifelt, dass Evan hier wirklich wohnte. War das der Grund, weshalb er sich so oft in meiner Wohnung aufgehalten hatte? Ich hatte stets viel Wert darauf gelegt, meiner Wohnung auch einen Teil meiner Seele einzuhauchen, immerhin hatte ich darin gelebt.

»Babygirl«, wisperte er, und eine warme Hand berührte meine Wange.

Ich schloss die Augen, schmiegte mich in seine Handfläche und genoss seine Nähe. Sein mir nur allzu bekannter Geruch stieg mir in die Nase.

»Babygirl, es tut mir leid, ich wollte dir nicht wehtun. Weder mit meinen Worten noch mit Avery.«

Bislang war ich dem Thema Avery aus dem Weg gegangen. Ich wollte weder darüber sprechen, wie sie ihn die letzten Jahre manipuliert hatte, noch darüber, in welcher Beziehung sie zueinander standen. Es war offensichtlich, wie ungesund ihr Verhältnis war.

»Und das ist nichts, worüber *ich* reden will, Evan …«, hauchte ich.

»Aber ich will, dass du etwas weißt. Ich will, dass du weißt, dass ich sie niemals geliebt habe«, erklärte er.

Seufzend lehnte ich mich zurück, brachte etwas Abstand zwischen uns.

»Das musst du nicht sagen. Wieso solltest du mit ihr zusammen gewesen sein, wenn du sie nicht geliebt hast? Du musst sie nicht verleugnen.«

»Wir waren nie wirklich zusammen. Das mit uns war schon immer nur rein körperlich. Aber der Grund, weswegen ich immer wieder zu ihr zurückgekehrt bin, ist ganz einfach: aus Angst, Carrie. Angst und Schuld. Ich habe ihren kleinen Bruder überfahren.« Bei den Worten zuckte er regelrecht zusammen. »Ich habe ihn überfahren. Damals … Damals war sie die Einzige, die mir die Schuld abnehmen konnte, und irgendwann war ich dann einfach nur noch in Sorge, dass sie es der Presse verrät, wenn ich gehe. Avery ist nicht wie du oder ich. Sie kommt aus einer anderen Familie. Aus der Schicht der Gesellschaft, wo sie herkommt, gehören Intrigen dazu.«

Bei seinen Worten wurde mir schlecht. Wie weit musste man

gesunken sein, um sich die Liebe eines Menschen erpressen zu wollen? Wie konnte man das erstrebenswert finden? Plötzlich tat sie mir leid. Wie verzweifelt musste sie ihn lieben, dass sie keinen anderen Weg gesehen hatte als diesen?

»Und warum hast du es dann noch immer getan, als das Geheimnis längst an der Öffentlichkeit war?« Eine letzte Frage, auf die ich eine letzte Antwort brauchte.

»Ich dachte, du warst es. Und der Schmerz hat mich nahezu aufgefressen. Lieber wollte ich mich mit ihr ablenken, als wieder Drogen zu nehmen.«

Eine einzelne Träne kullerte meine Wange hinunter. »Es tut mir so leid«, wisperte ich.

Evan schaute mich an, nahm mein Gesicht in beide Hände.

»Carrie, du kannst nicht gehen. Bitte … Wir haben beide Fehler gemacht. Ich mit Avery. Du mit Killian. All die Geheimnisse, aber ich bin bereit zu verzeihen. Alles, was war. Noch einmal neu anzufangen. Bist du es auch?«, sagte er. »Ich brauche dich. Wie soll ich all das ohne dich schaffen?«, versuchte er es weiter.

Doch ich hatte meine Entscheidung bereits getroffen.

»Evan … Ich weiß nicht, wie. Wie sollen wir das, was da so meterhoch zwischen uns steht, überwinden? Wir hätten alles schaffen können. Ich hätte dir helfen können, aber wie sollst du selbst dich von der Vorstellung lösen, dass ich der Mensch war, der all das Unglück über dich gebracht hat?« Ich schüttelte den Kopf. »Sag mir wie, Evan, und ich bleibe.« Ich sah ihn direkt an, hoffte beinahe, dass er mir eine sinnvolle Lösung nannte.

»Wir können eine Therapie machen und …«

»Evan, Evan …« Sanft legte ich meine Hand auf seine, drückte sie. »Du solltest erst mal einen Entzug machen. Und dann … Dann musst du eine Therapie machen. Und zwar für dich allein … Du musst dich erst mal von all der Schuld und all den falschen Glaubenssätzen lösen, die du dir selbst jahrelang eingeredet hast. Ich wäre nur im Weg, und das weißt du.«

Er lehnte seine Stirn gegen meine, bis sein Atem mit meinem verschmolz.

»Bitte, lass mich gehen, Evan. Du weißt, dass es richtig ist«, flüsterte ich. Meine Stimme erzitterte vor lauter Schmerz. Aber es war nicht das erste Mal, dass ich spürte, wie falsch es sich anfühlen konnte das ›Richtige‹ zu tun.

Plötzlich spürte ich seine Lippen auf meinen, schmeckte das Salz seiner Tränen, den Schmerz, die Angst. Es war überwältigend.

»Evan …« Kurz versuchte ich, mich von ihm wegzudrücken, doch es war nur ein halbherziger Versuch. Eigentlich wollte ich nichts mehr als seine Nähe, seine Lippen auf meinen, unsere Herzen, die im Einklang schlugen. Nur war es einfach nicht richtig. Dieses ganze Treffen hier war nicht richtig, denn wir würden einander nur noch mehr Erinnerungen geben, die uns Schmerz zufügten, sobald wir getrennt waren. Und dazu würde es kommen. Ich wollte mir nicht länger vormachen, dass wir es noch schaffen konnten. Denn es war nicht so.

»Lass mich dich wenigstens noch verabschieden. Bitte, ich … Schenk mir noch diese eine Nacht. Und wenn du danach immer noch gehen willst …«

»Sex wird meine Meinung wohl kaum ändern, Evan«, erklärte ich schon fast etwas verletzt, wandte mich ab.

»Nein, der Sex nicht. Aber wenn du spürst, was ich spüre, sobald wir zusammen sind … Wenn du *das* zwischen uns fühlst, die Liebe. Vielleicht kann dieses Gefühl deine Meinung ändern.« Seine Stimme brach, und als ich mich zu ihm umdrehte, entdeckte ich ein schmerzerfülltes Funkeln in seinen Augen.

Ich ließ die Schultern hängen.

»Das wird es nur schlimmer machen«, versuchte ich, das letzte Mal etwas Widerstand zu zeigen, doch Evan hatte schon gemerkt, dass ich eingebrochen war.

»Das hoffe ich, denn dann kann ich dich vielleicht überzeugen zu bleiben.«

»Evan …«

»Weißt du, was? Du musst mir nicht sagen, wie du dich entscheidest. Wir geben nächste Woche ein Konzert in Elliots Pub. Es ist das nachgeholte Konzert, das wir wegen dir unterbrochen haben. Wenn du noch eine Chance für uns siehst … Komm. Wenn nicht, werde ich dich nie wieder belästigen.«

»Evan …« Ich bekam keine Gelegenheit mehr, meinen Satz zu Ende zu sprechen, da war er schon bei mir.

»Du musst immer das letzte Wort haben«, murmelte er grinsend, wobei er mich gegen die Tür schob, seine Hände neben mir abstützte. Einen Moment sah ich ihm tief in die Augen, dann schweifte mein Blick ab, fuhr entlang seiner wohlgeformten Lippen, entlang der Kieferlinie, glitt weiter über seine muskulösen Arme.

»Gefällt dir, was du siehst?«

Eine rhetorische Frage. Natürlich tat es das. Und er wusste es. Er grinste, vergrub eine Hand in meinen Haaren, zog mich begierig zu sich. Seine Lippen pressten sich verlangend und hungrig auf die meinen. Ich hatte die Hände angehoben, drückte sie gegen seine Brust, doch er nahm sie nur sanft, ehe er sie mir über dem Kopf zusammenhielt. Er benötigte nur eine Hand, um mir die Handgelenke zusammenzudrücken, mit der anderen fuhr er meinen Körper entlang, streichelte meine Taille, sorgte dafür, dass ich in Flammen aufging. Und dann ließ ich mich fallen, gab sämtlichen Widerstand auf, stöhnte.

Ich konnte sein Lächeln an meinen Lippen spüren. Bereitwillig öffnete ich mich ihm, ließ seine Zunge mit meiner verschmelzen. Wir umspielten einander, seine Hände betasteten mich gierig.

Er knurrte mir in den Mund, zog mich von der Tür weg und riss mir das Shirt vom Körper. Es flog in hohem Bogen durch den Raum, landete mit einem dumpfen Geräusch irgendwo auf dem Boden.

Seine Zunge glitt über meine Unterlippe, liebkoste mich. Erneut stöhnte ich, bevor ich meine Hände in sein T-Shirt krallte, mich daran festhielt, als würde ich sonst ertrinken. Noch während wir zum Bett taumelten, drehte ich ihn, drückte ihn gegen den Holzbalken seines Bettes. Ich zog ihm sein Shirt über den Kopf, betrachtete einen Augenblick seinen muskulösen Körper. Als ich zurück in sein Gesicht sah, bemerkte ich, dass er dasselbe mit mir tat. Ein schelmisches Grinsen umspielte seine Lippen.

»Wenn du willst, kann all das nur dir gehören.«

Mir entfuhr ein Lachen. Sanft wie eine Sommerbrise fuhr ich mit den Fingern über seine Bauchmuskeln.

»Als ob das …«, entschlossen schob ich meine Hand in seine Hose, umschloss mit den Fingern sein bereits hartes Glied, »… jemals irgendwem anders gehören würde.« Ich zwinkerte ihm zu, begann, ihn sanft zu massieren.

Seine Augen funkelten mich begehrlich an, dann zog er mich an meinen Haaren zu sich heran. »Du kleines Biest«, murmelte er an meinen Lippen, bevor er mich leidenschaftlich küsste. Seine Zunge drängte sich brutal zwischen meine Lippen, verschmolz in ungeahnter Intimität mit meiner.

Mit ihm war jeder Kuss ein Abenteuer – sinnlich, aufregend, anders. Während er mich in der einen Sekunde liebkoste, biss er mir in der nächsten fast schon brutal in die Unterlippe, saugte daran. Er ließ mich Dinge fühlen, die ich Sekunden später bereits vergessen hatte, weil er das nächste Feuer entfachte. Er ließ mir kaum Zeit zum Atmen.

»Ich will dich. Jetzt.«

Keine Frage. Ohne zu zögern, schubste er mich aufs Bett, fiel regelrecht über mich her. Die muskulösen Arme stützte er über mir ab, ehe er sich auf mich legte, sein Mund den meinen fand. Mit einer Sanftheit, die in unserer Situation schon fast unangemessen wirkte, fuhr er mir mit der Zunge über die Oberlippe. Eine einfache Liebkosung, aber so intensiv, dass es mich nahezu in den Wahnsinn trieb. Egal, was er berührte … er setzte es in Flammen.

»Wird Zeit, dir mein Abschiedsgeschenk zu geben«, murmelte ich an seinen Mund. Noch bevor er wusste, wie ihm geschah, stieß ich ihn sanft gegen die Brust und drückte ihn von mir.

Als sein Rücken endlich die Matratze erreichte, schwang ich mich auf ihn und begann, seinen nackten Oberkörper mit zarten Küssen zu überhäufen. Er stöhnte.

»Du machst mich wahnsinnig, ohne dass du irgendwas tun musst.«

Ich lächelte, ließ mich jedoch von seinen Worten nicht ablenken.

Als ich an den Haaren unterhalb des Bauchnabels ankam, grinste ich ihn verschwörerisch an und knöpfte betont langsam seine Hose auf.

Evan stützte sich auf die Ellenbogen, beobachtete mich. Ich lehnte mich zurück und zog ihm die Hose aus.

Sein bestes Stück sprang mir regelrecht entgegen.

Beinahe ehrfürchtig nahm ich es in die Hand und begann zunächst langsam, seinen Schaft rauf- und runterzufahren. Evan warf den Kopf in den Nacken, stöhnte.

Genau so, dachte ich zufrieden. Einen Moment beobachtete ich noch, wie er sich unter mir wand, dann begann ich, zarte Küsse auf seinen Penis zu hauchen. Ich ging in die Knie, um ihn besser liebkosen zu können, leckte von der Wurzel bis zur Spitze seinen Schwanz rauf und runter, ehe ich die Zunge um seine Eichel kreisen ließ.

»O Gott, Carrie«, stöhnte Evan, während er mit seinen Händen meine Haare zu einem Zopf zusammennahm.

Ich umschloss ihn mit meinen Lippen, nahm ihn in den Mund, zeigte ihm, wie sehr ich ihn liebte. Es dauert nicht lange, bis er mich packte, zu sich hochzog und mich auf den Rücken legte.

»Erst sagst du mir, dass du Seattle verlassen willst, und dann liebkost du mich, als wärst du diejenige, die mich überreden wollte, nicht fortzugehen?«, knurrte er, dann küsste er mich derart hungrig, dass ich befürchtete zu ersticken.

Ich wollte meine Hände gerade in seine Haare krallen, da hatte er sie bereits gepackt und hielt sie mir über dem Kopf zusammen.

»Vergiss es, Babygirl, da warst du zu langsam.« Er zwinkerte mir zu. »Ich will dich überreden, nicht du mich.«

Er küsste mir behutsam auf die Stirn, ehe er meinen BH mit der freien Hand öffnete und das überflüssige Stück Stoff zwischen uns entfernte.

Mit den Lippen umschloss er einen meiner Nippel, biss sanft hinein. Mir entfuhr ein Stöhnen, doch er gönnte mir nicht mal eine Sekunde, um das Gefühl richtig auskosten zu können, denn da spürte ich, wie er mir die Hand in die Hose schob.

Erneut stöhnte ich, wandte mich unter ihm. Seine Lippen legten sich auf meine, wobei sich zwei Finger in mich schoben.

Ich erwiderte den Kuss, wobei ich nach Atem rang.

Seine Finger bewegten sich so unendlich geschickt in mir, dass ich nicht wusste, wie ich diesen Abend überstehen sollte, ohne zu vergehen.

Ich begann, mich unter ihm zu winden. »Gott, Evan«, stöhnte ich in seinen Mund, als er sich sanft von mir löste.

»Das könntest du jeden Tag haben, Babygirl«, murmelte er, während er meinen Hals mit sanften Küssen zum Glühen brachte.

Als ich es nicht mehr aushalten konnte, bog ich mich ihm regelrecht entgegen. Ich sehnte mich nach Erlösung.

Ein köstliches Ziehen begann, meinen Körper zu vereinnahmen. Gerade als ich im Begriff war zu kommen, zog Evan sich zurück und grinste mich provokativ an. »Das hättest du wohl gern?«

Frustriert blickte ich zu ihm hoch und beobachtete, wie er sich die Finger ableckte. Mir wurde heiß und kalt zugleich.

»Du wirst auf keinen Fall eine Belohnung dafür bekommen, dass du mich verlassen willst.« Er stand auf und zog mir die Hose aus. Völlig nackt lag ich vor ihm.

»Ich dachte, du willst mich überzeugen?«, fragte ich.

Er legte den Kopf schief, grinste. »Mach ich doch. Wusstest du, dass ein Orgasmus umso heftiger ist, je öfter man kurz davor war?« Zufrieden fuhr Evan mit den Augen meinen Körper entlang. Nachdem er jeden Quadratzentimeter begutachtet hatte, kniete er sich zwischen meine Beine, küsste sanft meinen Bauch hinauf, ehe er noch einmal meine Nippel mit seiner Zunge umspielte, mir dabei direkt in die Augen sah. Für den Bruchteil einer Sekunde hatte ich den Eindruck, das Flammen darin loderten. Als er zu mir hochkam, stützte er seine Arme neben meinem Kopf ab, wobei er sich endlich zwischen meinen Schenkeln platzierte.

Er beugte sich zu mir hinab, strich mir sanft ein paar Haare aus der Stirn. Dann sah er mich direkt an, schob sich langsam vor, drang endlich in mich ein.

»Fuck«, murmelte ich in seinen Mund hinein. Langsam steigerte er sein Tempo.

»Gott, Babygirl. Wie habe ich dich bloß vermisst. Du bist so verdammt eng«, murmelt er an meinen Lippen, nahm mich immer härter.

Ich stöhnte und wand mich unter ihm. Es war kaum auszuhalten.

Das Gefühl, das er in mir auslöste, war so unglaublich intensiv, dass ich zu zerspringen drohte. Meine Hände krallten sich in seinen Rücken, während Evan eine Hand hinzugenommen hatte und mich zu massieren begann.

Ich warf meinen Kopf hin und her, bis sich seine Lippen wieder auf meine legten und unsere Zungen erneut verschmolzen. Er erstickte meine Laute, bewegte sich immer schneller. Mit jeder Bewegung hatte ich das Gefühl, dass er größer wurde, weiter anschwoll.

Er nahm mich derart hart, dass ich am liebsten vor Lust geschrien hätte. Doch ich durfte die anderen nicht wecken, biss stattdessen spielerisch in seine Schulter. Er knurrte, nahm mich noch härter. Als ich meine Lippen löste, wurde er langsamer, schaute mich an.

»Was ist los?«, murmelte ich, wobei ich um Atem rang.

»Nichts.« Sanft strich er mir eine Strähne aus dem Gesicht. »Ich liebe es nur, wie leidenschaftlich du bist. So, so, so leidenschaftlich.«

Er sah mich direkt an, stieß erneut in mich, zog ihn langsam raus, stieß wieder zu, zog sich zurück …

Mein Körper schien in Flammen zu stehen, während jeder Stoß mich dem Orgasmus näher brachte. Dann wurde Evan erneut langsamer, ließ sich zur Seite fallen und zog mich auf sich. Es waren keine Worte vonnöten. Ich kannte ihn gut genug, um zu wissen, was er wollte.

Ich stützte die Hände auf seiner stahlharten Brust ab, begann, mich langsam auf ihn zu setzen.

Als ich ihn vollkommen in mir aufgenommen hatte, ließ ich die Hüfte kreisen, ehe ich mich auf ihm bewegte. Er beobachtete jede meiner Bewegungen und hatte mich an der Hüfte gepackt.

Kurz bevor er kam, schob er mich von sich runter und legte mich behutsam neben sich.

»Ich will dich noch mal schmecken.« Langsam begann er mich zu liebkosen.

Dann steigerte er das Tempo, und ich konnte es kaum noch ertragen, warf den Kopf in den Nacken. Er brachte mich um den Verstand. Verzweifelt wand ich mich, zog an den Samtbändern, doch ich konnte mich nicht rühren, konnte mich nicht vor ihm verstecken. Ich bog meinen Rücken durch, spürte wie der Höhepunkt sich wie eine Welle näherte, sich intensivierte und endlich brach. Es kam einer Explosion gleich. Ich schrie, drückte meinen Körper gegen ihn, rang um Atem. Sterne tanzten vor meinen Augen, verloren sich in Finsternis.

Ich sollte keine Gelegenheit bekommen, mich von dem Orgasmus zu erholen, da war er bereits in mir. Meine Körper zitterte überall, und es war, als verlöre ich die Kontrolle über mich. Sämtliche Selbstbeherrschung war einer übergeordneten Kraft gewichen. Noch nie in meinem Leben hatte ich mich so gefühlt. Doch bereits jetzt war ich süchtig danach.

Ich streckte mich ihm entgegen, wollte mehr. Er nahm mich wild und hart, nahm sich schon fast auf animalische Weise, was ihm gehörte – mich.

Er steigerte das Tempo, stöhnte, rief meinen Namen in die Finsternis seines Zimmers hinaus.

Sein schweißnasser Körper legte sich auf den meinen, und wir verschlangen uns ineinander. Langsam zog er sich aus mir zurück und löste vorsichtig die Samtbänder. Seine Hände zitterten ebenfalls.

»Das war so was von …«

»Unglaublich?«, fragte ich.

Er nickte. »Unglaublich.« Er hob mein Kinn an, und durch das schwache Licht der Stadt unter uns sah ich seine Augen liebevoll funkeln. Er küsste mich sanft.

»Ich hoffe, es war überzeugend genug.«

Ich antwortete nicht.

Lieber Evan,

Da sind wir wieder. Beim guten alten Brief.

Es tut mir leid. Alles.

Es war ein Fehler von mir, damals zu gehen, und wahrscheinlich ist es auch ein Fehler, wenn ich es jetzt tue.

Aber ich brauche eine Pause. Eine Pause von dir. Eine Pause von uns. Eine Pause von allem. Und du brauchst sie auch.

(Ich habe unseren Deal nicht vergessen – Elliot Pub.)

Bevor ich gehe, will ich dir noch etwas mit auf den Weg geben. Ich konnte und wollte es dir nicht sagen, denn Worte sind vergänglich und werden zu schnell vergessen. Doch das, was ich dir sagen will, darfst du nicht vergessen. Ich will, dass du es weißt und wann immer du es zu vergessen drohst, kannst du es noch einmal nachlesen.

Das, was ich für dich empfinde, Evan, geht über Liebe hinaus. Du und ich wir hätten so viel mehr sein können, als das – beste Freunde, Liebende, Supporter.

Doch eine Pflanze blüht nur, wenn man sie gießt, aber wie etwas gießen, wenn es nicht mal Wasser gibt?

Ich liebe dich, das habe ich schon immer getan und werde ich auch in Zukunft tun, aber das mit uns kann nur funktionieren, wenn du nach vorn schaust, wenn du erkennst, was du willst, was du bist und was du sein kannst. Um das zu tun, musst du verzeihen. Und zwar in erster Linie dir selbst.

Weder ich noch du haben Schuld an dem, was vor drei Jahren geschah. Ich will nicht wissen, wie oft du dich gefragt hast, wieso all das ausgerechnet dir passiert ist, warum du derjenige sein musstest, dem eine derartige Strafe auferlegt wurde.

Nun, Evan, ich kann es dir nicht sagen. Was ich dir sagen kann, ist, dass ich glaube, dass man es dir auferlegt hat, weil du es überwinden kannst.

Du hast die Musik, hast ein Ventil, um all deine Gefühle herauszulassen. So wie ich meine Kunst. Wieso nutzt du es nicht?
Nichts davon muss jemals an die Öffentlichkeit gelangen, aber warum tust du es nicht für dich? Nutze dein Talent, nutze deine Liebe, und du wirst sehen, die Vergangenheit wird dahin zurückkehren, wo sie hingehört. In deinen Kopf, und früher oder später wird sie als blasse Erinnerung vergehen.
Verzeih dir selbst, Evan, denn sonst wirst du noch mehr verlieren als nur mich.
Ich liebe dich.
Carrie

Ich atmete noch einmal tief durch, dann steckte ich den Brief in den Umschlag und schob ihn unter den Türschlitz der WG.

Es musste sein. Er musste sich erst mal selbst verzeihen.

Ich wollte mich gerade umdrehen, als sich die Tür nach innen öffnete. Wie angewurzelt blieb ich stehen, sah auf.

Killian. Er stand in Sportklamotten und Stirnband in der Tür, hielt den Brief mit hochgezogenen Brauen in der Hand.

»Carrie?«, fragte er betont langsam.

»Pssst«, fauchte ich, ehe ich zu ihm ging und die Tür hinter ihm zuzog.

Mit zusammengezogenen Brauen starrte er mich an.

»Carrie, was soll das?« Mit einem Mal schien er zu begreifen, und sein Gesichtsausdruck wurde hellwach. »Was treibst du hier?«

Ich schluckte. Er warf einen genaueren Blick auf den Umschlag, sah zurück zu mir.

»Ist das …?«, fragte er.

Schuldbewusst senkte ich die Lider.

»Ich werde Seattle vorerst verlassen. Evan … Er braucht Zeit für sich. Er weiß Bescheid …«

Killian fuhr sich durchs Haar, während er mich angespannt musterte. »Du willst ihn schon wieder verlassen«, stellte er trocken fest.

»Ich verlasse ihn nicht. Ich will ihm nur Gelegenheit geben, all das hier erst mal zu regeln, mit seiner Vergangenheit abzuschließen, denn so, wie es momentan ist, funktioniert es nicht. Er hat mir die Schuld gegeben, Killian. Er wollte sich umbringen. Er muss erst mal sein Leben in den Griff kriegen, und dabei werde ich ihm nur im Weg stehen, weil er denkt, dass ich dafür verantwortlich bin.«

Killian seufzte. »Carrie, wie soll ihm dein erneutes Verschwinden dabei helfen, wieder klarzukommen? Es wird ihn nur noch tiefer in den Abgrund ziehen, als er ohnehin schon drinsteckt.«

»Killian …«, unterbrach ich ihn müde. »Meine Entscheidung ist gefallen. Ich werde nicht für immer gehen. Aber jetzt im Moment scheint es für mich das einzig Richtige zu sein. Und du wirst mich auch nicht davon abbringen können.«

»Er wird es allein nicht schaffen, Carrie.«

Ich holte tief Luft, während ich versuchte, die Zweifel zu bekämpfen, die er mir einredete.

»Er ist nicht allein. Er hat dich, Mel, Lawrence …«

Killian lachte. »Wir sind nicht das, was er braucht, sondern du bist es.«

Ich schaute zu Boden, konnte seinen Blick nicht ertragen. »Ich habe mein letztes Wort gesprochen.«

Killian starrte mich einen Moment an, ehe er nickte.

»Ich fahre dich.«

Überrascht zog ich die Brauen hoch. »Wieso denn das?«

Er runzelte die Stirn. »Vielleicht kann ich dich ja doch noch überreden zu bleiben, bevor du meinen Bruder noch in den Abgrund stößt.«

Ich ließ seine Bemerkung unkommentiert. Wenn ich eins wollte, dann ganz sicher nicht, Evan in den Abgrund zu stoßen. Alles, was ich wollte, war, uns etwas Zeit zu geben. Ihm etwas Zeit zu geben.

Eilig zog ich mir die Jacke über, wobei ich auf mein Handy schaute. *6:00 Uhr.* Höchste Zeit zu verschwinden.

»Dein Gepäck?«

»Hat Daniel für mich gepackt. Unten wartet ein Wagen.«

»In Ordnung, hol es da raus, und dann lass mich dich fahren.«

Als wir im Fahrstuhl standen, trat Killian nervös von einem auf das andere Bein.

»Evan wird mich umbringen, wenn er hiervon erfährt«, brummte Killian.

Ich lächelte zuckersüß. »Tja, bleib einfach hier, und keiner muss sterben …«

»Träum weiter, Carrie.« Er würdigte mich keines Blickes. Verflucht seist du, Killian Black. Dieser Volltrottel würde mir noch einen Strich durch die Rechnung machen mit seiner unerwünschten Anwesenheit.

Wir luden die Koffer um, dann machten wir uns auf den Weg.

Die Straßen Seattles waren wie leer gefegt, während wir in gemächlichem Tempo durch die Stadt fuhren.

Am liebsten hätte ich mir selbst für meine Dummheit in den Arsch getreten, Killian zu vertrauen. Es war klar gewesen, dass er alles tun würde, um Zeit für seinen Bruder zu schinden. Dass ihm das mit dem Auto am besten gelang, war klar.

Wahrscheinlich waren wir schon sonst was für einen Umweg gefahren. Plötzlich hielt er an.

»Was machst du da?«

»Wir holen noch jemanden ab.«

Just in dieser Sekunde kam Mel aus einem weißen Altbau spaziert und sprang in den Wagen.

»Guten Morgen«, zwitscherte sie, ehe sie sich zwischen den beiden Sitzen nach vorn beugte.

»Ich kann nicht fassen, dass du schon wieder ohne ein Sterbenswörtchen von hier verschwinden wolltest.«

Mir entfuhr ein Seufzen. »Ich wollte ja nicht für immer verschwinden. Und meine SIM-Karte hätte ich auch nicht zerbrochen.«

Sie zog eine ihrer perfekt gezupften Brauen in die Höhe.

»Na prima«, murmelte sie dann.

Ich erwiderte nichts, es hatte ohnehin keinen Sinn.

Mel begann auf mich einzureden, aber ich schaltete auf Durchzug. Sie würde meine Meinung ja ohnehin nicht ändern.

Aller paar Minuten warf Killian mir einen merkwürdigen Blick zu, als wolle er überprüfen, wie es mir ging, und zugegeben, ich fühlte mich hundeelend.

Mein Magen rebellierte gegen all das hier an, mein Herz schmerzte bei dem Gedanken zu gehen, doch für dieses Mal hatte ich mir fest vorgenommen, auf mein Gehirn anstatt auf mein Herz zu hören, und das sagte mir: *»Geh!«*

Gedankenverloren lehnte ich den Kopf an die Fensterscheibe, während ich traurig beobachtete, wie die Häuser und Vororte meiner Lieblingsstadt in quälender Langsamkeit an mir vorbeizogen.

Ich zog mein Handy heraus – mehrere unbeantwortet Anrufe und Nachrichten von Evan.

Hin- und hergerissen starrte ich auf den Bildschirm, ehe ich mein Smartphone mit großer Mühe zurück in die Tasche packte. Vielleicht würde ich antworten, wenn ich zu Hause war, weit weg von ihnen.

»Carrie, hörst du mir überhaupt zu? Er wird wieder Drogen nehmen!«

»Mel …«, murmelte ich genervt.

»Ich versteh das einfach nicht«, begann sie und führte ihre Predigt fort. Erneut schaltete ich auf Durchzug.

»Ich verstehe nicht, warum du dir das selbst antust, Carrie«, stimmte Killian ihr nun noch zu, während er die Ausfahrt vom Highway nahm.

»Was?«

»Jeder Blinde mit Krückstock sieht, dass dich das hier …«, er deutete auf den Wagen, »… nicht glücklich macht, also warum tust du dir nicht selbst einfach einen Gefallen und bleibst? Das will mir einfach nicht in den Kopf. Warum solltest du dir selbst wehtun?«

Ich schluckte. Er hatte recht, es tat weh. Und ja, ich wollte es nicht, aber für mich gab es keinen anderen Ausweg.

»Du hast recht mit allem. Du vergisst nur eine Tatsache, und zwar die, dass es mehr wehtut, wenn ich bleibe.«

Killian schaute mich nachdenklich an, ehe er seinen Blick wieder auf die Straße richtete.

»Und wem tut es weh? Dir oder ihm? Ich habe das Gefühl, du verlierst den Fokus. Da hast du ihn endlich handzahm gemacht, und ausgerechnet jetzt willst du gehen?«, motzte Mel. »Kein Wunder, dass die Kerle immer sagen: Versteh einer die Frauen.« Ich verdrehte die Augen.

»Ich weiß, dass du diese Nacht bei ihm warst«, sagte Killian schließlich in ruhigem Ton.

Ich kam mir vor, als führte ich zwei Gespräche zeitgleich.

»Ich weiß es auch. Lawrence hat erzählt, dass du das ganze Penthouse zusammengeschrien hast.« Mel kicherte.

Meinten sie das ernst? Fanden sie wirklich, dass dies der richtige Moment war, um zu erwähnen, dass man uns durchs ganze obere Stockwerk gehört hatte?

»Und?«

Ein zweideutiges Grinsen umspielte Killians Lippen, auch wenn ich ein Fünkchen Schmerz in seinen Augen sah.

»Hat es so wehgetan?«

Ich lachte, und auch Mels Lachen schallte von hinten zu mir vor. Mir stieg die Röte ins Gesicht. »Du bist ein Arsch«, merkte ich an.

»Nein, ernsthaft, Carrie. Ich weiß, du denkst, ich will dich verarschen, aber ganz ehrlich: Hast du seine Nähe als schmerzhaft empfunden?«

»Nein«, gab ich zu. Alles andere wäre gelogen. Natürlich empfand ich seine Nähe nicht als schmerzhaft. Aber so war nun mal das Leben, manchmal musste man geliebte Menschen gehen lassen. Musste sie erst mal die Steine wegräumen lassen, die ihnen den Weg versperrten.

Und obwohl ich all das wusste und auch der festen Überzeugung war, dass ich das Richtige tat, war da diese Stimme in meinem Inneren. Diese verzweifelte Stimme, die immer lauter wurde. Mich regelrecht anschrie. Ihre Worte waren klar, verständlich, doch auch ebenso beängstigend: *Du machst einen Fehler.*

»Carrie, hörst du mir überhaupt zu?«, fragte nun auch er.

»Entschuldige, was?«

»Was ist denn nur das Problem …? Ich verstehe es einfach nicht.«

»Meine Güte. Ich kann all das einfach nicht«, erklärte ich müde. Ich war es leid, mich erklären zu müssen.

»Ja, ja ich höre immer nur, was du nicht kannst. Du solltest mal in dich gehen und dich fragen, was du von deinem Leben willst. Willst du vor jeder Schwierigkeit, die sich dir bietet, davonlaufen«, keifte Mel von der Rückbank.

Sie hatte nicht das Recht, mich derart zu maßregeln.

»Mel, es reicht«, fuhr ich sie an.

»Ich will dich nur davor bewahren, dass du einen Fehler begehst, Carrie.«

Natürlich wollte sie das. Das wollten sie alle. Scheinbar wusste jeder hier, was gut für mich war. Jeder außer mir selbst.

Ich lachte. »Das brauchst du nicht, ich kann ganz gut auf mich alleine achtgeben.«

Nun war es Killian, der lachte. »Ach ja? Das merke ich.«

Ich holte mehrfach tief Luft.

»Lass mich raus.« Er schaute mit geweiteten Augen zu mir herüber.

»Du willst aussteigen?«

»Ja, ich ertrage euch nicht mehr. Das alles hier ist schwer genug, versteht ihr? Ich tue das nicht, weil ich es will, sondern weil ich keine andere Möglichkeit sehe. Evan kann mich im Moment nicht lieben. Er denkt, ich wäre für den Unfall von damals verantwortlich. Was ist das für eine Basis für eine Beziehung? Er erzählt zwar, er würde jetzt erkennen, dass es nicht so ist, aber was hat das schon zu bedeuten? Er muss sich erst mal seiner Vergangenheit stellen, bevor er Zeit hat, das mit mir anzugehen …« Tränen waren mir in die Augen gestiegen.

»Aber, Carrie«, murmelte Mel. »*Du* bist doch seine Vergangenheit.«

Mit hochrotem Kopf lehnte ich mich an die Lehne des Sitzes.

Darauf hatte ich keine Antwort, also schwieg ich einfach. Und zum ersten Mal, seitdem wir losgefahren waren, taten Mel und Killian es auch.

»Hat dir schon mal jemand gesagt, dass du verdammt stur sein kannst?«

»Killian …«

»Ich dachte immer, du liebst ihn«, sagte Mel.

Irritiert drehte ich mich um. »Das tue ich auch.«

»Warum gehst du dann?«

»Weil Liebe eben manchmal nicht …«

»Manchmal kann man sich auch einreden, dass sie nicht reicht.« Genervt drehte ich mich zu Killian. »Hat dir schon mal jemand gesagt, was für eine elendige Nervensäge du sein kannst?«

Killian begann zu grinsen, als wäre ich nicht die Erste, die ihn das fragte. »Was macht dich so sicher, dass es ein Fehler wäre?«

»Die Tatsache, dass wir glauben, alles, was unser Kopf sich ausdenkt, wäre das Richtige. Doch wofür haben wir ein Bauchgefühl? Wofür haben wir ein Herz? Richtig, damit es uns Ratschläge geben kann. Und ich bin mir ziemlich sicher, dass dein Herz nicht gut findet, was du hier vorhast.«

»Mein Herz fand es auch nicht gut, Seattle damals zu verlassen. Und trotzdem war es in jeder Hinsicht das Richtige.«

Er nickte, als hätte er damit gerechnet, dass ich das sagen würde. »Du solltest nur zurückgehen. Du hättest uns nicht ignorieren müssen.«

»Killian …«, brummte ich erneut. Würde er nicht so schnell fahren, ich wäre bereits aus dem Auto gesprungen.

»Carrie, hast du schon mal drüber nachgedacht, dass es sich mit einem unzufriedenen Verstand wesentlich leichter leben lässt, als mit einem gebrochenem Herzen?«

Seine Worte stressten mich, trafen mich und erzielten genau das, was er wollte – Zweifel. Ohrenbetäubend laute Zweifel.

»Du machst es mir wirklich nicht leicht«, sagte ich, während meine Stimme bereits brach. Ich seufzte, versuchte mich zu beruhigen.

»Wäre auch schlimm, wenn. Ich will nur nicht, dass du ihm noch mal das Herz brichst …« Er sah mich an und seine Worte hingen unausgesprochen in der Luft. *So, wie du es mit mir getan hast.*

Ich eilte durch den langen Gang Richtung Sicherheitskontrolle, wobei ich mich beständig umdrehte, um mich zu vergewissern, dass weder die Presse noch Mel und Killian mir gefolgt waren.

Oder drehte ich mich um, in der Hoffnung, es wäre jemand hinter mir?

Als ich endlich die Sicherheitskontrolle erreichte, pirschte ich zum Band, warf meine Tasche in einen der Behälter und schlüpfte durch den Scan. Zu meiner Erleichterung verlief alles problemlos und schnell, sodass ich mich Richtung Wartesaal davonmachen konnte. Daniel hatte für mich die Lounge gebucht, und so saß ich etwas abseits und hatte meine Ruhe vor neugierigen Blicken.

Und dennoch sah ich bei jeder Person, die hereinkam, auf. Wenn Evan jetzt durch diese Tür kommen würde … ich würde nicht fliegen können. Ich wollte es, weil ich es für das Richtige hielt, aber ich wusste, dass all das vergessen wäre, wenn er vor mir stand.

Mein Wille trieb mich lediglich voran, weil ich wusste, dass ich das Richtige tat. Doch sowohl Killians als auch Mels Worte hatten eine gefährlich tiefe Furche der Zweifel in mir hinterlassen.

Hätten wir nicht vielleicht trotzdem eine Chance? Trotz all seiner Probleme? Trotz der Drogen, seiner Vergangenheit, seinem seelischen Zustand? Könnte er mir und vor allem sich vielleicht auch verzeihen, wenn ich bei ihm war?

Ich guckte mich gehetzt um und musterte die Menschen, hielt Ausschau nach einem bekannten Gesicht. Nichts. Er hatte es akzeptiert.

Ich weiß nicht, was mich mehr traf, die Tatsache, dass ich Seattle erneut verließ – und mit der Stadt all meine Träume – oder dass ich ihn verließ … meine Zukunft.

Nervös kaute ich mir auf der Innenseite der Wange herum,

während sämtliche grauen Zellen in meinem Gehirn angestrengt arbeiteten. All das hier widerstrebte mir.

Letztendlich hatte Killian recht. Ich lief vor etwas davon, dem ich mich nicht gewachsen fühlte. Dabei war es nicht mal mein Kampf. Es war Evans Kampf, ich war nur zwischen die Fronten geraten, aber anstatt nach vorn zu gehen, mich dem Feuer der Vergangenheit zu stellen, ging ich nur einen Schritt zurück, flüchtete vor all dem.

Warum musst du eigentlich so ein verfluchter Schisser sein?

In diesem Moment ertönte ein Signalton.

»Alle Passagiere des Fluges 285 nach Edinburgh können sich nun zu Gate 7 begeben, Ihr Flugzeug steht zum Abflug bereit. Bitte halten Sie Ihre Boardkarten zur Verfügung. Danke.« Die angenehme Frauenstimme verkündete die Neuigkeiten noch auf einigen anderen Sprachen, während ich mir die Tasche schnappte und mich auf den Weg machte.

Wenn du im Flugzeug bist, wird alles besser. Dann gibt es kein Zurück mehr. Du musst nur schneller sein als die Zweifel in dir.

Du weißt, dass das ein Fehler ist, warum tust du dir das selbst an? Wenn du jetzt fliegst, wird er dir das nicht verzeihen. Dann wirst du dir selbst nicht verzeihen.

»Grrr«, knurrte ich, während ich mir angestrengt die Stirn rieb. Konnte mein Kopf nicht einfach mal Ruhe geben?

Plötzlich rief jemand meinen Namen. Ich blieb mitten im Strom der Reisewütigen stehen, konnte mich keinen Zentimeter bewegen, war wie eine Pflanze, die sich mit den Boden verwurzelte und sich nur leicht im Wind hin- und herzubewegen vermochte. Ich schluckte, röchelte nach Luft.

»Carrie Abernathy!« Ich fuhr herum, schaute mich angestrengt um. Das konnte unmöglich sein.

Doch dann sah ich sie – die blonden Locken, die markanten Wangenknochen.

»Mom?«, hauchte ich verwirrt. Augenblicklich ließ ich meine Tasche fallen, rannte zu ihr. Sofort strömte mir der vertraute Geruch von Vanille in die Nase, und meine Beine wurden ganz weich.

»Was, was machst du hier?«, fragte ich mit zittriger Stimme.

»Dich davor bewahren, einen unwiderruflichen Fehler zu begehen.«

»Aber, Mom, was …«

»Carrie, weißt du noch, was ich einst zu dir sagte? Ich sagte fünf plus fünf ist zehn, weißt du noch?«

Ich runzelte die Stirn, wusste nicht, was sie mir sagen wollte. »Ja?«

Sie seufzte, tippte mir an die Stirn.

»Liebst du ihn?«

Ich nickte.

»Liebt er dich?«

Ich nickte, dann fiel der Groschen.

Sie lächelte. »Mehr braucht es nicht, mein Schatz.«

Ich legte meinen Kopf auf ihre Schulter, umarmte sie noch fester.

»Danke, Mom.« Ich wollte mich von ihr lösen, sah auf, und plötzlich blieb mein Blick an Evan hängen. Er stand einige Schritte hinter ihr, seine Augen funkelten, und doch erkannte ich die Nervosität, die seine Gesichtszüge gefangen hielt.

Und dann war er da. Seine Arme fingen mich auf, sein Duft hüllte mich ein, und sein warmer Atem prallte mir entgegen.

»Diesmal komme ich nicht zu spät«, wisperte er, ehe ich mich gegen ihn sinken und meine Gefühle siegen ließ.

Er drehte mich langsam zu sich um, zog mich sanft in seine Jacke, verbarg mich so vor neugierigen Blicken und den Blitzen der Handykameras.

Ich weinte. Ließ alles raus … all die schmerzlichen Erinnerungen, all die Trauer, die Zweifel. Ich weiß nicht, wie lange wir dort standen, zwischen all den Menschen, doch als all meine Tränen getrocknet waren, war da nichts mehr. Kein Schmerz, keine Trauer, keine Zweifel, da war nur noch eins – unendlich viel Liebe.

Fünf plus fünf ist immer zehn.

Epilog

Carrie

Es waren drei Monate vergangen, seitdem sich mein Leben grundlegend verändert hatte. Drei Monate, in denen ich sämtliche Emotionen, die es wissenschaftlich erwiesen auf der Palette gab, durchlebt hatte.

Schmerz.

Wut.

Trauer.

Enttäuschung.

Liebe.

Glück.

Sie alle und noch viel mehr. Ich hatte mit Evan gelitten, hatte ihm bei seiner Therapie beigestanden, hatte den Entzug mit ihm durchlebt, mir immer wieder süße Liebesbekundungen von ihm ins Ohr flüstern lassen, hatte seinen neuen Melodien gelauscht.

Ich hatte getan, wovor ich mich am meisten gefürchtet hatte: Ich hatte den Anker, der ihn vor dem Ertrinken bewahrte, an Land gezogen, und zum ersten Mal, seitdem ich ihn verloren geglaubt hatte, hatte ich das Gefühl, dass wir wirklich und wahrhaftig noch eine Chance hatten. Nein, ich glaubte es nicht nur, ich wusste es.

»Na, Babygirl, was grübelst du schon wieder?«

Er hatte gerade seine Jeans-Boots zugeschnürt, ehe er sich mit etwas Haarspray die Haare fixieren ließ. Heute war das Wiederholungskonzert. Evan hatte es doch noch einmal verschoben, weil er seine Fans mit einem neuen Song überraschen wollte.

Er wirkte nervöser als sonst.

»Ach nichts. Ich habe nur darüber nachgedacht, wie glücklich ich bin, hier zu sein«, flüsterte ich.

Er kam zu mir, lächelte. »Frag mich mal«, sanft hauchte er mir einen Kuss auf die Stirn.

»Los, los, los, ihr Turteltäubchen. Wir haben ein Konzert zu geben«, unterbrach uns Lawrence. Ich lachte, ehe Evan genervt die Augen verdrehte.

»Na los, wir gehen schon mal nach vorn.« Mel kam um die Ecke, hakte sich bei mir ein, ehe wir gemeinsam nach draußen gingen.

Wie auch beim letzten Gig war der Pub wieder bis unters Dach gefüllt. Mel und ich saßen diesmal etwas weiter abseits und wurden tatsächlich bewacht.

Seitdem all das geschehen war, hatten wir eine zweifelhafte Art von Ruhm erlangt, die es uns nicht mal erlaubte, ungeschminkt aus dem Haus zu gehen. Die Presse verurteilte jeden Pickel.

Die Jungs kamen auf die Bühne und gaben das Konzert ihres Lebens.

Evan hatte Angst gehabt, ausgebuht zu werden, aber nicht dergleichen geschah, es war ein wundervoller Auftakt.

Die Erinnerungen, die die Songs heraufbeschwörten, brachten mich diesmal nicht zum Weinen, lösten nicht diesen wahnsinnigen Schmerz in mir aus, stattdessen bewiesen sie mir, wie schön das Leben wirklich sein konnte.

»So, Seattle, eigentlich war das der letzte Song, aber ich und meine Jungs haben noch ein Lied für euch.«

Evan grinste, und Mel und ich warfen uns zwei stirnrunzelnde Blicke zu.

»Dieser Song ist für das Mädchen, dem ich auch schon all die anderen gewidmet habe. Dieser Song ist für dich, Babygirl.«

Do you believe in love at first sight?
I never did, oh, I never did
But then I looked at you and the earth stopped turning
the earth stopped turning

You were perfect, ohhh, so fucking perfect
Since this moment, oh, since this moment
Oh, I believe, I believe
in love at first sight, in love at first sight

So Baby, I want to ask you the question of questions
cause Baby, you are my love at first sight
so Baby, I want to ask you the question of questions
'cause you're my love at first sight

You are my girl, oh, you're my girl
You are my best friend, oh, you're my best friend
You are my partner, oh, you're my partner in crime
You are my family, oh, you're my family

So Baby, I want to ask you the question of questions
'cause Baby, you're my love at first sight
So Baby, I want to ask you the question of questions
'cause your my love at first sight

Three years have passed, but still my heart beats only for you
I'd never expected to feel this flutter again
But seeing you I feel it all over again
So baby, my heart beats only for you

So Baby, I want to ask you the question of questions
'cause Baby you're my love at first sight
so Baby, I want to ask you the question of questions

Will you marry me?

Ende